W0296483

FEDERHERZ
VERLAG

Caroline St. Charles

Das kristallene Testament

Das kristallene Testament

Bildmaterial: Shutterstock, Freepik
Korrektorin: Eva Schremser

Bestellung und Vertrieb: Nova MD GmbH, Vachendorf

ISBN: 978-3-98595-404-9

WIRmachenDRUCK GmbH
Mühlbachstr. 7
71522 Backnang
Deutschland

Federherz Verlag
Süntelstraße 70
31848 Bad Münder
www.federherzverlag.de
Instagram: @federherz.verlag

Für alle Tierfreunde und Naturliebhaber

»Was wir heute tun, entscheidet darüber,
wie die Welt morgen aussieht.«
Marie von Ebner-Eschenbach

Prolog

»Vorwärts, MacGregor«, raunte er ihr in harschem Tonfall über die Schulter hinweg zu, ohne auch nur den Blickkontakt mit ihr zu suchen. Grace schnaubte empört.

Es wurmte sie gewaltig, wenn er in schroffer Kommandosprache mit ihr redete – sie war Archäologin und keine seiner Untergebenen. Aber sie hatten ja tatsächlich keine Zeit zu verlieren, also tat sie ihr Bestes, sein Tempo zu halten, als sie sich an einem Seil entlang den Weg aus dem Dunkel der Höhle tastete. Das war allerdings kein Leichtes, denn ihre zittrigen Knie und Beine waren noch immer wie Wackelpudding. So sehr sie auch versuchte, die beklemmenden Gedanken an ihre gerade erlebte Nahtoderfahrung zu verdrängen, der Schreck saß einfach zu tief. Beinahe hätte Grace nämlich für ihre dämliche Unachtsamkeit mit dem Leben bezahlt. Nur ein falscher, unvorsichtiger Schritt, und sie wäre von tödlichen Giftpfeilen durchbohrt worden. Ihr schlug das Herz bis zum Hals und ein kalter Schauer lief über ihren Rücken, als sie die Minuten zuvor erlebte Szene Revue passieren ließ. Alles war so blitzschnell gegangen: Ein Knacksen unter ihren Füßen, ein leichter Windzug, das Pfeifen der heranschießenden Pfeile, Jason, der sie mit einem Ruck in letzter Sekunde zurückzog, und das Geräusch, als die Pfeilspitzen an der Wand zerschellten. Er hatte ihr das Leben gerettet. Die junge Professorin schüttelte sich wie ein nasser Hund. Hätten sie nicht unter derart enormem Zeitdruck gestanden, wäre ihr so ein fataler Fehler niemals unterlaufen. Sie hatte noch die beunruhigenden Worte des Beobachtungspostens im Ohr, der ihnen mitgeteilt hatte, dass ihre Gegenspieler ebenfalls in Guatemala gelandet waren. Das war das Letzte, was sie gehört hatten, bevor der Funkkontakt abgebrochen war. Dieser bedrohliche Geheimbund hatte es ebenso wie sie auf den wertvollen Schatz abgesehen, den Grace und Jason gerade tief im Innersten, im Allerheiligsten des Mayatempels gefunden hatten. Beide stolperten den Sonnenstrahlen entgegen aus der finsteren Höhle und wurden draußen von der beeindruckend lauten Geräuschkulisse des Regenwaldes willkommen geheißen. Die lustigen Laute der Brüllaffen, das Schreien der vielen exotischen Vögel, das Zirpen von Insekten, ein schöner Kontrast zu der beklemmenden Totenstille der Höhle. Am verwachsenen, unscheinbaren Ausgang des Tunnels angelangt, hielt Grace kurz inne und freute sich über die kleine Verschnaufpause, während Jason die Lage sondierte. Alles schien unverändert, nichts deutete darauf hin, dass sie entdeckt worden waren. Grace seufzte voller Wonne. Nicht nur die kurze Rast tat ihr unheimlich gut, noch mehr genoss sie es, den athletischen Geheimagenten in Ruhe zu beobachten. Sie ließ ihren schmachtenden Blick über seinen knackigen Körper gleiten und biss sich voller Bewunderung auf die Unterlippe. Ein breiter, äußerst muskulöser Rücken zeichnete sich unter seinem durchnässten T-Shirt ab, sein sexy Hintern faszinierte sie nicht minder. Jason Dawn war so verdammt heiß. »Die Luft ist rein. Vorwärts!« – Da war er wieder, der befehlende Unterton, der Grace MacGregors Blut zum Kochen brachte. Sie konnte gar nicht so schnell schauen, war er auch schon losgerannt.

Wunderbar. Dynamisch war er, das musste sie ihm lassen, aber an seinen Manieren musste er eindeutig noch feilen. Wie auch immer, Grace heftete sich an seine Fersen. Auch wenn die Erschöpfung sie bald zu übermannen drohte, ihre Beine immer schwerer wurden und die verdammte Tropenhitze ihr Übriges tat, zwang sich Grace dazu weiterzulaufen. Sie hetzten durch die Vegetation, die ein üppiges Grün in jeder möglichen Schattierung bot, und kämpften sich mit einem Buschmesser den Weg durch das dichte Unterholz. Äste, Blätter und anderes Gestrüpp schlugen gegen ihre Beine und Arme und hinterließen unschöne Kratzspuren. Sie waren mitten im Herzen von El Petén, irgendwo im Nirgendwo. Es fühlte sich beinahe so an, als hätte der Urwald sie verschluckt. Mächtige Baumriesen, Palmen, Farne – Regenwald par excellence. Jason Dawns Blick schweifte immer wieder zu seinem iPhone, auf dem er zuvor die Koordinaten der Zurückgelassenen abgespeichert hatte. Allzu weit entfernt dürften die beiden laut GPS nicht mehr sein. Grace hoffte, dass sich ihre beiden Kollegen immer noch sicher in ihrem Versteck befanden und es ihnen den Umständen entsprechend gut ging. ›*Wenigstens hatte Xiang Hu, der verletzte Astrophysiker, mit Ireene eine versierte Ärztin an seiner Seite*‹, dachte Grace.

Sie hatten gerade die kleine Lichtung erreicht, als ihnen das furchterregende Gebrüll einer Raubkatze durch Mark und Bein ging. Erschrocken sah Grace zu Jason auf. Sekunden später ertönte ein erneutes Brüllen. Jaguare. Es klang noch tiefer. Noch lauter. Und noch viel näher. Grace umklammerte Jasons Hand und drängte sich an ihn. Wie war das mit dem schwarzen Wächter? Die Archäologin versuchte sich die Indianer-Legende zurück ins Gedächtnis zu rufen, als sie etwas anderes hörten. Einen gespenstischen, unidentifizierbaren Laut, der im Rauschen des plötzlich aufkommenden Windes unterging. Der Geheimagent versuchte, seine ernste Miene etwas zu lockern, und schenkte

Grace ein aufmunterndes Zwinkern. Der Abglanz eines halbherzigen, matten Lächelns erschien auf seinem Gesicht, doch es erreichte seine Augen nicht. Er strich ihr sanft über die Wange, drückte ihr dann abrupt den Rucksack in die Hand und deutete Grace, in Deckung zu gehen. Dawn steckte sein Messer, das eher einem kurzen Säbel glich, ein und zog eine Pistole aus seinem Brusthalfter. Grace erkannte, dass die Glock sowohl mit einer grellen Lampe, als auch mit einem roten Laserpointer ausgerüstet war. Ja, mit diesem Mann konnte man sich selbst in solch einer angsteinflößenden Situation wie dieser sicher fühlen. Wobei, hätte sie die Waffe in ihren eigenen Händen gehalten, wäre ihr um einiges wohler zumute gewesen. Sie kauerte sich auf den mit Farn bewachsenen Boden und blickte Jason nach, der sich einige Meter entfernte und schließlich im Dunkel des Regenwaldes verschwand. Nun war sie vollkommen allein, unbewaffnet und schutzlos. Hätte er ihr nicht wenigstens die Machete überlassen können? Minuten vergingen. Mit Schaudern bemerkte MacGregor, dass alles um sie herum plötzlich verstummte. Nichts war mehr zu hören. Nicht einmal die dschungelüblichen Laute, an die sich Grace schon so gewöhnt hatte – absolut nichts. Alles war von einer Sekunde auf die andere still. Eine angsterfüllte Schwere lag in der Luft, Grace konnte die Gefahr förmlich spüren. Sie schloss die Augen und hielt den Rucksack fest an sich gedrückt. Sie hatte das Gefühl, als würde jede einzelne Nervenzelle ihres angespannten Körpers in Alarmbereitschaft sirren. All ihre Sinne schienen mit einem Schlag geschärft, ihr Instinkt riet ihr zu Fight-or-Flight. Grace wog ihre Chancen ab, die jedoch alles andere als gut standen. Weglaufen, schön und gut, aber wohin? Kämpfen, gegen wen? Blieb vielleicht noch Alternative C: verstecken. In Ermangelung eines besseren Plans machte sie sich so klein sie konnte und lauschte in die Stille hinein. Im Gebüsch neben ihr war ein leises Rascheln zu hören, Äste knisterten – jemand oder etwas näherte sich. Voller Angst riss Grace die Augen auf und erschauderte. Starr vor Entsetzen blieb ihr der Schrei im Hals stecken …

Großbritannien

»Sei, was du scheinst, und scheine, was du bist.«
Schottische Weisheit

Kapitel Eins

Fünf Tage zuvor …

Während es draußen wieder einmal in Strömen regnete, machte es sich Dr. Grace L. MacGregor in ihrer schmucken Stadtwohnung in Edinburgh gemütlich. Das triste Wetter störte sie keineswegs, ganz im Gegenteil. Für sie gab es nichts Schöneres, als den Sonntagnachmittag mit einem guten Buch auf der Couch zu verbringen und in fremde Welten einzutauchen. Sie liebte Bücher, sei es Fachliteratur, historische Romane oder Klassiker. Dank ihrer ausgeprägten Illusionskraft reiste sie so durch Raum und Zeit, heute stattete sie Wuthering Heights einen Besuch ab. Egal wie oft sie Sturmhöhe schon gelesen hatte, die dramatische, vom Schicksal verwobene Geschichte von Cathy und Heathcliff ergriff Grace jedes Mal aufs Neue. Sie strich sanft über den liebevoll gestalteten Einband der Sonderausgabe und gab sich alsbald dem Zauber der Zeilen hin. Sie war so tief in der Geschichte versunken, dass sie nicht bemerkte, wie die Stunden dahinzogen und sich der Tag langsam dem Ende neigte. Als sie den Roman schließlich zuklappte und wieder ins Regal stellte, war es bereits stockfinster draußen. Sie seufzte. Da sie so sehr mit den tragischen Romanfiguren mitgelitten hatte, war ihr jetzt nach Soulfood zumute, aber große Lust zu kochen hatte sie keine. Nach kurzem Überlegen schnappte sich Grace einen Becher Schokoladeneiscreme und kuschelte sich mit einer warmen Decke vor den Fernseher. Bliebe nur zu hoffen, dass es auch etwas Sehenswertes gab. Grace switchte von einem Kanal zum nächsten, nichts schien sie zu interessieren. Bis sie schließlich bei einer Rosamunde-Pilcher-Verfilmung hängen blieb. Schon bei dem Gedanken an eine seichte Liebesgeschichte erklangen die Worte ihrer Mutter in ihrem Kopf: ›Kindchen, ist denn keiner gut genug für dich? Wenn du so weitermachst, endest du noch als alte Jungfer.‹

Huch, Grace schauderte es. Ihre Mum hatte sich wohl ein Mal zu oft den ersten Teil von Bridget Jones angesehen und Parallelen zum Leben ihrer Tochter gezogen. Dabei hatte sie doch nicht einmal annähernd etwas mit der chaotisch-liebenswerten Miss Jones gemein. Bis auf die Tatsache, dass ihr ein Mann in ihrem Leben fehlte. Aber wusste ihre Mutter denn nicht, dass sich die Zeiten geändert hatten? Und wie schwer es außerdem war, jemand Passendes zu finden?

Gut, Grace war sehr wählerisch, das musste sie zugeben. Und noch dazu ein winziges, klitzekleines bisschen egozentrisch. Aber nichtsdestotrotz sehnte sie sich nach Romantik. Nach einem Mann an ihrer Seite. Einem starken Mann. Einem, der ihrem Temperament ebenbürtig war. Die Idealvorstellung wäre natürlich, wie könnte es auch anders sein, Indiana Jones in persona …

Pünktlich um Viertel nach sechs riss der schrille Klingelton ihres Weckers Grace aus dem Schlaf. Unmöglich, wie konnte es nur schon so spät sein? Widerwillig drehte sie sich noch einmal um und wickelte sich in ihre lilafarbene Bettdecke ein. Ein paar Minuten länger, das war doch nicht zu viel verlangt, oder? Aber gerade, als sie wieder am Eindösen war, sprang Larissa, ihre hübsche, dreifarbige Glückskatze, mit einem Satz auf das Bett und trippelte so lang auf ihrem Frauchen herum, bis diese endlich wieder ihre verschlafenen Augen öffnete und sie anblinzelte. Larissa saß auf ihrem Bauch und blickte sie mit einem majestätischen Blick an. Erwartungsvoll funkelten ihre smaragdgrünen Augen. Hmmm, es half nichts, Grace musste aufstehen. Doch ehe sie es schaffte, sich ganz aus dem Bett zu erheben, musste sie sich erst einmal ausgiebig dehnen und strecken. Ihr morgendliches Ritual. Larissa nahm dies gleichmütig zur Kenntnis, doch als es ihr zu lange dauerte, ließ sie ihr kläglichstes Miauen los. Grace musste lächeln, was hatte sie doch für eine herrische Katze. Alles musste sich nach ihr richten. Grace kraulte Larissas flauschig weiches Köpfchen, woraufhin die Katze mit einem Schnurren antwortete.

»Mäuschen, gleich gibt es Frühstück. Aber zuerst muss sich Mami noch schönmachen.« Grace' Ton glich dem einer Mutter, die mit ihrem Baby sprach. Während sie vor ihrem begehbaren Kleiderschrank stand und sich einfach nicht entscheiden konnte, welches Kostüm sie denn heute wählen sollte, rollte sich das Kätzchen behaglich auf der Seidenbettwäsche ein.

Es war aber auch wirklich nicht einfach aus der Vielzahl an Kleiderstücken ein passendes auszusuchen. Cavalli reihte sich an Dolce & Gabbana, Chanel hing neben Galliano. Eines musste man Dr. MacGregor lassen, sie hatte wirklich ein Händchen für Mode. Ihr Stilgefühl war unschlagbar. Nie war sie den neusten Fashiontrends hinterhergelaufen. Nein, sie wusste immer schon vorher, was in der nächsten Saison modern sein würde.

Dass sie Professorin für Archäologie und Altertumskunde war, damit konnte sie neue Bekanntschaften oftmals ins Staunen versetzten. Erstens war sie noch ziemlich jung und zweitens stets top gestylt. Ihr Modebewusstsein sowie ihre Eitelkeit hatte Grace eindeutig von ihrer Mutter geerbt, die ohne Wimperntusche und High Heels niemals das Haus verlassen würde. Nicht einmal zum Einkaufen.

So, aber wie sollte sie sich heute kleiden? Nach langem Hin und Her entschied sich Grace schließlich für das schwarze, eng anliegende Prada Kostüm, das sie mit den neuen hochhackigen Jimmy Choo Ankle Boots kombinierte. Elegant und sexy zugleich. Ihre langen blonden Haare band Grace zu einem strengen Pferdeschwanz nach hinten und umrandete ihre großen, blauen Augen mit schwarzem Kajalstift. Zu guter Letzt noch dunkelroter Lippenstift, und fertig. Zufrieden blickte sie in den Spiegel. Ja, das konnte sich sehen lassen. Endlich bekam auch ihre Katze ihr langersehntes Mahl und schon war Dr. MacGregor zur Tür hinaus. Wie jeden Tag stattete Grace ihrer Lieblingsbäckerei einen Besuch ab und ließ sich mit einem ausgiebigen Frühstück verwöhnen. Mit vollem Magen eilte sie dann zur Universität und hatte noch einige Minuten Zeit, um sich auf ihre Vorlesung vorzubereiten. Heute standen abermals die Schachtgräber von Mykene auf dem Programm. Während Dr. MacGregor damit beschäftigt war, ihren Laptop anzuschließen, trudelten schon die ersten Studenten ein. Jeder wusste, dass Pünktlichkeit der strengen Professorin sehr wichtig war. Darum war der kleine Saal schon vor Beginn der Vorlesung gefüllt.

»Alle anwesend? Dann kann es ja losgehen!« Grace trippelte auf ihren hohen Schuhen nach vorne zu der Leinwand, griff sich ihren Bambusstab und startete ihren Vortrag. »Nachdem er, wie letzte Stunde besprochen, das vermeintliche Troja und den Schatz des Priamos gefunden hatte, machte er sich drei Jahre später, also im Jahr 1876 auf die Suche nach dem Grab des Agamemnon. Heinrich

Schliemann begann in Mykene zu graben, wo er tatsächlich beim Löwentor ein im Durchmesser rund dreißig Meter großes Steinrund entdeckte, das tief im Felsen sechs Schachtgräber enthielt. Er fand darin die sterblichen Überreste von sieben Männern, acht Frauen sowie von zwei Kindern, die allesamt mit Gold, Schmuck und weiteren Grabbeigaben überhäuft bestattet worden waren. Schliemann hatte keine Zweifel daran, dass er das Grab Agamemnons und seiner Gefährten gefunden hatte. In Schachtgrab fünf stieß er auf eine prunkvolle, mit feinen Gesichtszügen ausgearbeitete, goldene Totenmaske, die er fälschlicher Weise als Totenmaske des Agamemnon identifizierte ...« Als Grace aus dem Augenwinkel bemerkte, dass immer mehr Mädchen ihre Blicke zur Eingangstüre schweifen ließen und zu tuscheln und kichern begannen, hielt sie inne und drehte sich mit genervter Miene um. Alle Mitarbeiter der Universität wussten doch, wie sehr Grace es hasste, während ihres Unterrichts unterbrochen zu werden. Sie wollte schon zu tadelnden Worten ansetzen, als ihr Blick auf den Mann fiel, der keck im Türrahmen lehnte und sie beobachtete.

Ihr stockte wortwörtlich der Atem. Welch ein Anblick! Groß, sportliche Statur, dunkle Augen, dunkle Haare, Dreitagebart, wow. Noch dazu war er umgeben von einer äußerst geheimnisvollen Aura, das konnte sie regelrecht fühlen. Der Typ war eine richtige Erscheinung. Soweit es Grace von ihrem Standpunkt aus erkennen konnte, trug er seine etwa kinnlangen, braunen Haare zu einem Zopf im Nacken zusammengebunden. Seine Lippen waren zu einem schelmischen und gleichzeitig lässigen Grinsen verzogen, seine rehbraunen Augen strahlten ihr förmlich entgegen. Grace klappte buchstäblich der Mund auf. Sie stand da und brachte kein Wort heraus.

Durch den Seminarraum ging ein Raunen. So hatten die Studenten ihre stets die Contenance wahrende Professorin noch nie erlebt. Abgesehen von letztem Jahr, als einige, ihren Augen nicht trauenden Kommilitonen, Grace ausgelassen tanzend auf einem Jamiroquai Konzert in der ersten Reihe begegnet waren. Doch im Gegensatz dazu stand sie nun immer noch wie erstarrt im Raum. Inzwischen hatte sie es jedoch geschafft, ihren Mund zu schließen und den Kerl anzulächeln.

Er ließ seinen Blick über ihre ausnehmend schöne, feingliedrige Gestalt gleiten, bewunderte ihre graziöse Haltung und bemerkte, dass sie kaum älter wirkte als ihre Studenten.

»Dr. MacGregor?« Der etwas verwegen ausschauende Typ nickte ihr zu, trat aus dem Rahmen und machte einige Schritte auf sie zu.

›*Eine überaus angenehme, tiefe und sehr männliche Stimme*‹, dachte Grace fasziniert. Sie rührte sich noch immer keinen Zentimeter.

»Dr. MacGregor, bitte entschuldigen Sie die Störung. Mein Name ist Jason Dawn.« Er streckte ihr die Hand entgegen. Aus ihren Gedanken gerissen, brachte Grace nur ›Grace MacGregor ... ähh, Dr. Grace MacGregor‹ über die Lippen und errötete leicht. Ihre immer größer werdende Unsicherheit machte ihr schwer zu schaffen. Dieses Gefühl war ihr bisher unbekannt gewesen. Sie fühlte sich wie ein kleines Schulmädchen. Die Studenten sahen der Szene belustigt zu.

»Dürfte ich Sie kurz sprechen? Unter vier Augen«, fragte der überaus gut aussehende Mr Dawn mit einem freundlichen, aber auch bestimmenden Ton.

»Ähh, ja, natürlich! Folgen Sie mir in mein Büro.«

Gemeinsam verließen sie den Saal, während ihre Studenten verdutzt zurückblieben und erstaunte Blicke wechselten. Hieß das jetzt Freistunde? Doch schon vernahmen sie wieder das unverkennbare Klackern von Grace' High Heels. Mit schnellen Schritten eilte sie in den Seminarraum zurück und steckte den Kopf zur Tür hinein. »Sie haben doch nicht geglaubt, ich hätte Sie vergessen?«, grinste Grace verlegen. »Mr Brooks«, sprach sie ihren eifrigsten Studenten direktiv an und signalisierte ihm, an das verwaiste Pult zu treten. »Dort sind meine Unterlagen. Bitte springen Sie heute für mich ein. Und für das nächste Mal möchte ich, dass sich jeder bis zu Seite 256 vorbereitet! Schönen Tag allerseits.« Da war sie wieder, die Dr. MacGregor, wie sie alle kannten.

Sie schloss die Türe leise hinter sich und ging auf Jason zu, der inzwischen in ihrem gediegenen Büro vor ihrer Bibliothek stand. »Eine hübsche Sammlung haben Sie hier«, bemerkte er und steckte ein Buch wieder zurück an seinen Platz.

»Mr Dawn, was kann ich für Sie tun?« Grace hatte sich wieder einigermaßen im Griff und bemühte sich um einen möglichst geschäftsmäßigen Tonfall.

»Darf ich?« Er deutete auf den mit dunkelgrünem Leder bezogenen Mahagoniholzstuhl, der vor ihrem soliden Chippendale-Schreibtisch stand.

»Bitte, nehmen Sie Platz!«

Aus dem Augenwinkel heraus beobachtete Jason, wie Grace den antiken Schreibtisch in geschmeidigen Schritten umrundete, ihr hautenges Kostüm glattstrich und sich äußerst anmutig auf ihrem Sessel niederließ. Er musterte sie eindringlich. »Ganz schön jung, für Ihre vielen Titel«, stellte er fest und behielt den eigentlichen Gedanken – nämlich, dass sie viel zu hübsch für so ein verstaubtes Fach war – für sich.

»Ich wusste schon früh, was ich werden will, Archäologie ist meine Leidenschaft.« Sie hätte ihre Antwort enthusiastischer ausfallen lassen, doch das Thema um ihr Alter hatte sie gestrichen satt, sie hörte es einfach viel zu oft.

»Was wissen Sie über den Kristallschädel von Lubaantun?«, kam er schließlich sofort zum Thema.

Die blonde Professorin zog eine Augenbraue hoch, kräuselte die Stirn und betrachtete ihr Gegenüber mit prüfendem Blick. War das ein Scherz? Sie war Professorin für Archäologie und Altertumskunde und keine Esoterikerin. Doch sein entschiedener Gesichtsausdruck ließ absolut keinen Zweifel daran, wie ernst er es meinte.

Nun gut.

»Der Schädel von Lubaantun? Tja, laut Legende wurde er in den 1920ern von einem jungen Mädchen in Belize gefunden. Genauer gesagt war es Anna Michell-Hedges, die Tochter des damals berühmten britischen Abenteurers Frederick Michell-Hedges. Angeblich fand sie ihn an ihrem siebzehnten Geburtstag in einer Maya-Ruine in Lubaantun. Doch man geht davon aus, dass es einfach nur ein gut platziertes Geburtstagsgeschenk ihres Vaters war. Wie die meisten Kristallschädel weist auch er keinerlei primitive Bearbeitungsspuren auf, weshalb vermutet wird, dass er neuartiger sein muss und keinesfalls aus der Mayadynastie stammt.«

Sie zuckte gleichgültig mit den Schultern und fragte sich, was das bloß sollte. Weshalb behelligte dieser Typ sie mit solch einer Trivialität? »Wer sagten Sie, sind Sie?«

Ihm gefiel ihre direkte Art, sie machte absolut keinen Hehl aus ihrem Desinteresse und ließ ihn mehr als deutlich spüren, dass er ihre kostbare Zeit verschwendete. Er musterte sie eindringlich und ließ sich nicht in die Karten schauen. Seine Lippen waren zu einer schmalen Linie verzogen, obwohl er innerlich in sich hineinlächelte.

Dr. MacGregor wurde aus seinem Pokerface einfach nicht schlau, ihr kam das alles äußerst seltsam vor, dennoch ließ sie sich nicht von seiner eisernen, unergründlichen Miene einschüchtern und hielt seinem forschenden Blick stand.

»Wir benötigen Ihre Hilfe«, brach er schließlich das Schweigen.

»Wir?« Grace hasste es, wenn man jemandem alles aus der Nase ziehen musste.

»Ich bin hier, um Sie zu rekrutieren. Genaueres kann ich Ihnen erst anvertrauen, wenn Sie sich dazu entschließen, mich zu begleiten. Ich bin dabei, ein Team zusammenzustellen, um auf eine kleine Ausgrabungsreise zu gehen und hätte Sie gerne dabei!«

»Lieber Mr Dawn, sofern Sie mir nicht klipp und klar sagen, um welches Team es sich handelt, wo die Reise genau hingeht, und was überhaupt Gegenstand Ihres Interesses ist ...« Grace wollte gerade nach Luft schnappen, als er sie barsch unterbrach.

»Alles zu seiner Zeit! Aber so viel kann ich Ihnen jetzt schon verraten: Ziel der Mission ist es, die restlichen Kristallschädel zu finden. Wir sind keine Privatpersonen, sondern von oberster Instanz beauftragt.«

»Und wie genau kommen Sie da auf mich? Das ist absolut nicht mein Fachgebiet. Es gibt sicher eine Vielzahl an geeigneteren Experten, ich verweise Sie gerne ...«

»Wir wollen Sie, Dr. MacGregor. Sie wurden uns wärmstens empfohlen. Von wem ist jetzt nicht relevant. Die Zeit drängt. Wir müssten heute Nachmittag aufbrechen, ich instruiere Sie unterwegs. Die beiden anderen Forscher erwarten uns schon in London; mitsamt der Schädel, die wir bereits haben. Oh, und habe ich erwähnt? Es erwartet Sie ein äußerst hohes Honorar, wenn Sie die Leitung der Ausgrabung übernehmen!«

Grace überdachte die kurze Konversation. Irgendwie hörte sich alles ziemlich ominös an. Kristallschädel? Der Mythos der dreizehn Kristallschädel? Von oberster Instanz beauftragt? Wer war dieser geheimnisvolle Jason Dawn? Der geheimnisvolle und überaus ansehnliche Jason Dawn. Diese Augen ... Hmm! Grace musste zugeben, dass sie nicht wirklich abgeneigt war, gemeinsam mit diesem adretten Kerl eine Forschungsreise zu unternehmen. Sie hatte ohnehin schon viel zu lange versucht, ihr Fernweh zu unterdrücken. Zeit, ein neues Abenteuer zu erleben, wäre es allemal. Schatzsuche nach den verlorenen Kristallschädeln, das klang schon irgendwie spannend. Zum anderen bedeutete es auch endlich wieder raus aus dem Unialltag. Nicht zu vergessen, das versprochene hohe Honorar. Als Grace an ihre letzte Einkaufstour dachte, wurde ihr ganz schwummrig. Die vier Paar Alexander McQueen Schuhe, die entzückende MiuMiu Tasche, oh ja, ihr Konto könnte gut eine kleine Aufbesserung vertragen.

Grace saß gedankenverloren, mit immer breiter werdendem Grinsen in ihrem Stuhl. Die Abenteuerlust hatte sie gepackt und spiegelte sich in ihren Augen wider. »Angenommen, ich würde mit dem Gedanken spielen mitzukommen, ich kann doch hier nicht alles stehen und liegen lassen. Zuerst müsste ich mit Dekan ...«

»Alles schon geklärt! Sie müssten nur Ihre Koffer packen und es geht los, die Limousine wartet auf uns«, fiel Jason ihr abermals unwirsch ins Wort.

Grace war perplex. Es war alles schon über ihren Kopf hinweg ausgemacht worden, ohne auf ihre Zustimmung zu warten? In ihr begann es zu brodeln, denn so etwas vertrug sie überhaupt nicht. »Wenn Sie glauben, dass ich mit irgendeinem x-beliebigen, dahergelaufenen, wildfremden Kerl einfach in ein Auto steige und mir nichts, dir nichts auf Reisen gehe, haben Sie sich aber geschnitten, Mr Dawn! Wer glauben Sie, bin ich?! Ein Naivchen?« Ihre Rage brachte ihre Stimme in ungeahnte Höhen und ließ ihre Wangen leicht erröten. Zornig sah sie ihn mit zugekniffenen Augen an und versuchte ihr Temperament zu zügeln, ehe es vollends mit ihr durchging. Sie war ja eigentlich ein zurückhaltender, harmoniebezogener Mensch – mit einer engelhaften Gleichmut gesegnet, wie es selten der Fall war – aber sobald jemand versuchte, über sie zu bestimmen, gingen ihr die Sicherungen durch.

Mit solch einer aufbrausenden Reaktion hätte Jason keineswegs gerechnet. Eine Archäologie-Professorin hatte er sich eindeutig anders vorgestellt. Bieder und altbacken. Doch sein attraktives Gegenüber war das genaue Gegenteil davon. Sie war eine absolut außergewöhnliche Persönlichkeit und sprühte nur so vor Energie, allein der dynamische Ausdruck ihrer fast übersinnlichen Augen faszinierte ihn. Sie war einzigartig. Die bezaubernde, nasale Art, wie sie sprach. Äußerst gehoben, wenn nicht schon versnobt. Sie besaß eine zungenfertige, diplomatische Gewandtheit, derer es so manchem Politiker mangelte. Und sie ließ sich nicht übervorteilen, so viel war klar. Obwohl er ihren Steckbrief kannte, hatte er sich ein vollkommen falsches Bild von ihr gemacht.

Sie funkelte ihn noch immer herausfordernd und aufgebracht an, was ihn regelrecht amüsierte. Er konnte ein lautes Lachen gerade noch unterdrücken und lächelte schief. »Verzeihung Mylady, dass ich mich noch nicht ausgewiesen habe ... Jason Dawn, vom MI6. Für Ihre Sicherheit ist gesorgt!«

Er hielt ihr eine Art Ausweis vor die Nase, den Grace ihm förmlich aus den Fingern riss und eingehend betrachtete. Viel konnte sie allerdings nicht damit anfangen, hatte sie doch bisher noch nie etwas mit dem Geheimdienst zu tun gehabt und somit auch absolut keine Vergleichsmöglichkeiten. Daher unterzog sie Agent Dawn einer genauen Musterung und versuchte, einen Hinweis auf Vertrauenswürdigkeit in seinem Antlitz zu finden. Schließlich blieb sie bei seinen charismatischen Augen hängen, die tatsächlich so wirkten, als könnten sie kein Wässerchen trüben. Dennoch konnte sie sich nicht des Eindrucks erwehren, geradewegs in eine Falle zu tappen. Irgendwie klang das alles zu gut, um wahr zu sein. Sie biss sich auf die Unterlippe, während sie ihre Argumente pro und kontra abwägte. Insgeheim musste sie sich aber eingestehen, dass sie längst eine Entscheidung getroffen hatte. Mit einem derart anziehenden James-Bond-Verschnitt auf Schatzsuche zu gehen, das konnte sie schlecht ablehnen. Verdammt, jetzt war der glutäugige Beau irgendwie noch höher in ihrem Ansehen gestiegen, als es ohnehin schon der Fall gewesen war. Ihr Herz begann schneller zu schlagen, Grace spürte, wie ihre Wangen erneut Farbe annahmen. Jetzt aber aus völlig anderen Gründen. Vorfreude auf die bevorstehende Zusammenarbeit mit dem anziehenden Mr Dawn und die Suche nach den mysteriösen Kristallköpfen – endlich kam wieder Schwung in ihr Leben. Sie versuchte, ihre Aufregung zu überspielen, nickte, kniff die Augen leicht zusammen, lächelte und sagte in einem gewollt lässigen Ton »Gut, Mr Dawn, ich bin dabei!«

Während der Limousinenfahrt packte Grace in Gedanken die Koffer und erstellte zugleich eine To-do-Liste. Unvergessen blieben ihre schlimmsten Albträume, in denen sie kurz vor der Reise vergessen hatte, das Gepäck zu packen, somit ohne Kleider und Make-up am Flughafen gestanden war, und dann immer schweißgebadet aufgewacht war. Huh, Grace lief ein kalter Schauer über den Rücken. Nur nichts vergessen!

Jason wartete im Auto, als Grace hinauf in ihr Appartement eilte und ihre Koffer hervorholte. Jeans, Hotpants, jede Menge Tanktops, Lederjacke, Stiefel, Wanderschuhe und natürlich etwas Elegantes durften nicht fehlen, man wusste ja nie, was einen erwartete. Also zog sie auch noch ihr Lieblings-Kleines-Schwarzes aus dem Schrank, fertig. Die Tasche mit Make-up und der Kulturbeutel, sonst noch etwas? In diesem Moment klopfte es an der Tür.

»Mum, es ist offen!«

»Kindchen, hallöchen! Also da unten, vor deinem Eingang steht ein äußerst hübscher Mann; sieht aus, als warte er auf jemanden. Verreist du etwa mit *ihm*?«

Grace verdrehte die Augen. Der schrille, ungläubige Ton ihrer Mutter war wieder typisch.

»Wäre das denn so abwegig?« Irgendwie fühlte sie sich jetzt ein klein wenig gekränkt.

»Ist er etwa dein Freund? Warum hast du ihn uns noch nicht vorgestellt? Wohin geht der Urlaub? Du hättest mich ruhig um Rat fragen können, ich kenne so viele romantische Hotspots! Hast du das etwa schon länger geplant? Irgendwie kommen mir deine Reisepläne ein bisschen überstürzt vor …«

Um dem nicht enden wollenden Redeschwall ihrer Mutter Einhalt zu gebieten, warf Grace schnell ein: »Mum! Das ist beruflich, neue Ausgrabungen!« Kurz und bündig. Man konnte glücklich sein, überhaupt zu Wort zu kommen, denn wenn die gute Mrs MacGregor erst einmal in Fahrt gekommen war, redete sie ohne Punkt und Komma. Als Grace bemerkte, dass ihre Mutter zu einem erneuten Verhörversuch ansetzen wollte, sagte Grace flehend: »Mum, bitte! Ich hab es schon ziemlich eilig. Ich wollte dich nur bitten, dich um Larissa zu kümmern, während ich nicht da bin. Hier, es ist schon alles zusammengepackt. Larissa muss nur noch in ihr Transportkörbchen. Larissa, Süße, wo bist du, komm!«

Grace krabbelte auf der Suche nach ihrem Kätzchen auf dem Boden herum und gab lockende Laute von sich. Es war doch schon sehr ungewöhnlich, dass sich ihre Katze versteckte und keinen Mucks machte, wenn man sie rief. Wo war sie bloß? Als ihre Mutter dann auch noch keinen Ton von sich gab, was mehr als verdächtig war, drehte sich Grace – immer noch auf allen vieren – erstaunt um.

Sie war doch nicht zu schroff zu ihr gewesen?

Wie erstarrt blickte sie direkt in das belustigte Gesicht von Jason Dawn, der Larissa im Arm hielt und ganz offensichtlich Grace' Rückenansicht genoss.

»Mr Dawn«, rief Grace erschrocken und empört. In

diesem Moment kam auch ihre Mutter, die mit einem bewundernden Lächeln und verträumtem Gesicht in der Ecke gestanden hatte, anscheinend wieder in den Besitz ihrer geistigen Kräfte. »Oh, Mr Dawn, hallo! Ich bin Helena MacGregor, Gracies Mutter!« Sie eilte in winzigen Schritten zu dem attraktiven Mann und reichte ihm elegant die Hand.

»Sehr erfreut«, antwortete dieser, konnte aber seinen Blick nur kurz von Grace reißen, die inzwischen wieder auf den Beinen war. »Dr. MacGregor, ich wollte Sie fragen, ob ich Ihnen nicht irgendwie zur Hand gehen kann?« Keck blickte er ihr in die Augen und in Grace begann es schon wieder zu kochen.

»Nun ja, zuallererst geben Sie mir meine Katze!«

Wie aufs Wort sprang Larissa aus Jasons Armen und lief direkt zu ihrem geliebten Frauchen. Sie schmiegte sich schnurrend an ihre Beine und wollte von Grace hochgehoben werden. »Hey, meine Süße, ich werde dich auch vermissen! Pass gut auf dich auf, und sei brav, hörst du? Ich komme bald wieder, versprochen!« Grace kuschelte mit ihrem Kätzchen, bevor sie Larissa in die Transportbox setzte. Schweren Herzens übergab sie sie ihrer Mutter. »Mach's gut, mein kleiner Schatz, hab dich lieb!« Fast stiegen ihr Tränen in die Augen, die sie herunterzuschlucken versuchte. Wenn der Abschied nur nicht immer so schwer wäre. »Okay, Mum, liebe Grüße an Papa, und bitte behandle Larissa gut!« Sie drückte ihre Mutter und hauchte ihr ein Küsschen auf die Wange, ehe sie sie zur Tür hinausschob. »Bis bald!«

»Schöne Wohnung«, bemerkte Dawn, der sich derweil neugierig in ihrem Loft umsah. »Das offene Konzept gefällt mir besonders.«

»Danke«, entgegnete sie knapp, war mit den Gedanken jedoch ganz wo anders – beim Packen.

»Sehr hübsch. Hell. Und doch hat es etwas von einer Bibliothek.«

»Was soll ich sagen, ich liebe Bücher.« Grace zuckte unmerklich mit den Schultern und wirbelte im Bad, auf der Suche nach der Reiseapotheke, herum. Nach Smalltalk war ihr gerade so gar nicht zumute, merkte der Kerl das denn nicht an ihrem Tonfall?

»*Bücher lesen heißt, wandern gehen in ferne Welten, aus den Stuben, über die Sterne*. Oder, wie sagte Cicero so schön: *Ein Haus ohne Bücher ist wie ein Körper ohne Seele*.«

Wow, das hatte sie jetzt nicht erwartet. Er zitierte allen Ernstes erst Jean Paul, dann Cicero. Obwohl, vielleicht doch. Seine faszinierenden, warmherzigen braunen Augen hatten ihr schon beim Kennenlernen verraten, dass der tough wirkende Agent Tiefgang besaß.

»Sie lesen also auch gerne?« Grace verstaute ihre Reiseapotheke im obersten Fach ihres Koffers und lehnte sich mit verschränkten Armen an die Wand.

»Eine meiner absoluten Lieblingsbeschäftigungen«, bestätigte er schließlich ihre Annahme, was sie zum Schmunzeln brachte.

»Mr Dawn, Sie werden mir immer sympathischer.«

Damit hatte er sie an der Angel. Sein Mund verzog sich zu einem schiefen, verschmitzten Grinsen. Literarische Zitate zogen bei der Damenwelt immer.

Er bedachte sie mit einem unglaublich charmanten Blick, der so intensiv war, dass er ihr unter die Haut ging.

Halleluja. Der attraktive 007-Verschnitt, der offensichtlich mit der Lizenz zum Flirten und Herzbrechen ausgestattet war, hatte es echt drauf.

»Äh, okay, ich denke, der Koffer ist gepackt. Haben Sie denn eine Vorstellung, wo uns die Reise hinführen wird? Irgendwelche Details, die ich wissen sollte?« Sie musste sich schleunigst auf andere Gedanken bringen und versuchte, so neutral wie möglich zu klingen, wenngleich ihr Herz gerade auf Marathonfrequenz schlug.

Kein leichtes Unterfangen also.

»Nicht direkt, nein. Aber keine Sorge, wir sind für alle Eventualitäten gewappnet. Die Ausrüstungen für die ganze Gruppe ist vorhanden, Sie brauchen also nur das Nötigste einzupacken. Ihre Schuhgröße ist sechsunddreißig, stimmt's?«

»Sie haben aber Ihre Hausaufgaben ordentlich erledigt«, rief Grace, die gerade ins Schlafzimmer gehuscht war, um sich zu vergewissern, dass sie auch nichts vergessen hatte, und murmelte beinahe unhörbar: »Ich will gar nicht wissen, was Sie sonst noch in meiner Akte vermerkt haben.«

»Ach, Akte würde ich es nicht nennen, eher einen kleinen Steckbrief!«, rief er ihr in belustigtem Tonfall hinterher, während er sich weiter neugierig in ihrem Loft umsah.

»Huch, gute Ohren haben Sie auch noch ... na, das kann ja heiter werden«, brummte Grace, peinlich berührt.

»Sie sind siebenundzwanzig Jahre jung, Single, Katzenliebhaberin und trinken für Ihr Leben gern Guinness.«

Verdammt, woher wusste der Geheimdienst von ihrer Vorliebe für das samtige, schwarze Bier? Wurde sie schon länger beschattet, ohne es bemerkt zu haben? Bei dem Gedanken wurde ihr ganz flau im Magen, doch als sie aus dem Schlafzimmer trat und Dawns schelmischem Blick folgte, sah sie zwei leere Flaschen des irischen Gebräus bei der Spüle stehen. So ein Halunke.

»Dass Sie Steine sammeln, wusste ich zum Beispiel nicht«, meinte Jason, als er vor der großen Glasvitrine im Wohnzimmer stehen blieb, die mit bunten Steinen und Kristallen aller Art und Größe gefüllt war.

»Oh, meine Steine hätte ich ja beinahe vergessen.« Grace sauste an Jason vorbei, öffnete die Vitrine und packte ein paar ausgewählte Steine ganz behutsam in kleine Fächer eines violetten Samtsäckchens, das sie anschließend zusammenrollte. »Ihre Beobachtungsgabe scheint dann aber nicht besonders ausgeprägt zu sein, sonst wären Ihnen schon vorher meine Steinarmbänder und Ketten aufgefallen! Ich vertraue auf die Kraft der Heilsteine.«

Grace hielt ihm ihren Arm vor die Nase, der mit drei Steinkugelarmbändern geschmückt war, auf dem Zeigefinger trug sie einen großen schwarzen Onyxring und an ihrer silbernen Halskette baumelte ein länglicher, wunderschön geschliffener Citrin. So viel dazu, dass sie mit Esoterik nichts am Hut hatte.

Jason legte den Kopf schief und musterte Grace. »Tja, mein Fehler! Ich war wohl zu sehr abgelenkt, um Ihre Steine zu registrieren!« Er lächelte sie frech und unverhohlen an.

»Flirten Sie etwa mit mir?«, säuselte sie in herausforderndem, verspieltem Tonfall. Hätte sich aber gleich selbst dafür ohrfeigen können. Berufliches und Privates zu vermischen, war eindeutig keine besonders gute Idee.

Er entgegnete ihr nur wieder diesen einen, unsagbar süßen Blick, der das Potenzial hatte, sogar in den Krieg ziehende Amazonen schwach werden zu lassen. Grace errötete abermals leicht, konnte sich aber ein Lächeln nicht verkneifen.

Vor ihr stand ein richtiger Prince Charming.

Aber sie ließ sich nicht so schnell den Kopf verdrehen. ›*Verdammt noch mal, ich bin ja keine sechzehn mehr, wo man gleich weiche Knie bekommt, wenn dich der Junge deiner Träume endlich anspricht*‹, dachte Grace insgeheim und wollte sich nicht eingestehen, dass dieser Typ ihr momentanes Herzrasen zu verantworten hatte. Sie entgegnete sein Grinsen und drehte sich um – zu schnell und unbedacht, sodass sie gegen die Kante des Türrahmens knallte. »Autsch«, grummelte sie beschämt und rieb sich die Nase. Am liebsten wäre sie kurz im Erdboden versunken. Warum in aller Welt mussten ausgerechnet ihr immer solche Peinlichkeiten passieren? Das konnte noch ein sehr amüsanter Trip werden. »Okay, ich bin fertig, wir können aufbrechen«, flötete die Altertumswissenschaftlerin gleich darauf betont fröhlich, um ihre kleine Ungeschicklichkeit zu überspielen.

Dawn warf einen flüchtigen Blick auf sein Smartphone. »Perfektes Timing, wir liegen äußerst gut in der Zeit.«

»Prima!« Grace raffte eilig ihre Sachen zusammen und komplimentierte den Geheimagenten mit einer eleganten Armbewegung zur Tür hinaus.

Kapitel Zwei

Die Fahrt zum Hubschrauberlandeplatz verlief ziemlich ruhig. Zu ruhig. Dawn schien von einem kleinen Kennenlern-Pläuschchen doch nicht sonderlich viel zu halten, was Grace ein wenig irritierte. So charmant er eben noch gewesen sein mochte, so verschlossen und wenig gesprächig war er nun. In Sachen sozialer Interaktion schien er janusköpfig zu sein, was ihn irgendwie noch interessanter machte. Jemand von seinem Kaliber war ihr bisher noch nie begegnet. Er war absolut undurchschaubar und geheimnisvoll. Ein Hauch von Düsternis und Gefahr schien an seinen Fersen zu kleben wie ein zweiter Schatten. In Grace wuchs das unbändige Bedürfnis, hinter seine Fassade blicken zu wollen. Sie wollte mehr über ihn erfahren, mehr über ihn herausfinden.

Doch da er sich plötzlich so abweisend verhielt, tat sie es ihm gleich und behandelte ihn wie Luft. Was er konnte, konnte sie schon lange. Sie ließ sich durch seine Verhaltensweise nicht verunsichern und nahm ihre gewohnt würdevolle Haltung ein. Als der Wagen beim Helipad hielt, stieg sie lässig aus, schulterte ihre Umhängetasche und machte sich daran, ihr Reisegepäck aus dem Kofferraum zu holen, wobei er ihr jedoch zuvorkam.

»Darf ich?«

»Sehr hilfsbereit, danke, aber das schaffe ich schon allein«, entgegnete sie reichlich kühl, nahm ihm den Koffer wieder ab und trippelte hochmütig Richtung Hubschrauber.

»Ohne Zweifel«, grinste Dawn und fuhr sich mit der Hand über das stoppelige Gesicht, als er ihr hinterherblickte.

Im Helikopter übergab er ihr ohne viele Worte eine Mappe mit Steckbriefen der anderen Beteiligten sowie der vorhandenen Kristallschädel. Grace las aufmerksam und interessiert die Informationen über die beiden weiteren Teammitglieder:

Dr. Irene Moser alias Ireene Green, 42, Österreich;

Ärztin, auf Homöopathie und Naturheilkunde spezialisiert;

lebte ein Jahr bei indianischen Schamanen sowie einige Monate in Tibet. Hellseherische Fähigkeiten. Channelmedium

Prof. Dr. Dr. Xiang Hu, 33, China;

Computerspezialist, Genie in Physik, Spezialgebiet Quanten- und Astrophysik; Studien in Rekordzeit abgeschlossen;

spricht sieben Sprachen ohne Akzent

Überaus beeindruckend! Als die Altertumswissenschaftlerin weiterblätterte und die Fotos, wie auch die kurzen Beschreibungen der Kristallköpfe sah, hielt sie kurz den Atem an und strich sanft mit dem Finger über die Abbildungen.

1. Mitchell-Hedges-Kristallschädel: 5,4 kg; 1924 in Belize gefunden; klarer Bergkristall

2. E.T.: 4,99 kg; 1906 in Guatemala entdeckt; Rauchquarz

3. Max: 8,17 kg; 1924 in einem Mayagrab in Guatemala ausgegraben; klarer Kristall (Quarz)

4. Sha Na Ra: 5,98 kg; 1995 in Mexiko von Nick Nocerino gefunden; klarer, gelber Kristall (Citrin)

5. Schädel des Britischen Museums: 5,45 kg; in den 1860er in mesoamerikanischen Ruinen gefunden; Bergkristall

6. Synergy: 7,03 kg; Fundort wahrscheinlich Hawaii; Bergkristall

7. The Jesuit: 3 kg; Fundort unbekannt; 1534 erstmals erwähnt; Bergkristall

»Hmm, Mr Dawn, laut Legende sollten doch die dreizehn Kristallschädel identisch aussehen, gleiches Gewicht, abnehmbarer Unterkiefer ... Oder bin ich da etwa falsch informiert?«, fragte Grace nachdenklich und kaute gedankenverloren auf ihrer Unterlippe herum.

»Sie sind also doch mehr auf dem Gebiet bewandert, als Sie anfangs zu erkennen gegeben haben«, stellte Dawn in amüsiertem Tonfall fest, legte die Akte, die er seit geraumer Zeit studierte, beiseite und wandte sich zu Grace. Er genehmigte sich ein, zwei, vielleicht auch fünf Sekunden, ihr grüblerisches Antlitz näher zu ergründen, und fand die junge Professorin unheimlich süß. Die Art, wie sich ihre großen Puppenaugen verengten und sie an ihrer Unterlippe sog, wenn sie etwas zu beschäftigen schien, gefiel ihm. Die zierliche Blondine hatte etwas an sich, das seinen Beschützerinstinkt sofort geweckt hatte. Dennoch hatte sie ihm schon in dieser kurzen Zeit bewiesen, dass sie keineswegs eine zu allem Ja und Amen sagende Konformistin war. Ihr liebliches Aussehen war bloß Tarnung für einen zähen Dickkopf, dachte Jason, der lange Zeit als Profiler für den MI6 tätig gewesen war. Sie würde es ihm nicht leicht machen, so viel war klar. Dawn war sich nicht einmal sicher, ob sie sich einer Befehlskette fügen würde, deshalb durfte er sie nicht mit Glacéhandschuhen anfassen. Er durfte sich auf keinen Flirt mit ihr einlassen, was ihm allerdings keineswegs leichtfallen würde. Sie gefiel ihm. Frauen waren ohnehin seine Schwachstelle und dieser kleine blonde Sturkopf faszinierte ihn mehr als es der Fall sein dürfte. Sie war außergewöhnlich – in jeglicher Hinsicht.

Als Grace sich räusperte, riss sie den Agenten damit jäh aus seinem Gedankenflug. Sie musterte ihn neugierig und wartete gebannt auf eine Antwort.

»Nun, wir kennen natürlich die Legenden, aber Dr. Green hat unter den vielen heute bekannten Kristallschädeln diese sieben auserkoren. Sie ist überzeugt, dass sie zu dem Kreis der sagenumworbenen Dreizehn zählen«, erklärte er in knappen Worten und hielt den Blickkontakt zu seinem attraktiven Gegenüber aufrecht.

Ihre Augen weiteten sich. »Durch Channeling?« Grace konnte die Skepsis, die in ihrer Stimme mitschwang, nicht unterdrücken.

»Sie stehen dem wohl etwas kritisch gegenüber? Ich kann Ihnen aber versichern, dass das mittlerweile eine anerkannte Methode ist. Sie werden staunen, wenn Sie es live miterleben!«

Die Archäologin zog eine Augenbraue hoch und seufzte grüblerisch. »Kritisch würde ich nicht sagen. ... Na gut, okay, vielleicht doch. Ich habe einfach keine Vorstellung davon.« Sie zuckte nonchalant mit den Achseln, verzog den Mund zu einer Schnute und kräuselte ihre kleine Stupsnase. »Eins verstehe ich offengestanden noch nicht. Seit wann interessiert sich der britische Auslandsgeheimdienst für Archäologie, Mythen und Paranormales? Das passt in meinen Augen irgendwie nicht ganz zusammen ...«

»Sagen Sie das bloß nicht! Es gibt eine eigene Abteilung,

die sich mit ...«, er stockte und suchte nach dem richtigen Wort, »... mit *Außergewöhnlichem* beschäftigt.«

Grace zog argwöhnisch eine Augenbraue hoch. »Interessant. Dann sind Sie quasi der Fox Mulder des MI6«, scherzte sie, wusste aber gar nicht, wie sehr sie mit ihrer Annahme ins Schwarze traf.

»So in etwa«, bestätigte er vage und zwinkerte verschlagen.

»Stets auf der Suche nach dem Unerklärlichen ...«, neckte sie ihn und fand seine Reaktion mehr als amüsant. Sie entlockte ihm ein hintergründiges Lächeln, das sie unheimlich gern mochte. So sehr, dass ihr Magen beschloss, Purzelbäume zu schlagen und eine Armada an Schmetterlingen freizulassen.

»Was kann ich mir unter Außergewöhnlichem vorstellen?«, bohrte sie weiter, stieß jedoch auf Granit. Seine unergründliche Miene gab nicht die geringste Information preis.

»Streng geheim?«, mutmaßte sie halbernst, woraufhin er die Lippen zu einer schmalen Linie zusammenpresste und geheimnisvoll nickte.

»UFOs?«

»Glauben Sie denn an kleine grüne Männchen?«, konterte er und zog ihre Frage ins Lächerliche.

»Keine Ahnung. Dass wir der einzige Planet im gesamten Universum mit intelligentem Leben sind, wäre vermessen zu denken ...«, überlegte sie laut, tat das Thema dann aber mit einer wegwerfenden Handbewegung ab. »Sagen Sie, die meisten der Kristallschädel auf Ihrer Liste befinden sich doch in Privatbesitz? Man hat sie Ihnen einfach so überlassen?«

Jason nickte. »Stimmt, viele von den Besitzern sehen sich als Hüter der Schädel. Ganz so einfach war es nicht, alle zu überzeugen, die Kristallschädel in unsere Hände zu übergeben. Wie Sie sich vorstellen können, wollten alle live dabei sein, wenn die legendären Dreizehn zusammengeführt werden …«

»Und dennoch haben Sie alle dazu gebracht, Ihnen ihre Schätze anzuvertrauen«, schlussfolgerte Grace und sah Dawn forschend an. Er saß ziemlich breitbeinig da und hatte seine Hände zwischen seinen Oberschenkeln zu einem Spitzdach geformt. Wohl, um seine Überlegenheit zu signalisieren, ob bewusst oder unbewusst sei dahingestellt.

Seine Mundwinkel zuckten verwegen. »Ich kann sehr überzeugend sein …«, tönte er verschmitzt und klang über alle Maßen selbstzufrieden.

»Kann ich mir denken!«, erwiderte die Archäologin und legte den Kopf schief. Beinahe klang ihre Stimme wie das Schnurren einer rolligen Katze. Musste wohl an dem Hubschrauber-Headset liegen, nahm sie an.

Kapitel Drei

Es war schon früher Nachmittag, als der Helikopter auf dem Gelände des Flughafen Heathrow aufsetzte. Jason und Grace wurden von einem dunklen Wagen abgeholt und in einen etwas abgelegenen Hangar gebracht. Dort erwartete sie schon das restliche Team in einem hübsch eingerichteten Aufenthaltsraum.

Dr. Green, die gemeinsam mit Dr. Hu auf einer schwarzen Ledercouch saß, stand augenblicklich auf und reichte Grace mit einem herzlichen Lächeln die Hand. »Schön, Sie kennenzulernen, ich bin Ireene.«

Grace fand sie auf Anhieb sympathisch. Sie hatte eine sehr gewinnende, offene Art, auch von Dr. Greens Aussehen war Grace beeindruckt. Sie war eine beinahe elfenhafte Gestalt. Ireene war ziemlich groß und schlank, hatte schulterlange, flammenrote Haare und ihre hellgrünen Augen stachen durch den schneeweißen, porzellanartigen Teint besonders hervor.

Der chinesische Wissenschaftler im dunkelblauen Anzug erhob sich ebenfalls von der Couch und stellte sich etwas umständlich vor. Er schien ein ulkiger, vorwitziger Zeitgenosse zu sein, redete pfeilschnell und schmunzelte freundlich. Grace fühlte sich wirklich herzlich willkommen geheißen und hoffte, dass der erste Eindruck nicht trog und sie zukünftig ein gutes Forschungsteam bilden würden. Dann fiel MacGregors Blick auf zwei große Männer in schwarzer Kleidung und mit strengem Aussehen. Ganz offensichtlich hatten sie die Funktion von Bodyguards inne. Sie standen neben einem Tisch mit sieben kleinen Koffern. Darin mussten wohl die Kristallschädel aufbewahrt sein, mutmaßte sie und fühlte eine eigenartige Anziehungskraft.

»Und das, Dr. MacGregor, sind Sean und Will, MI6-Agenten unter meinem Kommando!«, erklärte Jason Dawn und deutete auf die beiden stämmigen Bodyguard-Typen, die jeder auf seine Art unerwartet freundlich winkten. Einer grüßte, indem er mit ausgestrecktem Zeige- und Mittelfinger einen saloppen Deut zur Schläfe vollführte, der andere schwenkte die Hand und lächelte höflich.

»Hi, freut mich!«, winkte Grace zurück.

»Sie wollen bestimmt einen der Schädel sehen, bevor wir mit der Besprechung beginnen!« Jason legte sachte seine Hand an ihren Rücken und begleitete Grace zu den Koffern. Er sah ihr mit bedeutungsvollem Blick in die Augen und öffnete die Box mit der Aufschrift ›M. H.‹. Zum Vorschein kam der Mitchell-Hedges-Kristallschädel. Er war wirklich so klar und durchscheinend, wie er beschrieben wurde. Grace konnte ihre Augen für einige Atemzüge nicht von dem magisch aussehenden Kristallkopf nehmen. Er hatte sie voll und ganz in seinen Bann gezogen. Pure Perfektion. Es schien, als nehme er das gesamte Licht des Raums in sich auf und reflektiere es wieder. Grace war absolut fasziniert. Sie machte einen weiteren Schritt auf ihn zu und legte vorsichtig ihre Hand auf die rechte Oberseite des Schädels. Er war eiskalt. Seine Oberfläche war glatt und ebenmäßig. Es war fast so, als spürte man die Energie, die er abgab. Ein angenehmes, ja beinahe berauschendes Gefühl durchfuhr sie. Sie ließ ihre Hand von dem Schädel gleiten und begutachtete sie. Erstaunt strich sie mit dem Daumen über ihre sonderbar prickelnden Fingerspitzen. Wie merkwürdig. Ireene war indes unbemerkt hinter sie getreten, klopfte ihr auf die Schulter und riss Grace jählings aus ihren Gedanken.

»Das ging uns allen so, als wir M. H. das erste Mal sahen. Beeindruckend, nicht wahr?«

»Einzigartig«, hauchte Grace, die immer noch nicht fassen konnte, welch starke Anziehung der Kristallschädel auf sie ausübte.

»Ladys, darf ich nun bitten?« Jason bedeutete den beiden Damen, auf dem Sofa Platz zu nehmen.

Plötzlich schnellte der Arm des Astrophysikers kerzengerade nach oben, wie der eines Musterschülers im Unterricht. Dr. Hu rutschte zappelig auf der Couch herum und erntete einen verwunderten Blick von Agent Dawn.

»Ja, Dr. Hu?«, fragte Jason ein wenig gereizt und baute sich mit verschränkten Armen vor der Sitzlounge auf.

»Agent Dawn, wie Sie uns wissen ließen, arbeiten Sie in einer ... äh ... Sonderabteilung des Geheimdienstes ...?«

Dawn nickte und hoffte insgeheim, dass der Wissenschaftler schnell zum Punkt kommen würde. Er hasste unnötige Ablenkungen.

»Können Sie uns etwas über die militärischen UFO-Akten sagen, die bislang nur teilweise offengelegt wurden?« Die braunen Augen des jungen, multilingualen Chinesen leuchteten vor überschwänglicher Neugierde.

»Tut mir leid, dazu bin ich nicht befugt, etwas zu sagen«, wimmelte ihn Jason lapidar ab und wollte zum eigentlichen Thema kommen, als ihm Xiang Hu dazwischengrätschte. »Ein winzig kleiner Hinweis würde mir genügen. Was wissen Sie über die mysteriösen Ereignisse in Rendlesham Forest?«, bohrte der Astrophysiker nach und starrte Dawn regelrecht Löcher in den Bauch.

»Weder bestätige noch dementiere ich etwaige paranormale Ereignisse«, presste Dawn mit verhärteten Gesichtszügen hervor.

»Und was ist mit diesem Gerücht über eine Himmelsschlacht in Surrey 2018? Das Militäraufgebot soll ja heftig gewesen sein ...«, blieb Dr. Hu hartnäckig und fixierte den Geheimagenten gebannt.

»Weder bestätige noch dementiere ich etwaige Vorkommnisse«, knurrte Jason, sein warnender Tonfall diesmal unverkennbar. »Ufologie liegt nicht in meiner Kernkompetenz«, fügte er beschwichtigend hinzu. »Sonst noch Fragen?«

Der Astrophysiker schüttelte etwas eingeschüchtert den Kopf und Dawn seufzte erleichtert auf.

»Gut. Wie ich Ihnen bereits mitgeteilt habe, stehen wir unter enormem Zeitdruck. Wir müssen die fehlenden Kristallschädel so bald wie möglich finden ... Dr. MacGregor, würden Sie uns in Ihr Wissen über den Maya-Kalender einweihen?«

»Etwa wegen des sozusagen verpatzten Endzeitdatums 2012?«, warf Grace mit einem sarkastischen Unterton ein.

Jason Dawn verdrehte die Augen und legte den Kopf schief. Das tat er anscheinend gerne.

Grace fing seinen Blick auf und schaute ihn keck und herausfordernd an, bevor sie schließlich zu ihrem Vortrag ansetzte. »Der Langzeitkalender bildet sich aus dreizehn Baktun-Zyklen, zu je 144.000 Tagen. Wie wir alle wissen, endete der dreizehnte Baktun des Maya-Kalenders nach circa fünftausend Jahren exakt zur Wintersonnenwende am 21.12.2012. Zeitgleich sollte sich laut Mythos ein seltenes astronomisches Geschehen ereignen, das nur alle 25.800 Jahre vorkommt – Sonne und Milchstraße sollten in einer besonderen Anordnung zueinander stehen: Die Erdachse sollte angeblich direkt in das Zentrum der Milchstraße zeigen, während sich die Sonne zur Wintersonnenwende 2012 in einer dunklen Spalte der Milchstraße befand. Laut Maya-

Legenden öffnete sich zu diesem signifikanten Zeitpunkt ein kosmisches Tor …«

»Das ist so nicht ganz richtig! Dieses besondere Ereignis wird zwar stattfinden, aber erst Ende 2225! Dann wird das galaktische Zentrum den Wintersonnenwendepunkt erreichen«, warf der Astrophysiker, Dr. Hu, plötzlich ein.

»Wenn Sie mich ausreden lassen, komme ich noch zu diesem Punkt!«, erwiderte die Altertumswissenschaftlerin unwirsch. Normalerweise würde Grace jedem eine derartige Unterbrechung übelnehmen, doch der quirlige, wortschnelle Chinese lächelte sie sogleich entschuldigend an.

»Die Übertragung des Maya-Kalenders auf unseren christlichen Kalender basiert auf den spanischen Dokumenten aus dem sechzehnten und siebzehnten Jahrhundert. Vergleicht man historische und astrologische Ereignisse, die die Maya festgehalten haben, mit unseren Datierungen, kommt es zu großen Diskrepanzen. Sie passen nur aufeinander, wenn man es um circa zweihundertacht bis zweihundertzehn Jahre verschiebt. Somit, Dr. Hu, kommen wir dann wieder in die Nähe von 2225.«

»Sie sind also der Meinung, dass man den Maya-Kalender einfach nur falsch berechnet hat?« Dr. Ireene Green blickte Grace fragend an.

»Diese Theorie ist zumindest nicht von der Hand zu weisen. Da die Konquistadoren, allen voran Bischof Diego da Landa, alle Maya-Schriften und Bücher verbrennen ließen, blieben nur vier Maya-Codices erhalten: der Pariser, Dresdner, Madrider und der Grolier Codex. Anhand dieser Aufzeichnungen wurden die Anfangsdaten errechnet und alles Weitere datiert. Geht man also von einem falschen Anfangsdatum aus, konnte die Endzeit 2012 logischerweise ebenfalls nicht stimmen.« Die Archäologin ließ das Gesagte kurz wirken und wollte gerade mit ihrem Vortrag fortfahren, als sie sah, dass der zappelig wirkende Dr. Hu erneut unruhig auf seinem Platz herumrutschte. Anscheinend traute er sich nicht, ihr abermals in die Parade zu fahren.

»Dr. Hu?«

»2012 haben wir ja schlussendlich überlebt, nichtsdestotrotz stehen uns möglicherweise gefährliche Zeiten bevor, dazu muss ich kurz etwas ausholen: Nun, ein platonisches Weltenjahr beträgt 25.920 Erdenjahre. Es bezeichnet den Zyklus, auch Präzession genannt, in dem sich unser Sonnensystem in elliptischen Bewegungen zur Zentralsonne, die sich im Zentrum unserer Galaxie befindet, hinbewegt und sich wieder entfernt. Trivial gesagt, können Sie es sich so ähnlich vorstellen, wie die Bewegung der Erde um die Sonne.« Dr. Hu bemühte sich sichtlich, langsam und verständlich zu reden, was dem quirligen Physikgenie anscheinend ausgesprochen schwerfiel. Er blickte in die Runde, um sicherzugehen, dass man ihm auch folgen konnte. »Ein Zyklus besteht aus zwölf Zeitspannen, die jeweils 2160 Jahre dauern. Man nennt sie Weltenmonate. Wir befinden uns gerade an einem der Wendepunkte. Unser Sonnensystem verlässt die Periode der weitesten Entfernung zum Zentrum, das sogenannte dunkle Zeitalter, und wir bewegen uns nun wieder auf die Zentralsonne zu.« Er zückte einen Kugelschreiber aus seinem Sakko und malte eine grobe Skizze auf eine Serviette, während er redete.

»Genau, wir verlassen das Fischzeitalter und beginnen das Wassermannzeitalter. Die Zeit des Erwachens. Das langersehnte New Age«, unterbrach Ireene ziemlich euphorisch.

»Stimmt, dennoch birgt es womöglich einige Probleme für die Erde. Durch das Annähern an die Zentralsonne kommt es zu erhöhter Sonnenaktivitäten, dadurch könnten eventuell häufiger Sonnenstürme auftreten, die Erdbeben und andere Naturkatastrophen auslösen. Und nicht nur das, unsere Stromversorgung wäre durch massive Sonnenstürme stark gefährdet. Welche Folgen das für unser Leben hätte, können Sie sich ja vorstellen.«

»Aber gleichzeitig werden die Menschen in der neuen Ära bewusster. Sie erwachen. Die Zahl der Erfindungen wird steigen, neue Denkweisen eröffnen sich«, schwärmte das rothaarige Medium in Singsang-Stimme vor sich hin.

»Schön und gut, aber nun zurück zum Thema!« Jason, der bisweilen lässig an der Wand gelehnt hatte, trat zum Tisch und sah ein bisschen genervt aus. »Wir sind leider nicht die Einzigen, die nach den verlorenen Schädeln suchen. Eine Gruppe der Illuminati hat es sich auch zum Ziel gemacht, die Macht der sagenumwobenen dreizehn Schädel zu erlangen. Die Bilderberg-Gruppe wie auch die amerikanische Regierung sind ebenfalls sehr daran interessiert. Nicht zu sprechen von den unzähligen selbsternannten Schatzjägern. Darum drängt die Zeit! Und Miss MacGregor, um Ihrer gleich kommenden Frage schon im Voraus zu antworten, nein, wir haben nicht eben erst mit der Suche begonnen, doch an den Legenden scheint etwas dran zu sein – die Schädel kommen erst zum Vorschein, wenn sie gefunden werden wollen. Und die Zeit scheint nun reif!« Er grinste Grace verwegen an, die nun mit geöffnetem Mund dasaß.

»Erstens, Dr. MacGregor bitte schön. Und zweitens, woher zum Teufel wussten Sie, was ich sagen wollte?«

Jason Dawn erhob kurz die Augenbrauen, lächelte sie versonnen an und zuckte salopp mit den Schultern, ehe er den Blickkontakt abrupt abbrach und sich den anderen zuwandte.

»Wie dem auch sei, uns stehen nun einige Optionen offen, wo wir mit der Suche beginnen könnten. Dr. Green, Sie sind noch immer dafür, dass wir der Spur in Nordamerika nachgehen?«

»Ja, durch meine Kontakte zu verschiedenen Indianerstämmen kamen mir viele Legenden rund um die Kristallschädel zu Ohren. Ich hörte von den Hütern eines Schädels. Ihr Stammesname sowie der genaue Ort wurden zwar nie ausgesprochen, dennoch weiß ich, wo wir mit der Suche anfangen könnten. Meine Freunde helfen uns bestimmt weiter.«

»Das klingt vielversprechend. Aber wäre es nicht sinnvoller, wenn wir in Europa beginnen? Ich weiß zum Beispiel, dass sich Heinrich Himmler, der das Oberhaupt der ›Schwarzen Ritter‹ – einer Untergruppe der Thulegesellschaft – war, mit okkulten Mythen beschäftigte und vom Maya-Kalender absolut fasziniert gewesen ist. Angeblich ließ er weltweit nach Kristallköpfen suchen und soll dabei auch erfolgreich gewesen sein. In ihrer Ordensburg, der Wewelsburg, existiert im Kellergeschoss eine Gruft, die sie Walhalla nannten. Ein runder Raum mit einem kreisförmigen Platz in der Mitte, der von zwölf Sockeln umringt ist. Womöglich für die Kristallschädel. Man hörte jedenfalls von geheimen Zeremonien und Riten, die dort unten abgehalten wurden. Wie viele Schädel der Orden tatsächlich besaß, und wohin diese nach dem Krieg verschwunden sind, ist leider nicht bekannt. Aber vielleicht wäre es eine gute Idee, dort mit der Suche anzusetzen?« Grace blickte zuerst Dr. Green und dann Jason Dawn an.

»Die Burg habe ich tatsächlich auch auf meiner Liste, jedoch mit einem Fragezeichen markiert. Sofern niemand weitere Vorschläge hat, geht es also zuerst auf nach Deutschland. Dr. Green, was sagen Sie dazu?«

Ireene wirkte überzeugt und nickte zustimmend. »Habe keine Einwände. Mehr kann ich dazu leider nicht sagen, da ich derzeit weder positive noch negative Gefühle verspüre. Vielleicht fühle ich etwas, wenn wir dort sind.«

»Sie handeln also sozusagen aufgrund Ihrer Intuition?«, fragte Grace erstaunt.

»Es ist etwas komplizierter. Ich bin medial veranlagt. Ich spüre starke Impulse, von denen ich mich leiten lasse.

Manchmal bekomme ich Visionen. Ich kann sie nur leider nicht auf Knopfdruck abrufen.«

Dr. Hu blickte Ireene skeptisch an. Für ihn als Wissenschaftler war das wohl, wenn überhaupt, nur schwer zu begreifen. Er zog die Augenbrauen hoch und runzelte die Stirn, gab aber keinen ironischen Kommentar von sich. Obwohl seine Teamkameraden ihn noch nicht gut kannten, konnten sie anhand seines lustigen Gesichtsausdrucks erkennen, dass ihm die Zurückhaltung absolut schwerfiel.

»Da Sie alle nun temporär im Geheimdienst der Krone arbeiten, wird es Sie hoffentlich nicht wundern, dass Sie eine Verschwiegenheitserklärung unterzeichnen müssen. Kein Wort nach draußen, zu niemandem! Ihre Handys werden während der Mission mit einer speziellen Software ausgestattet, damit man sie nicht orten kann. Wie bereits erwähnt, haben wir einige nicht zu unterschätzende Gegenspieler, darum fliegen und operieren wir stets unter dem Radar.«

Deutschland

»Das Schönste, was wir erleben können, ist das Geheimnisvolle.«
Albert Einstein

Kapitel Vier

Zwanzig Minuten später hob ihr Privatjet in Richtung Paderborn ab. Während Grace die Zeit dazu nutzte, ein kleines Nickerchen zu machen, hing Jason am Telefon und arrangierte alles für ihre Ankunft. Ireene und Dr. Hu versuchten es mit Smalltalk, hatten sich jedoch nicht allzu viel zu sagen. Der Astrowissenschaftler widmete sich bald seinem Buch und Ireene machte es sich in ihrem Sitz bequem und blickte aus dem Fenster.

Nach einer knappen Stunde setzte die Maschine auf dem kleinen Flughafen Paderborn-Lippstadt auf. Zwei dunkle Range Rover standen bereits abfahrbereit am Flugplatz. Als sie das Gepäck verluden, fiel Grace auf, dass ihr Koffer von allen der größte war. Und der schwerste. Typisch. Leider hatte sie beim Packen nicht damit gerechnet, dass sie allein für ihr Gepäck zuständig sein würde. Sie hatte große Mühe den gewichtigen, knallig grünen Koffer die schmale Treppe des Privatjets hinunterzuschleppen. Was für ein großer Kraftaufwand. Grace' Gesicht lief knallrot an. So viele Männer anwesend und keiner fühlte sich dazu berufen, ihr zur Hand zu gehen. Keine Gentlemen. Scheinen wohl ausgestorben zu sein. Während Grace sich weiter darüber ärgerte, hatten es Dr. Green und die anderen schon zu den Wagen geschafft und ihr Gepäck verstaut.

›*Warum muss ich Idiotin immer so viel einpacken?*‹, dachte Grace, als sie endlich am Ende der Treppe angelangt war. Sie bugsierte den Koffer mit einem kräfteraubenden Ruck auf den Asphalt. Da er jedoch nicht richtig mit den Rollen zu ihr zeigte, begann sie abermals leise vor sich hin zu fluchen und gab ihm einen harten Tritt. Als sie ihn endlich erfolgreich in die gewünschte Position gebracht hatte und ziehen konnte, drehte sich Grace schwungvoll um und lief beinahe in Jason, der ihr sein schönstes und zugleich verwegenstes Lächeln schenkte. Wo war er so schnell hergekommen?

»Darf ich Ihnen behilflich sein, Madame?«, fragte er in einem übertriebenen, neckischen Tonfall und Grace erlebte ein kleines Déjà-vu. Diese Situation hatten sie doch schon gehabt.

»Herzlichen Dank, aber jetzt schaffe ich es auch allein«, entgegnete ihm Grace verärgert und stolzierte, wieder hocherhobenen Hauptes, an ihm vorbei. Was sie sogleich bereute, als sie vor dem erhöhten Kofferraum des Range Rover stand. Doch sie ließ sich die Anstrengung nicht anmerken und schaffte es erfolgreich, den Koffer zu verstauen. Vom Flughafen war es nur noch ein Katzensprung zur Wewelsburg. Grace saß im zweiten Wagen gemeinsam mit Ireene, die die Autofahrt nutzte, um zu meditieren. Sean, Dawns rechte Hand, saß am Steuer und konzentrierte sich voll und ganz auf die Straße. Es herrschte also eiserne Stille im Fahrzeug. Sie betrachtete die vorbeiziehende Landschaft, in diesem Teil Deutschlands war sie eindeutig noch nie gewesen. Während Grace aus dem Fenster blickte, bemerkte sie, dass dunkle Wolken aufzogen. Schade, es war so ein schöner Frühlingstag gewesen. Angenehm warm für Anfang April. Nach kurzer Fahrt erhob sich die beeindruckende Dreiecksburg auf einer kleinen Anhöhe, umringt von Wald. Was für ein Anblick. Vor dem Eingang erwartete die Gruppe schon ein mittelgroßer Mann mit gedrehtem Schnauzbart und dunklen, kurzen Locken. Er trug ein grünkariertes weißes Hemd und eine altmodische, schwarze Hose, stellte sich als Herr Antonius vor und begrüßte jeden herzlich. Sein eindeutig bayrischer Akzent hörte sich lustig an, als er alle anwies, ihm zu folgen. Während Sean und Will bei den Autos blieben und das Gepäck bewachten, führte der Schlossherr die restlichen vier, wie mit Jason telefonisch besprochen, zum Nordturm, in dessen Erdgeschoss sich der Obergruppenführersaal befand. Obwohl der relativ große, kreisförmige Raum viele Fenster aufwies, wirkte er ziemlich dunkel und düster. Genau mittig zwischen den schmalen Fenstern stand jeweils eine Säule, insgesamt waren es zwölf an der Zahl, und im Zentrum des Saales zierte ein dunkelgrünes Ornament den Marmorboden. Es war das Emblem der Schwarzen Sonne. Doch das, wofür sich die Gruppe eigentlich interessierte – die Gruft – lag direkt darunter. Als sie die Treppen zum ehemals auch ›Walhalla‹ genannten Kellergeschoss hinabgingen, stieg Dr. Hu kalter Schweiß auf die Stirn. Mit jedem Schritt wurde er nervöser und tupfte sich wiederholt die Schweißperlen mit einem Taschentuch ab. Der Astrophysiker litt unter Platzangst und haderte schwer mit sich. Er wollte den legendären Raum unbedingt sehen, doch die jäh aufkeimende Angst schnürte ihm die Kehle zu. Kurz vor dem Eingang entschuldigte er sich und stürmte wieder hinauf. Besorgt blickte ihm Dr. Green nach und überlegte kurz, ob sie ihrem Kollegen folgen sollte. Doch sie war viel zu neugierig, was sie hinter der Tür erwarten würde, um ihm nachzueilen. Sie hoffte, neue Anhaltspunkte zu ergründen, ja möglicherweise sogar hilfreiche Visionen zu bekommen oder gar einen verborgenen Kristallschädel zu finden und zum Vorschein zu bringen. Ireene drehte sich wieder um und schloss zu den anderen auf, die vor der Tür standen und auf sie warteten. Als sie schließlich die Gruft betraten, schlug ihnen kalte, stickige Luft entgegen. Es sah fast genau so aus, wie Grace den Keller beschrieben hatte; zwölf Steinsockel standen um eine kleine runde Vertiefung. Alle blickten sich auf der Suche nach Hinweisen um. Grace bemerkte, dass das Gewölbe Ähnlichkeiten mit einem mykenischen Kuppelgrab aufwies. Ansonsten herrschte Stille. Der Raum hatte irgendetwas Unheimliches an sich. Ob die Sockel wirklich als Thron für die Kristallschädel gedacht waren?

»Können Sie uns bitte Genaueres über die Gruft und die Vorkommnisse hier erzählen? Wurden wirklich geheimnisvolle Riten und Zeremonien an diesem Ort abgehalten? Wissen Sie etwas über Kristallschädel?«, durchbrach Jason das Schweigen und heftete seinen Blick auf Herrn Antonius.

»Ja, es ranken sich viele Gerüchte um das berühmt-berüchtigte Walhalla. Die schwarzen Ritter waren ziemlich fasziniert von Okkultismus und beschäftigten sich mit einer Vielzahl an Mythen. Angeblich hielt man hier tatsächlich magische Riten ab; Genaueres drang aber nie durch. Man kann nur raten. Es wurde berichtet, dass Heinrich Himmler diese Burg zum Zentrum der Welt machen wollte ...«

Ireene unterbrach ihn abrupt. »Ein kleines Mädchen!« Ihre Stimme klang so ungewohnt. Irgendwie zittrig und gedämpft. Alle Anwesenden drehten sich erstaunt nach Dr. Green um. Sie war sogar noch weißer im Gesicht als ohnehin schon und hielt ihre Augen fest geschlossen.

»Blonde Locken, Sommersprossen, rosa Pausbacken. Das Mädchen weiß, wo sich ein Kristallschädel befindet.« Ireene erwachte aus ihrer Trance, Vision oder was auch immer das gerade gewesen war, und blinzelte in die Runde. Sie wurde von allen Seiten begutachtet, doch ihr schienen die plötzliche Aufmerksamkeit und die teils äußerst schrägen Blicke, die auf sie gerichtet waren, nichts auszumachen. Während der Schlossherr irritiert und verstört wirkte und Dr. Green regelrecht anstarrte, und auch Grace große Augen machte, da sie die Vorstellung gerade ziemlich spooky fand, wandte sich Jason indes seelenruhig und abgeklärt an Herrn Antonius. »Sagt Ihnen das etwas?«

»I-ich ... äh ... pfff ...«, stotterte der sichtlich verunsicherte Mann herum, kratzte sich ratlos am Kopf und schien keinen klaren Gedanken fassen zu können.

»Ein kleines Mädchen zu Kriegsende, mit Verbindung zur Burg?«, half ihm Ireene Green mit sanfter Stimme auf die Sprünge und schenkte ihm ein offenes Lächeln.

»V-vielleicht kann Ihnen Frau Waltraud Müller weiterhelfen. Im Gegensatz zu mir ist sie in der Umgebung aufgewachsen und verbrachte als Kind viel Zeit hier in der Burg.«

»Sehr schön. Wo finden wir Frau Müller?«, fragte Jason, dessen Geduld am seidenen Faden zu hängen schien.

»Da haben Sie Glück, sie ist der Wewelsburg treu geblieben und führt die Jugendherberge im anderen Teil der Burg. Ich bringe Sie zu ihr.« Herr Antonius hatte sich sichtlich wieder gefangen und sperrte die Gruft sorgsam ab, nachdem er die Gruppe förmlich hinausgeschoben hatte. Sie machten sich auf den Weg nach oben, wo sie schon von einem sehr unruhigen Dr. Hu erwartet wurden. Es saß auf einer langen Holzbank und wirkte ziemlich verloren. Als er die anderen sah, stand er auf und ging ihnen mit zögerlichen Schritten entgegen. »Entschuldigen Sie bitte, aber ich leide etwas unter Platzangst. Der schmale Abgang löste ein derartig beklemmendes Gefühl aus, dass ich es kaum ertragen habe.« Er redete wieder einmal wie ein Wasserfall, nuschelte mehr denn je und blickte mit einem entschuldigenden, dackelartigen Blick in die Runde.

»Hier!« Dr. Green drückte ihm eine kleine, gelbe Packung in die Hand. »Bachblütenkaugummis, die beruhigen und helfen in akuten Fällen von Nervosität und Angst.«

»Oh, aber ...« Xiang Hu blickte skeptisch und wollte die

Kaugummis nicht annehmen. Doch Ireene nickte dem kleinen Chinesen streng zu, sodass er nach kurzem Zögern das Päckchen doch in seiner Sakkotasche verschwinden ließ und sich leise und schüchtern bedankte.

Der weitläufige Raum wirkte noch dunkler und düsterer als zuvor. Grace blickte im Vorbeigehen aus den Fenstern und bemerkte mit Besorgnis, dass sich der Himmel vollkommen schwarz gefärbt hatte. Der Wind nahm immer mehr an Fahrt auf und pfiff gespenstisch durch das alte Gemäuer. Von der Ferne hörte man Donnergrollen über den Himmel rollen. Bald würde das Gewitter genau über ihnen sein.

Dawn nahm davon kaum Notiz, er war zu tief mit Herrn Antonius in ein Gespräch verwickelt. »Wissen Sie, so etwas habe ich auch noch nicht erlebt, vorgestern besuchte eine sehr seltsame Reisegruppe unsere schöne Burg und interessierte sich ausschließlich für Kristallschädel und die Gruft, und heute fragen Sie danach!« Nachdenklich schüttelte der Schlossherr den Kopf.

»Welche Gruppe?«, stieß Jason beunruhigt hervor. »Was haben Sie ihnen erzählt? Hat Frau Müller auch mit ihnen geredet?«

»Das waren wirklich eigenartige Leute, zwei Männer und eine Frau. Nicht gerade sehr sympathisch. Mein lieber Herr Gesangsverein, die sind alle stocksteif gegangen, haben kaum ein Wort gewechselt. Ich habe ihnen das Gleiche wie Ihnen erzählt. Weswegen sie sehr unzufrieden waren. Nachdem sie unser Walhalla verlassen hatten, sind sie gleich wieder abgerauscht. Frau Müller habe ich nicht erwähnt, warum denn auch?«

»Könnten Sie sie vielleicht ein bisschen genauer beschreiben? Das würde uns sehr helfen!«

Herr Antonius legte seinen Kopf in den Nacken und führte sich das Trio offensichtlich gedanklich noch einmal vor Augen. »Äh … also, der eine Kerl war richtig groß, bullig. Schwarze, kurze Haare, Vollbart. Eindeutig Amerikaner seiner Aussprache nach. Der andere war rotblond, hatte eine eher schlaksige Figur und ein ziemlich längliches Gesicht, Sommersprossen helle Haut …«

Grace musste grinsen, denn Herrn Antonius' redebegleitenden Gesten waren grandios. Er beschrieb sie buchstäblich mit Hand und Fuß und zeigte vollen Körpereinsatz.

»Sehr gut«, sagte Dawn anerkennend und ermunterte ihn freundlich, aber bestimmt zum Weiterreden. »Und die Frau?«

»Ha!« Dem Schlossherren entfleuchte ein bewunderndes, verklärtes Grinsen. »Sehr ansehnliches Äußeres. Schlank, aber gute Figur«, sein Lächeln wurde breiter, als er ihre offenbar kurvige Silhouette mit den Händen nachformte und wellenartige Linien in die Luft malte. »Kinnlange, dunkle Haare, markante Wangenknochen. Aber sehr grimmig und affektiert.« Er rümpfte abfällig die Nase.

»Hatte sie vielleicht ein Tattoo an ihrem rechten Handrücken?«, warf Grace ein, der sich bei der Beschreibung der Frau ein vager Verdacht aufdrängte.

»In der Tat. Sah aus wie ein kleiner Stern«, stimmte ihr der Schlossherr überschwänglich zu und tippte sich selbst auf die Stelle an seinem Handrücken. »Genau hier.«

Dawn sah Grace fragend an.

»Sofija Valcova«, sagte sie missbilligend und machte sich nicht die Mühe, ihre deutliche Antipathie zu verschleiern. »Ihres Zeichens die ›Möchtegern-Lara-Croft‹ der Ukraine. Sie ist eher eine Grabräuberin als Archäologin und geht nicht zimperlich mit Denkmälern und Artefakten um. Ich kenne sie noch aus Studienzeiten, sie war für ein Trimester meine Kommilitonin.« Grace verzog abfällig den Mund. »Wenn Sie auf geplünderte, unrechtmäßig erlangte Schätze stehen, ist sie die Richtige für die Drecksarbeit.«

»Sehr gut, jetzt haben wir wenigstens einen Namen«, brummte Dawn und tippte emsig auf seinem Smartphone herum. »Sie wissen nicht zufällig, wohin sie wollten, Herr Antonius?«, fragte er beiläufig und blickte kurz auf.

»Nein. Obwohl, wenn ich mich nicht irre, ist das Wort Amerika des Öfteren gefallen. Oder etwas, das so ähnlich klingt.«

Jason nickte ernst und schwieg für den Rest des Weges. Abgesehen von einem kurzen, kaum hörbaren Murmeln, nachdem er sich an sein rechtes Ohr gefasst hatte. Stand er in ständiger Funkverbindung mit Sean und Will? Grace musterte Jason von der Seite. Als er ihren Blick auffing, zwinkerte er ihr mit einem koketten Lächeln zu. Ganz klar, der Mann hatte etwas. Grace wandte sich schnell ab und richtete ihren Blick auf den Boden. Ein Schmunzeln konnte sie sich allerdings nicht verkneifen. Ireene, die hinter den beiden ging, beobachtete die Szene ebenfalls mit einem Lächeln auf ihren Lippen. Da bahnte sich wohl etwas zwischen der hübschen Archäologin und dem schneidigen Agenten an.

In der Jugendherberge saß eine betagte Frau hinter einem großen Schreibtisch, die gleich aufblickte, als sie die Gruppe zur Tür hereinkommen sah.

»Waltraud, hast du kurz Zeit? Diese Herrschaften würden dich gerne sprechen!«, tönte Herr Antonius und breitete die Arme aus, um auf seine Besucher aufmerksam zu machen.

Die liebenswert ausschauende, ältere Dame stand äußerst agil auf und begrüßte jeden mit einem festen Handschlag. Sie wirkte wie Ende siebzig, trug ihre silber-grau melierten Haare zu einer Banane hochgesteckt und hatte kaum eine Falte im Gesicht, dafür aber rosige Wangen. Auf der Nase saß eine kleine, lilafarbene Lesebrille, die sie sogleich abnahm und an der Kette um den Hals baumeln ließ.

»Wie kann ich Ihnen denn weiterhelfen?« Ihre wachen

Augen leuchteten vor Neugierde. Da Frau Müller nur gebrochen Englisch sprach, unterhielt sich vorwiegend Ireene mit ihr und schilderte in kurzen Worten den Grund ihres Besuches. Frau Müller riss verblüfft die Augen auf und hörte mit wachsendem Interesse zu. Es schien ihr einiges im Kopf herumzugehen und sie zu beschäftigen. Sie bat Herrn Antonius, an der Rezeption die Stellung zu halten, und lud die vermeintliche Touristengruppe auf eine Tasse Tee ein. Sie ging voran in eine kleine Küche und deutete den vieren, an der gemütlichen Sitzecke Platz zu nehmen. Man merkte, dass ihre Hände ein wenig zitterten, als sie eine große Kanne Kräutertee und fünf Tassen auf ein Tablett stellte. Sie brachte auch noch einen Teller Kekse an den Tisch und ließ sich auf einen knarrenden Stuhl sinken.

»Sie haben mich als Kind gesehen?«, fragte sie schließlich verwundert und blickte Ireene unsicher an.

»Sie waren das kleine Mädchen? Ja, jetzt wo Sie es sagen ... die rosa Bäckchen haben Sie heute noch«, bemerkte Ireene mit einem freundlichen Lächeln und tätschelte Waltrauds zittrige Hand. »Wie alt waren Sie, sechs, sieben? Ich sah Sie zusammen mit einer schlanken jungen Frau. Die Umgebung war grün, alles war grün und dunkel.«

Waltraud wirkte verträumt und schien zurückzudenken. »Die Frau war meine Mutter, wunderschön, nicht wahr? Wir hatten es nicht leicht, sie zog mich ganz alleine auf und arbeitete hier in der Burg als Sekretärin. Hier verliebte sie sich in einen der Herren der ›Runde‹. Er war zu mir immer sehr nett und wurde mit der Zeit zu einer Vaterfigur. Kurz bevor die Burg zu fallen drohte, brachte man viele Artefakte in Sicherheit. Meine Mutter bekam eine Karte und einen Lederrucksack, der ziemlich schwer war. In dem Rucksack befand sich ein Kristallschädel, wie wir später feststellten. Mutti sollte ihn wieder an den Ort zurückbringen, an dem er gefunden worden war.«

Jason, Grace und Ireene schauten sich verblüfft an.

»Wissen Sie denn, wie viele Kristallschädel der Orden besaß?«

»Nein, ich weiß nur, dass unser Schädel als der Wertvollste von allen galt. Angeblich waren die anderen viel kleiner als unserer.«

»Erinnern Sie sich, wo genau Sie damals den Schädel hingebracht haben? Oder was mit der Karte passiert ist?«, erkundigte sich Jason vorsichtig.

»Natürlich, die Karte bewahre ich zu Hause in einer Schatulle auf. Niemand hat sie je zu Augen bekommen.« Sie gönnte sich eine kleine Verschnaufpause und knabberte genüsslich an einem Keks. »Sie wollen die dreizehn Schädel zusammenführen, nicht wahr?«

»Sie wissen von der Legende?«, fragte Ireene erstaunt und Waltraud rümpfte die Nase. »Glauben Sie mir, wenn Sie jemals einen Kristallschädel zu Gesicht bekommen haben, sind Sie so fasziniert, dass Sie seinen Anblick nie mehr vergessen werden. Auch wenn ich damals noch sehr jung war, ich erinnere mich noch an jedes Detail seines Antlitzes. Im Laufe der Jahre stellte ich Nachforschungen an und las viele Bücher über die Legende der dreizehn Schädel. Und in der heutigen Zeit, wo sich Naturkatastrophen häufen, muss man es ja immerhin mit der Angst zu tun kriegen. Ich glaube, es ist an der Zeit, mein kleines Geheimnis zu lüften und mich von der Karte zu trennen ... Bei Ihnen habe ich ein gutes Gefühl. Hoffentlich finden Sie den Schädel, und die Legende bewahrheitet sich. Wir brauchen mehr Liebe auf der Welt ...«

»Meine teure Miss Waltraud, Ihr Vertrauen ehrt mich. Ich verspreche Ihnen, ich werde alles in meiner Macht Stehende tun, um die Steine zusammenzubringen, um die legendäre Synchronizität zu erzeugen.« Jason redete plötzlich in perfektem Hochdeutsch, griff nach Frau Müllers goldberingter Hand und hauchte ihr einen angedeuteten Kuss auf den Handrücken. Der perfekte Gentleman – wenn es die

Situation erforderte. »Darf ich fragen, wo Sie den Schatz damals mit Ihrer Frau Mama versteckt haben?«

»Wir brachten den Kristallkopf damals in eine Höhle am Untersberg an der deutsch-österreichischen Grenze.«

Dr. Xiang Hu, der gerade an einem Schokoladenkeks naschte, blickte hellhörig auf. »Der Untersberg in Österreich? Oh, da wollte ich immer schon mal hin! Dieser Ort ist wissenschaftlich sehr faszinierend, denn dort treten physikalisch nachweisbare Gravitationsanomalien auf. Ein gestörtes Magnetfeld. Es ist ein ganz besonderer Kraftort, ähnlich wie Stonehenge ...« Der Astrophysiker im eleganten, blauen Anzug redete wie gewohnt in einem Wortschwall ohne Punkt und Komma.

»Das ist wahr, es ranken sich unzählige mittelalterliche Sagen und Mythen um unseren schönen Berg im Salzburger Land. Meistens geht es um zeitliche Anomalien. Zwerge und mystische Phänomene. Selbst *Seine Heiligkeit* der Dalai Lama bezeichnete den Untersberg als ›das Herz-Chakra Europas‹, als er Salzburg in den Neunzigerjahren besucht hat!« Ireene Green brach kurz ab, als sie ein Auge auf Jason warf, der mit hochgezogener Augenbraue dasaß.

»Ich kann ja auch nachher, unterwegs, die Reisedauer mit Geschichten über den sagenumwobenen Berg verkürzen. Es gibt ja soooo viele Legenden. Der Untersberg gilt als der Sitz der alten germanischen Götter, wissen Sie?«

»Oh, da bin ich aber schon sehr gespannt, Dr. Green! Und eine kleine Notiz am Rande: Wenn ich Untersberg höre, bin ich gedanklich wieder bei den *Herren vom schwarzen Stein.* Der Geheimorden wurde nämlich 1221 gegründet, als ein paar Tempelritter bei Ninive die Vision einer Göttin erschienen war, die ihnen den Weg zu einem fernen Berg, nämlich dem Untersberg, wies. Dort sollten sie sich wiedersehen. Und so war es auch. Jahre später erschien den Rittern immer wieder eine Frau mit langer, wunderschöner Haarpracht und eigenartigem Gewand, die sich schließlich als die Göttin Isais vorstellte. Die graziöse Göttin weissagte ihnen die sogenannte Isais Offenbarung und erzählte vom ewigen Kampf zwischen Gut und Böse«, warf Grace ein. Damit hatte sie nun wieder die volle Aufmerksamkeit aller. Eigentlich hatte sie die Anekdote nur schnell anmerken wollen, doch als sie das aufrichtige, brennende Interesse ihrer Teamkollegen spürte, fuhr sie ausführlicher fort. »Isais ließ die Ritter an ihren Weisheiten teilhaben, unterrichtete die Menschenwesen und Erdnachgeborenen, wie sie sie nannte, über ihre Herkunft, ihre Geschichte, als auch die ferne Zukunft.« Grace seufzte grübelnd und versuchte, sich die Legende möglichst detailreich ins Gedächtnis zurückzurufen. »Sie berichtete von den verschiedenen Reichen und deren jeweiligen Bewohnern: Sternenwelt, Himmelsreich, Walhalla, Lichtreich, Erdreich, Grünlandswelten, Hölle, Schlummerwelten ...« Die Archäologin zuckte mit den Schultern und ärgerte sich, dass sie die Geschichte nicht mehr ganz so genau in Erinnerung hatte. »Hmm, na jedenfalls überreichte das wundersame Wesen den Ordensbrüdern drei Gegenstände und trug ihnen auf, die Dinge zu beschützen, bis sie zum Anbruch des goldenen Wassermannzeitalters zurückkehre. Bei den Gegenständen handelte es sich um einen Dolch, einen schwarz-violetten Stein namens Ilua und einen magischen Spiegel. Der mächtige, schwarze Stein, der aus Walhalla stammte, wurde einst geraubt, doch von Isais wieder zurückgestohlen und schließlich den Rittern übergeben.« Jetzt war sie mit ihrem Wissensschatz am Ende, aber hey, wozu gab es Google? Grace kramte in ihrer Tasche nach ihrem Smartphone, et voilà, schon stand die ganze Story zu ihrer Verfügung. ›*Internet, welch fabelhafte Erfindung*‹, dachte sie hochgestimmt. Sie überflog den Artikel, war stolz auf sich, dass sie so viel behalten hatte, und fügte dann schnell hinzu: »Ach ja, die Sache mit dem Sternzeichen des Stiers hat eine ziemlich zentrale Bedeutung.« Mit grüblerischer Miene las Grace etliche Passagen quer, die zwar durchaus interessant, jedoch für ihre Mission eher irrelevant waren, bis wieder der Untersberg zur Sprache kam und sie seufzend aufblickte. »Der Text verwirrt mich und stellt ein einziges Rätsel dar. Versteckt unter prophetischen Metaphern liefert er präzise Anhaltspunkte, wo der schwarz-lila Stein in den Höhlen des Untersbergs zu finden ist. Aber ich verstehe die stellaren Hinweise beim besten Willen nicht, Sie?« Die Archäologin reichte ihr iPhone an Jason weiter, der ein ähnlich irritiertes Gesicht beim Lesen machte.

»Und der schwarz-lila Stein soll ein Kristallschädel gewesen sein?«, fragte Dawn, unfähig seine Skepsis zu verbergen.

Grace schüttelte den Kopf. »Nein, davon gehe ich nicht aus. Aber wer weiß, vielleicht finden wir ihn ja unterwegs.«

»Ganz die Schatzjägerin!« Jason bedachte Grace mit einem intensiven Blick, gemischt mit einem verwegenen Lächeln, das sie gemeinsam mit einer eleganten, hoheitsvollen Handbewegung erwiderte.

»Touché, ich kann nicht aus meiner Haut.«

Mittlerweile war es draußen schon vollständig finster. Der Regen prasselte laut gegen die Fensterscheiben. Es schien, als befände sich das Unwetter genau über der Burg. Grace blickte müde aus dem Fenster und sah, wie der dunkle Abendhimmel vereinzelt von Blitzen erhellt wurde. In diesem Moment knurrte Dr. Hus Magen in einer gewaltigen Lautstärke. Der Chinese presste die Lippen aneinander und blickte entschuldigend und peinlich berührt drein.

»Heute Abend können Sie sowieso nicht mehr weiterreisen. Wollen Sie nicht heute hier übernachten? Zurzeit sind kaum Zimmer belegt, Sie haben freie Auswahl. Und ich bereite Ihnen etwas Leckeres zu Essen zu?«, fragte Waltraud wohlwollend. »Danke Frau Müller, das ist ein überaus freundliches Angebot, das ich sehr gerne annehme. Wenn ich meine müde Truppe so anschaue, ist das wohl das Beste«, grinste Jason und schüttelte dabei leicht den Kopf. »Wir sind insgesamt zu sechst. Zwei meiner Leute sind noch im Auto.«

Kapitel Fünf

Dr. MacGregor und Dr. Green bezogen gemeinsam ein Doppelzimmer, das gewöhnlich bei Klassenfahrten den Lehrern zur Verfügung stand. Grace seufzte abfällig, als sie und Ireene ihr Gemach betraten. »Dass ich jemals in einer Jugendherberge schlafen würde ... damit habe ich ehrlich gesagt nicht gerechnet.«

»Wo wohnen Sie denn bei Ausgrabungen?«, fragte Ireene irritiert und blickte ihre mit Allüren behaftete Kollegin forschend an.

»Ach, ich finde eigentlich immer eine angemessene Bleibe«, entgegnete Grace ihr nonchalant, während sie sich kritisch umsah. Das Zimmer war äußerst spartanisch eingerichtet. Es bestand aus einem Stockbett, einem Einzelbett auf der gegenüberliegenden Seite und einem kleinen Holztischchen unter dem Fenster.

Dr. MacGregor ließ sich auf das Einzelbett fallen, legte elegisch einen Arm über den Kopf und schloss kurz die Augen. Überrascht stellte sie fest, dass es gar nicht so unbequem war, wie sie angenommen hatte. Außerdem war das Zimmer ausgesprochen sauber und die frisch gewaschene Bettwäsche roch angenehm nach Rosen. Als sie beinahe am Eindösen war, klopfte es an der Tür. Sean steckte den Kopf herein und stellte Grace' Koffer und Ireenes Reisetasche in die Mitte des Raumes. Beim Anblick ihres großen Gepäckstückes, das in dem winzigen Zimmer wie ein Ungetüm wirkte, ärgerte sich Grace abermals. Was hatte sie sich nur dabei gedacht, so verdammt viel mitzuschleppen? Sie verdrehte die Augen und setzte sich seufzend auf. Sie hatte eindeutig nicht viel gedacht, das hatte sie gar nicht gekonnt. Dawn hatte ihre Gedankenwelt vollkommen vernebelt. In seiner Gegenwart fühlte Grace sich anders. Sie konnte es sich nicht erklären.

»Ich packe leider auch immer viel zu viel ein!« Als könne sie ihre Gedanken lesen, lächelte Dr. Ireene Green sie aufmunternd an.

»Ja, dieses Klischee scheint wirklich jede Frau, die etwas auf sich hält, zu bedienen!«, grinste Grace schief. »Ireene, darf ich Ihnen eine Frage stellen?«

Die rothaarige Frau nickte und schenkte ihr ein joviales Lächeln.

»Ich bin mir ein wenig unschlüssig, wie ich Sie nennen soll. Dr. Green oder Dr. Moser?«, fragte die Archäologin in einem freundlichen Ton und machte dazu große, fragende Augen. Sie hatte einen leicht kindlichen Ausdruck und wirkte ziemlich jung, dafür, dass sie einen Doktortitel in Archäologie und Altertumskunde hatte und eine hochangesehene Professorin war.

»Nun ja«, räusperte sich die Frau mit den smaragdgrünen Augen, »Irene Moser ist mein Geburtsname. Und Ireene Green sozusagen mein Pseudonym. Ich versuche meine Tätigkeit als Medizinerin strikt von der als Medium zu trennen. Das würde nur viele von meinen Patienten durcheinanderbringen und an meiner Seriosität zweifeln lassen.«

Grace nickte. Das klang äußerst logisch und ergab Sinn. »Das ist tatsächlich einleuchtend. Nun, da Sie als Medium hier sind, nenne ich Sie also Dr. Green!«

Die beiden Frauen lächelten einander an. »Ich hätte allerdings gleich noch eine Frage, wenn Sie erlauben ...«

»Nur zu!«

»Wie funktioniert das mit dem Übersinnlichen so? Wann haben Sie entdeckt, dass Sie solche Fähigkeiten besitzen? Ist das familiär bedingt?« Grace fühlte sich ziemlich ahnungslos auf dem Gebiet und wollte so viel wie möglich darüber erfahren.

Ireene atmete erst tief ein, während sie an ihrer Antwort feilte. »Ich bin das jüngste von sieben Geschwistern einer Bergbauernfamilie. Natürlich wächst man mit vielen ländlichen Bräuchen auf, Aberglaube gehört dazu. Ich bin aber die Einzige in meiner Familie, die derartige Fähigkeiten besitzt. Und komischerweise auch die Einzige mit roten Haaren. Sie können sich nicht vorstellen, wie oft ich in meiner Kindheit deshalb gehänselt wurde«, erzählte die elfenhafte Frau milde lächelnd. »Leider weiß ich nicht, wieso gerade ich mit der Gabe gesegnet wurde. Es wird gemunkelt, dass ich meiner Urgroßmutter sehr ähnlich bin, die viel von Kräuterkunde und Heilmethoden verstand«, sie zuckte mit den Schultern, »aber nun ja, Visionen und dergleichen hatte ich schon als Schulkind. Mit der Zeit wurden sie immer intensiver. Manchmal sehe ich die Zukunft, manchmal die Vergangenheit. Zuerst empfand ich selbstverständlich eine große Furcht davor, aber ich habe gelernt, damit umzugehen und vor allem damit zu arbeiten.«

Die honigblonde Grace hatte die Füße auf der Bettkante abgestellt und ihre Beine mit den Armen eng umschlungen, während sie sich die außergewöhnliche Lebensgeschichte der naturheilkundigen Ärztin aufmerksam anhörte. Diese Haltung nahm sie gerne ein, sie gab ihr ein Gefühl von Sicherheit.

»Es gibt so viel zwischen Himmel und Erde«, meinte Ireene mit einem vielsagenden Blick und klang dabei mehr als geheimnisvoll. Grace hatte eigentlich noch unheimlich viele Fragen, weil sie diese ganze Channelingsache einfach nicht begreifen konnte, aber sie wollte natürlich nicht unhöflich sein und Dr. Green mit noch mehr Fragen löchern. Somit ließ sie es vorerst darauf beruhen und nickte beeindruckt.

Nachdem sie sich frisch gemacht hatten, erwartete sie schon Frau Müller mit einer schön gedeckten Tafel, an der bereits Jason, Dr. Hu sowie Sean und Will Platz genommen hatten. Waltraud zwinkerte Grace wohlwollend zu. »Mr Dawn hat mir mitgeteilt, dass Sie Vegetarierin sind. Ich hoffe, ich kann Sie alle mit meiner selbstgemachten Gemüselasagne begeistern! Guten Appetit!«

Das gemeinsame Abendessen war eine gute Gelegenheit, sich besser kennenzulernen. Die beiden Bodyguard-Typen Will und Sean, deren Nachnamen Grace nicht wusste, waren äußerst amüsante Zeitgenossen, deren trockener Humor für den ein oder anderen Lacher sorgte. Man sah ihnen deutlich an, dass sie eine längere Militärlaufbahn auf dem Buckel hatten. Ihr massiger Körperbau, ihre Haltung sowie der Kurzhaarschnitt waren bei beiden fast identisch. Aber gut, der überaus angesagte Buzz Cut war momentan ja nicht nur unter Armeeangehörigen ziemlich en vogue. Grace war heilfroh, dass Jason da eine Ausnahme bildete. Zweifellos würde er auch mit dieser raspelkurzen Militär-Frisur verboten sexy aussehen, da sie seine kantige Gesichtsform und die edlen Wangenknochen bestimmt vorteilhaft unterstreichen würde, doch die Archäologin hatte eine Vorliebe für Männer mit längeren Haaren, die man ein bisschen verwuscheln oder sich darin festkrallen konnte. Als sie ihn verstohlen von der Seite musterte, und sich vorstellte, wie prickelnd es sich wohl anfühlen würde, ihre Finger durch sein volles braunes Haar gleiten zu lassen, fing der Geheimagent ihren schwärmerischen Blick auf und sah ihr unverhohlen in die Augen. Wieder bescherte ihr dieses unverschämt freche Funkeln mit einem Mal ein verräterisches, flatteriges, vollkommen verrücktes Gefühl in der Magengegend.

Sie liebte und sie hasste es.

Im Moment eher Letzteres, denn sie fühlte sich von ihm ertappt. Auch wenn es mehr als unsinnig war, war ihr, als stünde ihr quer über die Stirn geschrieben, wie sehr sie auf den verwegenen Kerl abfuhr. Aber warum nur? Was hatte er an sich, das sie so dermaßen aus dem Konzept brachte und sie gleichzeitig so sehr erregte?

Es war wahrscheinlich nur der Reiz des Verbotenen.

Oder der ganze Geheimagentenkram?

Vielleicht sogar seine dominante Boss-Nummer?

Nein ... es waren seine verdammten Augen. Seit sie ihm das erste Mal tiefer in die Augen gesehen hatte, war es hoffnungslos um sie geschehen. Und sie konnte sich des unguten Eindrucks nicht erwehren, dass ihm das mit ziemlicher Sicherheit bewusst war. Gar nicht gut. Herrschaftszeiten, sie musste sich irgendwie am Riemen reißen und ihm nicht noch mehr Einblick in ihre abstrusen Gefühlswelten liefern.

Sie hatte sich stets eines tadellosen Rufes erfreut, der weit über die Landesgrenzen hinausging. Schließlich und endlich war sie eine Koryphäe auf ihrem Gebiet und nun schien es ihr, als würde ihre Professionalität mit jedem verfänglichen Blickkontakt von ihr abbröckeln wie die Kalksteinverkleidung einer altägyptischen Ruine.

Sie versuchte sich an einem unverkrampften Lächeln, das jedoch gründlich misslang und eher als ein zusammengepresstes, verschämtes rüberkam, und wandte sich in Ermangelung einer besseren Idee von ihm ab. Während sie Dr. Hu in ein Gespräch über die Mysterien von Stonehenge verwickelte und es partout vermied, auch nur ansatzweise in Jasons Richtung zu blicken, beobachtete er sie umso genauer. Der Geheimagent musste kein Psychologe sein, um ihre subtilen, unbewussten Signale richtig zu deuten. Er mochte das spezielle Mixtum compositum ihres recht eigentümlichen Charakters. War es ihre zeitweise auftretende Schüchternheit, die ihre Wangen zum zarten Erröten brachte, ihre beinah unschuldige Reinheit, ihre philosophische Tiefsinnigkeit, ihre Gewitztheit oder ihre aufbrausende Leidenschaft, die ihn mehr faszinierte? Darauf hatte er keine Antwort. Was es auch immer war, er wollte jede Facette dieser außerordentlichen Frau kennenlernen. Nach dieser Mission. Er musste alles daransetzen, einen klaren Kopf zu bewahren, und versuchte die Gefühle, die er für sie hegte, in eine Box zu packen und in die hinteren Ecken seines Gehirns zu verbannen. Wenigstens für eine Weile. Wenn das nur so leicht wäre, denn er dachte nicht nur mit dem Gehirn.

Da Jason den Zeitpunkt ihrer Abreise auf null-fünfdreißig festgesetzt hatte, verzogen sich die meisten Mitglieder des Teams bald auf ihr Zimmer. Nur Grace, Ireene und Jason ließen den Abend mit einer guten Flasche Rotwein ausklingen. Waltraud Müller, die sich zuvor kurz entschuldigt hatte, gesellte sich wenig später auch zu dem Trio und übergab Jason ein altes, vergilbtes Foto, das sie und ihre Mutter vor dem Eingang einer Höhle zeigte sowie, wie versprochen, eine kleine Karte, auf der ein komplexes Labyrinth eingezeichnet war.

Frau Müller blickte lächelnd auf das verblichene Bild vor sich auf dem Tisch. Liebevoll und gedankenverloren strich sie mit ihren etwas zittrigen, aufgeschwemmten Fingern über die Aufnahme und in ihren Augen spiegelte sich ein Hauch von Nostalgie und Wehmut wider. Sie versuchte, sich in jene längst vergangene Zeit zurückzuversetzen und die Erinnerungen von damals wieder aufleben zu lassen, um Jason den Ort des Eingangs zur Höhle so gut wie möglich zu beschreiben. Der Blick in die Vergangenheit kostete sie enorm viel Kraft, sodass sie hin und wieder einige kleine Denkpausen einlegen musste. Jason und Ireene gingen äußerst behutsam bei der Befragung vor und bekamen dadurch unerwartet akkurate Wegbeschreibungen. Grace war beeindruckt von der Gedächtnisleistung der betagten Dame und hoffte, sie würde im Alter ähnlich rüstig sein wie sie.

Auf Frau Müllers Frage, ob er sich nicht die wichtigen Hinweise aufschreiben wolle, schüttelte Dawn belustigt den Kopf und antwortete großspurig: »Ich bin mit einem fotographischen Gedächtnis gesegnet und brauche Dinge nur einmal zu sehen oder zu hören, schon sind sie da oben abgespeichert.«

War auch nicht anders zu erwarten, wann machte sich James Bond schon Notizen?

Um das Gesagte auch noch zu verdeutlichen, tippte sich Mr MI6 schief grinsend an die Schläfe und zwinkerte Waltraud keck zu, die trotz ihres hohen Alters auch nicht vor seinem Charme gefeit zu sein schien und ebenso wie Grace dahinschmolz. Ziemlich offenkundig und süß, während die Archäologin sich ihrerseits sicher war, ihre Fassade inzwischen ›Dawn-fest‹ gestaltet zu haben.

Als Waltraud Müller mit ihren Angaben fertig war, flüsterte Ireene Jason etwas ins Ohr. Dieser nickte zustimmend und schenkte Waltraud ein herzerwärmendes Lächeln. »Frau Müller, vielen Dank für Ihre große Hilfe. Als kleines Dankeschön, würde ich Ihnen gerne etwas zeigen, beziehungsweise jemanden vorstellen. Haben Sie schon von E.T. gehört?«

Waltrauds zerknitterte Augen leuchteten, als Jason Minuten später mit einem kleinen Koffer zurück aus seinem Zimmer kam, ihn aufklappte und den berühmten Rauchquarz-Kristallschädel herausholte. Frau Müller schlug sich vor Rührung die Hand vor den Mund. Sie konnte ihr Glück, nochmals einen so magischen Kristallkopf zu Gesicht zu bekommen, kaum fassen. Als sie E.T. dann schließlich in den Händen halten durfte, schien sie von dem rauchig-grauen

Kristallschädel vollständig verzaubert zu sein. Grace und Ireene erging es ebenso. Alle starrten fasziniert auf den übernatürlich ausschauenden Steinkopf. Der geheimnisvolle Schädel schuf eine angenehm entspannende Atmosphäre voller Energie im Raum. Es schien, als strahle er eine unerklärliche, rätselhafte, aber dennoch äußerst positive Aura aus. Waltraud kullerte eine Träne über die pausbäckige Wange. Nachdem sie E.T. wieder zurück in seinen Koffer gelegt hatte, umarmte sie Ireene, Grace und Jason und bedankte sich von ganzem Herzen. Ferner ermahnte sie den Geheimagenten, sich unbedingt an die Karte zu halten. Sie sah ihn eindringlich an und sagte mit warnendem Unterton: »Ansonsten birgt das Labyrinth des Untersbergs möglicherweise unheilvolle Überraschungen! Ich wünsche Ihnen allen viel Glück auf Ihrem Weg!«

Österreich

»Jedes Mal, wenn du das Abwendbare abgewendet hast,
geschieht das Unabwendbare.«
Elisabeth von Österreich-Ungarn

Kapitel Sechs

»Es gibt ja an die hundert Sagen um den Untersberg, aber die mitunter bekannteste ist die des Kaisers Karl. Es ist zwar nicht ganz sicher, um welchen Kaiser es wirklich geht, wahrscheinlich um Karl den Großen, andere sagen ...«, Ireene Green blickte in die Runde und erkannte an den teils eingeschlafenen Gesichtern, dass sie an Details lieber sparen sollte. »Na ja, nicht so wichtig. Jedenfalls handelt die Sage davon, dass der Kaiser mit seinem Gefolge, bestehend aus Rittern, Untertanen und Zwergen seit Jahrtausenden im Inneren des Berges, in seinem unterirdischen Thronsaal ruhe. So lange, bis sein Bart drei Mal um einen Marmortisch gewachsen ist, und die Raben nicht mehr um den Berg kreisen. Dann erwache er und kämpfe in der allerletzten Schlacht: Gut gegen Böse. Hiernach soll ein Goldenes Zeitalter beginnen.«

»Dabei handelt es sich um eine Wandersage. Ich kenne viele ähnliche Geschichten, allen voran die von König Arthur, der mit seiner Tafelrunde in einer Höhle auf den Endkampf wartet!« So einen gelangweilten und desinteressierten Ton hatte Grace MacGregor schon lange nicht mehr draufgehabt. Obwohl sich Grace so sehr auf die Geschichten gefreut hatte, hörte sie nur halb zu und blickte müde aus dem Fenster der Gondel. Draußen nieselte es, der Himmel war grau und wolkenverhangen. Alles wirkte ziemlich düster und karg. Je höher sie fuhren, desto mehr wuchs MacGregors Unbehagen. Obwohl sie Berge eigentlich mochte, verspürte sie jetzt eine starke Abneigung dagegen. Der majestätisch anmutende Berg war aus unerklärlichen Gründen Objekt ihrer gegenwärtigen Aversion geworden, doch nicht nur er, auch ihre Gesellschaft. Grace war schon immer eine Einzelgängerin, und dass sie jetzt Teil einer Gruppe war, passte ihr nicht so ganz in den Kragen. Am schlimmsten aber war für sie, dass nicht sie das Kommando hatte, sondern dass sie alle nach der Pfeife von diesem geheimnisvollen und machomäßigen Jason Dawn tanzen mussten. Wenn es etwas gab, das die junge Archäologin bis aufs Blut nicht ausstehen konnte, dann war es das: Befehle anzunehmen und sich unterzuordnen. Das war wie ein rotes Tuch für sie, schlimmer noch, es ließ sie den dringenden Impuls verspüren, genau das Gegenteil von dem zu tun, was ihr vorgeschrieben wurde. Das Gefühl von Freiheit und Selbstbestimmtheit war ihr wichtiger als alles andere, und nun fühlte sie sich dessen beraubt. Vielleicht hatte sie einen kleinen Knacks, was das anbelangte, aber so war sie eben. Vielleicht hatte sie aber auch nur schlecht und viel zu kurz geschlafen. Sie konnte sich ihre missmutige Stimmung selbst nicht so ganz erklären und hatte keine Ahnung, wie sie es aus diesem Tief schaffen sollte.

Dawn blieb Grace' verstimmte Miene nicht lange verborgen. »Alles in Ordnung?« Ein flüchtiger Blick in seine samtigen Augen schenkte ihr einen kleinen Moment der Muße und verführte sie beinahe dazu, in Tagträume abzudriften. Dieses Braun, warmherzig und doch irgendwie unergründlich. Fast hätte sie es geschafft, alles andere auszublenden, doch dann rüttelte die Gondel sie wieder ins Hier und Jetzt. Grace schüttelte den Kopf. Man konnte ihren Widerwillen förmlich spüren. Doch sie konnte den anderen ja schlecht auf die Nase binden, dass sie sich in ihrer Gesellschaft nicht sonderlich wohl fühlte, obwohl sie sie im Grunde alle recht sympathisch fand. Also zwang sie sich zu einer kleinen Notlüge, die ja auch nicht ganz der Unwahrheit entsprach: »Ich mag Berge nicht so sonderlich!«

»Aber Sie sind doch Schottin«, warf Ireene Green mit spöttischem Unterton ein, woraufhin sie die Archäologie-Professorin giftig ansah.

»Na und? Ich fühle mich einfach einsam und verloren in den kargen, verlassenen, felsigen Höhen.« Grace schüttelte sich abermals und hoffte inständig, dass sie die Sache, nach ihrer halbwegs plausiblen, nachvollziehbaren Antwort, auf sich beruhen lassen würden.

»Aber Sie sind doch nicht allein!« Dr. Hu, der neben ihr saß, klopfte Grace aufmunternd auf die Schulter. »Und wenn es Sie beruhigt, Wandern kann ich auch nicht wirklich leiden!«

Grace lächelte ihn müde und niedergeschlagen an und zuckte mit den Schultern.

»Dabei haben Sie sich doch so gefreut auf unseren Untersberg! Soll ich Ihnen einige Legenden erzählen, bei denen es um Zeitverschiebungen geht? Also, da wäre einmal die Sage von einem jungen Brautpaar, das mitsamt ihrer Hochzeitsgesellschaft in ein anderes Dorf unterwegs war, um zu feiern. Als sie am Untersberg ankamen, soll sich vor ihnen eine Felswand geöffnet haben, woraufhin ein kleines Zwerglein zum Vorschein kam und sie freundlich hineingebeten habe. Drinnen erwartete die Truppe eine üppig gedeckte Tafel in einem sehr pompösen Raum. Nachdem sie gegessen hatten, wurde die Gesellschaft wieder hinausgeleitet. Und wissen Sie was? Sie waren zwar noch im Salzburger Land, aber nichts schien mehr so zu sein, wie es früher einmal war. Die Hochzeitsleute irrten umher und kannten sich in der Umgebung nicht mehr aus. Als sie ratlos bei einem Pfarrer um Hilfe gebeten hatten, durchforstete er unzählige Bücher und stieß tatsächlich auf eine Geschichte von einer vor hundert Jahren verschollenen Hochzeitsgesellschaft, die damals einfach spurlos verschwunden war.« Ireene schien von ihren Geschichten am meisten begeistert zu sein. Sie nickte, um dem Ganzen Nachdruck zu verleihen, und legte eine kurze Pause ein, damit die Sage auf die anderen wirken konnte, ehe sie schon mit der nächsten Geschichte nachlegte. Diese handelte von der berühmten und mysteriösen Lazarussage. Doch auch damit schien sie keinen der Anwesenden überzeugen zu können. Dr. MacGregor blickte noch immer ziemlich verdrießlich aus dem beschlagenen Fenster und hörte Musik auf ihrem iPod, der Geheimagent tippte die ganze Zeit auf seinem Telefon herum und selbst Dr. Hu schien nur mit einem Ohr zuzuhören. Er gab klar zu erkennen, dass er als angesehener Wissenschaftler keiner noch so unglaublichen Sage allzu viel Wert beimessen würde. Das sagte sein skeptisches Gesicht aus. Ireene seufzte und schwieg für die verbleibende Dauer der Gondelfahrt. Was für eine fade Truppe.

Als sie an der oberen Bergstation auf circa tausendachthundert Meter Höhe ankamen, stieg Grace ziemlich zerknirscht aus der Seilbahn. Sie zog sich die Kapuze ihrer dunkelblauen, wetterabweisenden Jacke über den Kopf, um vor dem niederpeitschenden Nieselregen geschützt zu sein. Sie blickte sich um. Karge Felsen, ein steiniger Weg, so eine Art Steig wahrscheinlich. Alles erschien ihr außerordentlich düster. Und nebelig. Obwohl sie Nebel im Großen und Ganzen mochte, vor allem, wenn er so schaurig schön und mysteriös über der Landschaft lag. Hier jedoch schauderte es sie davor. Sie fühlte sich absolut unwohl und ging der Truppe nur widerwillig nach.

Jason erklärte über die Schulter hinweg, dass sie dem markierten Weg eine ganze Weile in südwestlicher Richtung folgen würden, und merkte an, dass sie lediglich eine kleine Steigung bewältigen mussten. Während Ireene Green und Dawn vorangingen, fielen Grace und Dr. Hu bald zurück. MacGregor stolperte über den teils holzigen, teils steinigen Steig und haderte schwer mit sich selbst. Ihre Stimmung war inzwischen vollständig im Keller. Der Wind pfiff ihr um die Ohren, ihre Beine waren bald so schwer, dass sie sie kaum noch heben konnte. Von dem Gewicht ihres Rucksackes gar nicht erst zu reden. Was hatte Jason denn da nur alles hineingepackt? Es fühlte sich an, als müsste sie einen Zentner mit sich herumschleppen. Helm und Seil konnten doch nicht so schwer sein, unmöglich. Dr. Hu schien es nicht anders zu ergehen, doch im Gegensatz zu der vor sich hin schimpfenden Grace, ertrug der Chinese die Wanderung mit Fassung und ließ kein böses Wort über die Lippen kommen. Selbst sein etwas angestrengter Gesichtsausdruck spiegelte Ausgeglichenheit wider. Grace konnte ihn nur bewundern. Obwohl auch er zeitweise über den unebenen Weg stolperte und fast das Gleichgewicht verlor, schien es so, als mache er das Beste aus der Situation.

»Hey, ihr da hinten, wir haben nicht den ganzen Tag Zeit, los, etwas mehr Tempo!«

Grace schnaubte. Dr. Green war ihr doch am Anfang so sympathisch erschienen. Jetzt ließ sie Grace vor Wut kochen. Sie tat doch ohnehin schon das Möglichste, an den beiden dranzubleiben. Sie zwang sich regelrecht, diesen verdammten Weg über Stock und Stein zu meistern, und dann konnte sie sich noch so etwas anhören. Unerhört! Auch Jason warf Grace einen säuerlichen Blick zu. Er deutete ihr energisch mit der Hand, schneller zu marschieren. Was dachte er, wer er war? Dieser Blick und seine Geste brachten bei Dr. Grace L. MacGregor das Fass zum Überlaufen. Sie fluchte und schimpfte und ließ ihrem Unmut freien Lauf. Was irgendwie befreiend war, andererseits war es ihr dann doch peinlich, vor dem gesitteten Chinesen solche Tiraden loszulassen. Sie atmete dreimal tief ein und aus, und versuchte, sich an der kultivierten Haltung des Physikgenies ein Beispiel zu nehmen. Doch der Wandersteig war einfach nur trostlos. Zuerst ging es ein Stück abwärts, dann stieg der Pfad wiederum steil an. So viel zur ›kleinen Steigung‹. Die Gefahr des stark ansteigenden und teilweise sehr schmalen Weges war keineswegs zu unterschätzen. Grace war beinahe am Ende ihrer Kräfte, die dünne Höhenluft tat ihr nicht gut. Und eines wusste sie, was sie allerdings zu verdrängen versuchte. Sie mussten die eben zurückgelegte Strecke noch einmal gehen. Ein zweites Mal. Wieder zurück zur Bergstation. Wenn sie diese verfluchte Höhle endlich einmal gefunden hatten. Was für ein Graus.

Als sie an ein paar Gämsen vorbeikamen, lichtete sich ihre Stimmung etwas. Sie fotografierte die grazilen Tiere, die am gegenüberliegenden, steil abfallenden Berghang standen und grasten. Was für ein friedvoller Anblick. Grace MacGregor liebte Tiere über alles. Für einen kurzen Moment vergaß sie die Strapazen des Wanderns. Doch der Augenblick währte nur kurz. Dr. Hu tupfte Grace auf die Schulter und deutete in Richtung von Dawn und Green, die schon beinahe außer Sichtweite waren. Grace murrte. Sie hatte genug.

Genug von dem Berg.

Genug vom Wandern.

Genug von der ganzen Gruppe. Sie wollte einfach nur nach Hause. Geheimagent hin oder her. Auch wenn sie seine schönen Augen vermissen würde. Seinen intensiven, durchdringenden Blick. Oder die Art, wie sich seine Mundwinkel zu einem koketten Lächeln nach oben kräuselten. Hmm. Just in diesem Moment riss sie ein Pfeifen von vorne aus ihren Gedanken. Es hallte durch die Bergwände. Dieses Pfeifen hatte etwas Befehlerisches an sich. Etwas Herrisches. Und da war es wieder: das rote Tuch, das Grace überhaupt nicht passte. Normalerweise war sie es, die das Sagen hatte. Immer und überall. Alles musste sich nach ihr richten. Und nun musste sie sich den Befehlen eines anderen unterordnen, so war das nicht abgesprochen gewesen. Grace schnaubte. Doch sie ging weiter. Irgendwie war ihr Ehrgeiz wieder geweckt. Sie würde diesem 007 schon noch zeigen, wo der Hammer hing. Nach seiner Nase tanzen – mit Sicherheit nicht! Grace stapfte mit größer werdendem Wetteifer vor sich hin. Er war es schließlich, der um *ihre* Hilfe bei der Expedition gebeten hatte! Als MacGregor und Xiang Hu die beiden anderen endlich erreicht hatten, standen sie an einer Weggabelung.

»Wir müssen jetzt hier entlang. Der Weg zweigt sich bald nach rechts ab. Dann müssen wir leider ein Stückchen auf einem nicht gesicherten Pfad bewältigen. Darum schlage ich vor, wir bleiben dicht beieinander. Jeder sichert seinen Vordermann!«

Klar, anzunehmen, es konnte nicht mehr schlimmer kommen, war eindeutig etwas voreilig gewesen. Der markierte Wandersteig war schon beschwerlich genug gewesen, jetzt mussten sie noch abseits des Weges gehen? Grace wurde schlecht. Doch sie ließ sich nichts anmerken. Schritt für Schritt. Einen Fuß vor den anderen setzen. Das konnte ja nicht so schwer sein. Schließlich war sie eine sehr sportliche Person. Sie ging jeden Tag mindestens fünf Kilometer Joggen; nahm Tae-Bo- und Yogastunden. Also sollte sie doch über genug Balancegefühl verfügen, um nicht den steilen Berghang hinabzuschlittern. Uhhh, nur nicht hinunter sehen. Grace spürte, wie ein paar Steinchen unter ihren Füßen nachgaben und den felsigen Hang rechts neben ihr hinunterkullerten. Hörte das Geräusch, das sie machten, als sie an den Felsen aufschlugen. Grace bekam Gänsehaut und lehnte sich nach links, um sich besser an der Felswand abzustützen und wenn nötig Halt zu finden. Gott sei Dank hatte der Nieselregen nachgelassen. Zeitweise drangen sogar ein paar vereinzelte Sonnenstrahlen durch die dicke Wolkendecke. Die Luft war klar, aber Grace fiel es trotzdem schwer zu atmen. Nicht der dünnen Bergluft wegen. Die Ruhe hier oben, die beschauliche Einsamkeit, die Luftqualität, alles hätte so schön sein können. MacGregor wünschte sich nur einen einzigen, winzigen Moment der Stille, in dem sie das einzigartige Panorama, das ihr hier geboten wurde, in sich aufnehmen konnte. Doch stattdessen nahmen ihr die schroffen Worte des Geheimagenten jegliche Luft zu atmen und schnürten ihr vor lauter Ärger die Kehle zu. Endlich hatten sie wieder sicheren Boden unter den Füßen. Der Weg wurde breiter und mündete in einem kleinen Wäldchen. Jason hing die ganze Zeit am Telefon, während er sie durch den Nadelwald lotste. Schon bald stand die Gruppe vor dem Eingang einer Höhle. Das musste sie also sein. Grace schnaufte tief durch und nahm einen Schluck aus ihrer Wasserflasche. Sie alle machten die Lampe an ihren Helmen an und betraten schließlich die Felsgrotte. Dr. Hu atmete augenblicklich schwer und machte Anstalten, jeden Moment zu hyperventilieren. Mit seiner Klaustrophobie war nicht zu spaßen, doch Ireene nahm ihn entschlossen zur Seite, legte ihm beruhigend die Hand an die Schulter und fing seine aufwallende Panikattacke fachmännisch ab. Sie verabreichte ihm eine Dosis Rescue-Tropfen sowie ein paar homöopathische Kügelchen und verwickelte ihn in ein lockeres Gespräch. Es half. Der Astrophysiker entspannte sich zunehmend und deutete schließlich zuversichtlich mit dem Daumen nach oben. »Wir können weiter, ich schaffe das!«

»Sind Sie sicher?« Jason beäugte ihn kritisch, doch Xiang nickte eifrig. »Ja, alles gut!«, bestätigte er mit fester Stimme und konnte Jasons Zweifel somit wenigstens ein bisschen entkräften.

»Okay, dann vorwärts!« Der Geheimagent, der stets unter Zeitdruck zu stehen schien, wandte sich um und ging zielstrebig voran. Strammen Schrittes durchquerte er die

Höhle und schlug routiniert alle zehn Meter eine Öse in die Wand, um das Seil zu befestigen. MacGregor wollte nicht zurückfallen und blieb dicht hinter ihm. Irgendwie hatte die Höhle etwas Befremdliches an sich. Grace fühlte sich alles andere als wohl. Sie folgte Dawn auf ihren Zehenspitzen. Der Weg ins Ungewisse war circa zwei Meter breit und hoch. Es war absolut still, doch Grace war so, als vernehme sie ein Tropfen tief im Gestein. Die Luft und Atmosphäre waren absolut merkwürdig, die Luftfeuchtigkeit schien hier extrem hoch zu sein. War das normal für Höhlen? Die Archäologin war spezialisiert auf Ägypten und Griechenland. Höhlenforschung zählte nicht zu ihrem Fachgebiet. Je weiter sie vordrangen, desto lauter gluckste und tropfte es. Mysteriös. Plötzlich waren sie umhüllt von Nebel. Die Nebeldecke war innerhalb von Sekunden so dicht, dass sie kaum noch ihre Hand vor Augen sehen konnte, geschweige denn Jason Dawn vor ihr. Das Licht auf ihrem Helm war kaum eine Hilfe. Ups, gerade war sie in den Geheimagenten gelaufen. »Entschuldigung!« Er war wohl abrupt stehen geblieben.

»Wir bilden eine Kette, sonst verlieren wir uns noch!« Die samtige Stimme des Geheimagenten klang angespannt. Grace nahm Dawns linke Hand und griff nach Dr. Hus hinter sich. Ireene Green musste wohl hinter dem Chinesen sein.

Nach wenigen Minuten lichtete sich der Nebel etwas, und Jason konnte erkennen, dass sie vor einer Abzweigung standen. Ein Tunnel führte nach rechts, der andere ging geradeaus weiter. »Genau wie es uns Frau Müller beschrieben hat, wir nehmen den Weg rechts.« Schweigend durchwanderten sie den etwas engeren Gang, bis sie sich tief in der Höhle befanden. Nun stand die Truppe vor einem schmalen Schacht, der senkrecht in die Tiefe führte. Jason Dawn fuhr sich durch sein welliges, dunkles Haar.

»Oje, dass er so eng ist, hat die liebe Frau Müller nicht

erwähnt. Bei diesem Durchmesser passt nur, wenn überhaupt eine dünne Frau durch.« Der breitschultrige Geheimagent kratzte sich ratlos am Kinn und blickte Ireene und Grace an.

»Nein, ich bin da schon mal raus, ich kann nicht klettern und bin absolut keine Höhlenforscherin«, erklärte Dr. MacGregor mit einem deutlichen Anflug von Panik in der Tonlage und schüttelte vehement den Kopf.

»Äh, ja, aber irgendwie müssen wir da hinunter. Ich fühle, dass der Kristallschädel ganz nah ist. Aber alleine schaffe ich das nicht!« Dr. Green warf Grace einen flehenden Blick zu.

»Nein!« MacGregors Stimme klang schriller, als sie es gewollt hatte. Wie quietschende Reifen auf dem Asphalt. Sie erschrak selbst ein wenig und setzte zu sanfteren Tönen an. »Tut mir ehrlich leid, ich kann wirklich nicht!«, erklärte sie und hoffte auf das Verständnis der anderen.

»Dr. MacGregor, Sie müssten nicht einmal klettern. Sie werden durch ein Seil gesichert; wir lassen Sie vorsichtig hinunter und ziehen Sie dann ganz einfach wieder herauf! Das schaffen Sie doch mit links!« Jason Dawns ruhevolle Stimme und sein freches Zwinkern ließen Grace ihre Entscheidung noch mal in Ruhe überdenken. Würde sie es schaffen, in einen so engen Schacht zu steigen, ohne zu wissen, was sie da unten erwartete? Plötzlich musste sie das Gefühl aufsteigender Übelkeit bekämpfen. Dabei hatte sie noch nie zuvor an Platzangst oder dergleichen gelitten. Es gingen wohl nur ihre Nerven mit ihr durch. Grace atmete tief aus. Normalerweise hätte sie nie so schnell ihre Meinung geändert, das lag absolut nicht in Grace L. MacGregors Natur. Wenn sie einmal einen Entschluss gefasst hatte, war sie davon nicht mehr abzubringen.

Warum nur hatte Mr Smooth-Eyes-Dawn einen derart großen Einfluss auf sie? Ob sie es nun wollte oder nicht, sie konnte gar nicht anders ... Irgendetwas in ihr wollte unter allen Umständen einen guten Eindruck auf ihn machen.

»Dann überlasse ich Ihnen aber den Vortritt!« Grace machte eine elegante Handbewegung von Dr. Green zu dem Schacht. MacGregor beobachtete mit schwindender Zuversicht, wie Ireene ihren Gurt anlegte und vorsichtig in das Loch stieg. Sie hielt sich am Seil fest, das Jason gemeinsam mit Dr. Hu sicherte, und schenkte Grace ein zuversichtliches, entspanntes Lächeln. Dann ließ sie sich Stück für Stück hinunter, bis sie vollständig aus dem Blickfeld verschwunden war. Grace' Nervosität stieg. Worauf hatte sie sich da wieder eingelassen? Und das nur, weil sie einem Typen – zugegebener Maßen, einem hinreißend schönen Typen – gefallen wollte. Grace seufzte. Bange Minuten vergingen. Warum hörte man nichts von Dr. Green? Wie weit ging der Schacht denn noch nach unten? Ihre Knie begannen zu schlottern. Was, wenn der Schacht einstürzte, so provisorisch, wie ihn Jason und Grace zuvor abgesichert hatten. Die Archäologin kannte sich zwar mit dem Absichern von Sandgräbern und Denkmälern aus, aber natürliche Felsenhöhlenschächte ... Fehlanzeige.

»Bin unten!«, klang es leise aus Jasons Funkgerät. Er zog das Kletterseil wieder an die Oberfläche und deutete Grace mit einer einladenden Armbewegung nun Ireenes Stelle einzunehmen. Auweia. Grace MacGregor nickte. Sie nickte fast wie zu sich selbst, um sich zu bestärken. Sie versicherte sich ein letztes Mal, dass das Gurtgeschirr auch fest saß, klinkte sich an das Seil und kontrollierte auch dort noch einmal die Sicherung. Dann setzte sie sich ihren neongrünen Helm, den sie kurz abgenommen hatte, um ihre Frisur zu richten, wieder auf und hatte sogleich ein Bild vor Augen, wie ulkig sie damit wohl aussehen musste. Unattraktiver ginge es wohl kaum. Ihre Hände wurden feucht und begannen zu zittern, doch die Angst wollte sie sich auf keinen Fall anmerken lassen.

Nicht vor Dawn.

Sie biss die Zähne zusammen und setzte einen Fuß in den Abgrund. »Bereit?« Jason schaute Grace prüfend in die Augen. In seinem Blick lag plötzlich eine eigentümliche Sanftheit, die sie vorher noch nicht an ihm entdeckt gehabt hatte. MacGregor nickte erneut. Sie wusste, dass sie aus ihren Stimmbändern momentan nicht mehr als ein Piepsen herausholen konnte. Also nickte sie. Jason und Dr. Xiang Hu gaben etwas Seil und Grace ließ sich tiefer in den Schacht hinab. So lange es ging, hielt sie Blickkontakt mit Dawn. Sie vermied es jedoch, ihm direkt in die Augen zu sehen, und fixierte stattdessen seinen wunderschönen Mund. Die Symmetrie seiner Lippen war beeindruckend. Überhaupt war sein Gesicht ungewöhnlich gleichmäßig. Würde er seinen Job beim Auslandsgeheimdienst an den Nagel hängen, könnte er ohne Weiteres über eine Karriere als Männermodel nachdenken.

Grace spürte, dass sein eindringlicher Blick ihr folgte, bis sie hinter der Felswand verschwunden war, doch sie hatte ihn immer noch vor Augen. Wenngleich es ziemlich verlockend war, an dieses unverschämt sexy Exemplar von Mann zu denken und sich auszumalen, welche Qualitäten und charakterlichen Eigenschaften sich in dem toughen Kerl verbargen, so besann sie sich auf ihre Aufgabe. Der Schacht war noch enger, als Grace es anfangs vermutet hatte. Obwohl sie klein und zierlich war, blieb sie manchmal fast stecken. Grace fragte sich, wie Dr. Green, die größer und etwas breiter um die Taille war, es so einfach hinuntergeschafft hatte. Der Weg abwärts schien nicht enden zu wollen. Zeitweise wurde es sogar so schmal und beklemmend, dass in Grace die schiere Panik aufstieg. Unwillkürlich begann sie schneller zu atmen, ihr Herz hämmerte regelrecht gegen ihre Brust. Doch MacGregor wusste, dass die Panik nicht die Überhand gewinnen durfte. Sie versuchte, sich zu beruhigen und sich selbst Mut zu machen.

Und das gelang ihr immer, wenn sie an Musik dachte und sang. Gut, singen wäre hier vielleicht weniger angebracht, wollte sie doch keinen Steinschlag oder Etwaiges riskieren. Also summte sie leise vor sich hin und stimmte flüsternd ›Deeper Underground‹ von Jamiroquai an, da ihr das Lied gerade ziemlich passend erschien. Sie fühlte sich sogleich ein bisschen gelöster. Grace wagte einen Blick nach unten und konnte erleichtert den Boden in der Ferne erkennen. Nur noch ein paar Meter. Endlich berührte sie mit den Fußspitzen den festen Untergrund. Glücklich und befreit stieß sie den Atem aus. »Puh!« Schon war auch Ireene Green zur Stelle. Sie half Grace, das Seil zu entfernen, und gab Jason per Funk Bescheid, dass auch MacGregor heil unten angekommen war.

»Ich glaube, wir müssen da lang.« Dr. Green deutete mit ausgestrecktem Arm geradewegs nach vorne, doch Grace verschaffte sich erst einen Überblick und schaute sich um. Das warme Licht ihrer Helmlampe breitete sich nicht gerade weit aus. Es war ziemlich düster und dunkel. Die Luft hier war anders als oben, irgendwie muffig. Grace fühlte sich alles andere als wohl, setzte sich dennoch in Bewegung und ging in die Richtung, die Ireene bestimmte.

Waren das wieder Nebelschwaden, die aufzogen? Grace verstand nicht, wie das möglich sein konnte. Auch Ireene schien das Szenario nicht ganz geheuer zu sein, denn sie griff unvermittelt nach MacGregors Hand, die ihre Kameradin daraufhin verdutzt musterte, das Manöver aber unkommentiert ließ. Gemeinsam wateten sie durch den immer dichter werdenden Nebel und konnten kaum erkennen, wohin sie überhaupt gingen – zum Glück war das rote Kletterseil, das Grace mitführte, lang genug, denn ohne würden sie hier garantiert nie wieder herausfinden. Die Altertumswissenschaftlerin musste unwillkürlich an den berühmten Ariadnefaden und den antiken Mythos des sagenumwobenen Minotaurus denken. Hoffentlich gab es im hiesigen

Labyrinth keine mythologischen Gestalten, denen nach Menschenopfern dürstete.

Plötzlich stockte ihr der Atem, obwohl sie kaum etwas sah, war ihr, als hätte sie eine flüchtige Bewegung vor sich wahrgenommen.

Und da, schon wieder.

Zuerst neben ihr, und nun kreuzte es ihren Weg. Grace MacGregor blieb abrupt stehen.

»Haben Sie das auch gesehen?«, flüsterte sie und konnte die Angst, die in ihrer bebenden Stimme mitschwang, nicht unterdrücken.

»Nein, aber gefühlt. Da ist jemand. Oder etwas ...«

Ireene drückte Grace' Hand fester. Sie umklammerte sie beinahe in eisernem Griff. MacGregor seufzte. Sie musste also die Starke hier sein. Eigentlich war sie schon von klein auf die Mutigste und Draufgängerischste in ihrem Freundeskreis gewesen. Diejenige, die kaum Furcht vor etwas kannte oder nach außen hin zeigte. Doch im Moment hätte sie gerne jemanden zum Anlehnen gehabt.

Jemanden wie Jason Dawn.

Es war zu gespenstisch hier. Wäre es nun Jason, der neben ihr stehen würde, hätte Grace eindeutig ein besseres Gefühl. Doch es half nichts. Sie mussten vorankommen, also zog MacGregor Ireene vorwärts an der Hand.

»Kommen Sie, ohne Sie finde ich den Kristallschädel nicht. Konzentrieren Sie sich ... Wohin müssen wir gehen?«

Die Ärztin setzte sich nach einem Moment der inneren Einkehr zaghaft in Bewegung. Grace hoffte inständig, dass sich der dichte Nebel bald lichten würde, am besten so schnell, wie er gekommen war. Doch dem war leider nicht so. Je tiefer sie ins Innere des Gewölbes vordrangen, desto blickdichter wurde die Nebelsuppe.

»Was war das? Wieso lachen Sie?«, wisperte Ireene aufgebracht neben ihr. Deren sonst so selbstsichere Stimme klang furchterfüllt und kleinlaut.

»Was war was? Wieso sollte ich lachen?!«, entgegnete MacGregor schroff. Dr. Greens Frage erschien Grace mehr als dumm und das ließ sie die Ärztin auch spüren.

»Ich habe ein Lachen gehört, ganz klar und deutlich. Wenn es nicht von Ihnen kam, von wem dann?«

»Ich habe rein gar nichts gehört. Wir sind vollkommen alleine hier.« Die rational denkende Archäologin schüttelte den Kopf und fügte nicht ganz ernst gemeint hinzu: »Aber vielleicht geistern hier ein paar Zwerge und Gnome herum wie in Ihren Erzählungen!«

Der Druck von Ireenes Hand versteifte sich.

»Autsch, nicht so fest, ich spüre meine Finger schon nicht mehr! Das war doch nur ein Scherz, Dr. Green! Ich wollte Sie ein bisschen aufheitern. Sie glauben doch nicht etwa an Zwerge, Geister und Spukgeschichten, oder?«

»Das war nicht sonderlich lustig! Was, wenn sie uns böse gesinnt sind? Was, wenn sie uns in die Irre führen und wir auf ewig hier gefangen sind?«, fantasierte Ireene vor sich hin und begann zu zittern.

Grace rümpfte verächtlich die Nase. »Ach, Dr. Green … Denken Sie an Schneewittchen und die sieben Zwerge, die waren doch süß, nicht wahr? Mit ihren Zipfelmützen, in ihrem kleinen Häuschen.« Grace konnte sich ein Lachen nicht verkneifen. Sie wusste zwar, dass die medial begabte Ärztin an Übersinnliches glaubte, aber, dass sie Ammenmärchen für bare Münze nahm?

Ireene Green lockerte ihren Griff ein klein wenig. Grace spürte, dass ihre Kollegin sich zunehmend entspannte und beruhigte.

»Konzentrieren Sie sich einzig und allein auf den Kristallschädel! Führen Sie uns zu ihm. Können Sie ihn schon sehen?«, fragte Grace und imitierte dabei Dr. Greens New-Age-Singsang-Stimme.

Dr. Green verlangsamte ihr Schritttempo und atmete tief ein und aus. Dann zog sie Grace plötzlich ruckartig nach rechts. Nach ein paar Schritten standen sie vor einer massiven Felswand. Dr. Green tastete sich an der Mauer entlang nach links bis zu einer hoch aufragenden Felsstele. Sie beugte sich nach unten und fand tatsächlich ein Loch in der Mauer.

»Oh, ein Kriechschacht!« Grace klang wenig amüsiert. Von Schächten und Kriechen hatte sie momentan mehr als genug. Ihre Abneigung musste sich auf ihrem Gesicht widerspiegeln, denn Dr. Ireene Green sah die Archäologin sofort strafend an. »Etwas mehr Enthusiasmus, bitte! Wir sind fast am Ziel!«

Da war sie wieder, die optimistische Dr. Green, die Grace gestern kennengelernt hatte. MacGregor legte den Kopf schief und verdrehte die Augen. »Normalerweise verwenden wir modernste Mini-Roboterfahrzeuge oder zumindest Sonden, um das Innere auszukundschaften. Einfach da hineinzukriechen ist viel zu gefährlich«, warnte die Archäologin und ärgerte sich insgeheim über sich selbst. Daran hätte sie früher denken müssen. Der Geheimdienst verfügte zweifelsohne über den neusten Hightech-Kram, den sie jetzt zu gern in Anspruch genommen hätte. Sie machte eine innere Notiz, Dawn bei der nächstbesten Gelegenheit nach solchen Spielereien zu fragen.

»Liebe Dr. MacGregor, wofür brauchen Sie solchen technischen Schnickschnack, wenn Sie mich haben? Ich weiß, dass wir gefahrlos hindurchkommen und auf der anderen Seite das Objekt unserer Begierde finden. Er wartet schon auf uns. Machen Sie sich keine Sorgen, ich versichere Ihnen, dass alles glattgehen wird!«

Grace musterte ihr Gegenüber mit schwindender Zuversicht. Wie schnell sich deren Angst in Optimismus gewandelt hatte, war ihr nicht unbedingt geheuer.

»Keine Zwerge?«, zog sie die abergläubische Ärztin erneut auf, die grinsend den Kopf schüttelte. »Keine Zwerge. Die Luft ist rein!«

Die junge Archäologin zuckte ächzend mit den Schultern. Es half wohl nichts, sie mussten da hinein. »Nach Ihnen, Dr. Green!« Nachdem Ireene hindurch war, ging auch Grace freudlos auf alle viere. Das war wahrlich keine allzu würdevolle Angelegenheit. So oft sie in ihrem Leben schon durch staubige Gänge und Tunnel gekrochen war – an dieses beengende Gefühl würde sie sich nie gewöhnen. Sie seufzte, schob den Rucksack vor sich her und robbte widerwillig durch den schmalen, aber glücklicherweise nicht allzu langen Schacht. Nach etwa sechs Metern war sie auf der anderen Seite angekommen, richtete sich stöhnend auf und klopfte sich den Staub von der Hose. Nachdem sie auch ihre Jacke vom schlimmsten Schmutz befreit hatte, schaute sie sich genauer um. Ein wirklich sonderbarer Raum, den sie gerade betreten hatten. Er wirkte beinahe künstlich angelegt und wies bizarre Felsformationen auf. Was MacGregor allerdings nur am Rande wahrnahm, denn ihre Sorge galt einer ganz anderen Sache und die hatte eindeutig Vorrang: Von Ireene Green fehlte jegliche Spur.

Kapitel Sieben

»Dr. Green?!« Grace' fragender Tonfall hallte durch die äußerst befremdliche Felsenkammer. Hier war es weit weniger nebelig als in der anderen Halle, aber trotzdem konnte MacGregor die Ärztin in dem düsteren Felsensaal nicht erkennen. Grace kniff die Augen zusammen, in dem Versuch, sie besser ausmachen zu können und spitzte gleichzeitig die Ohren.

Nichts. Verdammt! Die Lampe auf ihrem Helm schien auch irgendwie schwächer zu werden. Grace kramte hastig in ihrer altbewährten flachen Canva-Crossbody-Umhängetasche, die sie zusätzlich zum Teamrucksack trug, und zog eine mittelgroße Maglite heraus. Mit dem hellen, weitreichenden Lichtkegel durchleuchtete sie schließlich ihre Umgebung. Der Raum war viel größer, als Grace angenommen hatte. Gigantische Ausmaße. Und besaß wirklich absonderliche Gesteinsstrukturen, so etwas hatte sie noch nie zuvor gesehen. Die konnten unmöglich auf natürliche Weise entstanden sein. Oder etwa doch?

»Dr. Green, wo stecken Sie?« Ein Anfall von Besorgnis lag in ihrer Stimme. MacGregor ging einige zaghafte Schritte und blieb abrupt stehen. Worauf musste sie sich nun wieder gefasst machen? Tödliche Fallen? Davon hatte ihnen Waltraud nichts erzählt.

Achtsam sondierte die Archäologin die Lage und wünschte sich in diesem Moment zurück an ihren gewohnten Schreibtisch an der Uni. Der Gedanke an ihr elegantes, gediegenes Büro im Chesterfield Stil war gerade mehr als verlockend. Trockenen Berufstrott würde sie dem Nervenkitzel allemal vorziehen. Gut, vielleicht nicht allemal. In diesem einen Augenblick zumindest mit absoluter Sicherheit.

Ihr war ganz bange zumute, als sie jeden Winkel der Umgebung beleuchtete und vorsichtig einen Fuß vor den anderen setzte. »Ireene!«, rief Grace mit scharfem Ton. Keine Antwort. Plötzlich streifte der Lichtstrahl ihrer Taschenlampe etwas Feuerrotes. Grace leuchtete hastig wieder in die Richtung. Das musste doch Dr. Greens Kopf gewesen sein.

Tatsächlich, die mediale Homöopathin kniete mit dem Rücken zu ihr vor der Felswand auf der gegenüberliegenden Seite. Gott sei Dank! Grace lief erleichtert hinüber, verlangsamte jedoch sogleich wieder ihren Schritt. Dr. Green bewegte sich nicht.

Sie musste sie doch gehört haben? Irgendetwas stimmte da nicht, und zwar ganz gewaltig.

Grace näherte sich ihrer Kollegin, auf alles gefasst und wachsam, auf Zehenspitzen. Sie hatte Angst. Ireenes Kopf war eigenartig nach unten gebeugt. Von hinten sah es fast so aus, als hinge er einfach schlaff zur Brust hinab.

»Dr. Green, was machen Sie da?« Grace versuchte, möglichst sanft zu sprechen, doch sie konnte das Zittern in ihrer belegten Stimme nicht verbergen. Es folgte keine Reaktion seitens Ireene. MacGregor blieb verunsichert stehen und suchte die Umgebung erneut nach möglichen Gefahrenquellen ab. Hatte sie irgendetwas übersehen?

Ihr Herz raste, doch sie konnte nichts Bedrohliches entdecken. Jetzt fehlten ihr nur noch einige kleine Schritte, bis sie Ireene erreicht hatte. Auch wenn sich Grace so groß machte, wie sie konnte, es war zwecklos. Von ihrem Standpunkt aus konnte sie nicht das Geringste davon erkennen, was mit ihrer Kollegin nicht stimmte.

Die blonde Archäologin neigte sich wie in Zeitlupe nach unten und wollte schon die Hand nach der Frau mit den flammenroten Haaren ausstrecken, hielt jedoch im letzten Moment inne und zog sie blitzschnell wieder zurück.

Dadurch, dass Ireene so vorgebeugt am Boden kniete, konnte Grace erst, als sie neben ihr stand und über ihre Schulter blickte, erkennen, was mit der Ärztin los war. Auf Dr. Ireene Greens Schoß lag ein großer, menschenähnlicher Kristallschädel. Er war vollkommen durchsichtig. Handelte es sich um eine visuelle Täuschung oder ging wirklich ein Strahl von seinen Augenhöhlen aus in Ireenes Richtung? Grace knipste rasch ihre Taschenlampe aus, sodass nur noch das schwache Licht an ihrem Helm die Umgebung erleuchtete. Dann sank sie gemächlich neben Dr. Green auf die Knie und wagte es nicht, auch nur ein Wort zu sagen. Das naturheilkundige Medium schien ganz in Trance verloren. Als wäre sie in einer anderen Dimension. Ihre Augen waren halb geöffnet und starr auf den Kristallschädel fixiert. Ihre Atmung war flach und kaum wahrnehmbar. Sie wirkte wie paralysiert.

Grace musterte sie besorgt von der Seite. Es hatte etwas überaus Beängstigendes an sich. Und doch war Grace MacGregor fasziniert. Sie konnte die energetischen Schwingungen förmlich spüren. Die Archäologin versuchte, sich zu konzentrieren. Vielleicht konnte sie auch in die Kommunikation zwischen dem Schädel und Ireene einbezogen werden! Wenn sie ihre ganze Aufmerksamkeit auf den glitzernden Kristallschädel richtete und sich so fokussierte wie Dr. Green, wäre es dann möglich, ebenfalls in Kontakt mit dem mysteriösen Artefakt zu treten? Grace zentrierte sich, so wie sie es in ihren Yogastunden gelernt hatte. Sie relaxte und versuchte, sich in einen tiefenentspannten Zustand zu bringen, bis sich ihre Atmung tatsächlich allmählich verlangsamte – sie war schlichtweg die Ruhe in Person. Aber leider tat sich absolut nichts. Sie schloss die Augen und horchte in sich hinein. Nichts. Nein, es klappte nicht. Als Grace enttäuscht die Augen wieder öffnete, schillerte der Kristallschädel im schwachen Licht. Hatte er das vorhin auch schon getan? MacGregor wollte ihn nur zu gerne berühren, doch sie hatte Angst, sie würde damit Dr. Green möglicherweise unsanft aus ihrer Trance reißen. Ein wenig frustriert über ihre nicht vorhandenen medialen und übersinnlichen Fähigkeiten seufzte sie leise. Aber gleichzeitig fühlte sie sich wie aus heiterem Himmel voller neuer Energie und Tatendrang und von jeglicher Last befreit. Sie fühlte sich richtig gut, so als könnte sie Bäume ausreißen. Als MacGregors Blick auf die umliegende Felswand fiel, tanzten dort plötzlich bunte Lichter. Ein ganzes Farbspektrum von intensivem Lila, Rot, Gelb und Grün. Ging das alles von dem Kristallschädel aus? Aber er bestand doch aus durchsichtigem Bergkristall. Wie war das nun wieder möglich? Grace konnte sich den magischen Lichtspielen nicht entziehen, zu sehr war sie gefangen von dem außergewöhnlichen Schauspiel. Und so merkte sie nicht, dass Dr. Ireene Green langsam wieder zu sich kam. Erst als die Lichter an der Wand mit einem Schlag erloschen, riss Grace ihren Blick von der Felswand weg, zurück zu dem Kristallschädel. Dr. Green schüttelte benommen ihren Kopf.

»Dr. Green! Da haben wir Sie ja endlich wieder!« Vor lauter Freude fiel Grace der Ärztin um den Hals. »Haben Sie mit dem Kristallschädel gesprochen? Was hat er gesagt? Woher kommt er? Wer hat ihn hergestellt? Funktioniert er wie ein Computer? Ist er ein großer Speicherapparat?«, löcherte sie Ireene mit Fragen. Die schiere Neugier hatte die Archäologin gepackt. Um die nicht enden wollenden

Fragen zu stoppen, schüttelte Ireene abermals schwach den Kopf.

»Um ehrlich zu sein, ich weiß nicht, was ich gesehen habe. Ich bekam Einblick, aber irgendwie auch wieder nicht. Ich sah Felsen, Klippen und hörte Meeresrauschen. Dann war ich auf einmal woanders.« Dr. Green zuckte kraftlos mit den Schultern. Anscheinend hatte sie der Zauber, oder was auch immer gerade geschehen war, ganz schön mitgenommen. Grace half ihr auf die Beine und packte den Kristallschädel vorsichtig in ihren extra gepolsterten Rucksack, um das gute Stück unversehrt zu transportieren.

»Aber wenigstens weiß ich jetzt, wo wir als Nächstes hinmüssen!« Das blasse, elfengleiche Medium wirkte zuversichtlich, doch ihr Teint war fahl, sie sah unglaublich müde aus. Grace nickte lächelnd und klopfte ihrer Kollegin anerkennend auf die Schulter. »Sie kommen erst mal wieder zu Kräften, und dann schauen wir weiter.« Die beiden schlenderten langsam den Weg zurück zum Ausgangsschacht, nachdem sie es kriechend durch den beengten Gang geschafft hatten. *Geschafft* war das richtige Wort. Grace fühlte sich selbst schlagartig total ausgelaugt. Es musste wohl an der stickigen Luft hier liegen, der Sauerstoffgehalt war ziemlich niedrig. Zumal sie das zusätzliche Gewicht des Kristallschädels mit sich herumschleppte. Sie schätzte, er hatte um die sieben bis acht Kilo und war somit ziemlich schwer. Ihr Rücken schmerzte ohnehin schon durch die ganzen Wander- und Kletterstrapazen, die ihr Körper nicht gewohnt war. Sie hielt sich zwar für superfit und sportlich, aber ihre aktuelle Konstitution sprach eine völlig andere Sprache. Sie war vollkommen groggy und nahm sich vor, zukünftig mehr Zeit ins Training zu investieren. Als sie endlich den vertikalen Schacht erreicht hatten, meldete sich Grace via Funkgerät bei Jason und gab durch, dass sie den Schädel gefunden hatten. Sie bat ihn, Ireene ganz vorsichtig hinaufzuziehen, da diese noch ziemlich schwach und wackelig wirkte. Wenn sich Grace schon so fertig fühlte, wie musste es dann der fünfzehn Jahre älteren Frau gehen, die sich medial gerade komplett verausgabt hatte? Die Archäologin half Dr. Green dabei, sich ordnungsgemäß anzuseilen, und wünschte ihr viel Glück für den beschwerlichen Weg nach oben. Minuten vergingen, bis ihr Funkgerät wieder rauschte.

»MacGregor von Teamleader, bitte kommen!«

Teamleader, tsss, wenn sie diesen Ausdruck schon hörte, geriet ihr Blut in Wallungen. Im negativen Sinne. Dieser Kerl spielte stets seine Boss-Karte aus. Wann immer er es ihr unter die Nase reiben konnte, tat er es. Sie war sich sicher, dass er ganz genau wusste, wie sehr sie die Tatsache, dass er die Befehlsgewalt hatte, auf die Palme brachte. Umso mehr Spaß musste es ihm ganz offensichtlich bereiten, sich vor ihr aufzuplustern.

»MacGregor hört …«, knurrte sie in korrekter Funksprache, konnte aber ein genervtes Augenrollen nicht unterbinden.

»Ireene ist an der Oberfläche. Nun sind Sie dran.«

Grace atmete erleichtert auf – endlich!

»Verstanden!«

Da es jedoch platzmäßig nicht funktionieren würde, gemeinsam mit dem Kristallschädel durch den schmalen Tunnel nach oben zu gelangen, klickte Grace zuerst den Rucksack an das Seil und instruierte Dawn nachdrücklich, den Kristallschädel ganz langsam und behutsam nach oben zu ziehen. Als Grace nun ganz allein unten in der Höhle stand und wartete, bis sie endlich an der Reihe war, durchfuhr sie ein Schauer. Eine klamme Kälte kroch ihre Wirbelsäule empor und bescherte ihr ein unbehagliches Gefühl. Der Nebel war noch stärker als zuvor und umhüllte sie dichter und dichter. Eine unheimliche Düsternis schien Besitz von ihr ergreifen zu wollen. MacGregor malte sich aus, was passieren würde, wenn das Seil irgendwo hängen blieb.

Sie würde hier festsitzen. Möglicherweise für immer und ewig. Und das womöglich nicht allein. Irgendetwas war hier unten, dessen war sie sich plötzlich bewusst.

Huhhh, Grace fröstelte es, während ihr kalter Schweiß auf die Stirn trat. Gänsehaut hatte sich inzwischen über ihren gesamten Körper gelegt, ihr Herz pochte zunehmend schneller und wilder und schien regelrecht dahinzugaloppieren. In der sie einnebelnden Stille hörte sie ihren eigenen Pulsschlag mehr als überdeutlich, er hallte in ihren Ohren wider. Beinahe war ihr, als würde sie die Strömungsgeräusche ihrer Blutlaufbahn vernehmen. Sie drückte sich mit dem Rücken an das glatte, kalte Felsgestein, damit zumindest niemand rücklings einen Angriff starten konnte. ›*Himmel, Arsch und Zwirn*‹, dachte Grace. Sie war im Begriff, eine Panikattacke zu bekommen. Genauso musste sich so etwas anfühlen. Ihre Kehle schnürte sich zu, ein beklemmendes Gefühl legte sich auf ihre Brust. Eine mächtige Woge der Machtlosigkeit überkam sie und hatte Atemnot und Schwindel im Gepäck. Grace rang nach Luft. Drohte sie zu ersticken? Irgendwie erschien das der rational denkenden Frau unwirklich. Verflixt und zugenäht, was war bloß los mit ihr? Sie durfte sich nicht von der Spirale der Angst mitreißen lassen. Grace verpasste sich kurzerhand selbst eine schallende Ohrfeige, um wieder zur Besinnung zu kommen, und musste unwillkürlich kichern. Sie war doch eigentlich keine Pessimistin. Noch nie eine gewesen. Sie schüttelte die bedrückenden Gedanken schnell wieder ab und ermahnte sich zu mehr Zuversicht. Alles nur Einbildung, ihr Unterbewusstsein spielte ihr einen Streich. Das musste es sein. Da war niemand. Nichts. Grace atmete tief durch und versuchte ihrer maßlos mit ihr durchgehenden Fantasie, Einhalt zu gebieten. Endlich schlängelte sich das türkisblaue Kletterseil durch den Spalt. Erleichtert hängte sich MacGregor mit ihrem Karabinerhaken daran und gab das Funksignal. Mit einem Ruck wurde Grace peu à peu hinaufgezogen, sie tat ihr Bestes, um mitzuhelfen, so gut sie konnte. Und schon bald sah sie das Ende des Tunnels. Sie hörte die Stimmen der Männer.

Beide schnauften. Unerhört, so schwer war sie nun auch wieder nicht, schoss es der stets auf ihr Idealgewicht bedachten Grace empört durch den Kopf. Vor lauter Aufgebrachtheit erröteten ihre Wangen, während sie eine schmollende Schnute zog. Bodenlose Frechheit!

Nach einem augenscheinlich herkulischen Kraftakt war es endlich so weit, sie lugte aus dem Felsenschacht hervor und konnte die beiden ach so hart schuftenden Kerle sehen. Während Xiang sie sicherte, reichte Jason ihr den Arm und zog sie ohne große Mühe aus dem Loch heraus, was Grace wieder etwas versöhnlicher stimmte. Im Handumdrehen lag sie in seinen Armen, Körper an Körper. Ihre weichen Rundungen schmiegten sich an seine stahlharte Brust. Herzschlag an Herzschlag.

Wow. Nicht, dass sie in der kurzen Zeit im Untergrund vergessen hätte, welch immense Anziehungskraft seine strahlenden Augen hatten, doch Grace konnte sich nicht helfen, ihr stockte förmlich der Atem. Nein, er raubte ihr den Atem! Dieses verschmitzte Funkeln in seinem Blick ließ ihre Knie weich werden und die Moleküle in ihrem Körper tanzen. Doch irgendetwas war anders. Seine Augen waren anders. Wie mysteriös. Lag das bloß am schummrigen Licht? Fasziniert erkundete sie die spektakuläre Pigmentierung seiner Iriden.

Sie hatte es den ganzen Tag vermieden, den Blickkontakt mit ihm zu suchen, da ihr der selbsternannte Drillmaster schon seit seinem nervigen Weckmanöver in aller Herrgottsfrühe auf den Keks gegangen war. Doch nun war sie wieder wie hypnotisiert von seinen spitzbübischen, frechen Augen, die von beneidenswert langen Wimpern umrandet wurden.

»Gute Arbeit, Dr. MacGregor!« Der Geheimagent

grinste sie schief an, ließ sie dann aber völlig abrupt los und klopfte ihr überaus kumpelmäßig auf den Oberarm, sodass sie beinahe ins Wanken kam. Dahin war der Moment.

Grace nickte benommen und schüttelte indes Dr. Hu die Hand, der ebenfalls anerkennende Worte für sie parat hatte. Ireene Green saß gegen die rückseitige Felswand gelehnt. Sie sah noch ziemlich müde aus, doch in der Zwischenzeit war glücklicherweise etwas mehr Farbe in ihr Gesicht zurückgekehrt. Sie lächelte matt in Grace' Richtung.

»Abmarsch, Leute!«, kommandierte Dawn in gewohnt harschem Tonfall, woraufhin MacGregor seufzend die Augen verdrehte. Wieder typisch, während sie und Ireene die ganze Arbeit geleistet hatten, hatte der unverschämt gut aussehende Fox-Mulder-007-Verschnitt quasi auf der faulen Haut liegen und Siesta halten dürfen. Nicht einmal ein winzig kleines Päuschen hingegen war ihr gegönnt.

Der Weg aus der Höhle gestaltete sich glücklicherweise einfacher als der hinein. Der Nebel hatte sich vollständig gelichtet, somit mussten sie einfach nur der Markierung hinaus folgen. Sie gingen in gemächlichem Tempo, um der sichtlich erschöpften Dr. Green Zeit zu geben, sich zu erholen. Jason schien es zur Abwechslung nicht allzu eilig zu haben. Dr. Hu plauderte ausgelassen über irgendwelche Quarks und Orbs oder so ähnlich. Irgendwie erinnerte er Grace an ihre Mutter. Wenn beide mal in Fahrt gekommen waren, redeten sie wie ein Wasserfall. MacGregor verstand nicht mal die Hälfte von dem, was er erklärte. Es handelte sich eindeutig um ein physikalisches Thema. Irgendetwas mit Quanten? Hmm, vielleicht, wenn Grace sich dem Gespräch, das eher einem Monolog glich, etwas mehr widmete, könnte sie zumindest Bruchstücke davon verstehen. Doch zurzeit stand der sonst so wissbegierigen Frau der Sinn absolut nicht nach einer wissenschaftlichen Unterhaltung. Sie nickte zeitweise, wenn sie es für angebracht hielt, hörte aber nur mit einem Ohr zu. Das Einzige, woran sie momentan dachte, war der Wander- oder besser gesagt Bergsteigerweg zurück. Diesen zu bewältigen, war sie in ihrer Verfassung keineswegs in der Lage. Sie wusste, was sie konnte, und was nicht. Aber was sollte sie tun? Allein zurückbleiben, war schließlich auch keine Option. Grace sah schon die ersten Lichtstrahlen am Ende der Höhle. Je näher sie dem Ausgang kam, desto mehr graute ihr. Sie wurde langsamer. Selbst die durch die Trance-Sitzung geschwächte Dr. Green überholte sie. Als sie schließlich aus der Höhle trat, wurde Dr. MacGregor von grellen Sonnenstrahlen geblendet. Eigenartiges Wetter. Der zuvor wolkenbehangene, dunkle Himmel strahlte nun in hellem Blau. Nur vereinzelt zogen Schäfchenwolken vorbei. Die Sonne schien hell wie an einem herrlichen Frühlingstag. Sie war der Gruppe einfach so hinterher getrottet und vom Wetter begeistert, sodass sie erst jetzt merkte, dass Jason Dawn eine andere Richtung eingeschlagen hatte, als sie vorhin gekommen waren. Wie durch Gedankenübertragung fiel das nun auch Ireene auf. »Mr Dawn, sollten wir nicht dort lang? Das ist eindeutig die falsche Richtung!«, wunderte sie sich.

Dawn wandte nur leicht den Kopf nach hinten und meinte knapp und geheimnisvoll: »Ach, ich habe eine kleine Überraschung für Sie.« Seine Mundwinkel zuckten. Etwas, das verdächtig nach süffisanter Belustigung aussah, huschte über sein Gesicht. »Ich hoffe, niemand von Ihnen leidet unter Höhenangst!«, fügte er in äußerst provokativem Tonfall hinzu und zwinkerte frech in Grace' Richtung.

Was sollte das denn nun schon wieder? Was führte der Geheimagent diesmal im Schilde? Musste dieser Mann immer so kryptisch sein? Er würde doch wohl nicht erwarten, dass sie einen steilen Berghang hinabstiegen und sich abseilten?! Oder gar einen Basejump machten? Oder mit einem Gleitschirm vom Gipfel sprangen? Grace malte sich schon die schlimmsten Szenarien aus und bekam erneut Herzklopfen. Actionjunkie war sie fürwahr keiner.

Inzwischen hatten sie den Waldrand erreicht und standen auf einer kleinen Lichtung, die ein paar Meter weiter in eine Felsschlucht führte. Grace ließ ihren *Teamleader* nicht aus den Augen. Ihr entging nicht, dass er mehrmals gebannt und offensichtlich ungeduldig auf seine sportliche Armbanduhr blickte. Worauf wartete er bloß?

In diesem Moment vernahm Grace ein lautes Knattern. Ein Helikopter war anscheinend im Anflug. Und schon tauchte er hinter der Bergkette auf und kreiste sogleich direkt über der Gruppe.

»Leider ist die Lichtung klein und abfällig. Eine Landung wäre zu gefährlich, darum werden wir mit der Winde hinaufgezogen. Wer will zuerst?« Der Schönling lächelte herausfordernd in eine Runde verdutzter Gesichter. Alle waren sprachlos. Nur bei Grace huschte ein leichtes Lächeln über ihr Gesicht. Was von Jason nicht unbeobachtet blieb. Er neigte seinen Kopf zur Seite und verzog seinen Mund zu einem schiefen Grinsen. »Sie, Dr. MacGregor?! Das hätte ich jetzt ehrlich gesagt am wenigsten erwartet!«

»Unterschätzen Sie mich mal nicht!« Grace schaute ihm provozierend in die Augen.

»Mein Fehler«, lächelte Jason Dawn amüsiert. Er gab der Helikopterbesatzung ein Zeichen und schon ließen diese ein Seil samt Boje am Ende hinunter. Er funkte mit dem Mann an der Winde und erklärte dann begeistert: »Es können immer zwei Personen gleichzeitig hinaufgezogen werden. Das ist gut, dann kommen wir hier schneller weg. Ich würde sagen, Sie beide bilden Team eins, und MacGregor und ich kommen dann nach Ihnen dran.«

Ireene und Xiang schauten irritiert.

»Es wird Ihnen doch lieber sein, wenn ich Sie professionell an den Haken hänge, nicht?«, sagte der Geheimagent trocken.

»Schon, aber noch lieber würde ich mit Ihnen zusammen an dem Seil hängen. Äh, rein aus Sicherheitsgründen. Sie wissen schließlich, was im Notfall zu tun ist.« Ireenes Wangen wurde knallrot.

»Keine Sorge, es wird schon kein Notfall eintreten. Das Wetter ist halbwegs klar, kein Windzug. Sie haben nichts zu befürchten. Alles, was Sie machen müssen, ist locker bleiben und die Aussicht genießen!« Jason zwinkerte ihr zu, während er die beiden Wissenschaftler an den Gurten befestigte.

»Und warum bilden Sie Ihr Team ausgerechnet mit MacGregor?« Ireene konnte es nicht lassen und stachelte weiter herum.

»Ach, eine reine Frage des Gewichts«, antwortete Dawn schnell. Ireene blickte skeptisch und Grace lächelte in sich hinein. Einander so nah, Körper an Körper gemeinsam mit dem durchtrainierten, anziehenden Agenten an einem Seil zu hängen, ja, diese Vorstellung hatte absolut etwas. Sie grinste versonnen und schwelgte in ihren Traumvorstellungen. Ireenes bange Angstschreie rissen Grace jedoch schneller wieder zurück aus ihren Gedanken, als ihr lieb war. Dr. Green und der kleine, dickliche Chinese baumelten auf halber Höhe in der Luft. Es war irgendwie ein lustiger Anblick. Wie auch nicht anders erwartet, hörte man keinen Mucks von dem ruhigen Astrophysiker. Er stand wohl wieder voll und ganz mit der Situation in Einklang. Nun waren die beiden auf Höhe der Türe. Der Mann an der Winde zog sie versiert hinein und ließ das Seil auch schon wieder hinunter.

»Und, bereit?«, fragte Jason herausfordernd mit kecker Miene. Grace fing seinen Blick auf und grinste ihn geradewegs an. »Naturellement!«

Jason lachte aus tiefer Kehle und machte sie an dem schwarzen Seil fest. Er hielt den Arm angewinkelt hoch und vollführte eine drehende Bewegung mit der Hand. Und schon machte das Seil einen Ruck nach oben. Grace wurde regelrecht an Jason gedrückt, was ihr alles andere als missfiel. Er hatte seine Arme um sie gelegt und ließ ihren Blick nicht eine Sekunde los. Sein Oberkörper war noch muskulöser, als es Grace ohnehin schon vermutet hatte. Und er roch so gut. Grace war fasziniert. Die Zeit hätte ruhig stehen bleiben können, dagegen hätte sie absolut keine Einwände gehabt. Es fühlte sich einfach unheimlich gut an, Jason Dawn so nah an sich zu spüren. Ihr Herz raste. Sie verschwendete keinen Blick an die Bergwelt ringsherum. Ihre Augen waren gefangen. Gefangen von Jasons Blick. Seinem Lächeln, seiner Nähe, seinen verträumt wirkenden Augen. Apropos Augen. »Hey, gestern waren ihre Augen von einem sanften Dunkelbraun«, stellte die junge Archäologin etwas verdutzt fest, als sie seine blau-grünen Augen erforschte. Er sah noch anziehender aus, sofern das überhaupt möglich war.

»Einmalige Auffassungsgabe!«, grinste Dawn leicht spitzbübisch. »Die braunen Kontaktlinsen habe ich für einen vorhergehenden Auftrag benötigt. Blau steht mir doch um einiges besser, nicht?!« Durch den intensiven Blickkontakt wurde Grace ganz schön heiß. Sie nickte zustimmend und wurde dann leicht verlegen. Sie wusste sich nicht anders zu helfen und wandte sich ab. Nun betrachtete sie doch die Landschaft unter ihr, die steinigen Felswände, den grünen Streifen, den das kleine Wäldchen bildete. Sie fühlte sich, als würde sie auf Wolken schweben. Nun ja, genau genommen tat sie das tatsächlich auch. Alles sah zwar idyllisch aus, so in luftiger Höhe, aber trotzdem war Grace froh, bald von hier wegzukommen.

Ein plötzlicher, starker Windstoß brachte den Helikopter ins Schwanken. Der Pilot hatte alle Mühe, den Hubschrauber auszupendeln und wieder ins Gleichgewicht zu bringen. MacGregor und Dawn wurden stark durchgeschüttelt und schaukelten hin und her. Jasons Augen fixierten den Helikopter über ihnen, seine Miene war zwar ernster als sonst, aber sie spiegelte keine große Besorgnis wider. Hmm, das beruhigte Grace ein wenig. Entweder war er ein guter Schauspieler und ließ sich nichts anmerken, oder der hartgesottene Geheimagent hatte schon in brenzligeren Situationen gesteckt. Wahrscheinlich Letzteres. Dennoch klammerte sie sich fester an den durchtrainierten Schönling. Wenigstens hatte sie nun einen guten Grund dazu. Irgendwie wurde ihr auf einmal schwindelig. Obwohl sie den engen Körperkontakt mehr als genoss, war ihr ganz plötzlich komisch zumute. So musste es sich anfühlen, wenn man seekrank wurde. Grace hatte ein außerordentlich flaues Magengefühl und war froh, kaum etwas gegessen zu haben. Hätte sonst womöglich etwas unschön enden können. Oder hatte dieses eigenartige, kribbelnde Gefühl in ihrem Bauch eine ganz andere Ursache? Hmm.

Der Pilot musste den Helikopter höher hinaufziehen, um nicht in der Felswand zu enden. Die Schaukelei wurde schwächer. Die Gefahr schien gebannt. Endlich konnten Dawn und MacGregor, die am Seil wild hin- und herschaukelten wieder hochgezogen werden. Die Winde wurde in Gang gesetzt, und Grace und Jason erreichten im Nu das Innere des Helikopters, was ihrer körperlichen Nähe ein jähes Ende bereitete.

Kapitel Acht

In Grace' Magen rumorte es, sie hatte die mediterrane Reispfanne eindeutig zu schnell hinuntergeschlungen. Das war eigentlich so gar nicht ihre Art, denn von Kindesbeinen an hatte sie von ihren Eltern gute Manieren eingetrichtert bekommen, und dazu gehörte auch die richtige Tischetikette. Aber das Essen in der kleinen Taverne neben dem Flugplatz war wirklich ausgesprochen köstlich gewesen. Noch dazu hatte Grace zuvor eine derartige innere Leere verspürt, die sie mit Essen wieder hatte auffüllen wollen. Was auch irgendwie geklappt hatte. Nach der ausgiebigen Brokkolicremesuppe und der Gemüsepfanne fühlte sie sich wieder voller Energie. Normalerweise nahm sich die Archäologin immer ausreichend Zeit für ihr Essen und genoss jeden Bissen. Doch in der Hektik, die Commander Jason Dawn verbreitet hatte, da er es schon nicht hatte erwarten können, bis sie endlich wieder im Flugzeug saßen, hatte sie einfach viel zu schnell gegessen.

Sie nippte an ihrem Glas Sprite und hörte aufmerksam Ireene zu, die erklärte, wohin genau es sie nun führen würde. Der Privatjet war vor circa zehn Minuten in Richtung Vereinigte Staaten gestartet und hatte soeben seine Flughöhe erreicht. Grace blickte aus dem Fenster, aber außer einer schweren Wolkendecke war nicht viel zu erkennen. Dr. Green hatte sich während des Essens mit einem ihrer Indianerfreunde in Kontakt gesetzt und erreicht, dass er sich ebenfalls auf den Weg machte, um das Team in South Dakota zu treffen. Ireene schilderte, dass ihr der Untersberger Kristallschädel Bilder von Bear Butte gezeigt hatte. Dies war, soweit sie wusste, eine heilige Stätte der Lakota Indianer in den Black Hills, im Westen South Dakotas. Laut Sagen und Überlieferungen war es der Ort, an dem die Sioux und Cheyenne ihre heiligen Gesetze auferlegt bekommen hatten, die sie lehrten, in Balance zu leben und ihre geheiligten Zeremonien zu zelebrieren.

Nach einer kurzen Pause redete sie weiter. »Die Schwarzen Berge gelten laut indianischer Mythologie als heilig. Ich selbst hatte schon das Glück, die Magie des Ortes kennenzulernen. Sie ist überdeutlich spürbar. Nicht nur für Menschen wie mich.« Man konnte direkt fühlen, wie sehr Ireene sich freute, dorthin zurückzukehren, sie strahlte übers ganze Gesicht.

»Oh, und noch etwas. Hat schon jemand mal etwas von der ›Weißen Büffelkalbfrau‹ gehört?«

Einheitliches Kopfschütteln.

Ireene legte den Kopf leicht schief, ehe sie zu ihrer Erzählung ansetzte. »Ptesan Win war die Götterbotin, die den Lakota Indianern ihre Zeremonien und Gesetze überbrachte. Sie war ihre Kulturbringerin sozusagen. Sie, von der in manchen Legenden als Tochter des Großen Geistes erzählt wird, erschien den Lakota in einer Zeit großer Hoffnungslosigkeit. Es herrschte eine schreckliche Dürre und damit verbunden große Hungersnot. Die White Buffalo Woman lehrte die Ureinwohner ihre sieben heiligen Zeremonien und Rituale, die bis heute grundlegende Pfeiler im Leben der Lakota sind. Wie die Schwitzhütte, der Sonnentanz, die Visionssuche, Gesänge, die Seelenhütte, die Verschwägerung und das Ballspiel. Ferner überreichte sie dem

Stamm eine Zeremonialpfeife mit rotem Kopf und weißem Stiel. Sie bat die Lakota, nie zu vergessen, wie heilig diese Pfeife war, und sie demgemäß mit Ehrfurcht zu behandeln, da sie sie bis zu ihrem Ende führen werde. Ehe sie verschwand, erklärte Ptesan Win, dass sie am Ende, kurz vor der Zeitwende wiederkehren werde. Danach verwandelte sie sich in ein weißes Bisonkalb und führte die Lakota zu einer Büffelherde. Dies soll sich vor etwa neunzehn Generationen zugetragen haben, die Büffelkalbpfeife hat seit jeher in jeder Generation ihren Hüter. Und noch etwas Interessantes am Rande: Laut Legende sollen, kurz bevor Ptesan Win wiederkehrt, vermehrt weiße Büffelkälber geboren werden. Und dies scheint tatsächlich momentan der Fall zu sein, seit Mitte der Neunziger steigt die Anzahl der als heilig angesehenen weißen Kälber. Überlieferungen zufolge soll man dies sowohl als Segen als auch gleichzeitig als Mahnung sehen! Stehen wir also kurz vor der Zeitwende?«

Nun herrschte im Flugzeug nachdenkliches Schweigen. Jeder musste die Geschichte erst verarbeiten, schien es doch irgendwie einen Zusammenhang zu geben. Für Grace jedenfalls bestand da kein Zweifel. »Es scheint tatsächlich so, dass die Schädel nun gefunden werden wollen. Dieser Teil der Legende trifft also zu«, überlegte sie laut.

Ireene Green nickte zustimmend. »Ja, sonst hätte mir ›UB‹ keinesfalls das Versteck des nächsten Kristallschädels verraten. Die Zeit scheint wirklich gekommen zu sein.«

»Bekamen Sie auch Einblick in UBs Vergangenheit? Was hatten die Nazis mit den Kristallschädeln vor? War er der Einzige, den sie besaßen?«, fragte Jason mit ernster Miene.

»Nein, die Runde um Heinrich Himmler hatte eine Vielzahl an Schädeln gesammelt. Große, kleine, alte und neu geschliffene. Aber unser UB war der einzige *wahre* Kristallschädel. Sie hatten sonst keinen der großen Dreizehn in ihrem Besitz.«

»Wissen Sie, welche geheimen Rituale sie abgehalten haben? Irgendwelche blutrünstige, schwarze Magie?«, erkundigte sich Jason weiter und Grace hielt unwillkürlich die Luft an.

Ireene schüttelte entsetzt den Kopf. »Nein! Himmler wollte durch die Zusammenführung der dreizehn Kristallschädel ein Zentrum der Macht erschaffen und die Zukunft verändern. Aber das ist jetzt auch nicht von Bedeutung. Wir haben UB. Ich will mich nicht weiter mit den damaligen Gräueltaten und Kriegen der Vergangenheit beschäftigen, das zehrt nur zu sehr an meinen Kräften.«

Dawn nickte verständnisvoll und beließ es dabei. Er schnappte sich wortlos sein iPad und ließ sich ein paar Sessel weiter nieder. Gesprächig war er nicht sonderlich.

Aber eigentlich war eine kleine Erholungspause von den anderen tatsächlich eine brillante Idee. Grace stand ebenfalls auf und machte es sich in dem Sitz auf der anderen Seite weiter hinten in der Maschine bequem. Hier hatte sie Ruhe. Ruhe von allen. Sie stellte den weichen Sessel in horizontale Lage und seufzte zufrieden. So luxuriös war sie tatsächlich noch nie geflogen. Es war beinahe, als läge sie auf ihrem bequemen Sofa zu Hause. MacGregor hüllte sich in eine kuschelige, weiße Decke und zog ein dickes Buch aus ihrer Tasche. Ja, so konnte man einen Langstreckenflug überstehen. So ging wohl stilvolles Reisen der oberen Zehntausend, auch wenn man in Zeiten der Klimakrise tunlichst auf Flugzeuge und dergleichen verzichten sollte. Die Archäologin vermied es, so gut es ging, einen ökologischen Fußabdruck zu hinterlassen, besaß kein Auto und achtete stets auf Nachhaltigkeit. Doch auf ihrer derzeitigen Mission ging es wohl oder übel nicht anders, also konnte sie es auch ein bisschen genießen. Grace grinste und klappte das Buch bei ihrem filigranen, antiken Lesezeichen auf. Und schon war sie eingetaucht in der Welt ihres Mysterythrillers und vergaß den Rest um sich herum.

Grace blinzelte gähnend und schlug noch etwas schlaftrunken ihre Augen auf. Sie hatte tief und fest geschlummert, streckte sich geschmeidig wie eine Katze und warf einen Blick auf ihre goldene Vintage-Armbanduhr, die sie von ihrem Großvater geerbt hatte. Erstaunt stellte sie fest, dass sie nun schon knapp sieben Stunden in der Luft waren. Aber wann war sie bloß eingeschlafen? Etwas orientierungslos blickte sie sich um. Was hatte sie in der Zwischenzeit verpasst? Die Stimmung in der Flugzeugkabine war irgendwie anders als zuvor. Die Archäologin packte ihr Buch, das beinahe achtlos auf ihrem Schoß lag, sorgsam zurück in ihre Tasche, streckte nebenbei ihre Fühler aus und versuchte, den gedämpften Stimmen, die aus dem hinteren Bereich der Maschine kamen, zu lauschen. Irgendetwas stimmte nicht, das konnte sie fühlen. Nachdem sie einen raschen Blick in ihren Handspiegel geworfen hatte, erhob sich Grace ächzend aus ihrer Koje, vollführte einige Gymnastikübungen und spazierte leichtfüßig zu den anderen. Sie hatte ein vorsichtiges Lächeln aufgesetzt, das ihr jedoch sofort gefror. Ihre Sensoren hatten sich eindeutig nicht getäuscht, die Vibes hier drin waren ganz am Boden. Jason saß mit betroffenem Gesicht bei Ireene Green auf der Couch. Sie tuschelten und wirkten zutiefst bedrückt. Selbst die sonst so heitere Ärztin brachte kein noch so kleines Lächeln zustande. Was war hier los?

Mit großen Augen und fragendem Blick gesellte sich Grace zu den beiden und setzte sich ihnen gegenüber an den Tisch.

»Diese ominöse Söldnergruppe rund um Ihre Kollegin Sofija soundso hat zugeschlagen«, erklärte Ireene in knappen Worten und Grace verstand nur Bahnhof. Sie zog die Augenbrauen hoch und runzelte die Stirn. »Wie bitte?«

»Sie haben den Pariser Kristallschädel. Kurz nachdem

das Musée du Quai-Branly geschlossen hatte, ging der Alarm los. Das Einzige, was geraubt wurde, ist der Schädel. Zwei Museumswärter sind tot. Erschossen. Ein dritter wurde ebenfalls verletzt, konnte jedoch eine Täterbeschreibung abgeben. Und die deckt sich exakt mit der Beschreibung von Herrn Antonius aus der Wewelsburg.«

Grace blickte Jason entsetzt an. »Die gehen über Leichen!«, stellte sie fassungslos fest und brauchte einen Moment, um sich zu sortieren. Ihr Gedankenkarussell rotierte in einem Affenzahn, sodass die noch etwas schläfrige Archäologie-Professorin Schwierigkeiten hatte, jeden Einzelnen auszuwerten.

Der Geheimagent seufzte geknickt und senkte seinen Blick.

»Und der Schädel? Ist er einer der Dreizehn? Wieso haben wir ihn dann nicht?«, fragte Grace, als sie sich wieder einigermaßen gefasst hatte.

»Nein, er gehört eindeutig nicht dazu. Er stammt aus einem viel späteren Zeitalter«, erwiderte Ireene trocken.

»Das heißt also, diese Typen wissen weniger als wir. Sollten dann nicht andere Besitzer von berühmten Kristallschädeln gewarnt werden?«

»Gut überlegt, Dr. MacGregor!«, lächelte Jason milde. »Es scheint tatsächlich so, als versuchten sie, alle bekannten Schädel zu erbeuten. Wir haben schon entsprechende Warnungen herausgegeben!«

Grace nickte halbwegs beruhigt und lehnte sich zaghaft zurück. »Wissen Sie denn schon, für wen die Gruppe arbeitet?«

»Laut MI6 verdichten sich die Hinweise, dass die Bilderberger dahinterstecken«, erwiderte Jason zerknirscht.

»Die Bilderberger?«, entfuhr es Grace schockiert. »Das sind nur zufällig die einflussreichsten, mächtigsten Menschen auf diesem Planeten. Politik, Hochadel, Wirtschaft, Medien ... dieser Geheimbund vereint die gesamte Elite!«

Jason machte Anstalten, etwas sagen zu wollen, wandte sich dann aber doch ab und widmete sich seinem Smartphone. Seine Haltung war auffallend abweisend. Komischer Kauz.

»Ladies and Gents, this is your captain speaking. Wir landen in etwa eineinhalb Stunden. Die Temperatur in Rapid City beträgt freundliche dreiundzwanzig Grad Celsius.« Die Durchsage von Pilot Sean ließ Grace schmunzeln. Sie mochte den unnachahmlichen Kerl, der stets mit seinem trockenen Humor brillierte.

Möglichst unauffällig musterte sie Jason aus dem Augenwinkel. Der Typ war ihr ein vollkommenes Rätsel. Während sie inzwischen die Lebensgeschichten von all den anderen erzählt bekommen hatte, wusste sie rein gar nichts von Commander Dawn. Erst flirtete er mit ihr, dann verhielt er sich so reserviert wie gerade eben. Sie schüttelte seufzend den Kopf.

Wenigstens schien ihnen das Wetter gut mitzuspielen. Grace zwirbelte eine blonde Haarsträhne, die ihr ins Gesicht fiel und guckte grübelnd aus dem Flugzeugfenster. Dawn bemerkte ihren Blick. »Wir haben es jetzt dreizehn Uhr neunzehn Ortszeit.« MacGregor sah ihm verwundert in die Augen. Wie gelang es dem Agenten nur immer wieder, ihre Gedanken aufzufangen?

»Mhm, danke«, flötete die Archäologin kurz angebunden und stellte ihre auffallend große Armbanduhr zurück. Danach stand sie auf und suchte in ihrem grünen Trolley nach der passenden Garderobe. Zusammen mit den Klamotten und ihrem Kulturtäschchen huschte sie in die großzügig ausgefallene Toilette. Das Flugzeug hatte wirklich alle Annehmlichkeiten zu bieten, elegant bis ins letzte Detail. Nicht mal Rockstars oder Royals konnten angemessener oder extravaganter reisen als mit solch einem luxuriös ausgestatteten Privatjet. Grace fühlte sich pudelwohl. Doch ihr verging sogleich die gute Laune, als sie sich in dem grellen, unvorteilhaften Licht im Spiegel betrachtete. So dermaßen brutal war ihr kleiner Handspiegel nicht zu ihr gewesen.

Herrjemine.

Ihre sonst so schöne honigblonde Haarpracht war ein einziges strubbeliges Wirrwarr. Zuerst die dünne Bergluft und jetzt die schlechte Luft in der Flugzeugkabine ließen ihre Haare elektrisch aufgeladen zu Berge stehen. Grace rümpfte beschämt die Nase, was war sie nur für ein Anblick? Sie sprühte sich schnell etwas Thermalwasser ins Gesicht, frischte ihr Make-up auf und machte sich anschließend daran, ihre Mähne zu bändigen. Sie flocht ihren langen Schopf zu einem hübschen Seitenzopf im Fischgrätenstil. Das Ergebnis konnte sich allemal sehen lassen. Als sie wieder aus der Kabine trat, waren ihr alle Blicke sicher. Ireene, Dr. Hu und Jason musterten sie von oben bis unten. Die Professorin trug eng anliegende, schwarze Jeans in Used-Optik, ein weißes Tanktop mit einem riesigen, schimmernden Kristallschädel darauf und darüber eine ebenfalls schwarze Denimjacke im Bikerstil. Sie ließ sich an dem Tisch bei Ireene und Jason nieder und fühlte sich wieder wohl in ihrer Haut.

»Wow, was für ein tolles Tanktop. Darf ich fragen, woher Sie es haben? Der Kristallschädel glitzert und funkelt wunderschön! Und noch dazu so passend für unsere Mission!« Ireene klang selbst in ihrem gewohnten Singsang richtig begeistert.

»Danke schön! Das Top und die Jeans sind von meinem Lieblingsdesigner Philipp Plein, die Kristallköpfe sind sein Markenzeichen. In seinen Sachen fühlt man sich immer wie ein Rockstar!«, grinste Grace, die sich über die Anerkennung sichtlich freute.

»Also so eine coole Archäologin habe ich tatsächlich noch nicht gesehen. Nichts gegen das Fach an sich, aber man sagt doch ...« Dr. Hu blieben schlicht die Worte weg.

»Jaja, immer diese Vorurteile!« Grace rollte die Augen

und grinste. »Ich versuche stets, meine geliebte Archäologie von ihrem verstaubten Image zu befreien. Stellen Sie sich doch nur mal vor, wie spannend und aufregend es ist, die Vergangenheit zu erkunden. Artefakte zu entdecken, die seit Hunderten oder Tausenden von Jahren kein Mensch mehr zu Gesicht bekommen hat.« MacGregor stockte kurz und seufzte. »Leider herrscht an den Universitäten eine strikte Lehrmeinung, neben der eigene, persönliche Ansichten keinen Platz haben. Auch wenn sie wissenschaftlich von großer Bedeutung wären.« Grace' zuvor leuchtende Augen wurden traurig. Als sie die fragenden Blicke der anderen sah, erklärte sie: »Nehmen Sie doch mal zum Beispiel die Thesen des von mir hoch angesehenen Wissenschaftlers Erich von Däniken. Seine Theorien von prähistorischen Astronauten sind doch mehr als plausibel. Darf ich?« Dr. MacGregor griff nach Jasons iPad.

Nachdem sie gefunden hatte, wonach sie suchte, drehte Grace den Tablet-Computer zu den anderen. »Sehen Sie hier, dieses kleine Männchen, woran erinnert Sie das?« Irenes Augen wurden größer, als sie das Bild der kleinen Astronautenstatue betrachtete.

»Diese Figur stammt aus Ecuador. Präkolumbische Zeit. Datiert auf circa fünfhundert vor Christus!« Grace ging wieder völlig in ihrer Rolle als Archäologie-Professorin auf.

Ein Raunen ging durch die Flugzeugkabine. »Aber die Statuette trägt einen Raumanzug, so wie wir ihn von den heutigen Astronauten kennen!« Dr. Hus näselnde Stimme klang höher als sonst.

Dr. Grace MacGregor legte den Kopf schief. »Mhm. Und was sagen Sie dazu?«

Die Archäologin rief ein anderes Foto auf und blickte in die gebannte Runde. »Dies ist das mittelalterliche Decani Fresco. Es sieht doch so aus, als sitze der Mann in einem Spaceshuttle.«

Ireene nickte unsicher. »Dazu braucht man nicht einmal viel Fantasie!«

»Sie sagen es. Und sehen Sie hier, bei den Maya-Wandreliefs zum Beispiel gibt es unzählige Darstellungen von göttlichen Wesen mit technologischen Geräten, wie wir hier auf diesem Bild sehen. Verstehen Sie jetzt, was ich meine? Die Archäologie steckt voller Rätsel. Von den Pyramidenanlagen in aller Welt bis hin zu den geheimnisvollen Nazka-Geoglyphen in Peru. Von Bauten wie Stonehenge gar nicht erst zu sprechen. Es gibt noch so unendlich vieles zu erforschen, und ich finde, man sollte den Hinterlassenschaften der vergangenen Kulturen von allen Blickwinkeln Betrachtung schenken und von der engstirnigen Lehrmeinung Abstand nehmen. Doch wie gesagt, leider wird man gleich belächelt und als Fantast abgestempelt, wenn man sich so wie ich eben zu dem Thema äußert.« Grace zuckte bedauernd mit den Schultern.

»Und wie unterrichten Sie dann Ihre Studenten?«, fragte Dr. Green interessiert.

»Natürlich streng nach der vorherrschenden Lehrmeinung!« Die Professorin zog bedeutungsvoll eine Augenbraue in die Höhe und schmunzelte verschwörerisch. »Doch ich ermahne meine Studenten stets, über den Tellerrand zu blicken, um alles auch mal von anderen Perspektiven aus zu betrachten!«

»Sehr gut, so soll es sein! ... Äh, aber Grace, etwas lässt mich nicht los ... Sie sprachen von den Pyramiden in aller Welt?« Dr. Green runzelte verwirrt die Stirn, indes die Augen des Astrophysikers neugierig leuchteten.

»Ja. Die bekanntesten stehen natürlich in Gizeh, aber das Phänomen der geheimnisvollen Bauten erstreckt sich über den gesamten Globus. Es gibt Tausende. Unzählige gigantische Anlagen in China, doch die sind nahezu alle gut getarnt, genauso wie die Sonnenpyramide in Bosnien. Die wurde einfach begrünt.«

»Bitte, was?«

Über MacGregors Gesicht huschte ein verschwörerisches Schmunzeln, als sie Google Earth aufrief und die Ergebnisse ihren Teammitgliedern präsentierte. »Dazu muss ich erst einen kleinen Schwenk nach China machen: Den Mythos der ›Weißen Pyramide‹ gibt es schon seit dem zweiten Weltkrieg, als Piloten der US-Airforce aufgrund eines technischen Defektes vom Kurs abkamen und in einem Tal eine mächtige, schimmernd weiße Pyramide entdeckten. Sie konnten nicht landen, doch was sie sahen, beeindruckte sie ohnegleichen. Sie glänzte eigenartig und an ihrer Spitze soll sich ein massiver Edelstein befunden haben.« Grace legte eine kleine Pause ein, ehe sie weiterredete. »Nun, China leugnet seit jeher natürlich jegliche potentielle Existenz von pyramidenartigen Bauwerken. Doch spätestens seit Google Earth kann sich jeder selbst davon ein Bild machen. Sehen Sie sich diese ›Berge‹ an. Erscheint Ihnen das als natürliche Formation? Man kann doch deutlich die präzise Grundform erkennen, oder nicht?«

»Wow«, entfleuchte es Dr. Green, als sie die Bilder studierte.

»Ebenso wie hier ...« Mit flinken Fingern rief die Altertumswissenschaftlerin das nächste Foto auf.

»Dr. Hu, was sagen Sie dazu?«, erkundigte sich die Archäologin, während sie die nächsten Koordinaten eingab und die Luftaufnahme eines riesigen, verwachsenen Pyramidenkomplexes auf dem iPad zum Vorschein brachte.

»Weder bestätige noch dementiere ich etwaige Verschwörungstheorien ...«, kopierte Xiang Hu Jason Dawns Worte von vor ein paar Tagen und griente in sich hinein.

»Dieser Komplex ist das Maoling-Mausoleum ... Für westliche Forscher sind die chinesischen Pyramiden unter denen angeblich Bäche aus Quecksilber fließen, verbotenes Terrain.«

»China ist eigen. Aber sagen Sie, Sie erwähnten zuvor

eine Sonnenpyramide in Bosnien. In dem Land fand man doch auch diese mysteriösen Steinkugeln?«, wechselte Xiang Hu elegant das Thema und blickte Grace neugierig an.

»Sie meinen die Sphären? Ich kann Ihnen sagen, dass dieses Phänomen die gesamte archäologische Szene spaltet. In Bosnien und Herzegowina wurden bereits Hunderte teils gigantische, tonnenschwere Monolithkugeln gefunden. Meist in unwegsamen Gebieten. Ich wette, etliche schlummern noch tief unter den obersten Erdschichten verborgen und warten darauf, entdeckt zu werden. Was es mit diesen rätselhaften Relikten auf sich hat – keine Ahnung, ehrlich. In Costa Rica und Mexiko gibt es ähnliche Funde. Ob sie auf natürliche Weise entstanden sind, sei dahingestellt. Aber die Perfektion, mit der sie *mutmaßlich* hergestellt wurden, lässt jedenfalls auf eine Hochkultur schließen.« Während Grace sprach, merkte sie, dass Jason sie ins Visier genommen hatte, und geriet leicht ins Stocken. Er hörte ihr aufmerksam zu und sah sie fasziniert an. Irrte sie sich oder lag in seinem unergründlichen Blick ein wissendes Funkeln verborgen?

»Liege ich richtig in der Annahme, dass Monolithen Ihre Leidenschaft sind?«, fragte Dr. Hu und beendete damit den intimen Blickkontakt zwischen Grace und Jason.

»Äh, ja. Kann man so sagen ... Stonehenge, Avebury, die Menhire von Carnac, die legendären Megalithen auf der Osterinsel. Oder die unzähligen steinernen Figuren in Bada Valley, Indonesien. Ich liebe sie. Wie gesagt, die Welt steckt voller Rätsel!«

South Dakota, Usa

»Behandle einen Stein wie eine Pflanze, eine Pflanze wie ein Tier und ein Tier wie einen Menschen.«
Indianische Weisheit

Kapitel Neun

Kurz vor fünfzehn Uhr landete der Privatjet am Flugplatz in Rapid City. Während die Maschine in einen abgelegenen Hangar rollte, machten sich Jason und seine Truppe zu Fuß auf den Weg in die Flughafenhalle. Die Sonne schien und es war angenehm warm. Gut gelaunt holte Grace ihre übergroße, schwarze Sonnenbrille aus der Tasche, während Dr. Green sich schützend die Hand über die Augen legte, um nicht vom grellen Sonnenlicht geblendet zu werden. Ireenes verkniffener Blick lichtete sich, als sie einen jungen Mann in zerrissenen Jeans, brauner Lederjacke und Cowboystiefeln erblickte. Sie winkte ihm von Weitem zu und eilte in federnden Schritten zu ihm hinüber. Die beiden fielen sich in die Arme und ließen einander eine ganze Weile nicht los. Über Ireenes porzellanweiße Wangen kullerten dicke Tränen. Als sie sich wieder etwas gefangen hatte, trat die rothaarige Ärztin einen Schritt zurück, behielt jedoch einen Arm fest um die Schulter des gut aussehenden Kerls gelegt.

»Grace and Gentlemen, das ist Billy Brown Feather! Mein kleiner indianischer Bruder!«

Um die großen braunen Augen des jungen Mannes bildeten sich tiefe Lachfalten. Er reichte zuerst Grace die

Hand und begrüßte dann Xiang Hu und Jason. Grace MacGregor fühlte sich sofort wohl in der Anwesenheit des jungen Native Americans. Er strahlte so etwas Warmes, Freundliches aus.

»Willkommen in Rapid City, der zweitgrößten Stadt South Dakotas. Wir befinden uns direkt am Ostrand der Black Hills!«, tönte er in dunkler, rauchiger Stimme und lächelte höflich in die Runde. Dann wandte sich Billy wieder seiner Ireene zu. »Ich habe mich gleich nach deinem Anruf mit dem Häuptling des hier ansässigen Lakotastammes in Verbindung gesetzt. Ich bringe euch jetzt erst mal zur Moondance Ranch, wo August Young, der Schwiegersohn des Häuptlings, arbeitet. Nach einer kleinen Verköstigung reiten wir dann alle gemeinsam an einen geheimen Platz im National Forest. Euch zu Ehren wird dort heute Nacht eine geheime Zeremonie abgehalten!«

»Reiten?!« Ireene rümpfte die Nase.

Billys herzliches, sonores Lachen brachte förmlich den Raum zum Strahlen. »Abeytu, du hast dich also noch immer nicht mit Pferden angefreundet?« Er klopfte Ireene liebevoll auf die knochige Schulter und herzte sie abermals.

»Abeytu?« Grace blickte Dr. Green fragend an, als Billy sie zu seinem alten Jeep führte und währenddessen mit Dawn plauderte.

»So wird Ireene in unserer Sprache genannt. Es bedeutet ›Green Leaf‹, also grünes Blatt!«, erklärte Billy über die Schulter hinweg und zwinkerte der Ärztin zu.

Der circa achtundzwanzigjährige Indianer schlenderte in einem äußerst lässigen Gang vor den anderen her, stets blödelnd mit Ireene.

Grace, die viel Geld für Haarpflegeprodukte ausgab, konnte nicht anders, als den feschen Indianer um seine wunderschön glänzende, hüftlange Haarpracht zu beneiden. Als spüre er ihren bewundernden Blick, wandte er den Kopf und warf der Archäologin ein strahlendes Lächeln zu.

Seine Zähne blitzten so weiß hervor, dass er für einen Zahnpastawerbespot richtig prädestiniert gewesen wäre.

Grace tat es ihm gleich und lächelte ebenfalls, riss ihren Blick aber sogleich wieder von ihm los und guckte leicht beschämt zu Boden. Jason, dem der Blickkontakt der beiden nicht entgangen war, zog eine Augenbraue hoch und konnte sich ein Grinsen nicht verkneifen.

Während der Autofahrt genoss Dr. MacGregor, die neben Dawn auf der Rückbank saß, die wunderschöne Landschaft. Jetzt verstand sie, warum die Prärie hier ›Open Land‹ genannt wurde. So weit das Auge reichte, erstreckten sich Meere von nicht enden wollendem grünem Gras. Eine Augenweide. Auch Bisonherden waren vereinzelt zu sehen. Weit in der Ferne, als grenzte sie an den Horizont, konnte man eine Bergkette ausmachen. Diese war Grace auch schon im Flugzeug aufgefallen. Das mussten die berühmten Badlands sein. Plötzlich brachte Billy den Wagen abrupt zum Stehen. Eine Herde Büffel stand mitten auf der Straße. Einige überquerten die Landstraße in gemächlichem Tempo, andere wiederum hatten schlicht die Ruhe weg, blieben stehen und beäugten gelassen das Auto.

»Das passiert hier andauernd. Die Kerle kreuzen die Straßen in aller Seelenruhe. Nicht mal Hupen stört sie!«

Grace holte entzückt ihre Kamera aus der Tasche und fotografierte das einzigartige Szenario. Die stämmigen Tiere sahen auch wirklich lustig aus. Der steil abfallende kräftige Rücken, die winzig kleinen Augen, dieser gemütliche Blick. Die tierliebe Archäologin fing ein paar zauberhafte Impressionen ein. In der Herde befand sich auch ein Muttertier mit ihrem Kälbchen. Das Kleine hatte es Grace besonders angetan, es sah einfach drollig aus.

»Sie werden noch genügend Chancen haben, unsere wunderschöne Flora und Fauna zu knipsen. Auf unserem Ritt in den National Forest werden wir bestimmt Rehe, Wapitis, Weißwedelhirsche, wilde Truthähne und Maultierhirsche zu Gesicht bekommen. Mit etwas Glück vielleicht sogar einige Präriehunde. Die sind allerdings ziemlich scheu«, erklärte der junge Indianer fröhlich.

»Sehr schön, ich freue mich!«, antwortete Grace beiläufig und schoss ein Foto nach dem anderen. Es dauerte noch einige Minuten, bis sich auch der letzte Büffel dazu bewegt hatte, endlich die Straße zu überqueren. Langsam trottete die Herde ihres Weges.

Nach kurzer Fahrt bog der orange lackierte Jeep von der Straße nach rechts auf einen holprigen, sandigen Feldweg ab. Circa fünf Minuten später erreichten sie ein großes Holzgatter mit der Aufschrift ›Welcome to Moondance Ranch‹ auf dem Torbogen. Die lange Einfahrt war gesäumt von einer saftig grünen Rinderweide, auf der anderen Seite lag eine Pferdekoppel, auf der sich majestätische Mustangs tummelten. Ein Paradies auf Erden. Grace verliebte sich in den malerischen Ort von einer Sekunde zur anderen. Dawn ließ ihre überschwängliche Begeisterung nicht ungerührt. Er betrachtete sie von der Seite und kam nicht umhin, still vor sich hin zu lächeln. Diese Frau hatte ein stark ausgeprägtes Gefühlsleben, von solch einer Leidenschaftlichkeit konnte man sich nur mitreißen lassen.

Obwohl Billy nicht allzu schnell fuhr, hinterließ der Jeep eine ordentliche Staubwolke, als er die lange Auffahrt entlangdüste. Die äußerst gepflegte Pferderanch bestand aus einem großen Haupthaus, einem Pferdestall, einer Scheune und etwas abseits davon stand ein weiterer Bungalow. Es sah alles genauso aus, wie man sich eine typische Bilderbuch-Cowboy-Ranch vorstellte. Richtig idyllisch. Die Häuser waren im traditionellen amerikanischen Farmerstil aus Holz errichtet.

Billy sprang aus dem Wagen, lief in strammen Schritten die dunklen Holzstufen, die zur Vorderterrasse des Hauses führten, hoch, als ein dunkler Typ mit ebenfalls langen Haaren und Cowboyhut aus der Scheune trat.

»Hey yo, Billy!«

Billy Brown Feather machte auf dem Absatz kehrt und stapfte die knarrende Treppe wieder hinunter.

»August!«

Die beiden Männer schritten aufeinander zu und gaben sich zur Begrüßung die Hand, oder besser gesagt den Arm. Irgendwie sah das ein wenig komisch aus und erinnerte mehr an eine Gang-Geste als an einen Indianergruß. Wenn Grace an amerikanische Ureinwohner dachte, hatte sie unweigerlich Winnetou im Gedächtnis.

»Leute, darf ich euch August Young vorstellen? Er ist mit Sikeri, der Tochter von Häuptling ›Friedlicher Bär‹ verheiratet.«

August war ein nicht unwesentliches Stückchen größer als Billy, aber von der Statur her weniger kräftig gebaut. Seine ebenfalls hüftlangen Haare waren deutlich dünner als Billys, aber die Herzlichkeit in den Augen hatten beide gemeinsam.

Nach einer gemütlichen Rast mit Imbiss und kurzem Briefing führte August die Truppe zum Stall. Dort standen bereits sechs gesattelte Pferde für sie bereit. Eines war schöner als das andere. Ein schwarzer Rappe, ein Fuchs, zwei Dunkelbraune, ein kleineres Hellbraunes sowie ein Paint Horse.

»Sie können sich selbst aussuchen, welches Sie reiten. Am besten, Sie lassen die Sympathie entscheiden! Der rote Hengst ist allerdings meiner.«

Grace ging zielstrebig auf das gescheckte Pferd zu. Es war etwas kleiner als die anderen und hatte eine wunderschöne Zeichnung. Sein Kopf war rotbraun, mit einer langen weißen Blesse, der Hals und die Mähne teils rot, teils weiß. Man konnte gar nicht sagen, welche Farbe überwog.

»Das ist Shysie! Der Name bedeutet die Kleine und Ruhige. Aber ihr süßes Aussehen trügt, sie ist nämlich ganz schön eigensinnig, stur und wild. Deshalb darf ich sie nur einem geübten Reiter überlassen!« August war neben die Archäologin getreten und beäugte Grace kritisch.

»Ach, lassen Sie sich durch ihr liebliches, zierliches Äußeres nicht täuschen, diese eben erwähnten Charaktereigenschaften treffen genauso auf unsere werte Dr. MacGregor zu.« Dawn, der schon auf dem schwarzen Hengst saß, grinste schelmisch.

Grace kniff kurz die Augen zusammen und warf ihm einen leicht säuerlichen Blick zu, musste dann aber ebenfalls lächeln und wandte sich wieder der hübschen Stute zu.

»Wir werden uns schon verstehen, meine Kleine, nicht wahr?!« Sie streichelte kurz über die Blesse und tätschelte den Hals des anmutigen Tieres, bevor sie sich elegant in den Sattel schwang. »Keine Sorge, ich saß schon im Alter von fünf Jahren auf einem Pferd. Reiten hat in unserer Familie Tradition. Schließlich bin ich Britin«, beteuerte Grace und zwinkerte August keck zu.

Nur Ireene Green und Dr. Xiang Hu standen noch zögerlich neben den Pferden. Während der kleine Chinese dann doch etwas unbeholfen in den Sattel stieg, nachdem ihm versichert worden war, dass dies eines der bravsten und gutmütigsten Pferde sei, die es gäbe, weigerte sich die Homöopathin auch nur in die Nähe des ihr zugedachten Rosses zu gehen.

»Dr. Green, wäre jetzt nicht der perfekte Zeitpunkt für einen Ihrer beruhigenden Bachblütenkaugummis?«, ermunterte der rundliche Chinese die ängstliche Ärztin.

Auch Billy und August redeten mit beruhigenden Worten auf sie ein und schienen schließlich Erfolg zu haben. Ireene wagte sich, Hand in Hand mit Billy, etwas näher an das hellbraune Pferd heran. Er flüsterte ihr etwas ins Ohr, und sie stieg tatsächlich mit einem Fuß in den Steigbügel. Und flugs, mit etwas Hilfe der beiden Indianer, saß sie auch schon im Sattel. Man konnte ihrer ernsten Miene ansehen, wie unwohl sie sich fühlte. Aber sie würde es schon schaffen, da war sich Grace sicher. Sie hatte ihren Billy.

Nachdem August alles Nötige für den Ausritt zusammenhatte, spornte er sein Pferd mit einem lauten ›Yee-haw!‹ an und schwenkte vergnügt seinen Cowboyhut in der Luft herum. Schon dirigierte er sein Pferd über die sandigen Auffahrt zu den weiten, offenen Feldern, dicht gefolgt von Jason und Grace. Xiang Hu blieb bei Ireene und Billy, der Ireenes Pferd an einem Seil führte. Somit musste die rothaarige Ärztin nichts weiter tun, als sich im Westernsattel zu halten. Die drei kamen im lockeren Trab langsam hinterher.

Dafür, dass der quirlige Astrophysiker das erste Mal hoch zu Ross saß, machte er gar keine so schlechte Figur. Die anfängliche Unsicherheit war bald verflogen. Die Reiterei schien ihm sichtlich Spaß zu machen, er hatte wohl gerade ein neues Hobby für sich entdeckt. Xiang wagte es bald, in Galopp überzugehen, und machte ein ganzes Stückchen zwischen sich und den drei Vorderen gut.

Grace, die sich ein hitziges Wettrennen mit Dawn lieferte, liebte das Gefühl von Freiheit, das sie gerade verspürte. Sie liebte die Verbundenheit mit Pferd und Natur, die Geschwindigkeit, die warmen Sonnenstrahlen auf ihrer Haut. Der Spruch ›das Glück der Erde, liegt auf dem Rücken der Pferde‹ traf eindeutig auf sie zu.

Shysie war in der Tat das wildeste Pferd, auf dem sie je geritten war, aber Grace spürte, dass sie einen Draht zu ihr hatte. Sie verstand sie. Darum ließ sie der temperamentvollen Stute ihren Willen und hielt sie nicht zurück. Sie ließ sie einfach laufen und hängte so den Geheimagenten und seinen Black Fire bald ab und hielt das Tempo von August, der von seinem Hengst sagte, er sei der schnellste im Stall. Nun, diese Meinung müsste er jetzt wohl revidieren, denn die kleine Shysie konnte eindeutig schneller rennen, wenn sie wollte.

Um den Pferden eine kleine Verschnaufpause zu gönnen, drosselten sie bald ihr Tempo und ritten gemütlich im Schritt weiter. Somit hatten auch Billy und Ireene die Chance, wieder etwas näher aufschließen.

Die Prärie war wirklich atemberaubend schön. Sie durchstreiften geradezu endlos scheinende Grasländer, hörten von Weitem donnernde Büffelherden. Die ganze Landschaft hatte etwas Magisches. Bald erreichten sie die mit dichten Kiefernwäldern bewachsenen Hügel des National Forest. August erzählte abermals, wie heilig die Black Hills und Bear Butte den Stammesangehörigen damals wie heute waren. Für die Ureinwohner war es nach wie vor ein magischer, spiritueller Ort, an dem sie in Kontakt mit den Geistern treten konnten und Visionen empfingen. Der sensible Indianer schilderte mit leiser, trauriger Stimme die grausamen Geschichten über die Massaker, die hier begangen worden waren, als die Amerikaner den Eingeborenen ihr heiliges Land hatten entreißen wollen. Obwohl das Land 1868 den Lakota, Cheyenne und Sioux von der US-Regierung vertraglich zugesprochen worden war, war es ihnen im Gemetzel bei der Schlacht um Little Big Horn wieder entzogen worden. Natürlich, wie konnte es auch anders sein, war es den Amerikanern um Gold gegangen.

Je tiefer sie in den Wald mit den hochgewachsenen Ponderosa-Kiefern ritten, desto kühler und dunkler wurde es. Die mächtigen Bäume schirmten das Sonnenlicht fast vollständig ab. Grace wickelte sich ihren warmen, schwarzen Paschmina um den Hals und genoss die angenehm frische Waldluft. Vorhin hatten sie das Glück gehabt, ein paar Wapitis am Waldrand äsen zu sehen und sie zu fotografieren. Hier herrschte einfach die perfekte Idylle. Auch Ireene schien sich letztendlich mit ihrem süßen Pferd angefreundet zu haben. Sie sah viel entspannter und zufriedener aus und hatte ihre Angst und Aversion allem Anschein nach abgelegt. Von Dr. Hu gar nicht zu sprechen, der stets fröhliche Chinese hatte ein Dauergrinsen im Gesicht.

Nachdem August seine Geschichten zu Ende erzählt hatte, herrschte Funkstille. Jeder genoss die Ruhe. Besonders Dr. MacGregor. Den ganzen Tag in einer Gruppe zu stecken und sich nach den anderen zu richten, war für die gewohnte Einzelgängerin nicht einfach und strapazierte ihre Nerven. Endlich konnte sie sich wieder ihren eigenen Gedanken widmen, die Ruhe des Waldes genießen und einfach mal die Seele baumeln lassen. Doch die harmonische Stille währte nur kurz. Dumpfe, rhythmische Trommelschläge unterbrachen plötzlich das friedvolle Vogelgezwitscher. Es klang ein bisschen gespenstisch. Grace' Haltung versteifte sich unwillkürlich, was auch ihre Shysie unruhig werden ließ.

»Keine Sorge, das sind unsere Leute! Das Ritual hat begonnen«, beruhigte August MacGregor, deren angespannter Körper sich gleich wieder ein wenig lockerte.

Billy erklärte lachend, dass sie noch weiter entfernt seien, als man vermuten würde. Die Trommeln höre man einfach meilenweit. Je näher die Reiter kamen, desto mehr fühlten sie sich von den Trommeln regelrecht umzingelt. Man hätte wirklich glauben können, sie wären schon ganz nah.

Doch erst zwanzig Minuten später erreichten sie schließlich den Ort der Zeremonie, der auf einer kleinen Waldlichtung lag. Zirka dreißig Indianer saßen um ein Lagerfeuer im Kreis, einige von ihnen schlugen gleichmäßig die Trommeln, während andere sich im Rhythmus dazu bewegten und hin und her wippten. Ein Teil der Indianer trug traditionelle Kleidung samt Federschmuck, andere wiederum hatten legere Jeans und T-Shirts an.

Die Zeremoniengruppe würdigte die Ankömmlinge anfangs keines Blickes. August mahnte die Schatzsucher zu Ruhe. Die Feier dürfe keinesfalls gestört werden, sonst stünde die Zeremonie unter einem denkbar schlechten Stern. Unschlüssig, wie sie sich jetzt zu verhalten hatten, beäugten Jason, Grace, Ireene und Xiang, immer noch auf ihren Pferden sitzend, das Ritual. Grace tätschelte wiederholt den Hals der immer unruhiger werdenden Shysie. Die Stute schnaubte und scharrte mit dem Vorderhuf. Als das Pferd, dem die seltsamen Trommelschläge alles andere als behagten, sich wiehernd aufbäumte und sichtlich mit dem Gedanken spielte, einfach abzuhauen, flüsterte Grace der Pintostute beruhigende Worte ins Ohr. Das wunderschön gemusterte Pferd schien sich dadurch wieder etwas zu entspannen. In diesem Moment hörte MacGregor andere Pferde wiehern. Sie mussten ganz nah sein, irgendwo hinter den Bäumen, auf der gegenüberliegenden Seite. Dort hatten die Indianer also ihr Lager aufgeschlagen. Genau aus dieser Richtung kam ein Teenie-Mädchen gefolgt von weiteren fröhlichen Kindern auf Jasons Team zu. Sie hatten alle ein Lächeln auf den Lippen, begrüßten die Gruppe jedoch still und ohne Worte. Manche neigten höflich den Kopf, andere winkten freudig und beschwingt. Das jugendliche Mädchen mit den langen, geflochtenen Zöpfen ging schnurstracks auf Shysie zu, ließ sich zuerst beschnuppern und kraulte die Stute dann zwischen den Nüstern. Sie deutete Grace mit einer Kopfbewegung, dass sie absteigen könne und kuschelte mit Shysie. Die Archäologin kam der nonverbalen Aufforderung nach, sprang geschickt aus dem Westernsattel und streichelte ihr Pferdchen. Die kleine, wilde Stute war ihr bereits mächtig ans Herz gewachsen, sodass der Abschied schwerfiel. Die Indianerkinder übernahmen schließlich die Pferde und kümmerten sich fürsorglich um sie. Auch wenn das völlig wortlos vonstattenging, fühlte man sich dennoch willkommen. Die freundlich und sonnig strahlenden Augen und die liebenswürdigen Gesten der Kinder und Jugendlichen sprachen Bände.

Grace blickte ihnen nach und schaute dann hinauf zum Himmel. Die Dämmerung setzte allmählich ein. Fast minütlich wurde es frischer. Die zierliche Blondine fröstelte es.

Eigentlich konnte man sagen, es durchlief sie regelrecht ein eisiger Schauer. Sie war sich nicht sicher, ob es an der kriecherischen Kälte lag oder an ihrem Beisein an diesem mystischen, irgendwie gespenstischen Brauchtum. Dawn, der dicht neben der zitternden Grace stand, zog seine dicke schwarze Lederjacke aus und legte sie ihr über die Schultern. Okay, damit hätte sie nicht gerechnet. Heute war er also wieder mehr Gentleman als ungehobelter Rüpel. Dankend nickte Grace ihm zu. Sie konnte gar nicht sagen, wie lange der Blickkontakt zwischen ihnen hielt. Immer wieder, wenn sie ihm in die Augen sah, war sie buchstäblich gefangen. Und jedes Mal entdeckte sie etwas anderes in ihnen. Jetzt, im Licht der Fackeln und des knisternden Lagerfeuers, schien sich die Flamme des Feuers in seinen Iriden widerzuspiegeln und erweckte den Eindruck, als befände sich die gesamte sternenbepackte Galaxie in seinen Augen. Faszinierend traf es nicht einmal ansatzweise.

Dem Geheimagenten, selbst wenn er sich mit aller Kraft dagegen zu sträuben versuchte, erging es ebenso. Auch er konnte seinen Blick nicht von den großen mitternachtsblauen Augen seines Gegenübers reißen. Der Moment schien stillzustehen, die sich immer mehr aufbauende Spannung zwischen ihnen war buchstäblich greifbar. Für den Hauch eines gestohlenen Augenblicks vergaßen sie alles um sich herum, nichts schien mehr zu existieren. Nur sie. Und so kam es, dass beide durch das laut und abrupt endende Trommelspiel erschrocken zusammenzuckten.

Ein Indianer, der rechts neben Häuptling Friedlicher Bär gesessen hatte, erhob sich und begrüßte als Erstes August und anschließend Billy.

»Das ist mein Schwager Chayton, Sohn des großen Häuptlings. Er bittet uns, nun unseren Platz im Kreis einzunehmen.«

Begleitet von dumpfen, leisen Trommelschlägen ging das Team auf den Kreis um das Lagerfeuer zu. Einige Ureinwohner betrachteten die bunt zusammengewürfelte Truppe mit prüfendem Blick, während der Häuptling die Augen fest geschlossen hielt und in völlig bewegungsloser Meditationshaltung verharrte.

Jason wurde die Ehre zuteil, zur Linken des Stammesführers zu sitzen, Grace gleich daneben, und Xiang nahm an ihrer rechten Seite Platz. August ließ sich neben Chayton nieder und Ireene setzte sich auf das freie rote Deckchen zwischen Billy und August. Einige Zeit verstrich, bis der Häuptling mit dem ungewöhnlich breiten, kantigen Gesicht, seine kleinen, tiefliegenden Augen öffnete. Er sah jeden Einzelnen der Dazugestoßenen eindringlich an und nahm sich dafür viel Zeit. Es war fast so, als besitze er die Fähigkeit, in ihre Seele zu schauen. Als MacGregor an der Reihe war, konnte sie es direkt fühlen. Abermals durchfuhr sie ein leichter Schauer. Und das, obwohl es ihr durch die angenehme Wärme, die das Lagerfeuer abgab, recht behaglich zumute war. Dennoch verspürte sie keineswegs ein ungutes Gefühl. Sie hielt seinem Blick stand und hoffte inständig, dass es nicht unhöflich rüberkam, aber Grace konnte einfach nicht anders, sie musterte den alten Häuptling ebenfalls unverhohlen. Seine braunen, beinahe schwarzen Augen waren mandelförmig und wirklich winzig. Umgeben von einer Menge furchenartiger Falten. Lachfalten wie Grace feststellte. Die dunkle Haut wirkte ledern, man konnte bei bestem Willen nicht sein Alter schätzen. Und auch er, wie schon die übrigen Indianer, hatte eine wunderschöne Haarmähne. Seine hüftlangen schwarzen Haare waren mit einzelnen silberfarbenen Strähnen durchzogen und umrandeten sein quadratisches Gesicht. Er hatte tatsächlich Ähnlichkeit mit einem Braunbären. Das großflächige Gesicht, die kleinen, runden, dunklen Augen. Sein Name hätte nicht besser passen können.

Nach einer Weile begann er mit tiefer, rauchiger Stimme zu sprechen: »Wir, die Ureinwohner, spüren schon lange, dass sich unsere Welt im Umbruch befindet. Mutter Erde schreit um Hilfe. Aber die Menschen hören sie nicht. Sie treiben weiterhin Raubbau mit Mutter Natur. Wenn die Menschheit nicht schleunigst einsieht, was sie da anrichtet, und ihre Einstellung zur Natur und dem Leben grundsätzlich ändert, wird es bald zu spät sein. Die Zeichen sind schon da. Für jedermann zu sehen. Doch die Wenigsten interessieren sich für die Signale. Mutter Erde schickte uns schon viele Warnschüsse. Bald wird eine Naturgewalt über uns hereinbrechen, die nicht mehr zu stoppen sein wird. Die Zeit scheint nun gekommen, die Energien zu vereinigen. Bleibt zu hoffen, dass wir noch zu retten sind.

Ihr, die gekommen seid, um die Kristallschädel zu finden, müsst aber erst unsere Geschichte hören, um zu verstehen, mit welcher Macht wir es zu tun haben.«

Urplötzlich züngelten wildlodernde Flammen des friedlich vor sich hin prasselnden Lagerfeuers noch höher empor zum sternerleuchteten Nachthimmel. Als wollte die von knisternden Glutfünkchen umgebene Stichflamme die Dramaturgie erhöhen und die Worte des Stammesführers untermalen.

»Unsere Vergangenheit liegt in den Sternen. Genauer gesagt im Sternbild des Orion. Vom Sternhaufen der Plejaden erzählen unsere Legenden. Die Kristallschädel wurden uns von den heiligen Göttern des Universums geschenkt. Sie beinhalten alles alte, verloren gegangene Wissen und dienen uns als Verbindung zum Rest des Universums. Sie strahlen unentwegt positive Schwingungen aus, die unseren Geist beflügeln sollen. Die Menschenkinder haben so viel mehr Potenzial, als sie überhaupt zu ahnen wagen. Nur die Sensibelsten unter uns können das Singen der Kristallschädel hören. Diese kleine, erlesene Gruppe von Menschen besitzt verschiedene Begabungen: Hellsichtigkeit, Telekinese, energetisches Heilen. Noch vieles mehr steckt in uns. In uns allen schlummern Kräfte ...

Auch wenn die Schädel jetzt noch getrennt sind, schützen sie unsere Erde vor Gefahren. Irdischen und auch außerirdischen Ursprungs. Sie wurden an den wichtigsten Punkten platziert, die die meisten kosmischen Energien anziehen. Heute kennen wir alle die Begriffe Ley-Lines und Hotspots. Die Schädel halten die Energien auf Erden konstant. Doch zusammen ist ihre gebündelte Macht unendlich. Sie werden uns Tore zu anderen Dimensionen öffnen und uns an ihrer Weisheit teilhaben lassen. Bis jetzt waren wir noch nicht bereit dafür. Ob wir es je sein werden, wissen nur die Kristallschädel. Und nun scheint es, dass sie gefunden werden wollen, um ihr Wissen mit uns zu teilen. Die Chancen stehen gut.«

Der Häuptling machte eine Pause und ließ seine Worte auf die anderen wirken. Alle hatten ihm gebannt und andächtig zugehört, und nun saßen Jason, Grace, Ireene und Xiang mit großen Augen da. Wobei der Astrophysiker noch am gefasstesten aussah, während den Übrigen eine eher ungläubige, skeptische Haltung anzumerken war. Keiner wollte der Erste sein, der seine eigene Meinung preisgab. So herrschte noch einige Minuten eine äußerst angespannte, flimmernde Stille, bis Häuptling Friedlicher Bär schließlich das Schweigen durchbrach.

»Als ich von eurer Forschungsgruppe gehört habe, schickte ich meine loyalsten und vertrautesten Leute los, um diese Karte aus ihrem Geheimversteck zu holen. Sie war gut verwahrt und ruhte in einer Höhle hoch im Devils Tower. Es war fürwahr kein leichtes Unterfangen, sie zu beschaffen ... Wir hüten ihr Geheimnis seit Hunderten von Jahren, und nun ist es an euch. Ich hoffe, ihr erweist euch dieser Aufgabe als würdig.« Mit diesen salbungsvollen Worten überreichte der alte Stammesführer Jason eine braune, lederne Karte im A4-Format.

»Hier sind die wichtigsten Energiepunkte und Chakren der Erde eingezeichnet. Seht ihr das weltumspinnende Netz der Ley-Lines?«, fragte er und fuhr mit dem Zeigefinger eine Spur beginnend vom Mount Shasta in Kalifornien quer durch Amerika nach. »Sie sind heilig und verbinden prähistorische Kultzentren. Die spirituellen Kraftorte schwingen synchron und teilen ihre Energien mit Mutter Erde. Und diese Markierungen sind für euch von großer Bedeutsamkeit!« Friedlicher Bärs Finger tippte auf einige spiralförmige Kennzeichnungen. »Denn das sind die geweihten Standorte, an denen die Kristallschädel ruhen, beziehungsweise geruht haben. Die meisten der Dreizehn wurden ja schon gefunden«, betonte er in gewichtigem Tonfall und ließ seinen vielsagenden Blick zwischen den Schatzsuchern hin und her schweifen.

Dawn neigte hochachtungsvoll seinen Kopf. »Vielen Dank für Ihr Vertrauen, Häuptling. Bei mir ist die Karte in guten Händen, darauf gebe ich Ihnen mein Ehrenwort!«, beteuerte der Geheimagent und klang vollkommen aufrichtig. »Wie ich sehe, befindet sich hier ganz in der Nähe auch ein Schädel? Das muss das Gebirge von Bear Butte sein, nicht wahr?«, überlegte Dawn und strich mit der Hand über sein stoppeliges Kinn.

Friedlicher Bär nickte. »Ich zweifelte sehr. Erst als ich euch kennengelernt habe, konnte ich mir sicher sein, dass ihr seiner würdig seid.« Der Häuptling heftete seinen gebieterischen Blick auf seinen Sohn und nickte ihm bedeutungsschwer zu. »Chayton!«

Der junge Indianer stand wortlos auf und ging mit schlendernden Schritten zu einem weißen, mit roten Sonnen verzierten Tipi-Zelt und verschwand darin. Sekunden später trat er mit einer sichtlich schweren Tasche wieder heraus, flanierte in denselben langgezogenen, fließenden Bewegungen zum Lagerfeuer zurück und überreichte sie seinem Vater.

»Das ist Smoking Eyes!«, sprach der Stammesführer, während er einen rauchig grauen Kristallschädel aus der rotbraunen Ledertasche holte. Der trüb durchsichtige Rauchquarz Schädel ähnelte E.T. ein wenig, doch besaß er weichere Gesichtszüge sowie einen abnehmbaren Unterkiefer.

»Ihr seid die Ersten außerhalb unseres Stammes, die ihn zu Gesicht bekommen. Bis jetzt hielten wir seine Existenz geheim und holten Smoking Eyes nur zu bestimmten Zeremonien und Anlässen aus seinem Versteck in Bear Butte. Nun übergebe ich ihn euch, achtet gut auf ihn!«

Als Friedlicher Bär Ireenes erwartungsvollen Blick sah, fügte er rasch hinzu: »Er ist noch nicht bereit zu sprechen, also versuche nicht mit Smoke in Kontakt zu treten! Gib ihm Zeit!«

Enttäuscht seufze das rothaarige Medium, ließ die Sache aber auf sich beruhen. Zu viel Ehrfurcht und Respekt hatte sie vor dem Oberhaupt des Indianerstammes.

»Können wir vielleicht noch einmal auf Ihre Ahnengeschichte und die Sterne zurückkommen?«, Xiang Hu, der quirlige Astrophysiker, wollte unbedingt mehr über das stellare Wissen des Häuptlings erfahren.

»Schon unsere Vorfahren sowie die Anasazi, die vor Tausenden Jahren Amerika bevölkerten, besaßen immenses astronomisches Wissen und glaubten an andere Welten und Leben auf anderen Planeten. Auch sie waren der Überzeugung, dass Portale in andere Dimensionen bei besonderen Sternkonstellationen geöffnet werden können. Mehr kann ich euch dazu nicht sagen. Auf einige Fragen müsst ihr selbst Antworten finden.«

»Anasazi?« Grace schaute den Häuptling fragend an.

»Anasazi heißt übersetzt die Alten. Sie waren die Vorfahren der Hopi und Pueblo. In New Mexiko zeugen ihre vor über tausend Jahren in den Fels geschlagenen Behausungen von ihrer Existenz. Sie waren bautechnisch unheimlich versiert, einige ihrer zurückgelassenen Ruinen kann man immer noch bestaunen. Doch wo und wann ihre Zivilisation ihren Ursprung nahm, weiß niemand genau«, erklärte Chayton.

Die Archäologin nickte langsam und verzog den Mund, so wie sie es immer gern tat, wenn sie über etwas nachdachte. Man konnte auch ihren Augen deutlich ansehen, dass sie etwas übermäßig beschäftigte. Jason wollte gerade nachfragen, woran sie dachte, wurde aber von Dr. Green unterbrochen, die den Häuptling nach Atlantis befragte.

Die Augen des Stammesführers verengten sich umgehend. Er blickte lange Zeit schweigsam ins Feuer und wirkte höchst konzentriert. Dann schüttelte Friedlicher Bär den Kopf. »Es steht mir nicht zu, etwas darüber zu offenbaren. Alles, was ich sagen kann, ist, dass die meisten indianischen Legenden, wie die der Maya, Navajo, Hopi und anderen Ureinwohner von einer früheren Welt erzählen, die von einer großen Flut zerstört wurde«, sprach der Indianerhäuptling mit wohl gewählten Worten und ließ seinen unergründlichen Blick von Gesicht zu Gesicht der Anwesenden schweifen, bis er schließlich bei Grace MacGregor hängen blieb und sie nachdenklich ins Visier nahm. War das ein wissendes Mona-Lisa-Lächeln, das da kaum wahrnehmbar über sein kantiges Gesicht huschte? Was wollte er ihr damit sagen? Grace starrte ihn mit hochgezogenen Brauen an und wusste nicht, was sie davon halten sollte. Die Zeit schien für einen langgezogenen Moment stillzustehen, als sie den Häuptling forschend musterte und aus seiner undurchschaubaren Miene schlau zu werden versuchte. Schließlich nickte er, beendete den rätselhaften Blickkontakt und wandte sich seinem Sohn zu.

»So, und nun bringt das Essen!«

Kapitel Zehn

Nachdem sich alle mit Bohneneintopf und Brot gestärkt hatten, verabschiedete sich der große Häuptling auch schon.

»Nun ist meine Zeit, mein Bett ruft. Ich wünsche euch eine gute Reise sowie Stärke und Mut für den weiteren Weg.«

Während sich Ireene und Jason mit dem Medizinmann und August unterhielten, der der Ärztin einen Sack voller Kräuter mitgab, ging Friedlicher Bär auf Grace zu, die in ein Gespräch mit Chayton vertieft war. Er legte seine prankenartige Hand auf ihre Schulter und sah sie erneut eindringlich an. »Nitika, dir ist Großes bestimmt. Fürchte dich nicht vor dem schwarzen Wächter!«

Die sanften Augen des Häuptlings lächelten gewieft, ehe er sich umdrehte und trägen Schrittes zu seinem großen Tipi ging.

Etwas ratlos über die kryptischen Worte schaute Grace Billy an, der sich ebenfalls gerade zu ihnen gesellt hatte.

»Nitika?«

Der junge Indianer lächelte die Archäologin an. »Nun hast du also auch einen indianischen Namen erhalten. Und ich finde, er passt hervorragend. Nitika bedeutet Engel der Edelsteine!«

Die blonde Professorin lächelte, schaute an sich hinab und strich sanft über ihre allerliebste Amethyst-Chokerkette an der ein tropfenförmiger Ametrin baumelte. Sie spielte mit dem violett-gelben Stein-Anhänger, während Billy ihren anderen Arm nahm, um ihre Bergkristallarmbänder, ihren großen Onyxring sowie den Lapislazuli-Daumenring näher zu begutachten. Ihre Liebe zu Kristallen war wirklich auffallend. Ja, ›Engel der Edelsteine‹ traf tatsächlich gut auf sie zu.

Jason, der unbemerkt hinter MacGregor getreten war, grinste. »Nitika ... gefällt mir!«

»Was wäre wohl mein Name?«, fragte er und verengte seine Augen spitzbübisch.

›*Commander Ich-bin-echt-heiß-wenn-ich-nicht-gerade-ein-ruppiger-ignoranter-Machoarsch-bin!*‹, mokierte sich Grace insgeheim und biss sich schmunzelnd auf die Unterlippe. Sie musste sich anstrengen, nicht loszukichern, und blickte Dawn verschmitzt an.

»Was Ihnen auch immer gerade durch den Kopf geht, spucken Sie es aus, MacGregor!«, forderte Jason und baute sich mit verschränkten Armen vor ihr auf.

»Tsss, nur über meine Leiche!«, witzelte Grace, woraufhin Dawn sich zu ihr hinunterbeugte, die Hand sichelförmig um den Mund legte und ihr verschwörerisch zuraunte: »Sie wissen schon, wer mein Arbeitgeber ist, oder?«

»Sie reden von der Lizenz zum Töten? Sagen Sie, gibt es den Doppel-Null-Status eigentlich wirklich?«, erkundigte sich Grace in scherzhaftem Ton und erntete ein schelmisches Augenzwinkern. »Das heißt, Ihr Leben entspricht dem reinsten Klischee? Schnelle Autos, Vodka-Martinis, Girls and Guns?«

»Ich stehe eher auf ein kühles Blondes. Und im Gegensatz zu der berühmten Filmfigur agiere ich stets im Schatten, abseits der Augen der Gesellschaft. Immerzu unauffällig statt wild durch die Gegend schießend. Wir arbeiten niemals im Alleingang, wie Sie vielleicht schon festgestellt haben. Neben Sean und Will habe ich noch ein Backupteam, das im Hintergrund tätig ist.«

»Hmm, und wenn wir die Schädel finden, bringen Sie sie dann zu Q? Gibt es in der Realität ein tüftelndes Superhirn?«

»Unsere Forschungsabteilung wird tatsächlich Q genannt«, vertraute ihr der Special Agent im rauen Flüsterton an und Grace verzog beeindruckt das Gesicht.

»Das heißt, manche Mythen entsprechen der Wahrheit?«

Jason legte den Kopf schief. »Ein Agent schweigt und genießt ...«, flötete er in neckischem Timbre, woraufhin Grace ihm einen spielerischen Boxhieb auf den Oberarm versetzte.

Während sich die meisten Indianer schon in ihre Zelte zurückgezogen hatten, setzten sich Chayton, Billy und August zusammen mit Dawns Truppe ans Lagerfeuer und tauschten einige Geschichten mit ihnen aus. Nachdem sie Einblick in geheime Indianersagen bekommen hatten, wandte sich Jason wieder Grace zu. »MacGregor, was ging Ihnen eigentlich beim Thema Anasazi durch den Kopf? Sie sahen so nachdenklich aus.«

Grace lächelte milde. »Bin ich noch immer. Diese ganzen Parallelen haben mich etwas durcheinandergebracht. Ich muss zugeben, mit amerikanischen Ureinwohnern und deren Geschichte kenne ich mich überhaupt nicht aus. Darum war mir auch der Name Anasazi nicht geläufig. Das klingt doch sehr ähnlich wie Anunnaki, nicht?«

Dawn und Dr. Hu nickten. »Was ist ein Anunnaki?«, warf Ireene ein.

»Die Anunnaki waren jene, die vom Himmel auf die Erde kamen! Die Götter der Sumerer ... Die sumerische Kultur hat mich schon immer sehr fasziniert. Archäologen und Forscher beschäftigt das Volk, das vor etwa sechstausend Jahren zwischen dem Euphrat und Tigris lebte, sehr. Keiner weiß, woher sie wirklich gekommen sind und wie sich ihre Kultur entwickelt hat. Sie waren einfach plötzlich da. Und ihre Kultur ist mehr als bemerkenswert. Die Architektur, ihre Agrarwirtschaft, ihr großes medizinisches Wissen, ferner hatten sie ein eigenes Bewässerungs- und Kanalisationssystem. Von ihren astronomischen und mathematischen Kenntnissen ganz zu schweigen.«

»Ich kenne die berühmte Sternenkarte. Sie ist die älteste der Welt!«, äußerte sich Xiang euphorisch.

Die blonde Archäologin zwinkerte ihm grinsend zu. »Genau, das Rollsiegel zeigt unser Sonnensystem. Und zwar maßstabsgetreu. Bis auf das, dass sie einen weiteren Planeten darstellt, der sich zwischen Mars und Jupiter befindet.«

»Und dort ist heute eine deutliche Lücke erkennbar, in der sich ein Asteroidengürtel befindet.« Der kleine Chinese war ganz in seinem Element.

»Mhm, aber wieder zurück zu den Anunnaki; aus alten Schriften geht hervor, dass sie vor Tausenden von Jahren von ihrem Planeten Nibiru auf die Erde gekommen sein sollen. Sie unterwiesen die damals primitiv lebenden Menschen in allen lebenswichtigen Dingen wie Ackerbau, Wissenschaft und dergleichen und trugen somit immens zu deren Entwicklung bei. Die Menschen sahen sie als Götter an, die über ihr Leben bestimmten. Und hier haben wir die Parallelen zu den indianischen Legenden.« Grace gönnte sich eine kurze Redepause, ehe sie weitersprach.

»Es zieht sich direkt wie ein roter Faden durch die Geschichte. Alle alten Kulturen beteten ihre Götter an. Die alten Ägypter, Mayas, Germanen, Griechen und Römer, alle standen in Kontakt mit göttlichen Wesen ... Bei den Ägyptern war es Thot – gleichgesetzt mit Hermes –, der die Menschen Sprache und Schrift lehrte und sie in Wissenschaften unterwies. Hermes Trismegistos sagt bestimmt jeden hier etwas ... Tja, Quetzalcoatl brachte den Mayas alles Lebensnotwendige bei. Interessant, nicht? ... Und Apollon, der griechische Gott des Lichts zum Beispiel flog zwei Mal im Jahr in seiner Himmelsbarke davon. Wie oft lesen wir von Himmelsbarken im Alten Testament und in den ägyptischen Überlieferungen?« Grace blickte mit leuchtenden Augen in die schweigende Runde. »Oh, und noch schnell was zum Orion-Gürtel: Wussten Sie, dass das Schriftzeichen des Osiris das gleiche ist wie das für Orion?!« Die Archäologie-Professorin nickte und wirkte in Gedanken versunken. Plötzlich fuhr sie hoch. »Nicht, dass Sie mich jetzt alle für einen abgedrehten Ufo-Anhänger oder Trekkie halten, denn das bin ich keineswegs! Aber man muss sich doch zumindest mit den Zusammenhängen befassen, wenn sie einem schon so frappant ins Gesicht springen.«

»Dr. MacGregor, ich bin ganz Ihrer Meinung! Ich könnte Ihnen noch stundenlang zuhören!«, lächelte sie das chinesische Physikgenie an. Von dem Wissenschaftler hätte sie es eigentlich am wenigsten erwartet. Als könne er ihre Gedanken auffangen, gab er stolz zu: »Na, warum wohl sonst bin ich Astrophysiker geworden? Sterne sind mein Leben. Ich bin überzeugt, dass wir nicht die Einzigen sind!«

Grace schmunzelte amüsiert und legte den Kopf schief. Die immer noch in Gedanken versunken wirkende Ireene Green seufzte grüblerisch. »Was gibt es denn noch für frappante Parallelen?«

Grace zuckte mit den Schultern. »Liebe Dr. Green, das alles aufzuzählen dauert Stunden, Tage ... Nun, aber eins, und da werden Sie mir zustimmen, findet sich in den Geschichten jedes Volkes wieder: die Wiederkunftserwartung!«

Nach einer bedeutungsvollen Pause fügte MacGregor hinzu: »Um noch kurz bei den Sternen zu bleiben, zitiere ich eine Passage aus dem Buch der Jaguarpriester: ›Sie stiegen von der Straße der Sterne hernieder. Sie sprachen die magische Sprache der Sterne des Himmels. Ihr Zeichen ist unsere Gewissheit, dass sie vom Himmel kamen, und wenn sie wieder vom Himmel steigen, werden sie neu ordnen, was sie einst schufen!‹«

»Und diese Wiederkehr erwarteten die Mayas am einundzwanzigsten Dezember?«, meldete sich Jason Dawn zu Wort.

Grace warf dem dunkelhaarigen Geheimagenten einen langen Blick zu. »Mhm. Ganz genau. Übrigens, die Wiederkunftserwartung symbolisiert die Pyramide El Castillo in Chichén Itzá sehr schön. Jedes Jahr, zur Tagundnachtgleiche, ereignet sich dort ein sagenhaftes Licht- und Schattenschauspiel. Beim Herbstäquinoktium schlängelt sich das Licht von der Pyramide hinunter, es soll Kukulkans Hinabkunft symbolisieren. Am einundzwanzigsten März spielt sich das Gegenteil ab, Licht und Schatten ziehen sich hinauf, das wäre also sein Abreisedatum, salopp ausgedrückt ... Sagen Sie, Mr Dawn, dürfte ich einen Blick auf die Karte werfen?«

Jason reichte sie Grace mit einem schiefen Lächeln. Während die Professorin die Karte studierte, wandte sich Dawn an Chayton. »Apropos, zu der Karte habe ich noch eine Frage. Es sind lediglich zwölf Verstecke eingezeichnet. Unser nächster Stopp ist Guatemala, so wie es aussieht. Danach Tibet. Aber dann hätten wir nur zwölf Kristallschädel. Wo befindet sich Nummer dreizehn?«

»Tut mir sehr leid, das entzieht sich unserem Wissen. Ich kann dir nur sagen, wenn alle Schädel gefunden werden wollen, werdet ihr auch den letzten finden!«

Dawns Blick verfinsterte sich. Er seufzte tief und nickte

nachdenklich. »Ich schätze, es ist Zeit, schlafen zu gehen. Morgen müssen wir früh los, Tagwache null-sechshundert!«

In diesem Moment klingelte Dr. Hus Mobiltelefon. Der Wissenschaftler schaute erstaunt auf das Display, ehe er abhob. Kein Wort kam anfangs über seine Lippen, er hörte nur zu, mit einer sehr eigenartigen Miene. Dann erhob er sich und stapfte davon.

»Wer ruft Sie denn zu so später Stunde an?«, fragte Ireene neugierig, als sie Xiang Minuten später bei den Zelten traf. Der stets fröhliche Chinese lächelte mit schmalen Lippen und druckste herum. »Ach, meine kleine Schwester. Sie heiratet in knapp zwei Wochen und bekommt anscheinend kalte Füße. Noch dazu macht sie sich Sorgen, dass ich nicht rechtzeitig wieder daheim bin. Ich bin nämlich der Trauzeuge«, betonte Xiang stolz, rang sich ein flüchtiges Lächeln ab und rollte die Augen. »Also musste ich sie beruhigen ... Hat funktioniert, doch es hält wahrscheinlich nur bis morgen an. Sie ist ein wenig aus dem Häuschen!« Xiang redete so schnell und nuschelnd wie üblich und nickte abschließend lächelnd. Er wünschte der rothaarigen Homöopathin eine gute Nacht und zog den Reißverschluss seines Zeltes flink zu.

Südamerika

»Mögest du immer:
Luft zum Atmen, Feuer zum Wärmen, Wasser zum Trinken
und Erde zum Leben haben.«
Aus Lateinamerika

Kapitel Elf

Grace MacGregor saß auf dem superweichen Bett in ihrem Hotelzimmer und spielte mit den beiden Moqui Marbles, die ihr Chayton vor dem Abflug geschenkt hatte. Der Sohn des Häuptlings hatte die Truppe gemeinsam mit Billy und August zurück zur Moondance Ranch begleitet und Grace, oder besser gesagt Nitika, wie er sie nannte, die Steine zum Abschied geschenkt. Sie rollte die rauen, grauen Steine in ihrer Hand und betrachtete sie nachdenklich. South Dakota hatte ihr wirklich sehr gut gefallen. Wenn sie könnte, wäre sie gerne länger geblieben, um Ausritte in der herrlichen Landschaft zu unternehmen und die unendlichen Weiten der Prärie zu erkunden. Der Abschied von Shysie, dem eigensinnigen Pferdchen, war ihr ganz schön schwergefallen. Die sportliche Archäologin nahm sich vor, einmal zurück in Schottland wieder öfter Reiten zu gehen. Erst durch den Ritt in der Prärie war ihr aufgefallen, wie sehr ihr die Nähe zu Pferden fehlte. MacGregor seufzte und ließ sich in die großen, weißen Kissen fallen. Es war gerade Mittagszeit in Cancun, und sie hatten eine halbe Stunde Zeit, sich fertig zu machen, bis die Reise nach Guatemala weiterging. Sie war schon in den Genuss einer heißen Dusche gekommen und hatte bereits das Passende für die schwüle Dschungelhitze in Guatemala angezogen: olivgrüne Stretch-Skinnyjeans, ein blassrosa Tanktop und ihre schwarze, hauchdünne Activewear-Jacke. Nachdem sie des Weiteren alles Nötige, vorrangig Sonnencreme, eine Wasserflasche, Schal und Kappe in ihre Umhängetasche gepackt hatte, fand sie es nur gerecht, sich nun ein wenig auszuruhen. Zumindest so lange bis Dr. Green, mit der sie das Luxuszimmer teilte, ebenfalls fertig aus dem Badezimmer kam. Die arme Ireene hatte noch immer leicht gerötete Augen, der Abschied von ihrem ›kleinen Bruder‹ Billy war ihr nicht leichtgefallen. Sie setzte sich an den Tisch und nahm sich eine Banane aus der Obstschüssel.

»Auch eine?«, fragte sie Grace, die sich inzwischen wieder aufgesetzt hatte und sich ausgiebig streckte.

»Nein, danke, ich hatte schon zwei! Aber einen Schokoriegel könnten Sie mir rüber schmeißen.«

Die Ärztin mit den feuerroten Haaren verdrehte die Augen und warf Grace die Süßigkeit zu. »Wie kann eine so zierliche, schlanke Frau wie Sie nur so viel Schokolade verdrücken?«

»Ausgewogene, gesunde Ernährung und viel Sport. Da wird doch hin und wieder ein Stückchen palmölfreie Schoki erlaubt sein! Ohne meine tägliche Ration der süßen Versuchung könnte ich nicht leben«, grinste Grace und biss genüsslich in die extradunkle Schokolade.

Minuten später klopfte auch schon Jason an die Tür und animierte die beiden Ladys, sich zu beeilen. Und schon saßen sie im Auto auf dem Weg zum nahegelegenen Flugplatz. Es war richtig heiß, die gleißende Sonne brannte erbarmungslos hinunter. Grace tupfte sich prophylaktisch nochmals ein wenig ihrer mineralischen Bio-Sonnencreme mit dem Lichtschutzfaktor fünfzig ins Gesicht. Nicht umsonst hatte sie eine makellos schöne, jugendliche Haut. Die stets auf ihr Aussehen bedachte Professorin reichte die kleine Tube an ihre Sitznachbarin mit dem Porzellanteint weiter. »Oh, sehr aufmerksam, danke!«, lächelte Ireene ihr zu und inspizierte das Produkt genauer. »Alles, was Sie benutzen, ist streng biologisch, wie es scheint?«

»So ist es. Und tierversuchsfrei, darauf lege ich den allergrößten Wert!«

Auf dem Flugplatz herrschte momentan wenig Betrieb. Jason steuerte das Auto zielstrebig zu einem abgelegenen Hangar, vor dem schon ein großer Militärhubschrauber in Tarnfarben auf sie wartete. Ein kleiner, rundlicher Mexikaner mittleren Alters stand mit verschränkten Armen neben dem ziemlich in die Jahre gekommenen Helikopter. Ireene und Grace wurde ganz schwummrig bei dem Gedanken, sich mit so einem veralteten Ding in luftige Höhen zu begeben. Auch Xiang Hu beäugte das Ungetüm mit skeptischem Blick. Einzig Jason Dawn ging leichten Mutes auf den Piloten zu und begrüßte ihn salopp mit einem Klaps auf die Schulter. Die beiden Männer plauderten und lachten zeitweise lauthals auf, bevor Jason sein Team zu sich herüber winkte.

»Ladies and Gentlemen, darf ich vorstellen, mein alter Kumpel Joe Ortiz. Er ist unser Pilot für heute. Und nun, alle Mann an Bord, tempus fugit!«

Der dynamische Geheimagent machte eine einladende Handbewegung in Richtung des schäbig wirkenden Helikopters. Joe, der kurze Khakishorts und ein weißes Polohemd trug, half den Damen galant beim Einsteigen und zwinkerte Grace mit seinen dunkelbraunen Kulleraugen zu. Die hübsche Britin konnte nicht anders und musste lächeln. Der kleingewachsene Mexikaner mit der Halbglatze war ein lustiger Kerl, man sah ihm sein heiteres Gemüt schon am schelmischen Blick an.

Als sich die Rotorenblätter des Hubschraubers langsam und laut ratternd in Bewegung setzten, machte Ireene ein derart banges Gesicht, dass der schon wieder frohsinnig gestimmte Dr. Hu ihre Hand tätschelte.

»Also, Dr. Green, Sie sind ja ganz blass um die Nase.«

Verschmitzt guckte er sie an, und zog das gelbe Päckchen Bachblüten-Kaugummis aus seiner Sakkotasche. »Irgendwie habe ich den Eindruck, Sie brauchen die mehr als ich!«

Grace, die gegenüber der beiden auf einer harten, nicht sonderlich komfortablen Bank saß, fand den stets gut gelaunten chinesischen Wissenschaftler irgendwie drollig. Er erheiterte einfach jede Situation mit seiner sonnigen Art. MacGregor schmunzelte und blickte zu Jason neben sich. Auch er konnte sich ein Grinsen nicht verkneifen.

Im Laufe des Fluges schilderte der schneidige Agent die brisante Lage in Guatemala. Der Dschungel, in dem sie zu landen gedachten und den sie dann ein gutes Stück mit Motorrädern durchqueren mussten, war ein berüchtigter Drogenumschlagplatz. An jeder Ecke wimmelte es nur so von Drogendealern, Verbrecher und dergleichen, darum sei Dawn darauf bedacht, möglichst schnell wieder aus Guatemala zu verschwinden und nirgendwo anzuecken. Schon langsam kam sich die Archäologie-Professorin selbst wie eine Spionin vor. Als wäre sie aus ihrem gewohnten Trott in Edinburgh hinausgerissen und als smarte Hauptprotagonistin in einen Actionfilm hineinversetzt worden. So viel erlebt wie in den letzten Tagen hatte sie ihr ganzes Leben noch nicht. Und sie musste sich eingestehen, dass sie eindeutig Gefallen daran gefunden hatte. An der Seite eines kühnen Geheimagenten das nächste, möglicherweise gefährliche Abenteuer zu begehen, bereitete ihr ein Gefühl, das sie schon lange nicht mehr gespürt hatte.

»Gleich haben wir den Zielort erreicht!«, gab Joe über das Headset bekannt. Nach einer gut zweieinhalbstündigen Flugzeit war Grace MacGregor heilfroh, endlich aus dem unbequemen Helikopter hinauszukommen. Ihr Hintern tat weh, ihre Beine lechzten nach Bewegung und ihr war etwas flau im Magen. Als sie aus dem Fenster blickte, sah sie nichts anderes als schon die ganze Zeit zuvor – Grün, nichts als Grün, in allen möglichen Schattierungen. Das satte, atemberaubende Grün eines exotischen Dschungels.

»Herzlich willkommen im Regenwald des Petén!«, erklang es rauschend aus den Kopfhörern. »Um genau siebzehn dreißig hole ich euch wieder ab. Seid pünktlich! Die Motorräder stehen bereit. Viel Glück!« Joe drehte sich noch mal um und zwinkerte Jason schlitzohrig zu. Er ließ den Hubschrauber auf eine Lichtung hinab, setzte jedoch nicht auf, so dass die vier knapp eineinhalb Meter hinunterspringen mussten. Der Pilot winkte zum Abschied und stieg wieder auf. Er gewann rasch an Höhe und war bald außer Sichtweite. Man hörte nur noch ein Knattern, bis auch das jäh verstummte und von den dschungelüblichen Lauten übertönt wurde.

Jason Dawn hatte sich schon mit seinem Telefon, auf dessen Display ein Kompass angezeigt wurde, auf den Weg in Richtung der Baumgrenze gemacht. Xiang, Ireene und Grace folgten ihm auf dem Fuße. Es war unerträglich schwül, so dauerte es nicht lange, bis jedem der Schweiß auf der Stirn stand. Die drückende Hitze machte allen schwer zu schaffen. Die Luftfeuchtigkeit war extrem hoch und der Regenwald schien die Sonnenenergie irgendwie zu speichern und sie wieder abzugeben. Es war, als stünde man inmitten eines tropischen Dampfbades, aber die Kulisse, die sich ihnen bot, war so derart spektakulär, dass sie die Strapazen wieder aufwog. Von oben machte der Dschungel schon einen imposanten Eindruck, doch wenn man direkt davor, beziehungsweise mitten drin stand, wirkte er einfach kolossal. Grace bestaunte die wahnsinnig hohen Bäume und fühlte sich mit einem Mal winzig klein. Fasziniert ließ sie ihren Blick umherschweifen, sog alles in sich auf und war vollkommen geplättet von den vielen Eindrücken. Selbst der Boden war dicht bewachsen mit Farn und anderen großblättrigen Pflanzen. Auch wunderschöne rote Blumen waren vereinzelt zu sehen. Jason verließ kurz den schmalen Weg und bat Xiang ihm zu folgen. Die beiden Frauen waren froh, nicht auch in das üppige Gestrüpp hineinsteigen zu müssen. Wer wusste, was sich da alles tummelte – Spinnen, Schlangen, Käfer, Tausendfüßer? Grace wollte sich das Ganze gar nicht weiter ausmalen. So sehr sie Tiere auch liebte, mit potentiell giftigen Krabbelviechern wollte sie lieber keine Bekanntschaft schließen. Sie wusste, dass mit tropischen Insekten nicht zu spaßen war. Auch der redselige, wuselige Chinese musste derartige Gedanken haben, begeistert sah er jedenfalls keineswegs aus, als er vorsichtig durch das Dickicht stapfte und seine wachsamen Augen buchstäblich überall hatte.

Jason hatte mittlerweile die beiden versteckten Motorräder gefunden und befreite sie von Palmwedeln und anderem Geäst. Gemeinsam mit Xiang schoben sie die Maschinen auf den erdigen Weg zurück. Der stets auf seine Sauberkeit bedachte Xiang Hu putzte sich sofort seine Hände mit einem antibakteriellen Feuchtigkeitstuch ab und wischte dann auch gleich über die Lenkstange des Motorrades.

»Dr. Hu, soviel ich weiß, fahren Sie gelegentlich selbst mit einer Maschine, ist das korrekt? Es sollte also kein Problem für Sie darstellen, diese hier zu bedienen?«

»Natürlich nicht. Wird zwar etwas anders als meine Harley Davidson Fatboy zu fahren sein, aber bestimmt auch lustig!«, grinste der junge Astrophysiker stolz.

Ireene und Grace wechselten einen verblüfften Blick. Den manchmal etwas unbeholfen und verpeilt wirkenden Wissenschaftler auf einer schweren Harley – das hätten sie ihm nicht zugetraut.

»Miss MacGregor!« Der Geheimagent klopfte auffordernd auf den Sitz hinter sich und grinste die Archäologin verschlagen an.

»Dr. MacGregor!«, verbesserte ihn die blonde Britin knurrend und verpasste dem strammen Oberarm des smarten Kerls einen ordentlichen Klaps mit ihrem Handrücken, als sie mit einer graziösen Bewegung hinter ihm Platz nahm. Allein bei dem Gedanken daran, ihre Arme um ihn schlingen zu dürfen, kribbelte ihre Mitte verräterisch.

»An Helme hat hier wohl keiner gedacht!«, merkte Dr. Green missbilligend an, während sie auf das rote Motorrad von Xiang Hu stieg und unsicher dreinblickte. Ganz geheuer war ihr die bevorstehende Motorradfahrt durch den Dschungel nicht.

Grace dafür umso mehr. Sie umklammerte den muskulösen Oberkörper des breitschultrigen Agenten vor ihr und roch verstohlen an seinen braunen Haaren. Sie genoss die Nähe zu dem verwegen wirkenden Schönling in allen Maßen. Nicht anders schien es Jason zu ergehen. Schief grinsend signalisierte er Dr. Hu mit einem Kopfnicken, die Maschine zu starten. Schon bretterten sie den dünnen Pfad des dicht bewachsenen Urwaldes entlang. Es war eine teils sehr holprige Fahrt, denn der risikofreudige Geheimagent gab sich ganz dem Geschwindigkeitsrausch hin. Er holte alles aus dem Motorrad heraus, was ging. Manchmal musste er Schlangenlinien fahren, um nicht Lianen oder andere herabhängende Schlingpflanzen zu streifen. Es war ein Höllenritt. Unter anderen Umständen hätte Grace MacGregor den recht brenzligen Motorradritt als äußerst gefährlich eingestuft. Nicht im Traum wäre sie auf die Idee gekommen, einer solchen Fahrt als Beifahrerin zuzustimmen. Doch mit Dawn am Steuer empfand sie ein gewisses Vergnügen. Sie fühlte sich so sicher und beschützt bei ihm, die waghalsige Fahrt bereitete ihr nicht im Geringsten ein unbehagliches Gefühl. Sie vertraute ihm voll und ganz. Hoffentlich war der Astrophysiker ein ebenso guter, sicherer Fahrer wie Jason, ging es der Archäologin durch den Kopf. Sie hatte leider keine Chance, sich umzudrehen, um zu sehen, wie es ihren Kollegen auf dem Motorrad hinter ihnen erging. Doch sie vernahm stetig das laute Knattern des zweiten Bikes ein Stückchen weiter hinter ihnen. Also musste alles in Ordnung sein. Bewundernswert, da hatte sie den etwas tollpatschigen Wissenschaftler wohl ein wenig unterschätzt. Gleichzeitig fragte sie sich, ob sich Ireene auch so sicher fühlte, wie sie selbst gerade. An Dr. Greens Stelle hätte Grace es wohl mit der Angst zu tun bekommen. Nichts gegen den lustigen Chinesen, den MacGregor sehr mochte, aber mit Ireene wollte sie im Moment um keinen Preis der Welt tauschen. Wenn es nach der Archäologin ginge, hätte die Hochgeschwindigkeitsmotorradfahrt ruhig noch ein wenig länger dauern können. Irgendwie hatte sie völlig das Zeitgefühl verloren, der etwa zwanzigminütige Motorradritt war vergangen wie im Flug. Jason verlangsamte gerade das Tempo, bis er das Bike vor einer kleinen Waldlichtung zum Stehen brachte. Er wandte sich zu Grace um und blickte ihr tief in die Augen. Zu tief. Die toughe Professorin schmolz augenblicklich dahin. Ein faunisches Funkeln spiegelte sich in ihrem Gesichtsausdruck wider und verriet ihre erhitzte Stimmung.

Ach du Schande. Wo kam das her? Es musste einzig und allein an der Situation liegen, dass sie sich so erregt fühlte. Der wilde Ritt hatte etwas Prickelndes in ihr ausgelöst. Der enge Körperkontakt, der Nervenkitzel, die Vibration. Sein knackiger Hintern so nah. Seine wunderschönen, küssenswerten Lippen schwebten direkt vor ihr. Es wäre ein Leichtes, diese kurze Distanz zu überbrücken, ihren Mund auf den seinigen zu legen und herauszufinden, ob er tatsächlich ein so guter Küsser war, wie sie es sich gerade bildlich ausmalte. Doch der romantische Moment währte nur kurz. Dr. Hus lautes Motorrad parkte genau neben ihnen. Grace riss sich von Jasons feurigem Blick los und schaute zu Ireene und Xiang. Wider Erwarten schwang sich die rothaarige Ärztin gut gelaunt von der Maschine und klopfte dem kleinen Chinesen breit grinsend auf die Schulter. Sie fuhr sich durch die vom Fahrtwind zerzauste feuerrote Mähne und hatte ihren Pagenschnitt bald wieder in Form gebracht. Sie stiefelte beschwingt und euphorisch zu Grace und Jason, die inzwischen auch schon vom Motorrad gestiegen waren, und deutete anerkennend mit dem Daumen auf den Astrophysiker neben ihr.

»Ein wirklich sicherer Fahrer. Gott sei Dank hat er den heißen Ofen mit etwas gemächlicherem Tempo gesteuert als Sie beide!« Durch das unverhoffte Lob strahlte Xiang Hu förmlich und schien einen Kopf zu wachsen.

»Ich hatte auch Spaß!«, jauchzte Grace und versuchte inständig, wieder Herr über ihre wackligen Knie zu werden. Alles in ihr flatterte. Kolibris in ihrem Bauch.

Jason und Dr. Hu schoben indes gemeinsam die Maschinen vom Wegrand ins Gebüsch. Der Secret Agent warf eine hauchdünne Tarndecke darüber und verdeckte sie zusätzlich mit Palmwedeln und Grünzeug, bis von den beiden Motorrädern nichts mehr zu sehen war.

Danach zog er sein Mobiltelefon aus der Tasche und tippte konzentriert darauf herum. »Vorwärts!«, befahl er mit eiserner Stimme und schlug schnurstracks eine andere Richtung ein. Mit strammen Schritten führte er das Team ein Stückchen durch das Dickicht des Regenwaldes weit abseits des Pfades. Grace fühlte sich wie irgendwo im Nirgendwo. Langsam wurde es immer beschwerlicher zu gehen, der Weg war uneben und so dicht bewachsen, dass Jason sein Buschmesser einsetzen musste, um schneller voranzukommen. Sie waren wortwörtlich im Dschungel angekommen.

Plötzlich vibrierte Dawns Telefon. Er schaltete auf Lautsprecher. »Yo JD, wir haben ein Problem«, erklang Joes Stimme, die durch lästiges Rauschen immer wieder unterbrochen wurde.

»Was gibts?« Der Geheimagent pfiff kurzerhand auf Funksprache und hielt sich betont knapp.

» ... zu Ohren gekommen ... deine Freunde ... Guatemala ... Waffen ...«

Und schon war die Verbindung getrennt.

Dawn seufzte mürrisch. »Leute, wir haben keine Zeit zu verlieren.« Er schlug sich, ohne sich auch nur eine kurze Verschnaufpause zu gönnen, weiter durch das verwachsene Unterholz.

»Ahhh!« Dr. Hu, der hinter allen gegangen war und das Schlusslicht bildete, stieß einen durch Mark und Bein gehenden Schrei aus.

Alle fuhren erschrocken herum und sahen den Chinesen mit schmerzverzerrtem Gesicht und gekrümmtem Körper am Boden liegen. Er hielt sich sein linkes Bein.

»Schlangenbiss?!« Jason kniete sich besorgt neben den Wissenschaftler, nachdem er den Boden akribisch nach Reptilien abgesucht hatte. Alarmiert durch das Wort Schlange riss Grace MacGregor die Augen auf und unterdrückte den Drang, vor lauter Angst und Ekel wie eine Bekloppte von einem Bein aufs andere zu hüpfen. Sie war froh, dass sie wenigstens knöchelhohe, feste Wanderstiefel trug, behielt das Erdreich jedoch keine Sekunde unbeobachtet. Mit Argusaugen scannte sie die Umgebung.

»Nein, ich bin in ein Erdloch getreten und mit dem Knöchel umgeknickt«, erklärte der Wissenschaftler zur Erleichterung aller. Jason half ihm auf und legte sich Dr. Hus Arm um die breiten, wohlgeformten Schultern. »Können Sie auftreten?«

»Ich versuche es. Ohh – nein!« Der arme Xiang kniff vor lauter Schmerzen die Augen zusammen und drohte wieder zu Boden zu sacken.

»Lassen Sie mich mal sehen!« Ireene zog ihm das Hosenbein höher und tastete den verletzten Knöchel ab. »Oje, das sieht mindestens nach einer Verstauchung aus. Hoffentlich sind die Bänder noch intakt.« Die Ärztin sah ziemlich betroffen aus, was Xiang gleich noch besorgter und bleicher werden ließ. Das blieb der einfühlsamen Dr. Green natürlich nicht verborgen, also fügte sie schnell in einem mütterlichen, aber dennoch professionellen Tonfall hinzu: »Keine Sorge, das bekommen wir schon wieder hin!«

»Wir finden erst mal einen sicheren Platz für Sie!« Jason zog den Chinesen erneut vorsichtig hoch. Während Ireene und Grace den verletzten Dr. Hu stützten, damit er den Fuß nicht belasten musste, kämpfte sich Dawn weiter durch den Dschungel. Der Abstand zwischen den Bäumen wurde mit der Zeit immer größer. Von Weitem konnte man schließlich eine kleine Lichtung ausmachen.

»Ok, warten Sie hier. Ich sehe mich nach einem geeigneten Versteck für Sie um.«

Nach wenigen Minuten kehrte Jason wieder. »Nicht weit von hier befindet sich eine kleine, hinter vielen Bodendeckern versteckte Baumnische. Dort sollten Sie sicher sein, bis wir wieder hier sind!« Dawn klopfte dem verletzten Dr. Hu auf die Schulter. Sie hatten bald den besagten Platz erreicht und der lädierte Astrophysiker ließ sich erleichtert in der Baumhöhle nieder. Ganz wohl war ihm aber anscheinend auch nicht dabei, ganz allein hier, inmitten des Dschungels, auf seine Weggefährten zu warten. Das verriet jedenfalls sein unsicherer, ängstlicher Gesichtsausdruck.

»Wenn es in Ordnung ist, bleibe ich lieber bei Dr. Hu und versorge in der Zwischenzeit sein Bein!« Ireene sah den Geheimagenten fragend und bestimmend zugleich an.

»Alles klar, aber bitte verhalten Sie sich möglichst ruhig«, nickte Jason und bedachte die beiden mit ernster, eindringlicher Miene. Dann bückte er sich, zog eine kleine Pistole aus dem Holster an seinem rechten Fußgelenk und reichte sie dem Chinesen. »Nur für alle Fälle!«, sagte er nachdrücklich und schien kein allzu gutes Gefühl zu haben, die beiden hier zurückzulassen. Aber wie er es auch drehen und wenden wollte, es ging nicht anders.

»Wir beeilen uns!«, versicherte ihnen der smarte Agent und deutete Grace mit einer zackigen Geste, dass es Zeit war, endlich aufzubrechen. Geduld war nicht gerade eine seiner Tugenden. MacGregor winkte Xiang und Ireene mitleidig seufzend zu und heftete sich an Dawns Fersen, der schon wieder damit beschäftigt war, sich mit dem Buschmesser durch das Unterholz zu schlagen, und dabei eine ziemlich schneidige Figur machte. Er trug khakigrüne Cargohosen und ein eng anliegendes, schwarzes T-Shirt und bewegte sich mit solch einer unerschütterlichen, zielgerichteten Effizienz und Dynamik, dass er wie jemand wirkte, der überall auf der Welt zurechtkam. Egal, was auch immer sich ihm in den Weg stellte, er würde damit fertig werden. Grace bewunderte seine Entschlossenheit, seine Kraft und seine Härte. Der Kerl war aus Granit.

Kapitel Zwölf

Sie gingen eine ganze Weile, ohne auch nur ein einziges Wort zu wechseln. Grace war irgendwie befangen. Sie wollte so viel wissen über den geheimnisvollen, interessanten Typen, aber sie wusste nicht, wie sie mit ihm ins Gespräch kommen sollte. Vor allem, weil er gerade so schwer damit beschäftigt war, sich eine Route durch den Dschungel zu bahnen. Es war irgendwie nicht der passende Zeitpunkt.

Und noch dazu war es ohnehin zu laut für eine lockere Plauderei. Der Urwald bot ein unglaubliches Geräuschspektrum. Vögel sangen und zwitscherten laut, manche krähten komisch, Affen gaben unentwegt eigenartige, lustige Laute von sich, gar nicht zu sprechen von dem nicht enden wollenden Zirpen und Summen. Irgendeine Art Specht durfte hier, dem wiederkehrenden Klopfen nach zu urteilen, auch heimisch sein. Hätte man sich unterhalten wollen, hätte man seine Stimme ganz schön anstrengen müssen, um das alles hier zu übertönen. Und Grace wusste, wie ihre Stimme klang, wenn sie laut redete, also ließ sie es lieber gleich bleiben.

»Laut Koordinaten müssten wir den Tempel eigentlich fast erreicht haben«, raunte Jason. Er steckte sein Buschmesser ein und suchte die Umgebung ab. »Hmm, aber es gibt keinerlei Anzeichen für ein Bauwerk oder dergleichen. Was meinen Sie?«

Die Archäologin schüttelte den Kopf. »Aber es ist davon auszugehen, dass hier in Südamerika noch unzählige unentdeckte Bauten im Dornröschenschlaf vor sich hin schlummern. Kann sein, dass der Tempel eingestürzt und überwachsen ist. Zeigen Sie mir mal die Karte!«

Der hübsche Geheimagent reichte Grace die lederne Landkarte und sah ihr belustigt dabei zu, wie sie die Koordinaten und Anhaltspunkte studierte und sich dabei ständig im Kreis drehte, während sie die Angaben mit der Landschaft um sich herum verglich. Auch sie schien auf keinen grünen Zweig zu kommen, denn nach ein paar Umdrehungen um die eigene Achse blieb sie schließlich seufzend stehen und schüttelte resigniert den Kopf. »Komisch, wir müssten eigentlich haargenau davorstehen. Irgendetwas übersehen wir, aber was?« Sie spielte mit ihren blonden Haaren, die sie zu einem lockeren Zopf zurückgebunden hatte und zuckte ratlos mit den Schultern.

Jason war schon aufgefallen, dass sie das immer tat, wenn sie nicht weiterwusste. Insgesamt hatte die Archäologin ganz schön viele Marotten und Eigenarten, wie er feststellte.

Und er mochte jede Einzelne.

Etwas irritiert über seinen an ihr haftenden Blick fragte Grace mit hochgezogenen Augenbrauen: »W-was ist?«

Dawn schüttelte schief grinsend den Kopf und tat die Frage mit einer wegwerfenden Handbewegung ab. »Sagen Sie, hatten diese alten Tempel nicht manchmal auch Fluchttunnel?«, erkundigte er sich beiläufig und sah etwas in ihren Augen aufblitzen, als würde ihr ein Licht aufgehen.

»Stimmt genau! Die superschmalen Tunnelschächte führten manchmal sogar meilenweit vom Allerheiligsten weg zu einem versteckten Ort ganz tief im Dschungel verborgen. Das ich nicht gleich draufgekommen bin ... Los, suchen wir den Ausgang. Der ist meist ausgesprochen unscheinbar und unwahrscheinlich gut versteckt, also Augen auf!«

Jason salutierte in perfekter, formvollendeter Soldatenmanier. »Zu Befehl, Ma'am!«

Grace musste über sich selbst und seine Reaktion auf ihren herrischen Befehlston schmunzeln. Sie rollte mit den Augen und stapfte plötzlich ganz zielsicher los. Dawn runzelte die Stirn. ›*Woher hatte sie jetzt auf einmal den Geistesblitz?*‹, fragte er sich wundernd. Doch um sie nicht abzulenken, folgte er ihr wortlos.

»Da, ich hab ihn!«, rief die Professorin mit euphorischer Stimme. Sie war irgendwo vor Jason im zutiefst unwegsamen Gebüsch verschwunden. Er sah weder sie noch den Tunnel. Das mannshohe Dickicht musste den Fluchtschacht vollständig überwuchern. Und die zierliche Britin noch dazu. Es schien, als hätte sie sich der undurchdringliche Dschungel einverleibt und sie verschluckt.

»MacGregor, wo sind Sie?«, rief er mit jäh aufwallender Sorge und atmete schließlich erleichtert durch, als er im Augenwinkel etwas Honigblondes im immergrünen, tropischen Dickicht aufblitzen sah. Nur ein paar Meter von ihm entfernt richtete sich die junge Frau wieder auf und winkte ihm freudestrahlend zu. »Hierher!«

»Wie um alles in der Welt haben Sie denn bloß plötzlich das richtige Fleckchen gefunden?«

»Ganz einfach mit Hilfe der Koordinaten. Schächte dieser Art sind fast immer äußerst präzise nach Osten ausgerichtet. Also musste ich nur ein wenig kombinieren, et voilà!«

Jason schien beeindruckt. Nachdem sie den verwachsenen, aber augenscheinlich gut erhaltenen Tunnel von Erde und kleinen Felsen freigeschaufelt hatten, richtete Dawn den Schein seiner Taschenlampe in die stockfinstere Höhle.

Er nickte zuversichtlich. Dann warf er einen kritischen Blick auf seine Armbanduhr. Er schluckte und nickte abermals.

»Auf geht's. Ich will Sie ja nicht hetzen, aber die Zeit läuft uns allmählich davon. Wir müssen den Schädel möglichst schnell finden und dann raus aus dieser grünen Hölle!« Er wirkte ziemlich ernst, die Ader an seinem Hals zuckte verräterisch.

Grace holte tief Luft. »Alles klar!«

Sie gingen in die Hocke und krochen geduckt in die Höhle, Jason Dawn voran. Nach wenigen Metern wurde der Tunnel breiter und höher und sie konnten sich etwas aufrichten und mit eingezogenem Kopf weitergehen. Der Geheimagent befestigte wie üblich ein Seil an der linken Wand, damit sie auch ja wieder hier herausfanden.

Als sie sich ein Stückchen tiefer im Tunnel befanden, erblickte Grace fasziniert endlos lange Wandschnitzereien. Sie zierten die Wände zu beiden Seiten. Links und rechts, von oben bis unten. Sie erzählten die Geschichte der Erbauer. Wie gern hätte die Archäologin länger Zeit gehabt, um die Werke zu studieren. Jahrhundertelang hatte sie kein Mensch mehr zu Gesicht bekommen. Was für eine unsagbar famose Entdeckung. Doch das musste leider warten. Jason hatte kein Erbarmen. Sie verstand zwar, dass sie keine Zeit zu verlieren hatten, aber er musste doch auch verstehen, dass sie als Altertumswissenschaftlerin nur schwer widerstehen konnte, den in Stein gemeißelten Geschichten nähere Betrachtung zu schenken. Schließlich war das ihre Pflicht als Archäologie-Professorin. Vielleicht konnten die Wandfresken ja auch einen Hinweis auf den Verbleib des Kristallschädels geben. Doch der Agent ließ sich selbst durch fachmännisch schlagkräftige Argumente nicht überreden, auch nur kurz stehen zu bleiben, was Grace regelrecht auf die Palme brachte. Der Kerl war so was von unerbittlich und beratungsresistent. Also marschierten sie weiter den

Tunnel entlang, während Grace sozusagen das Herz blutete. Der Weg durch die Höhle war lang und kerzengerade. Und immer wieder von Spinnennetzen und Staubfäden durchzogen. Grace war froh, dass Jason voranging. Spinnennetze und der Staub der Jahrhunderte – davor ekelte es sie regelrecht. Sollte er den ganzen Dreck abbekommen, er hatte es nicht anders verdient.

Graben und arbeiten in Dreck und Staub, das waren die weniger erfreulichen Dinge, die sie an ihrem Archäologendasein gar nicht mochte und doch immer wieder damit konfrontiert wurde. Vielleicht war es auch einer der Gründe, weshalb sie in letzter Zeit lieber unterrichtete, als selbst vor Ort an Grabungen beteiligt zu sein. Doch andererseits hatte es ihr auch gefehlt. Der Nervenkitzel, die Aufregung, die unbeschreibliche Freude, Relikte aus längst vergangenen Zeiten wieder ans Tageslicht zu bringen. Es machte die Strapazen und den Gräuel von Dreck und Staub auch im Nu wieder wett, wenn man erst einmal den altertümlichen Fund in Händen hielt. Den Schatz, wie Grace ihn immer nannte.

Jedes Mal versuchte sie sich in all den farbprächtigsten Nuancen ihrer Vorstellungskraft auszumalen, wer das Artefakt zuletzt zu Augen bekommen hatte.

Welche Geschichte das Relikt umgab.

Was es von sich aus seiner Vergangenheit preisgab.

Das fand sie an ihrem verstaubten Job mit Abstand am faszinierendsten.

Schließlich spaltete sich der Weg. Links wie rechts befand sich eine Art Tür. Genauer gesagt je eine Felstür, die Grace frappant an die komplexen, legoähnlichen Ruinenwände von Pumapunktu erinnerten. Die glatte Struktur, die das millimetergenaue, präzise Mauerwerk aufwies, war mehr als beeindruckend. Die erfahrene und gewiefte Archäologin sah auch schon auf den ersten Blick, wie man den

Mechanismus in Gang brachte, um das Steintor zu öffnen. Wenngleich der Türöffner sich an einer etwas untypischen Stelle befand.

Sie schaute zu Jason, der ein wenig ratlos zu sein schien und sich am Kinn kratzte. Ihm fiel jedoch gleich ihr selbstsicherer Gesichtsausdruck auf, als er sich zu ihr umdrehte. »Und Dr. MacGregor, wie lautet Ihr Plan? Sesam öffne dich?«

Grace grinste. »So in etwa ...«, säuselte sie verschmitzt und deutete mit ihrem erhobenen Zeigefinger zur Decke über ihnen. Dort befand sich ein kleiner, durch die üppigen Wandfresken leicht zu übersehender Hebel.

»Das ist aber ein äußerst seltsamer Platz für einen Türöffner!«

Die Professorin musste schmunzeln, verwendete er doch das gleiche Wort wie sie in ihren Gedanken.

»Ja, allerdings, das ist mir auch neu. Helfen Sie mir?«

Allein wäre der Hebel am Himmel des Tunnels nie zu erreichen gewesen. Außer mit einer Verlängerung und einem Werkzeug. Auch wenn es ihn gereizt hätte, eines seiner technischen Geräte auszuprobieren, ließ er Grace den Vortritt. Schließlich war sie die Spezialistin auf diesem Gebiet. Also ging er in die Hocke und faltete die Hände vor seiner Brust zu einer altmodischen Räuberleiter. Seine Mundwinkel zogen sich leicht nach oben. »Darf ich bitten?«, zwinkerte er ihr spitzbübisch zu.

Die blonde, grazile Professorin hielt sich mit einer Hand an seiner gut gebauten Schulter fest und setzte ihren Fuß vorsichtig in seine Handinnenflächen. »Sofern ich das beurteilen kann, sollte es sich nicht um eine Falle handeln ...«, stellte sie lakonisch fest. Irgendwie war die Sicherheit aus ihrer Stimme gewichen. Sie hielt inne und zögerte.

»Sofern und sollte? Wie sicher sind Sie sich?« Ein kleiner Hauch Besorgnis schwang auch im mürrischen Tonfall des Agenten mit und verunsicherte Grace zusätzlich.

»Na ja, an den Wänden konnte ich jedenfalls nichts dergleichen feststellen ...«, erklärte sie nachdenklich und gab sich Mühe, fachkundig zu klingen. Sie biss sich auf die Unterlippe, inspizierte die Petroglyphen an den Wänden und zog nach kurzem Überlegen beherzt an dem Hebel, der übrigens auch voller klebriger Spinnfäden war. Sie wischte sich angewidert die Hand an der Hose ab und stieg wieder hinunter. Gebannt und auf alles gefasst lauschten sie, ob sich dadurch irgendetwas in Bewegung gesetzt hatte. Grace hatte zwar nicht den geringsten Schimmer, mit welcher Technik ein offensichtlich tonnenschwerer, bauklotzartig gebauter Wand-Tür-Mechanismus in Gang gesetzt werden sollte. Etwas Ähnliches hatte sie noch nie zuvor gesehen, doch das ließ sie sich nicht anmerken. Sie versuchte, sich zu entsinnen, wie die virtuelle Rekonstruktion des sagenhaften Pumapunktus ausgesehen hatte, doch solche Tore überstiegen selbst die Vorstellungskraft jedes zeitgenössischen Architekten und Baumeisters.

Bange Sekunden vergingen und nichts schien die gespenstische Stille zu durchbrechen. Grace und Jason hielten den Atem an, um auch nur das kleinste Geräusch zu hören. Es tat sich jedoch gar nichts. Wie außerordentlich merkwürdig.

Gerade als sie sich verblüfft und enttäuscht in die Augen sahen, setzte urplötzlich ein kolossales Rattern vor ihnen ein. Die rechte Tür öffnete sich wie von Zauberhand unter monströsem Grollen.

Gott sei Dank.

Kokett zuckte Grace mit der Schulter und ihr rechthaberischer, schelmischer Blick sollte ihm nichts anderes vermitteln als: ›Na, ich hab's doch gleich gewusst!‹.

Jason Dawns Lippen verzogen sich zu einem tonlosen ›Oh‹. Er blickte sie genauso anerkennend und beeindruckt an, wie sie es erhofft hatte. »Gut gemacht, dann los!«

»Geben Sie mir ein bisschen Zeit, um die Bilder an der

Wand zu studieren, ich bin sicher, sie werden uns den richtigen Weg weisen. Möglicherweise ist das auch die falsche Tür …« Aus irgendeinem unerfindlichen Grund hatte sie auf einmal ein komisches, flaues Gefühl. Ihr sechster Sinn witterte Gefahr. Die Zuversicht war mit einem Schlag weg und einem beklommenen Bauchgefühl gewichen. Ihre Alarmglocken schrillten. »Diese alten Tempel bergen viele listige Unwägbarkeiten, an jeder Ecke könnte uns eine Falle erwarten … Lassen Sie uns die Sache mit etwas Langmut angehen.«

»Zeit ist leider genau das, was wir nicht haben. Kommen Sie, wir nehmen den Tunnel und schauen, wohin er uns bringt. Improvisieren können wir dann noch immer«, unterbrach er sie ungeduldig.

Grace verengte abschätzig die Augen und konnte sich des unguten Gefühls einfach nicht erwehren, doch Dawn schenkte ihr keinerlei Aufmerksamkeit. Der energische Kerl griff nach ihrer Hand und zog sie unbeirrt mit sich durch die Tür.

Der schmale Raum dahinter fühlte sich äußerst kühl und unheimlich an. Grace war alles andere als wohl bei der Sache.

»A-aber …«, wollte MacGregor protestieren, wurde jedoch wieder unwirsch unterbrochen.

»Wenn wir hier falsch sind, sehen wir uns einfach die andere Türe an«, plapperte Dawn sorglos vor sich hin und tat ihre Warnung ab, als wäre ihre fachkundige Meinung nicht weiter von Interesse für ihn.

»Aber …« Grace blieb stehen und riss sich los, doch Jason schnitt ihr erneut das Wort ab.

»Ach, MacGregor, kommen Sie schon, Ihre kapriziöse Art kann ich jetzt bei Gott nicht gebrauchen!«

Grace schnaubte empört. Kapriziöse Art?! In diesem Moment fiel ihr etwas auf die Schulter. Und noch etwas. Diesmal traf es ihren Kopf. Es war nichts Hartes, also kein

Stein oder so. MacGregor richtete ihren Blick sowie den Lichtkegel ihrer Taschenlampe nach oben zur Decke und erstarrte beinahe wortwörtlich zur Salzsäule.

Spinnen. Riesige Spinnen. Mindestens faustgroß. Taranteln. Unzählige pelzige Taranteln. Grace wurde halb ohnmächtig vor lauter Schreck. Sie wollte schon laut losschreien, als sie hinter sich abermals ein grollendes Geräusch vernahm. Das Tor schloss sich wieder. Oh, nein!

»Dawn!«, rief sie keuchend, rannte los und schaffte es gerade noch mit einem Hechtsprung durch den schon ziemlich schmal gewordenen Spalt hindurch.

Nicht gerade anmutig fiel sie der Länge nach hin und schlug hart mit den Knien auf dem staubigen Felsboden auf. Wenigstens konnte sie den Sturz mit ihren Armen abfedern und verhinderte im letzten Moment, dass sie mit dem Kopf aufprallte. Trotzdem, autsch. Artistin war definitiv keine an ihr verloren gegangen. Stöhnend rappelte sich Grace allmählich wieder auf und blickte verzagt zum verschlossenen Felstor. Verdammt, Dawn hatte es nicht mehr geschafft und saß drinnen fest. Grace erhob sich ächzend, klopfte sich den Staub aus ihren Klamotten und stellte sich unter den Hebel. Allein kam sie mit ihrer Körpergröße von einseinundsechzig da doch nie ran. Grace stemmte resigniert seufzend die Hände in die Hüften und überlegte. Ihr Gehirn lief auf Hochtouren, doch von einer Sekunde auf die andere hatte sie ganz andere Sorgen. Sie spürte, wie sich etwas in ihren Haaren bewegte. Eine Spinne! Grace gefror das Blut in ihren Adern. Sie fühlte jedes einzelne der acht langen, behaarten Beinchen. Die Wolfsspinne tastete sich vorwärts und war gleich bei ihrer Stirn angelangt. Grace bekam die Gänsehaut ihres Lebens. Ihr wurde speiübel. Fast hatte sie das Gefühl der Bewegungslosigkeit erfasst, sie fühlte sich erneut wie paralysiert, doch dieses Mal noch schlimmer als noch Sekunden zuvor.

Sie musste dagegen ankämpfen.

Sie musste ruhig bleiben.

Gefasst.

Nur nicht dem einladenden, verlockenden Gefühl der Panik verfallen.

»MacGregor!«, drang es leise und gedämpft durch die Felswand, doch man konnte ganz deutlich eine gewisse Schärfe in seinem Tonfall erkennen.

Sorry, Dawn, du musst warten. Eins nach dem anderen. Grace fasste Mut und kramte ganz ruhig, ohne sich viel zu bewegen, in ihrer Umhängetasche. Irgendetwas Passendes musste doch da drin zu finden sein. Wollte sie die Spinne doch unter keinen Umständen mit bloßer Hand loswerden. Schließlich zog sie ihr kleines Notizheftchen heraus. Könnte funktionieren. Jetzt oder nie. Langsam, wie in Zeitlupe, näherte sie sich mit ihrem Notizbüchlein der Wolfsspinne auf ihrem Kopf. Sie wollte die Spinne nicht unnötig erschrecken und dadurch zu irgendetwas verleiten. Nicht vorzustellen, wenn dieses Ding sie biss. Oder stachen sie etwa? Hmm, in ihrer Phobie kam Grace zu keinem klaren Gedanken. Nur weg mit dem Ding, und zwar schnell!

Die sonst so tierliebe Frau tat normalerweise keiner Fliege etwas zuleide. Und im Grunde genommen hatte sie auch eigentlich nichts gegen Spinnen. Zu Hause trug sie sie immer ganz behutsam in einem Becher zurück in den Garten. Doch das Exemplar auf ihrem Kopf schmälerte ihre Toleranzgrenze um einiges. Mit einem schnellen Schlag schleuderte sie das Tier weit von sich. Während sie beobachtete, wie die Spinne das Weite suchte, schüttelte sich Grace wie ein nasser Hund. So etwas Schauderhaftes hatte sie noch nie erlebt.

»MacGregor!«, brummte es erneut durch das steinerne Tor. Diesmal ein wenig verärgert.

»Ja, verdammt.« Die Archäologin versuchte sich wieder einigermaßen einzukriegen, doch der Schock saß ihr noch in den Gliedern. Sie atmete tief durch. Dann begutachtete sie den Hebel über ihrem Kopf. Schließlich kam ihr die leuchtende Idee. Sie nahm ihre Tasche ab und nutzte den langen Riemen, um an den Hebel zu gelangen. So in der Art wie Cowboys Lassos benutzen. Na ja, ähnlich. Etliche Versuche misslangen. Erst als sie sich ganz auf ihre Zehenspitzen stellte, erwischte sie den Türöffner und zog kräftig daran. Und voilà, die Felsentür kam nach einigen Sekunden ins Rollen und Jason sprang geschmeidig wie eine Raubkatze heraus. Grace wollte sich gar nicht ausmalen, mit wie vielen Spinnen er da drin zu kämpfen gehabt hatte. Uh, Spinnen und Schlangen. Ein paar der Tiere krabbelten noch auf ihm herum. Anders als die Archäologin behielt er jedoch die Nerven und entfernte eine nach der anderen. Seelenruhig und sorgfältig.

»Sie könnten mir gern behilflich sein!« Er richtete seinen mürrischen Blick auf Grace, die dem Ganzen aus sicherer Entfernung zusah.

Sie kräuselte angewidert die Nase. Widerwillig schritt sie auf den Geheimagenten zu und zückte abermals ihr vorhin so gut bewährtes Notizheftchen. Und schon bald hatten sie das letzte Krabbeltierchen in die Flucht geschlagen. Grace wurde abermals von einem Schüttelfrost gebeutelt. Ekelerregend! Ganz so bald wollte sie keine, wenn auch noch so kleine Spinne mehr zu Augen bekommen. »Und, andere Vorschläge, wie wir hier reinkommen?« Dawn deutete auf die noch immer verschlossene Türe auf der gegenüberliegenden Seite.

»Es muss mit dem Hebel zu tun haben. Vielleicht muss man ihn zweimal ziehen.« Grace überlegte. So einen Mechanismus hatte sie eindeutig noch nie gesehen. » Oder ... Jeder würde doch als Erstes am Hebel ziehen. Was aber, wenn ich versuche ihn nach oben zu drücken?«

»Einen Versuch ist es wert!«, stimmte der dunkelhaarige Beau zu. »Na dann, auf ein Neues.«

Jason beugte sich wieder, um Grace nach oben zu helfen. Sie benutzte seine gefalteten Hände erneut als Steigbügel, während er sie wieder via Räuberleiter hinaufhievte.

Und tatsächlich. Der Hebel ließ sich unter stärkerer Kraftaufwendung nach oben drücken. Augenblicklich setzte sich auch schon der Mechanismus in Gang und das andere Tor rollte unter markerschütterndem Getöse beiseite.

»Diesmal sollten wir aber auf jeden Fall die Türe blockieren!«

»Ja, auf diese Idee bin ich auch schon gekommen.« Dawn griff zielsicher in seinen Rucksack und holte etwas Längliches daraus hervor. Mit einer flinken Handbewegung machte er aus dem knüppelähnlichen Ding einen langen Stab und stemmte ihn zwischen die Pfosten des Eingangs. Grace sah ihm skeptisch zu. »Dieses filigrane Ding soll die Felstür daran hindern, wieder zuzugehen? Nichts für ungut, aber sehr stabil sieht es ehrlich gesagt nicht aus.«

»Miss MacGregor, beurteilen Sie Sachen nicht immer so vorschnell. Unsere Techniker und Wissenschaftler sind nicht umsonst die Besten der Welt. Unterschätzen Sie nie den britischen Geheimdienst, denken Sie an Q!«

Grace zuckte gleichmütig mit den Schultern, sah jedoch nicht sonderlich überzeugt aus.

»Wollen Sie diesmal auch vorher die Wandfresken untersuchen?«

Ein erheitertes Lächeln huschte über ihr Gesicht, doch sie schüttelte den Kopf. »Diesmal haben wir ja auch keine andere Wahl, aber bitte, nach Ihnen!« Sie machte eine hoheitsvolle Handbewegung und trat zur Seite, um Jason vorbei zu lassen. Dawn drückte sich an ihr vorbei und erkundete vorsichtig die neue Umgebung. Dieser Raum sah auf jeden Fall viel einladender aus. Es war auch irgendwie heller hier drinnen. Und keine Spinnen weit und breit. So weit, so gut!

Sie bewegten sich umsichtig und langsam, immer auf der Hut vor etwaigen Gefahren. Man konnte ja nie wissen.

Doch nichts schien darauf hin zu deuten, dass sie in eine Falle liefen.

Plötzlich rauschte Jasons Funkgerät und Grace fuhr verängstigt zusammen. Sie hatte sich derart angestrengt konzentriert, nur nichts zu übersehen, und sich schon so an die unendliche Stille hier gewöhnt, dass das leiseste Geräusch ihr einen Schrecken bis ins Mark versetzte. Man konnte kaum etwas verstehen, das nervtötende Rauschen übertönte alles. Sie befanden sich wahrscheinlich zu weit in dem versunkenen Tunnelgemäuer, sodass sie kaum Signal und Empfang hatten. Doch eins konnte Grace klar und deutlich vernehmen – es handelte sich um Ireene. Sie wirkte sehr aufgeregt, irgendetwas stimmte nicht. Besorgt sahen sich Grace und Dawn an. Ireene schien zu schluchzen. Dann brach auch sogleich der Funkkontakt ab und es herrschte eisige Totenstille. Was war da bloß los? Jasons Blick verdunkelte sich, seine Miene wirkte wie versteinert. Als wüsste er genau, was MacGregor dachte, sagte er ernst: »Jetzt umzudrehen wäre sinnlos, tut mir leid. Ich weiß, Sie machen sich Sorgen. Ich ebenfalls. Aber wir sind schon zu nah dran. Lassen Sie uns den Schädel so schnell wie möglich finden, und dann nichts wie raus hier!«

Grace seufzte frustriert. Aber er hatte ja recht. Sie waren jetzt schon viel zu weit, um ohne den Kristallschädel umzukehren. Sie nickte beklommen und zwang sich schließlich, weiterzugehen. Nach einer engen Kurve blieb Jason plötzlich abrupt stehen. Er ballte die rechte Hand zur Faust und streckte den Arm angewinkelt nach oben. Hoppla, Grace wäre ihm beinahe hinten aufgelaufen und stoppte gerade noch im letzten Moment. Diese wichtige Geste, so hatte sie inzwischen gelernt, bedeutete ›Achtung, keine Bewegung!‹, also hielt sie wie erstarrt inne und wagte es nicht einmal, auch nur einen winzig kleinen Atemzug zu tätigen.

»Wahnsinn, sehen Sie das?«, flüsterte Dawn mit rauer Stimme.

Da Grace MacGregor viel kleiner war als er, konnte sie nicht einmal einen Blick über seine breiten Schultern werfen. Also zwängte sie sich an ihm vorbei und war schlichtweg sprachlos. Sie musste sich erst wieder sammeln und es schaffen, ihre heruntergefallene Kinnlade wieder hochzukriegen.

»O mein Gott«, wisperte sie mit belegter Stimme, »d-das ist unglaublich!« Die Archäologin kam aus ihrer Faszination fast überhaupt nicht mehr heraus. Der Anblick war einfach zauberhaft, geradezu magisch.

Ein Stückchen weiter vor ihnen drang ein kerzengerader Lichtstrahl durch ein kleines, quadratisches Loch in der Decke und fiel auf ein oval angelegtes Wasserbecken im Boden. Das Wasser glitzerte und leuchtete in einer absolut einzigartigen Farbe. Einem sanften, äußerst lebendigen Pink, das sich auf den gesamten Raum ausbreitete und seine Umgebung in ein spektakulär schillerndes Licht tauchte.

Sie hatten völlig unvermittelt das Heiligtum des unterirdischen, monumentalen Tempelkomplexes gefunden. Der zeremonielle, hallenartige Raum wirkte überdimensional im Vergleich zu den engen, niedrigen Stollen und kilometerlangen Tunnel, durch die sie sich mühsam gekämpft hatten.

Die Oberfläche der glatten Wände wies absolut keinen Makel noch Bearbeitungsspuren auf, die Architekten und Erbauer mussten wahre Genies auf ihrem Gebiet gewesen sein. In den ansonsten spiegelblanken Mauern ringsherum war auf etwa einem Meter Höhe eine durchgehende Zierleiste mit unzähligen, faustgroßen Köpfen eingearbeitet. Und keiner glich dem anderen, zumindest nicht auf den ersten Blick. Wenn Grace recht mit der Annahme hatte, waren sie im Gegensatz zum Gemäuer aus vulkanischem Tuffgestein. Links und rechts der künstlich angelegten und ziervoll gemauerten Wassergrotte, die das Zentrum des Allerheiligsten bildete, stand je eine riesige Monolith-Statue. Beide waren etwa acht Meter hoch und frontal ausgerichtet.

Grace mutmaßte aufgrund des rötlichen Farbtons, dass die präzise und detailverliebt herausgearbeiteten Stelen aus Sandstein bestanden, konnte sie ikonographisch jedoch nur schwer zuordnen. Sie waren mit keinen ihr bekannten präkolumbischen Kolossalstatuen vergleichbar und somit absolut einzigartig. Ihre langgezogenen Gesichter mit den übergroßen Augen wirkten erhaben und sollten wohl einen ermahnenden Eindruck vermitteln. Beide hielten eine Art Scheibe in Händen, die mit einem spiralförmigem Muster verziert war. Dawns und Grace' bewegte Blicke trafen sich erneut. Beide staunten und waren sich ihrer sensationellen und ruhmreichen Entdeckung mehr als bewusst, die die archäologische Fachwelt garantiert in Aufruhr versetzen würde.

»Glauben Sie, dass sich der Kristallschädel dort im Wasser befindet?«, fragte Jason, woraufhin Grace gedankenversunken nickte. Noch nie zuvor hatte sie eine so gut erhaltene, imposante Weihestätte gesehen, geschweige denn, pink leuchtendes Wasser. Die Professorin drängte sich schlussendlich ganz an Jason vorbei und ging schnurstracks auf die Leuchtquelle zu. Sie konnte einfach nicht ihre Augen von diesem unglaublichen Anblick nehmen, sie befand sich in eine Art willenlosem Zustand. Wie ferngesteuert oder besser gesagt in Trance schritt sie voran. Sie achtete nicht mehr auf die Umgebung und war wie fixiert auf das rosarote Licht. Sie wurde regelrecht magisch davon angezogen, als wäre sie einem Zauberbann unterlegen. Ein Fehler, wie sich herausstellen sollte. Ein Fehler, den die erfahrene Archäologin noch nie in ihrem Leben begangen hatte, wusste sie doch, wie wichtig es war, alle möglichen Gefahrenquellen auszuschließen, bevor man sich einem Schatz näherte. Ein Fehler, der tödlich hätte enden können.

Sie war schon beinahe so nah am Wasser, dass sie fast einen Blick hineinwerfen konnte. Ein Schritt noch, und sie könnte sehen, was sich in dem schillernden Wasserbecken befand. Und plötzlich, als sie mit ihrem Fuß den staubigen Boden berührte, fühlte sie einen kalten Lufthauch von links kommend. Es ging so blitzschnell, dass sie nicht imstande war, auch nur irgendwie zu reagieren. Sie vernahm einzig ein eigenartiges Pfeifen, wandte erschrocken ihren Kopf in die Richtung des Geräuschs, als sie mit einem kraftvollen Ruck nach hinten gezogen wurde. MacGregor konnte zuerst gar nicht sagen, was genau passiert war. Sie landete rücklings auf Jason. Sah, wie genau dort, wo sie eben noch gestanden hatte, Dutzende Pfeile klackernd in die Wand schlugen und zersplitterten. Die hätten sie voll erwischt. Das Ganze hatte sich innerhalb von Sekunden ereignet. Sekunden? Nein, Nanosekunden. Dawn musste ganz außerordentliche Reflexe haben, ging es der verstörten Archäologin bewundernd durch den Kopf. Während sie keine Chance gehabt hatte, auch nur ansatzweise zu reagieren, hatte er schon die Gefahr erkannt und gebannt.

Er hatte sie gerettet.

Jason half Grace, die augenscheinlich immer noch unter Schock stand, hoch und versicherte sich, dass ihr nichts geschehen war. Die Knie der blonden, zierlichen Frau wackelten und sackten beinahe wieder ein. Der Geheimagent fing sie auf und Grace umarmte ihn unvermittelt.

»Danke, danke, danke!«, wisperte sie mit beschlagener Stimme an seinen Hals, schlang ihre zitternden Arme um seinen durchtrainierten Rücken und kralle die Fingerspitzen in sein feuchtes T-Shirt, um nicht den Halt zu verlieren. Nur ihm hatte sie ihr Leben zu verdanken. Ihre eigene Blödheit hätte sie beinahe umgebracht! Wie hatte ihr so etwas nur passieren können? Sie klammerte sich noch immer an dem dunkelhaarigen Beau fest, während er ihr sanft über den Hinterkopf strich. »Ist ja alles gut! ... Schon gut, nichts passiert!« Seine samtige Stimme klang so beruhigend und fürsorglich. Welch Kontrast zu seinem sonst so schroffen, befehlenden Tonfall. Grace' Gefühle für den

Spion wurden immer tiefgehender und stärker. Sie fühlte sich so unendlich sicher und geborgen, wenn er in ihrer Nähe war. Er strahlte eine unerschütterliche Ruhe und Gefasstheit aus, die langsam auf sie abzufärben schien. Seine muskulösen Arme hielten sie eng umschlungen, sein warmer Atem streifte ihre erhitzte Wange. Sie spürte das sanfte, gleichmäßige Heben und Senken seiner Brust, während ihr Herz wie wild gegen die Rippen hämmerte, als wollte es schnurstracks zu ihm hinüberspringen und sich mit seinem verbinden. Sein Griff verstärkte sich noch ein bisschen, er presste sie richtiggehend an sich, was sie schließlich mehr und mehr entspannte. In diesem Moment empfand sie seine dominante, unerschütterliche Alpha-Macho-Mann-Art gar nicht so übel. Es war überaus beruhigend, zu wissen, dass er war, wer er war.

In seinen Schutz gewährenden Armen hatte sie sich erstaunlich schnell wieder gefangen und vom Schrecken erholt. Ihre Knie waren zwar noch immer ein bisschen wie Wackelpudding, doch das ließ sie sich nicht anmerken, denn diese Gefühlsregung schrieb sie eher seiner Gegenwart als ihrem Beinahe-Unfall zu. Sie ärgerte sich insgeheim über sich selbst. Was sollte er jetzt von ihr denken? Grace war ihre leichtsinnige Unachtsamkeit unheimlich peinlich, denn so kopflos agierte sie sonst nie. Niemals! Es passte einfach nicht zu ihr. Sie riss sich zusammen und löste sich allmählich aus der Umarmung. Jason hielt sie jedoch nach wie vor fest und sah sie prüfend an.

»Alles klar, geht schon wieder!«, versicherte sie ihm und versuchte, die erbärmliche Unsicherheit aus ihrer Stimme zu verbannen.

Jason nickte und streichelte abermals zärtlich über ihren Kopf. Und schon bekam Grace wieder weiche Knie. Aber diesmal wirklich aus einem ganz anderen Grund.

Nachdem sie es gründlich ausgeschlossen hatten, dass weitere Fallen auf sie warteten, beugten sie sich hinunter und blickten ins Wasser. Und dort war er. Der Grund, warum der kleine, angelegte See so schön pink leuchtete. Ein wunderschöner Rosenquarz-Kristallschädel. Endlich hatten sie ihn gefunden. Und er war wahrlich sagenhaft schön. Die pure Perfektion. Ebenmäßig geschliffen, in einem milchig-durchsichtigen Rosaton. Er wirkte eine minimale Nuance größer als ein Menschenschädel und hatte einen abnehmbaren Unterkiefer. Einer der singenden Schädel also.

Es schien, als genoss er den Lichtstrahl, der von oben durch die Decke drang. Er sog das Sonnenlicht regelrecht in sich auf und gab die Energie gleichzeitig wieder ab. Er vibrierte förmlich und strahlte eindeutig etwas Übersinnliches aus, so viel war klar.

Jason prüfte das Wasser mit einem Grace unbekannten Gerät. ›*Wohl wieder eins dieser ausgetüftelten, hochtechnologischen Geheimdienst-Teile*‹, dachte die Archäologie-Professorin.

»Glauben Sie, man kann ihn einfach herausnehmen, oder stürzt dann das Dach über uns ein?« Jason sah Grace mit einem kecken Grinsen herausfordernd an, und schien sich völlig unverhohlen über sie lustig zu machen.

»Geben Sie mir eine Minute, nur um auf Nummer sicherzugehen.« MacGregor sah ihm fest in die Augen und zwinkerte. So ein unachtsamer Fehler wie vorhin würde ihr bestimmt nicht noch einmal passieren. »Was schätzen Sie, wie schwer er wohl ist? So um die acht Kilo?«

Dawn stimmte nickend zu.

»Okay, dann werden wir ihn einfach austauschen. Da vorne habe ich ein paar kleinere Felsblöcke gesehen, könnten Sie mir einen etwa gleich schweren bringen?« Grace deutete in die Richtung, aus der sie gekommen waren.

Als der britische Spion wieder seine salutierende Handbewegung machte, konnte sich Grace ein Lächeln nicht verkneifen, während sie dem smarten Typen hinterherblickte.

Kaum war er weg, kam er flugs mit einem passenden Stein zurück und kniete sich neben die Archäologin.

»Sehr gut! Also dann, ganz langsam und vorsichtig ...« Grace' Gehirn arbeitete auf Hochtouren. Hatte sie irgendetwas übersehen? Eigentlich müsste es funktionieren. Sie konzentrierte sich, als sie ihre Hände, wie in Zeitlupe in das Wasser gleiten ließ und schließlich den Kristallschädel berührte. So weit, so gut. Sie holte ihn achtsam heraus, während Jason gleichzeitig den Stein auf dem Platz des Rosenquarzkopfes platzierte. Nichts geschah. Erleichtert lehnte sich Grace zurück und schenkte dem mystischen Schädel nähere Betrachtung. Er sah atemberaubend aus. Übernatürlich. Ein sehr markantes Gesicht, vor allem seine riesigen Augen stachen hervor. Anders als die bisherigen Kristallschädel, die Grace schon zu Gesicht bekommen hatte. Die Archäologin konnte sich nicht helfen, irgendwie sah der Schädel äußerst freundlich aus. Auch wenn sich das blöd anhörte, aber sie fand ihn auf Anhieb sympathisch und lächelte ihn zufrieden an.

»Ich muss Ihre traute Zweisamkeit leider unterbrechen!«, grinste Jason und nahm den Schädel an sich. Auch er sah kurz in das Antlitz des Kristallschädels und Jasons Miene wurde augenblicklich entspannter. Irgendetwas musste der Schädel also wirklich ausstrahlen.

Jason steckte ihn mit größter Vorsicht in seinen gut gepolsterten Rucksack und wirkte sichtlich zufrieden.

»Mylady!« Er reichte Grace seine Hand und half ihr schwungvoll hoch. »Nichts wie raus hier!«

»Nichts lieber als das!«, strahlte sie ihn an.

Kapitel Dreizehn

»Vorwärts, MacGregor«, raunte er ihr in harschem Tonfall über die Schulter hinweg zu, ohne auch nur den Blickkontakt mit ihr zu suchen. Grace schnaubte erbost.

Es wurmte sie gewaltig, wenn er in schroffer Kommandosprache mit ihr redete – sie war Archäologin und keine seiner Untergebenen. Aber sie hatten ja tatsächlich keine Zeit zu verlieren, also tat sie ihr Bestes, sein Tempo zu halten, als sie sich am Seil entlang den Weg aus dem Dunkel der Höhle tastete. Das war allerdings kein Leichtes, denn ihre zittrigen Knie und Beine waren noch immer wie Wackelpudding. So sehr sie auch versuchte, die beklemmenden Gedanken an ihre gerade erlebte Nahtoderfahrung zu verdrängen, der Schreck saß einfach zu tief. Beinahe hätte MacGregor nämlich für ihre dämliche Unachtsamkeit mit dem Leben bezahlt. Nur ein falscher, unvorsichtiger Schritt, und sie wäre von tödlichen Giftpfeilen durchbohrt worden. Ihr schlug das Herz bis zum Hals und ein kalter Schauer lief über ihren Rücken, als sie die Minuten zuvor erlebte Szene Revue passieren ließ. Alles war so blitzschnell gegangen: Ein Knacksen unter ihren Füßen, ein leichter Windzug, das Pfeifen der heranschießenden Pfeile, Jason, der sie mit einem Ruck in letzter Sekunde zurückzog, und das Geräusch, als die Pfeilspitzen an der Wand zerschellten. Er hatte ihr das Leben gerettet. Die junge Professorin schüttelte sich wie ein nasser Hund. Hätten sie nicht unter derart enormem Zeitdruck gestanden, wäre ihr so ein fataler Fehler niemals unterlaufen. Sie hatte noch die beunruhigenden Worte des Beobachtungspostens im Ohr, der ihnen mitteilte, dass ihre Gegenspieler ebenfalls in Guatemala gelandet waren. Das war das Letzte, was sie gehört hatten, bevor der Funkkontakt abgebrochen war. Diese verdammte Söldnergruppe hatte es ebenso auf den wertvollen Schatz abgesehen, den Grace und Jason gerade tief im Innersten, im Allerheiligsten des Mayatempels gefunden hatten. Beide stolperten den Lichtstrahlen entgegen aus der finsteren Höhle und wurden draußen von der beeindruckend lauten Geräuschkulisse des Regenwaldes willkommen geheißen. Die lustigen Laute der Brüllaffen, das Schreien der vielen exotischen Vögel, das Zirpen von Insekten, ein schöner Kontrast zu der beklemmenden Totenstille der Höhle. Am verwachsenen, unscheinbaren Ausgang des Tunnels angelangt, hielt Grace kurz inne und freute sich über die kleine Verschnaufpause, während Jason die Lage sondierte. Alles schien unverändert, nichts deutete darauf hin, dass sie entdeckt worden waren. Grace seufzte voller Wonne. Nicht nur die kurze Rast tat ihr unheimlich gut, noch mehr genoss sie es, den athletischen Geheimagenten in Ruhe zu beobachten. Sie ließ ihren schmachtenden Blick über seinen knackigen Körper gleiten und biss sich voller Bewunderung auf die Unterlippe. Ein breiter, äußerst muskulöser Rücken zeichnete sich unter seinem durchnässten T-Shirt ab, sein sexy Hintern faszinierte sie nicht minder. Dawn war so verdammt heiß.

»Die Luft ist rein. Vorwärts!« – Da war er wieder, der befehlende Unterton, der MacGregors Blut zum Kochen brachte. Sie konnte gar nicht so schnell schauen, da war er auch schon losgerannt. Wunderbar. Dynamisch war er, das musste sie ihm lassen, aber an seinen Manieren musste er eindeutig noch feilen. Wie auch immer, Grace heftete sich an seine Fersen. Auch wenn die Erschöpfung sie bald zu übermannen drohte, ihre Beine immer schwerer wurden und die verdammte Tropenhitze ihr Übriges tat, zwang sich Grace dazu weiterzulaufen. Sie hetzten durch die Vegetation, die ein üppiges Grün in jeder möglichen Schattierung bot, und kämpften sich mit einem Buschmesser den Weg durch das dichte Unterholz. Äste, Blätter und anderes Gestrüpp schlugen gegen ihre Beine und Arme und hinterließen unschöne Kratzspuren. Sie waren mitten im Herzen von El Petén, irgendwo im Nirgendwo. Es fühlte sich beinahe so an, als hätte der Urwald sie verschluckt. Mächtige Baumriesen, Palmen, Farne, Regenwald par excellence. Jason Dawns Blick schweifte immer wieder zu seinem iPhone, auf dem er zuvor die Koordinaten der Zurückgelassenen abgespeichert hatte. Allzu weit entfernt dürften die beiden laut GPS nicht mehr sein. Grace hoffte, dass sich ihre beiden Kollegen immer noch sicher in ihrem Versteck befanden und es ihnen den Umständen entsprechend gut ging. *›Wenigstens hatte der verletzte Astrophysiker mit Ireene eine versierte Ärztin an seiner Seite‹*, dachte Grace.

Sie hatten gerade die kleine Lichtung erreicht, als ihnen das furchterregende Gebrüll einer Raubkatze durch Mark und Bein ging. Erschrocken sah Grace zu Jason auf. Sekunden später ertönte ein erneutes Brüllen. Jaguare. Es klang noch tiefer. Noch lauter. Und noch viel näher. Grace umklammerte Jasons Hand und drängte sich näher an ihn. Wie war das mit dem schwarzen Wächter? Die Archäologin versuchte sich die Indianer-Legende zurück ins Gedächtnis zu rufen, als sie etwas anderes hörten. Einen gespenstischen, unidentifizierbaren Laut, der im Rauschen des plötzlich aufkommenden Windes unterging. Der Geheimagent versuchte, seine ernste Miene etwas zu lockern, und schenkte Grace ein aufmunterndes Zwinkern. Der Abglanz eines halbherzigen, matten Lächelns erschien auf seinem Gesicht, doch es erreichte seine Augen nicht. Er strich ihr sanft über die Wange, drückte ihr dann abrupt den Rucksack in die Hand und deutete Grace, in Deckung zu gehen. Dawn steckte sein Messer, das eher einem kurzen Säbel glich, ein und zog eine Pistole aus seinem Brusthalfter. Grace erkannte, dass die Glock sowohl mit einer grellen Lampe, als auch mit einem roten Laserpointer ausgerüstet war. Ja, mit diesem Mann konnte man sich selbst in solch einer angsteinflößenden Situation wie dieser sicher fühlen. Wobei, hätte sie die Waffe in ihren eigenen Händen gehalten, wäre ihr um einiges wohler zumute gewesen. Sie kauerte sich auf den mit Farn bewachsenen Boden und blickte Jason nach, der sich einige Meter entfernte und schließlich im Dunkel des Regenwaldes verschwand. Nun war sie vollkommen allein, unbewaffnet und schutzlos. Hätte er ihr nicht wenigstens das Messer überlassen können?

Minuten vergingen.

Mit Schaudern bemerkte MacGregor, dass alles um sie herum plötzlich verstummte. Nichts war mehr zu hören. Nicht einmal die dschungelüblichen Laute, an die sich Grace schon so gewöhnt hatte – absolut nichts. Alles war von einer Sekunde auf die andere still. Eine angsterfüllte Schwere lag in der Luft, Grace konnte die Gefahr förmlich spüren. Sie schloss die Augen und hielt den Rucksack fest an sich gedrückt. Sie hatte das Gefühl, als würde jede einzelne Nervenzelle ihres angespannten Körpers vor Alarmbereitschaft sirren. All ihre Sinne schienen mit einem Schlag geschärft, ihr Instinkt riet ihr zu Fight-or-Flight. Grace wog ihre Chancen ab, die jedoch alles andere als gut standen. Weglaufen, schön und gut, aber wohin? Kämpfen, gegen wen? Blieb vielleicht noch Alternative C: verstecken.

In Ermangelung eines besseren Plans machte sie sich so

klein sie konnte und lauschte in die Stille hinein. Im Gebüsch neben ihr war ein leises Rascheln zu hören, Äste knacksten – jemand oder etwas näherte sich. Voller Angst riss Grace die Augen auf und erschauderte. Starr vor Entsetzen blieb ihr der Schrei im Hals stecken, sie blickte direkt in den Lauf eines Gewehres. Ein lateinamerikanischer Mann in einem alten, abgewetzten Camouflageanzug fuchtelte mit dem Gewehr vor ihrer Nase herum. Er deutete ihr ziemlich unmissverständlich, aufzustehen.

»Aquí! La he encontrado!«

Als Grace MacGregor sich nicht zu bewegen wagte, zog er sie grob am Ellenbogen hoch und schupste sie unsanft vor sich her.

Wo war Superman, wenn man ihn brauchte?

Schon nach wenigen Metern stießen sie auf eine ganze Gruppe Menschen. Ihre Furcht verwandelte sich in Ärger. Sie erkannte drei Personen: eine große Frau mit einem schwarzen, kurzen Bobhaarschnitt und zwei Männer, die genau so aussahen, wie sie beschrieben worden waren. Einer stämmig, mit Vollbart. Der andere schlaksig und rotblond. Tja, und ganz offensichtlich hatte sich das Trio infernale eine Kampftruppe aus einheimischen Guerillas zusammengestellt. Neben dem vermeintlichen Bilderberger-Pulk zählte Grace fünf Lateinamerikaner im Kampfanzug. Der Typ hinter ihr war Nummer sechs. Und dort weiter hinten trat ein siebter Mann aus dem Unterholz hervor. Insgesamt also zehn schwer bewaffnete Personen. Als sie näher kam, bemerkte Dr. MacGregor, dass die ohnehin schon missliche Lage noch um einiges schlimmer war als angenommen. Sie entdeckte Ireene Green und Dr. Xiang Hu geknebelt und Rücken an Rücken aneinandergefesselt unter einem Baum kauernd.

Wie konnten sie hier nur wieder herauskommen? Von Jason war weit und breit nichts zu sehen, hoffentlich schmiedete er gerade einen ausgeklügelten Plan.

Der Mann hinter ihr stieß Grace so heftig, dass sie vor der süffisant grinsenden Frau zu Boden fiel. Dr. MacGregor kochte vor Wut. Sie rappelte sich wieder auf und funkelte ihre Kontrahentin mit zornigem Blick an. Grace versuchte, so aufrecht zu stehen, wie sie nur konnte, und hielt ihr Kinn provokant nach vorne gerichtet. »Sofija«, begrüßte sie ihre alte Bekannte knurrend und verzog ihren Mund zu einem angriffslustigen Lächeln.

»Grace MacGregor! So sieht man sich also wieder«, sagte die Frau mit slawischem Zungenschlag. »Wo ist der Mann?«

Grace, die als Teenager unbedingt Schauspielerin hatte werden wollen und auch eine der Besten in ihrem Theaterkurs gewesen war, versuchte ihr Talent von damals wiederzubeleben. Sie schaute zu Ireene und Xiang, versuchte an ein trauriges Ereignis zu denken, und schaffte es tatsächlich – Tränen standen ihr im Handumdrehen in den Augen und kullerten schließlich in einem Rinnsal ihre Wangen hinunter. Sie ließ den Kopf beklagenswert hängen und schluchzte. Ein melancholisches Kopfschütteln, untermalt von tränengebeuteltem Schniefen. Sie bot eine wirklich theatralische Vorstellung und lief nach und nach zur Hochform auf. Sie musste Zeit schinden und es schien zu funktionieren. Ireene war die Bestürzung sofort anzumerken, sie schlug sich die gefesselten Hände vor den Mund und ihre glasigen Augen füllten sich ebenfalls mit Wasser.

Grace richtete ihren Blick betroffen zu Boden, wischte sich die Tränen ab und erzählte in weinerlicher Stimme, dass Jason, als sie die Höhle betreten hatten, von zwei Giftpfeilen in die Brust getroffen worden war. Minuten später war er tot gewesen. MacGregor machte zwischendurch immer wieder eine künstlerische Pause und ließ ihre Worte wirken. Sie zitterte und wurde von Weinkrämpfen geschüttelt. Die blonde Archäologin berichtete, dass der Zugangstunnel unzugänglich gewesen sei und es einen anderen

Eingang geben musste. Sie verfluchte die ganze Suche und sagte, sie wünsche sich nichts mehr, als endlich wieder zu Hause zu sein. Sie redete und redete, bis ihr Wortschwall bald überhaupt keinen Sinn mehr ergab. Grace wirkte, als stünde sie schwer unter Schock und wäre nicht mehr ganz zurechnungsfähig. Sie war begeistert von sich selbst. Für ihre mustergültige schauspielerische Darbietung hätte sie einen Oscar verdient. Sie hoffte inständig, dass sie Jason dadurch etwas Zeit verschaffen konnte, um einen Plan für ihre Rettung zu schmieden. ›*Langsam könnte er wirklich in Aktion treten*‹, dachte Grace flehentlich, denn sie wusste nicht, wie lang sie ihre Kontrahenten noch ablenken konnte.

Wenigstens kam keiner der Anwesenden auf die eigentlich naheliegende Idee, ihren Rucksack zu kontrollieren, in dem sich der kostbare rosafarbene Kristallschädel befand. Grace bemühte sich, ihn so zu halten, als wäre er nicht von Bedeutung. Und als wäre er nicht so schwer, was nicht gerade leicht war, da ihr Arm allmählich lang wurde.

Einer der Typen schnauzte sie genervt an, endlich still zu sein und verwickelte die anderen in eine hitzige Diskussion. Grace schluchzte etwas leiser vor sich hin und nutzte die Gelegenheit sich unauffällig umzublicken.

Und wirklich, aus dem Augenwinkel heraus nahm sie eine Bewegung im Gebüsch wahr. Während sich das ungleiche Trio offensichtlich über ihren, Dr. Greens und Dr. Hus weiteren Verbleib und dessen äußerst fragwürdige Notwendigkeit berieten, sah Grace, dass etwas großes Schwarzes durch das Dickicht strich. Sie war sich nicht ganz sicher, was genau sie da sah. Vielleicht spielten ihr auch nur ihre Gedanken einen Streich. Wahrscheinlich. Oder war es das, was Grace annahm zu sehen? War es ein schwarzer Panther, der sich auf leisen Pfoten durch das Unterholz bewegte? Konnte ein Panther denn dermaßen groß sein? Grace wurde kreidebleich. Sie erwog den irrsinnigen Gedanken, vielleicht ihren Geiselnehmern mitzuteilen, dass sie in höchster Gefahr schwebten. Verwarf die Idee aber gleich wieder. In einem Anflug von Sarkasmus stellte sie fest, dass sie ihr Glück lieber mit dem Jaguar versuchte, als von ihren eiskalten Gegenspielern hingerichtet zu werden. Es handelte sich ja letzten Endes auch nur um eine Katze.

Genau in diesem Moment überschlugen sich die Ereignisse. Gerade als der Stämmigere der beiden Typen der schwarzhaarigen, aparten Frau zuraunte ›Sofija, die Kleine da gehört dir, ich kümmere mich um die anderen beiden!‹ und sein Sturmgewehr auf Xiang richtete, erspähte Grace Jason, der ihr zunickte und mit seiner Kanone auf den bewaffneten Gegner zielte. Auf Dawns Zeichen schlug Grace dem Guerilla-Typen, der so dicht hinter ihr stand, gezielt mit dem rechten Ellenbogen zuerst auf den Solarplexus und in Sekundenschnelle hatte er auch ihren spitzen Ellenbogen im Gesicht, während sie ihrer Ex-Kommilitonin fast zeitgleich einen Vorwärtstritt in die Bauchgegend versetzte. Sie hörte einen Schuss, konnte aber nicht zuordnen, wer ihn abgefeuert hatte. MacGregor wirbelte herum und schleuderte dem Lateinamerikaner eine Gerade ins Gesicht, gefolgt von einem Sidekick ans Knie und unter das Kinn. So, der war erst mal außer Gefecht gesetzt. Grace wandte sich wieder Sofija zu, die schon vom Boden aufgestanden war und sie spöttisch und feindselig anfunkelte. Sie sprang Grace entgegen und versetzte ihr einen Roundhouse Kick, der wohl eigentlich ihren Hals hätte treffen sollen. Grace aber reagierte schnell und zog ihre Schulter so weit wie möglich hoch und hielt ihren Unterarm schützend vor den Kopf. Somit traf der Kick nur ihre rechte Schulter und Grace taumelte ein paar Schritte nach links, bevor sie sich im Kreis drehte und mit dem rechten Bein zu ebendiesem Kick ausholte. Sie ließ dem gekonnten Fußtritt einen linken Haken folgen, wurde aber aufgrund mangelnder Deckung von einer Geraden auf ihr linkes Auge getroffen. Ihr Adrenalinspiegel war so hoch, dass die zierliche Grace den Schmerz kaum spürte.

MacGregor war so konzentriert auf den Zweikampf, dass sie nicht wahrnahm, welches Gemetzel sich um sie herum abspielte. Doch ohrenbetäubendes Gebrüll, Knurren und wildes Geschrei ließen die beiden kurz innehalten. Geschockt sahen sie, dass ein schwarzer Panther und zwei große Jaguare die Männer attackierten. Von den sieben Guerilleros waren nur noch vier zu sehen, einer lag unter einem sandfarbenen, wunderschön gemusterten Jaguar, der gerade zu einem tödlichen Biss ansetzte und seine gebleckten Zähne in das Fleisch des Typen jagte. Einem anderen wurde mit einem Prankenhieb das Gewehr aus der Hand geschlagen. Er sackte mit tiefen Kratzwunden im Gesicht und am Körper in sich zusammen. Grace riss sich von dem blutigen Anblick los, versetzte ihrer noch immer wie angewurzelt dastehenden Kontrahentin einen Uppercut und setzte sie schlussendlich mit einem letzten Handkantenschlag außer Gefecht. Dr. MacGregor versuchte, kurz zu verschnaufen. Sie fühlte sich erschöpft. Eigentlich war Grace fit und durchtrainiert, doch die Anstrengung eines Zweikampfes war mit ihren schweißtreibenden Tae-Bo-Stunden nicht zu vergleichen. In dem Moment, als sie sich nach den anderen umsehen wollte, wurde Grace plötzlich von einem dumpfen Schlag auf den Hinterkopf niedergestreckt. Sie lag am Boden und fasste sich schmerzerfüllt an den Kopf. Sie rollte sich herum und gerade als sie sah, dass jemand über ihr den Finger am Abzug des Gewehres hatte und auf sie zielte, hörte sie ein angsteinflößendes Knurren hinter dem Lateinamerikaner. Er drehte sich um, doch es war schon zu spät. Der anmutige schwarze Panther setzte zum Sprung an und biss dem mordlustigen Guerillero gezielt in die Kehle. Das Blut spritzte wie aus einer Fontäne. Grace, die die Szene wie gelähmt beobachtete, sah, wie der Panther von dem Kämpfer abließ und geschmeidig auf sie zuschritt. Sie versuchte rücklings wegzurobben, kam aber nicht weit. Ihre Kräfte verließen sie. Grace Love MacGregor lag hilflos auf dem erdigen Boden und wagte es nicht, ihre Augen von dem Panther zu nehmen. Die Zeit verging wie in Slow Motion. Sie nahm die schrecklichen Kampfgeräusche um sich herum wahr und wusste, dass ihr höchstwahrscheinlich niemand zu Hilfe kommen würde. Der schwarze Jaguar stand bereits über ihren Beinen. Er blickte ihr direkt in die Augen, kräuselte die Schnauze und riss das Maul weit auf. Er brüllte. Grace konnte fast jeden einzelnen seiner messerscharfen Zähne sehen und bekam Einblick bis in seinen Schlund. Das sollte nun das Ende sein? So hatte sie es sich eindeutig nicht vorgestellt.

Von einer Sekunde auf die andere verspürte Grace keine Angst mehr. Auf unerklärliche Weise fühlte sie sich mit dem Jaguar verbunden. Sie blickte das wunderschöne, majestätische Tier an und redete sanft mit ihm. Was hatte sie schließlich schon zu verlieren? Der Panther spürte ihre Ruhe und schaute sie an, als würde er durch sie hindurch sehen. Dann beäugte er den Rucksack neben Grace und stupste ihn behutsam mit seiner Schnauze an. Er hatte ein bedeutungsvolles Funkeln in den gelbgoldenen Augen. Grace verstand und nahm den kalten, rosafarbenen Schädel aus dem Rucksack und hielt ihn dem Panther vor die Nase. Das nachtschwarze Tier beschnupperte den Rosenquarz und wandte sich dann wieder der Archäologie-Professorin zu. Die große Raubkatze neigte den Kopf, als wollte sie Grace beim Aufstehen helfen. Dr. MacGregor nahm die Hilfe zögerlich an und zog sich am muskulösen Nacken des Tieres hoch. Sie tätschelte seine Schulter und war gefangen in der Magie des Augenblicks. Ein etwas weiter entferntes Fauchen gefolgt von einem angsterfüllten Gemurmel riss Grace aus ihrer Faszination. Ihr Blick fiel auf das noch immer gefesselte Duo. Ireene hatte in Todesangst weit aufgerissene Augen, ihr Kollege schien gar bewusstlos. Vor ihnen stand ein Jaguar, der sich anscheinend nicht sicher war, was er mit den beiden anfangen sollte. Er duckte sich, fauchte ohrenbetäubend, stapfte mit beiden Vorderpfoten heftig auf und scharrte in der Erde.

»Nein, nicht!«, rief Grace erschrocken und lief, flankiert von dem schwarzen Panther, zu den Gefesselten. Sie stolperte dabei über zwei blutverschmierte Leichen im zerfetzten Armeeanzug und musste sich überwinden, den starken Drang, sich zu übergeben, zu unterdrücken. Der Panther neben ihr brüllte einmal kurz, und sogleich ließ der andere Jaguar von Ireene und Xiang ab und trottete eleganten Schrittes davon. Ireene weinte bitterlich und konnte anscheinend nicht glauben, dass sie noch lebte. Grace nahm ihr den Knebel ab und versuchte, die Fesseln zu lösen, scheiterte jedoch an dem fachmännisch gebundenen Knoten. Sie klopfte auf Xiang Hus schweißverklebte Wange, bis er endlich die Augen aufmachte und mitleiderregend stöhnte. Als er den riesigen Panther hinter Grace erblickte, verdrehte er die Augen, bis man fast nur noch das Weiße sah, und drohte abermals ohnmächtig zu werden. Grace spritzte ihm Wasser aus einer Feldflasche ins Gesicht und redete mit beruhigenden Worten auf ihn ein. Als er endlich wieder halbwegs zur Besinnung gekommen war und Ireene sich ebenfalls wieder einigermaßen im Griff hatte, machte sich Grace auf die Suche nach einem Messer oder dergleichen, um die beiden von ihren Fesseln zu befreien. Sie ging zielstrebig auf einen der getöteten Guerilleros zu, je näher sie kam, desto mehr verlangsamte sich ihr Schritt. Grace versuchte, nicht auf das entstellte Gesicht und die tiefen, klaffenden Wunden im Fleisch des Mannes zu schauen, was kein leichtes Unterfangen war. Angeekelt hielt sie sich eine Hand vor den Mund, ging in die Knie und zog mit einem Ruck ein Messer aus seinem Gurt.

Da fiel ihr Jason ein. In der Aufregung hatte sie ihn beinahe vergessen. Grace suchte verzweifelt die kleine Lichtung nach Dawn ab, konnte ihn aber nirgends ausmachen. Sie hoffte inständig, dass er nicht einer der am Boden liegenden Leichen war. Sie konnte weder ihn, noch die beiden Bilderberger-Marionetten entdecken. Grace ließ das Buschmesser in blanker Panik fallen, befahl dem Panther, er solle auf die beiden Gefesselten aufpassen und eilte an das andere Ende der Lichtung, von wo sie kämpferische Geräusche wahrnahm. Sie folgte dem immer lauter werdenden Stimmengewirr, war bald wieder von den mehr als fünfzig Meter hohen Bäumen umzingelt und kämpfte sich unermüdlich durch das unwegsame Dickicht, blieb dann aber abrupt stehen. Es war nicht Jasons Stimme, die sie da vernahm. Wartend ging sie hinter einem Baum in Deckung und beobachtete, wie der stämmige Vollbarttyp etwas aus einem Loch zu ziehen versuchte. Grace pirschte sich etwas näher heran, um besser erkennen zu können, was genau da vor sich ging. Sie verstand nicht, was der dunkelhaarige Schlägertyp redete, das Einzige, was sie glaubte, herauszuhören, war ›Thomas‹. Immer wieder wiederholte er schwer atmend den Namen, gefolgt von plumpem, unverständlichem Gemurmel.

Grace war inzwischen ganz nah dran und sah, dass Thomas, der rotblonde Typ des Trios, an der Hand des anderen hing und langsam, aber sicher aus einer Vertiefung herausgezogen wurde. Das Loch war also eine heimtückische, auf den ersten Blick unsichtbare Falle, in die er anscheinend gestürzt war, mutmaßte MacGregor. Sie war sich nicht sicher, aber erkannte sie da noch eine Hand, die sich an den Rand des Loches klammerte? Als Thomas wieder sicheren Boden unter den Füßen hatte, klopfte er seinem Retter auf die Schulter und lachte höhnisch. Dann trat er auf die aus dem Loch herausragende Hand. Jasons Schmerzensschrei fuhr Grace durch Mark und Bein.

Sie musste ihm helfen, aber wie? Der dunkelhaarige, bärtige Amerikaner richtete sein Gewehr auf Jason, der andere stand noch immer auf seiner Hand. Grace musste handeln, und zwar schnell. Plötzlich spürte sie etwas Weiches, Kuschliges, das ihren Arm streifte. Der schwarze Panther!

Gemeinsam stürmten sie los. Der Überraschungseffekt war auf ihrer Seite. Die Raubkatze sprang den großen Mann mit Vollbart an, während sich Grace dem schlaksig wirkenden Thomas stellte. Sie wollte ihm einen Tritt in den Bauch versetzen, doch er fing ihr Bein ab, sodass Grace nichts anderes übrig blieb, als sich auf die Seite fallen zu lassen und ihm mit einem Schwung gegen seinen Knöchel aus dem Stand zu hebeln. Er landete neben Grace auf dem Boden und sie schmetterte ihm in Sekundenschnelle mit voller Wucht den Ellenbogen ins Gesicht.

»Adiós, amigo!«, sagte Grace in einem abfälligen und sarkastischen Tonfall. Dann hechtete sie zu der Grube, landete auf dem Bauch und versuchte, Jasons Hand zu erwischen, der inzwischen durch den abbröckelnden Rand weiter abgerutscht war. Endlich hatte sie eine Hand fest im Griff, mit der anderen hielt sich Jason an einer Wurzel fest. »Gib mir die zweite Hand. Komm schon!« Die zierliche Dr. MacGregor lag flach auf dem Boden und hatte alle Mühe, nicht selbst abzurutschen. Die Erde unter ihr war ziemlich locker. Gerade als sie seine zweite Hand zu fassen bekam, gab der Untergrund etwas nach und sie sackte ein kleines Stück mit bergab. Wie sollte sie es schaffen, ihn hochzuzic hen, wenn sie schon fast mit dem ganzen Oberkörper hinunterhing? Die Grube war ziemlich tief und am Grund machte Grace messerscharfe Speerspitzen aus, die aus dem Boden hervorragten. MacGregor versuchte verzweifelt mit ihren Füßen Halt zu finden und all ihre Kraft zu mobilisieren, um Jason Stück für Stück an die Oberfläche zu hieven. All ihre Muskeln waren angespannt, doch sie schaffte es kaum, Dawn auch nur einen Zentimeter nach oben zu bewegen.

»Lass los, sonst fallen wir beide!«, hustete Jason, dessen ganzes Gesicht von Erde verdreckt war.

»Das kannst du ... vergessen, hörst du!« Grace hatte alle Mühe, überhaupt auch nur ein Wort herauszubringen. Plötzlich fühlte sie heißen Atem auf ihren Rücken, ein leises Schnauben, jemand packte ihren Rucksack und zog Jason und sie Zentimeter für Zentimeter aus der Grube. Grace drehte den Kopf und konnte nicht glauben, was sie da sah. Sie hatte schon viele abgedrehte Dinge erlebt, aber das war schon an der Grenze des Unfassbaren. Der schwarze Panther hatte den Gürtel des Rucksackes zwischen den Zähnen und zerrte die beiden fast mühelos nach oben. Als MacGregor sich wieder Jason zuwandte, blickte sie in ein ebenfalls erstauntes, ungläubiges Gesicht. Grace musste sich ein Grinsen verkneifen. Er mag ein abgebrühter Agent für Außergewöhnliches sein, aber diese Szene erschien selbst ihm bizarr.

Sobald er festen Boden unter sich hatte, rollte sich Jason schwer keuchend auf den Rücken. Er sagte kein Wort. Grace sank ebenfalls erschöpft neben ihm auf die Wiese und schloss völlig entkräftet die Augen. Sie musste die Erlebnisse noch kurz verarbeiten. Wenn sie jemandem davon erzählen würde, würde ihr wohl niemand auch nur ein einziges Wort glauben, so sonderbar und verrückt war das Ganze.

Sie stand auf und streichelte den Kopf der großen, schwarzen Katze. Jetzt hatte sie ihr schon zwei Mal das Leben gerettet. Als Grace sah, dass Jason sie fassungslos anblinzelte, reichte sie ihm die Hand und zog ihn hoch.

»Wir müssen Ireene und Dr. Hu befreien!«, forderte sie ihn auf und machte einen flinken Wink mit dem Kopf in Richtung der beiden.

Dawn jedoch begutachtete erst die Raubkatze aus sicherem Abstand und traute dem Ganzen nicht recht. Man sah ihm an, dass er größten Respekt vor dem gefährlichen und sogleich wunderschönen Geschöpf hatte.

Er schüttelte entgeistert den Kopf, ehe er sie wieder ansah. »Wie um alles in der Welt haben Sie das denn geschafft? Ich dachte, es wäre Ihr Ende, als ich aus dem Augenwinkel heraus gesehen habe, wie der Panther Sie und den Latino auf der Lichtung angesprungen hat!«

»Sein Ende war es tatsächlich!«, sagte Grace trocken und schüttelte sich, als sie an die blutige Szene dachte.

»Hatten Sie denn gar keine Angst?«

»Wovor denn? Ist doch nur eine etwas größere Katze!«, grinste Grace cool und tätschelte die Schulter des prachtvollen Tieres. Der nachtschwarze Panther wich der tierfreundlichen Archäologin nicht von der Seite. Es schien, als gäbe er ihr Geleitschutz.

Jason Dawn schüttelte abermals fassungslos den Kopf, schwieg aber für den Rest des Weges. Anscheinend musste auch ein so hartgesottener Special Agent wie Dawn das eben Erlebte, dessen Ausmaße um einiges kurioser waren, als er jemals für möglich gehalten hätte, erst mal sacken lassen.

Kapitel Vierzehn

Als sie die Lichtung betraten, sah sich Jason nach Überlebenden um, während Grace Dr. Green und Dr. Hu endlich von ihren Fesseln befreite. Xiang Hu sah ziemlich verstört aus, die Anwesenheit des schwarzen Panthers schien ihn zusätzlich zu verwirren. Dawn knebelte und fesselte Sofija, die eben zu sich gekommen war, bei den anderen auf der Lichtung liegenden Körper der Guerilleros konnte er nur noch den Tod feststellen. Er schleifte den an der Grube von Grace k. o. geschlagenen Thomas zu der kleinen Waldwiese, fesselte ihn ebenfalls und versuchte anschließend, die ukrainische Schatzjägerin Sofija zu verhören.

Ireene versorgte indes noch einmal Dr. Hus verstauchten Fuß und gab ihm Baldriantropfen zur Beruhigung.

Grace begutachtete ihre mit Schürfwunden und Schrammen übersäten Arme und Beine, besonders das rechte Knie hatte es schlimm erwischt. Gar nicht zu reden von den Ellenbogen, die würden wohl große blaue Flecken davontragen. Auch ihre rechte Hand, mit der sie einige Schläge ausgeteilt hatte, schmerzte und pochte und war etwas geschwollen. Zumindest konnte sie alle Finger ohne allzu großen Schmerz bewegen, sie schienen also nicht gebrochen zu sein, wie sie erleichtert feststellte.

Jason brach das Verhör ab, aus der skrupellosen, eiskalten Frau war kein Wort herauszubringen. Weder wer ihr Auftraggeber war, noch woher sie gewusst hatten, wo sich Dawns Trupp befand. Alles, was sie tat, war, ihm Schimpfwörter an den Kopf zu werfen. Auf Russisch natürlich. Dawn riss alsbald der Geduldsfaden und er knebelte sie wieder. Er stellte sich etwas abseits der Gruppe zur Baumgrenze, zog sein Satellitentelefon aus der Tasche und telefonierte. Grace versuchte zu lauschen, verstand aber kaum ein Wort. Wahrscheinlich redete der Agent wie üblich in geheimen Codewörtern.

Die goldgelben Augen des schwarzen Panthers funkelten Grace bedeutungsvoll an. Er verabschiedete sich mit einem extrem lauten, aber gutmütig klingenden ›Raawww‹. Grace MacGregor verneigte demutsvoll ihr Haupt vor dem erhabenen Tier und hauchte ein leises ›Danke!‹. Sie blickte den drei anmutigen Jaguaren nach, bis sie auf leisen Pfoten im Dickicht des Regenwaldes verschwanden.

»Auf zu den Motorrädern!«, posaunte Dawn brüsk mit befehlendem Unterton und klatschte in die Hände. Von einer kleinen Verschnaufpause hatte er wohl tatsächlich noch nie etwas gehört. Grace, Ireene und Xiang, die alle erschöpft am Boden saßen, blickten müde zu Jason auf.

»Ausruhen können wir uns dann im Helikopter! Los, los!«, scheuchte er die Truppe auf und ließ erkennen, dass er so etwas wie Gnade nicht kannte.

»Und was ist mit den beiden? Die können wir hier doch nicht einfach zurücklassen …«, fragte Grace und deutete auf die beiden geknebelten Kontrahenten.

»Die werden bald abgeholt, hab schon alles veranlasst«, erwiderte Jason gelassen und klatschte erneut in die Hände. »Los!«

»Ich kann aber unter keinen Umständen das Motorrad

lenken!« Xiang schaute Hilfe suchend und beinahe flehend in die Runde. Auf sein Gesicht glitt ein schmerzerfüllter Ausdruck, als er ein paar Schritte zu gehen versuchte.

»Das war zu befürchten! Kommen Sie!« Jason legte Dr. Hus linken Arm um seine Schulter und stützte das humpelnde Wissenschaftsgenie.

»Ich kann das auch nicht. Sie wissen, dass ich nicht mal einen KFZ-Führerschein habe. In jungen Jahren habe ich einziges Mal versucht, mit einem Quad zu fahren. Das Vergnügen endete schon nach wenigen Metern – in einer Kollision mit einem armen, kleinen Bäumchen!« Ireene Green fuhr sich verlegen durchs feuerrote Haar.

Alle drei schauten zu Grace hinüber. »Ich?!«, entfuhr es Dr. MacGregor entsetzt, als sie in die Runde blickte. Der Schock stand ihr regelrecht ins Gesicht geschrieben.

»Andere Optionen bleiben leider nicht übrig, sorry! ... Sie werden das schon schaffen. Sind Sie denn noch nie mit einer Maschine gefahren?«

»Nein, mein Bruder hatte mal ein Yamaha Moped in seiner Jugend, aber er hatte wohl kein allzu großes Vertrauen in meine Fahrkünste. Die Maschine war ihm heilig, er ließ es mich nicht mal probieren.« Grace setzte eine schmollende Miene auf, als sie zurückdachte.

»Nun, dann ist Ihre große Chance jetzt gekommen. Wir setzen alle unser größtes Vertrauen in Sie«, ermutigte sic Dr. Green und klopfte der zarten Archäologin motivierend auf die Schulter.

»Wissen Sie, ich lasse ja kein MotoGP-Rennen aus und bin immer begeistert, was diese Jungs leisten. Reizen würde es mich ja schon lange ...«, überlegte Grace und kaute gedankenversunken auf ihrer üppigen Unterlippe herum. Das tat sie wirklich immer, wenn sie nachdachte und sich einer Sache nicht ganz so sicher war. Diese Frau hatte wirklich viele Marotten, aber diese mochte Jason ganz besonders. Immer, wenn sie das tat, lenkte sich sein Augenmerk wie von selbst auf ihren vollen, rosaroten Mund, den er von der ersten Sekunde an überaus verlockend gefunden hatte. Was sie wohl alles mit ihm anstellen konnte? ... ›*Verdammt, Mann, reiß dich zusammen*‹, ermahnte sich Jason und verpasste sich selbst einen imaginären Arschtritt. Ablenkung konnte er jetzt bei Gott nicht gebrauchen. Was hatte diese zierliche Blondine nur an sich, dass er kaum einen klaren Gedanken fassen konnte? Er musste bei der Sache bleiben und sie aus seinen Tagträumereien verbannen – und zwar schleunigst!

»Dann ist heute Ihr Tag!«, brummte Dawn betont emotionslos und boxte Grace kumpelmäßig auf den Oberarm. Diese stand etwas verdattert da und schien sich selbst Mut zuzusprechen, während Dawn sie links liegen ließ und zu den Motorrädern hinüber stapfte. Inzwischen hatte auch sie die beiden mit Tarndecke, Palmwedeln und Ästen bedeckten Motocross-Maschinen erreicht, die Dawn in Windeseile freilegte. Grace bekam weiche Knie. Sie begutachtete die biestigen Motorräder mit großen Augen.

»Okay, kommen Sie.« Dawn schob die rote Maschine auf den kleinen Weg und klopfte zweimal auffordernd auf den Sitz. »Hier ist die Kupplung, die sollten Sie immer mit den beiden Fingern halten. Bremse. Gas. Die Arme immer locker lassen, und ganz wichtig: mit Ihrem Gewicht balancieren Sie das Motorrad aus.« Dawn saß hinter Grace und demonstrierte ihr die wichtigsten Schritte. Nach einigen Metern Probefahrt hatte MacGregor den Dreh raus. So schwer, wie sie dachte, dass es werden würde, war es auch nun wieder nicht. Grace versuchte, sich den nötigen Mumm einzuimpfen. Zum Glück hatte sie Nerven wie Drahtseile. Doch ihr Adrenalinpegel war auf dem Höhepunkt, und das eigentlich konstant, seit sie sich in Guatemala befanden. Zuerst die Sache mit den Taranteln, die Giftpfeile im Tempel, der Kampf mit ihren Kontrahenten und zu guter Letzt die Begegnung mit den Jaguaren. Jetzt musste Grace auch noch ein Motorrad durch den Dschungel steuern, und das wahrscheinlich möglichst schnell und unbeobachtet an den lauernden Gefahren vorbei.

Die junge Archäologin saß angespannt, mit fokussierter Miene auf ihrem roten Bike. Sie war voll konzentriert und ging alle Anweisungen noch einmal im Kopf durch. Plötzlich musste Grace grinsen. Irgendwie passte das wieder in ihr Schema. MacGregor wollte von Natur aus immer alles anders machen als andere, es machte ihr immer Spaß, gegen den Strom zu schwimmen. So auch jetzt. Motorradfahren zu lernen auf einem asphaltierten Straßenparcours, war etwas für Weicheier. Sie ging gleich aufs Ganze und fuhr offroad. Grace schüttelte schmunzelnd den Kopf. Dawn fing ihr draufgängerisches Lächeln auf und erwiderte es. Eines musste man dieser Frau lassen, sie scheute anscheinend keine noch so große Herausforderung. Anerkennend zwinkerte er Grace zu und kam nicht umhin, seinen Blick über ihren feingliedrigen Körper gleiten zu lassen. Die Art, wie sie auf der Maschine saß, war so ziemlich das Sexyeste, das er sich vorstellen konnte.

Inzwischen hatte Jason das schwarze Motorrad startklar gemacht und Dr. Hu, der nun den Rucksack mit dem rosa Kristallschädel umgeschnallt hatte, stieg mit schmerzverzerrtem Gesicht hinter Dawn auf. Grace war sich unklar darüber, was dem Wissenschaftler mehr wehtat, der Fuß oder die Tatsache, dass er nicht selbst sein Bike durch den Dschungel steuern konnte und somit das Los des Beifahrers hatte.

»Startklar?! Bleib dicht hinter mir!« Kaum ausgesprochen brauste Jason los. Grace versuchte zu starten, ließ aber die Kupplung zu schnell los und das Motorrad machte einen ungeschickten Ruck nach vorne.

»Hoppla, Entschuldigung!« Grace wandte den Kopf zu Ireene hinter ihr.

»Bitte gut festhalten!« Sie startete erneut. Diesmal

klappte es. Grace schloss schon bald zu Jason auf, der augenscheinlich nicht alles aus der Maschine herausholte und sich MacGregors Geschwindigkeit anpasste. Nach anfänglichen Schwierigkeiten hatte Grace jedoch bald ein Gefühl für das Motorrad auf losem Untergrund und bretterte in ambitioniertem Speed durch den Regenwald. Es holperte zeitweise ziemlich heftig, aber sie hatte ihr Bike schon nach kurzer Zeit voll unter Kontrolle. Es machte ihr sogar irrsinnigen Spaß. Sie genoss den Fahrtwind in ihrem Gesicht, die vorbeiziehenden Bäume auf der Seite nahm sie kaum wahr. Es war eher so, als fahre sie durch einen immergrünen Tunnel. Als Jason merkte, wie sicher Grace auf dem Motorrad war, erhöhte er das Tempo und so dauerte es nicht lange, bis sie den Helikopterlandeplatz erreichten. Das Timing war perfekt. Ihr Hubschrauber dürfte eben erst gelandet sein, die Rotorblätter der alten Schrottkiste drehten sich nur noch langsam. Grace blieb noch einige Sekunden mit einem breiten Grinsen auf ihrer Maschine sitzen, während Ireene Green mit zitternden Knien abstieg. Sie wankte mit mulmigem Gefühl in ihren Beinen zu Dr. Hu. »O mein Gott, das war ein Höllenritt!« Sie ließ sich auf die Wiese plumpsen und steckte den Kopf zwischen die Knie. Anscheinend war ihr übel.

Grace allerdings lächelte triumphierend. Mit Freude wäre sie noch gerne ein Stückchen gefahren. Langsam schwang sie sich von dem leuchtend roten Motorrad und streckte siegreich die Arme in die Luft. Diesmal war sie es, die Dawn keck angrinste. Jason kam mit zackigen Schritten auf MacGregor zu und erhob seine Hand zu einem altmodischen High five. Als Grace einschlug, umarmte er sie überraschend.

»Valentino Rossi wäre stolz auf Sie!«, schmeichelte er ihr. Aufrichtiges Lob aus seinem Mund? Das war wie himmlische Harfenmusik in Grace' Ohren. Völlig unvermittelt strich er ihr eine blonde Strähne aus dem Gesicht und drückte sie nochmals an sich. »Ich bin es jedenfalls«, flüsterte er ihr leise ins Ohr. Nun bekam auch Grace weiche Knie. So gefühlsbetont hatte sie den Geheimagenten noch nie erlebt. Sie schmiegte ihren Kopf an seine starke Schulter und atmete seinen würzigen Rosmarinduft ein. Sogar nach all den Anstrengungen des Tages roch er gut. Als sie sich dann langsam voneinander lösten, hielt er ihre Hände fest in den seinen. Ihre lodernden Blicke trafen sich und es kam zu diesem berühmt-berüchtigten magischen Moment. Dieser eine vielbesungene Moment vor dem allerersten Kuss, der einen alles andere rundherum vergessen ließ. Der Moment, der sich wie Feenstaub auf die Seele legte und sie schweben ließ. Ihr Flügel verlieh.

Jason Dawn zog Grace näher an sich, neigte seinen Kopf nach vorne ...

»Leute, setzt euch in Bewegung, allzu lange möchte ich hier nicht verharren!«

... und wurde von den harschen Worten des Helikopterpiloten unterbrochen. Von der Realität eingeholt, machte Grace schnell einen Schritt zurück und bemerkte verlegen, dass sie von Dr. Hu und Ireene beobachtet wurden. Diese wandten in Sekundenschnelle ihre Blicke ab und eilten in Richtung Hubschrauber.

Der magische Moment war dahin. Zerstört, einfach so. Grace blickte etwas betreten und enttäuscht zu Jason auf. Dieser zog beide Augenbrauen in die Höhe und seufzte. »Mylady, darf ich bitten?«, kokett lächelnd bot er ihr seinen Arm an und geleitete Grace ganz gentlemanlike zum Helikopter.

Der Himmel verfärbte sich in ein wunderschönes, tiefes Orangerot. Vereinzelt war es bewölkt, doch dadurch sah der Sonnenuntergang nur noch spektakulärer aus. Grace bewunderte das einzigartige Naturschauspiel. Jeder Sonnenuntergang hatte etwas Einmaliges. Besonders hier im tropischen Regenwald. Es würde bestimmt gleich wie aus

Kübeln schütten, wie es tagtäglich der Fall war. Doch noch sah alles friedlich aus. Die goldenen Minuten vor dem monsunartigen Niederschlag.

Obwohl die Rotorblätter des veralteten Militärhelikopters ziemlich laut und ohrenbetäubend knatterten, fiel Grace bald in einen tiefen Schlaf. Ihre rechte Hand pochte und ihr Kopf schmerzte. Die Strapazen von heute hatten sie ziemlich erledigt. Zwei Stunden später wachte sie an Jasons Schulter auf. Er hatte seinen Arm um sie gelegt und als er merkte, dass sie erwacht war, streichelte er mit der anderen Hand zart ihre Wange. »Na, gut geschlafen? Wir landen in wenigen Minuten«, flüsterte er in sanftem Ton. Grace richtete sich auf und streckte sich etwas. Ihre Kopfschmerzen hatten sich von schlimm zu beinahe unerträglich entwickelt. Ihr ganzes Gesicht tat weh. Und ihre Hand war ziemlich geschwollen. Grace stöhnte leise.

Sowohl Ireene als auch Dr. Hu waren ebenfalls eingeschlafen, doch saßen die beiden weit voneinander entfernt. Schade eigentlich, Grace fand, dass sie wunderbar harmonierten.

Der Himmel war schon stockfinster, wurde jedoch zeitweise von wild zuckenden Blitzen erhellt. Grace erschrak und war heilfroh, bereits die pulsierenden Lichter einer Stadt unter ihnen zu erkennen. Sie mochte Gewitter, aber nur, wenn sie sich irgendwo in sicherer Umgebung befand. War das Unwetter gefährlich für Insassen eines Hubschraubers? Blitzschlagmäßig? Wirkte er wie ein faradayscher Käfig? War er im schlimmsten Falle des Falles überhaupt noch flugfähig? Würden die Instrumente und Systeme verrücktspielen? Wie auch immer, die junge Altertumswissenschaftlerin war erleichtert, dass der Helikopter allmählich tiefer und tiefer sank, bis er schließlich etwas wacklig und unsanft auf dem Boden aufsetzte.

Durch das Gerumpel wachten auch Ireene und Xiang auf. Schlaftrunken blickten sie sich um und brauchten ein bisschen, bis sie in der Gegenwärtigkeit ankamen. Jason schnappte sich umgehend den Rucksack mit dem Kristallschädel und öffnete die etwas eingerostete Schiebetüre. Er half Grace und den anderen aus dem Hubschrauber und plauderte kurz mit dem Piloten.

»So, alter Freund, damit sind wir quitt!«, posaunte der braungebrannte Pilot mit der Halbglatze und den grau melierten Haaren und klopfte Jason jovial und ungezwungen auf die Schulter.

»Nicht mal ansatzweise!«, konterte Dawn heiser lachend. Er tätschelte die Wange des lustigen Mexikaners und sagte: »Danke für alles, Joe! Pass auf dich auf, wir sehen uns!«

Nach einem festen Händeschlag verabschiedeten sich die beiden Kumpel und Jason setzte sich ohne Umschweife ans Steuer des Autos, in dem schon die anderen auf ihn gewartet hatten.

Kapitel Fünfzehn

Der Transfer zum Hotel dauerte nur knapp eine halbe Stunde. Grace konnte es schon nicht mehr erwarten – eine heiße Dusche und dann ab ins Bett, das war im Moment ihr allersehnlichster Wunsch.

Als die Tür hinter ihr ins Schloss fiel, eilte Grace MacGregor sofort ins Badezimmer. Zum Glück, oder besser gesagt, dank des Entertainment-Programms des Resorts, war ihnen kein Hotelgast über den Weg gelaufen. Der ältere Mann an der Rezeption hatte nur kurz Notiz von der Gruppe genommen. Mit weit aufgerissenen Augen und besorgtem Blick hatte er die äußerst mitgenommenen und lädierten Gäste gemustert, wusste jedoch, was sich gehörte, und hatte sich nach einem kurzen, zaghaften ›Buenas noches!‹ wieder seinem Computer zugewandt. Er stellte keine Fragen – zum Glück.

Grace knipste das Licht im Badezimmer an und drehte das Wasser in der Dusche auf. Während sie wartete, bis das Wasser heiß wurde, ging sie zum Spiegel, wo sie beinahe der Schlag traf. Vor blankem Entsetzen blieb ihr die Luft weg. Grace, die sonst immer mit ihrem Spiegelbild zufrieden war, erschauderte nun bei ihrem erbärmlichen Anblick. Sie hatte sich zwar schon gedacht, dass sie wahrscheinlich etwas fertig und verdreckt aussehen würde, aber dass es tatsächlich so schlimm sein würde, damit hatte sie nicht gerechnet. Ihre Haare waren total verklebt und staubig, am Haaransatz über ihrem rechten Auge hatte sie einen leichten Cut, aber am schlimmsten sah ihre linke Wange aus. Vom Wangenknochen bis unters Auge zog sich ein blau-grauer Bluterguss.

»Dieses Miststück!«, schnaubte Grace kochend vor Wut. Auch der Rest ihres Körpers war von blauen Flecken und Blessuren gezeichnet. Grace tat sich selbst leid. Da traf sie endlich einmal einen Kerl, der ihrem Ideal von Traummann beachtlich nahekam, und dann musste sie ihm in so einem desolaten Zustand unter die Augen treten. Andererseits, er sah nach den heutigen Erlebnissen ebenfalls ziemlich gebeutelt und nicht viel besser aus. Nach einer ausgiebigen, extralangen Dusche fühlte sich Grace wie neu geboren. Sie konnte gar nicht glauben, wie gut sie sich doch noch fühlen konnte. Von dem ganzen Schmutz der Jahrtausende befreit, sah die Welt gleich ganz anders aus. MacGregor genoss den köstlichen Duft ihres Kokosnuss-Shampoos, während sie sich die Haare föhnte. Dieses wohlriechende Aroma hellte ihre Stimmung immer auf. Als Grace abermals einen Blick in den Spiegel warf, nickte sie anerkennend. Ihre naturblonde Mähne glänzte, der Rest des Anblickes war – na ja – zufriedenstellend.

Nachdem sie das Badezimmer für Dr. Green freigegeben hatte, trank Grace eine in Wasser aufgelöste Aspirin-Brausetablette und ließ sich mit einem Seufzer auf das große Bett fallen. Kuschlig weich, einfach traumhaft. Sie legte sich einen Amethyst-Donut auf ihre linke Wange und schon fielen ihre Augen zu. Sie merkte gar nicht, dass es an der Zimmertüre klopfte. Erst als MacGregor gedämpfte Stimmen wahrnahm, blinzelte sie ein wenig und entdeckte Jason Dawn an der Wand lehnend. Er musterte sie offenkundig, was Grace' Herz veranlasste, ein paar Takte höherzuschlagen.

»Und das soll helfen? Wäre nicht ein Stück Steak besser, ich könnte Ihnen im Nu eins besorgen«, fragte er scherzhaft und zog seinen Mundwinkel sowie seine rechte Augenbraue nach oben und drückte so ziemlich unverhohlen seine Skepsis aus.

»Igitt, nein, danke. Und ja, Mr Dawn, Amethyst hilft bei Hämatomen!« Grace war genervt, sie wollte nichts mehr, als einfach nur zu schlafen.

Jason rollte die Augen. »Na ja, Glaube versetzt bekanntlich Berge!« Er machte sich keine Mühe, den Hohn in seiner Stimme zu verbergen, und brachte sein Gegenüber damit sofort wieder auf die Palme.

Grace blinzelte und verengte mokiert die Augen. »Äh, Entschuldigung, aber wer ist hier der Meinung, dass die Kristallschädel die Macht haben, die Welt retten zu können?«, erwiderte sie spitz und landete damit einen Volltreffer.

»Punkt für Sie«, entgegnete der Geheimagent und ein schiefes Grinsen flackerte erneut auf seinem markanten Gesicht auf. Er mochte ihre schlagfertige Art. Sie ließ sich nicht unterkriegen und war um einiges tougher, als er ihr anfangs zugetraut hatte. Der Tag heute hatte es bewiesen. Dawn ließ sich seufzend an der Kante ihres Bettes nieder. »Ich habe leider schlechte Nachrichten.«

Grace legte den Stein vorsichtig auf das Nachtkästchen und setzte sich hellhörig auf. Was konnte denn jetzt schon wieder sein?

»Sofija und Thomas sind verschwunden. Einfach nicht auffindbar. Ich habe noch vor Ort ein Team verständigt, das sie festnehmen sollte, doch als sie ankamen, war niemand mehr da.«

»Ach du meine Güte, das kann ja nicht wahr sein!«

»Tja, sie hatten wahrscheinlich Hintermänner, die sie abgeholt haben.«

Grace schüttelte betroffen den Kopf. Aber eigentlich hätte diese Nachricht auch bis morgen warten können.

»Der andere Typ«, sagte Jason und deutete einen imaginären Vollbart an, »war übrigens kein Amerikaner sondern ein Ex-Mossad-Agent. Gut möglich, dass die drei wirklich von den Bilderbergern angeheuert wurden.«

»Hmm«, summte Grace nachdenklich. Wenn ihnen wirklich der mächtigste Geheimbund der Welt auf den Fersen war, hatten sie keine guten Karten.

»Aber der eigentliche Grund, warum ich so spät noch hier bin: Ich wollte Dr. Green bitten, sich den Schädel anzuschauen.« Er hob den Rucksack vom Boden und reichte ihn Grace.

Als sie den Rosenquarz-Kristallschädel herausholte, kam Ireene gerade wieder aus dem Badezimmer. ›*Mann, war die schnell*‹, schoss es Grace bewundernd durch den Kopf.

»Oh, Jason, das habe ich vergessen zu erzählen: Vorhin, bevor wir in den Helikopter eingestiegen sind, habe ich einen kurzen Blick auf den Schädel geworfen. Es war ganz eigenartig ... Ich hatte dauernd das Bild von Baby Luv vor Augen.«

»Wieso sagen Sie mir das erst jetzt?«, blaffte Jason sie ungehalten an. Er maßregelte seinen unangebrachten Tonfall jedoch sogleich. »Was hat das Ihrer Meinung nach zu bedeuten?«, fragte er bemüht sanft und zwang sich zu einem beschwichtigenden Lächeln.

»Ich wollte Sie beide vorhin nicht ... äh ... stören.« Ireene Green blickte verlegen zum Fußboden und grinste verschwörerisch. »Wie dem auch sei, ich weiß nicht, es schien, als wolle er mich auf den anderen Rosenquarzkristallschädel aufmerksam machen.«

Erwartungsvoll legte Grace den Steinkopf in Dr. Greens Hände, als diese wieder aufblickte. Die junge Archäologin hoffte inständig, noch einmal Zeuge von den Visionen der medial veranlagten Ärztin zu werden, war es doch beim letzten Mal so überaus beeindruckend gewesen.

Alle Augen waren nun auf Ireene gerichtet. Gebannt beobachtete Grace jede Geste und jede noch so kleine Facette von Dr. Greens Mienenspiel. Zuallererst tat sich gar nichts. Ireene saß entspannt im Lotussitz auf dem Bett, der Kristallschädel ruhte auf ihrem Unterschenkel. Ihre Hände lagen auf seinen Wangen. Dr. Ireene Green atmete ruhig und flach. Ihre Augen waren fest geschlossen. Es schien, als würde sie meditieren. MacGregor konnte die Spannung kaum ertragen. Hatte Dr. Green schon Kontakt mit dem Kristall? Erhielt sie in diesem Moment eine geheime Botschaft? Zu gerne würde sie Ireenes Fähigkeiten besitzen. Wenn auch nur für einen kurzen Moment.

Und plötzlich, von einem Augenblick zum nächsten, überschlugen sich die Ereignisse. Ein kleiner Tropfen kullerte von der Stirn des Kristallschädels über das linke Auge bis hinunter zum abnehmbaren Kiefer. Grace blickte irritiert zur Decke. Tropfte es etwa von oben? Nein, sie konnte nichts erkennen. Als sie wieder zurück zu dem rosa Schädel schaute, blieb ihr der Mund offen stehen. Der Kristallschädel war vollständig mit einer eigenartigen Nässe überzogen. Er schwitzte. Ireene hob den Steinkopf auf Augenhöhe. Selbst im warmen Licht der Nachttischlampen konnte man deutlich erkennen, dass ihr Teint viel blasser war als unter normalen Umständen. Ihre Atmung wurde schwerer, auch auf ihrer Stirn bildetet sich Schweißperlen.

Ireene öffnete langsam wie in Trance die Augen. Sie fixierte die Augenhöhlen des Kristallschädels und ließ sie nicht mehr los. Starr, ohne mit der Wimper zu zucken, blickte sie in das Antlitz des mysteriösen Steines.

Faszinierend. Auch wenn Grace den starken Wunsch verspürte, zu Jason an ihrer Seite zu sehen, um zu wissen, was er darüber dachte, konnte sie es nicht. MacGregor konnte einfach nicht ihren Blick von dem obskuren Schauspiel reißen. Hier, genau vor ihrer Nase, wurde eine unerklärliche Macht demonstriert, die es eigentlich gar nicht geben dürfte. ›*Die naturwissenschaftlichen Bücher müssen überarbeitet werden*‹, dachte Grace. Ihr lief ein kalter Schauer über den Rücken, gleichzeitig erfasste sie aber auch ein warmes, positives Gefühl. Hier geschah etwas Unfassbares, es war unergründlich und zugleich wundersam. Rätselhaft und magisch.

Plötzlich konnte man im Inneren des Steines ein kleines Licht erkennen. Es leuchtete in kurzer Zeit heller und heller, bis der ganze Kristallschädel von einem aprikotfarbenen Licht erfüllt war. Es glich dem einer Flamme, im Herzen war es goldgelb und verlief nach außen hin dunkler von Orange zu einem warmen, dunklen Rosarot. Der feuchte Rosenquarzschädel schimmerte und erstrahlte, er erhellte nunmehr den ganzen Raum. Selbst in den Tropfen auf seiner Oberfläche spiegelten sich schillernde Regenbogenfarben. Es war absolut atemberaubend. Doch der Zauber währte nur kurz. Abrupt erlosch das Licht im Schädel und Ireene Green kam wieder zur Besinnung. Sie legte den Rosenquarz vorsichtig neben sich zwischen zwei Kissen und atmete tief ein und aus. »Wasser!«

»Ein anderer Schädel befindet sich im Wasser?« In Jasons Frage lag ein Funken Zweifel.

MacGregor hingegen machte große, hoffnungsvolle Augen. »Atlantis? Haben Sie Atlantis gesehen?« Ihr Herz überschlug sich fast vor Entzücken. Doch Ireene schüttelte nur schwach den Kopf und zog die Mundwinkel zu einem kaum wahrnehmbaren Lächeln nach oben. Sie sah ziemlich erschöpft aus.

»Nein, ich brauche einen Schluck Wasser«, bat sie mit heiserer Stimme.

Jason durchquerte das Hotelzimmer mit strammen Schritten, holte ihr eine kleine Mineralwasserflasche aus dem Minikühlschrank, öffnete den Verschluss und reichte sie Ireene in einer dynamischen Bewegung. Diese leerte das Fläschchen Evian in einem Zug, wischte sich mit ihrem Handrücken den Schweiß von der Stirn und schüttelte abermals das Haupt.

»Huch, dieses kleine Kerlchen hatte eine ganz schön bewegte Vergangenheit. Er wurde schon vor mehreren hundert Jahren gefunden und viel herumgereicht. Auch im Zweiten Weltkrieg ging er durch die Hände zahlreicher Leute. Bis ihn sein damaliger Hüter fand und ihn wieder sicher in diese vergessene Tempelanlage brachte, wo er bis heute ruhte.«

»Haben Sie etwas über seine Herkunft erfahren?«

»Nein, diese Frage ließ er nicht zu. Genauso wie auch die anderen nicht … Dafür zeigte er mir Bilder von Krieg und Schmerz. Von Menschen, die arglos mit der Natur umgehen. Von Wilderern, die wunderschöne, unschuldige Tiere erlegen. Lauter furchtbar schreckliche Bilder. Der Mensch ist eine Bestie.« Ireene erschauderte es und auch Grace rieselte eine Gänsehaut über den gesamten Körper.

»Aber als der Schädel zu leuchten begann, änderte sich alles, plötzlich empfing ich ein Gefühl von Liebe und Hoffnung«, erzählte die rothaarige Frau nach einem kurzen Moment des Innehaltens.

Grace blickte Dawn gerührt an. »Das haben wir gefühlt, als wir den Schäden gefunden haben und jetzt, als er kurz erstrahlte, ebenso! Also ich zumindest. Eine herzerwärmende Kraft ging von ihm aus, sie berührte mich tief im Innersten.« Gedankenverloren legte sie ihre rechte Hand aufs Herz, ehe sie wie aufgezogen weitersprach. »Und erfreulicherweise sind seither meine Kopfschmerzen wie weggeblasen! Die heilende Energie des Kristallschädels ist phänomenal! Wie heißt er eigentlich?«

»Love«, hauchte das Medium ergriffen und Grace konnte ein Lächeln nicht unterdrücken. Das war auch ihr zweiter Vorname, den sie jedoch seit jeher strikt geheimhielt. Sie streckte ihren Arm nach dem rosa Kristallschädel aus und streichelte mit den Fingern zärtlich über dessen glattes, kaltes Antlitz.

Ireene war immer noch ein bisschen benommen, aber sie hatte schon wieder etwas mehr Farbe im Gesicht. »Zum Schluss habe ich nur noch Erinnerungen an Baby Luv gesehen. Der Rosenquarzkristallschädel, der Anfang des sechzehnten Jahrhunderts von einem Mönch in Russland gefunden wurde. Auch er gehört zum Zirkel der Dreizehn! Es tut mir wirklich leid, dass ich das nicht schon früher wusste ... Baby Luv ist, wie auch der Jesuit, im Besitz einer Privatperson. Sie ist die Hüterin mehrerer Schädel, die ich alle zu Gesicht bekommen habe. Ich weiß nicht, warum Baby Luv sich bei unserer Begegnung nicht gleich zu erkennen gegeben hat ...«

»Vielleicht war er schüchtern?«, merkte Grace amüsiert an. Ihre Müdigkeit war längst verflogen und einer sprudelnden Aufgekratztheit gewichen. Sie war sogar schon wieder zu Scherzen aufgelegt.

Ireene verdrehte die Augen und warf ihr angesichts ihrer nonchalanten Art einen strafenden Blick zu, musste dann aber ebenfalls schmunzeln.

»Ich nehme an, wir mussten erst auf die Probe gestellt werden, bis uns die Kristallschädel vollständig vertrauten.« Das klang irgendwie einleuchtend.

Jason Dawn nickte nachdenklich. »Alles klar, ich werde sofort veranlassen, dass man Baby Luv zu unserem nächsten Stopp nach Tibet bringt. Danke Ladys, nun wünsche ich eine gute Nacht!« Er verzog den Mund wieder zu seinem berühmten schiefen Lächeln, und Grace konnte nicht anders, als dahinzuschmelzen. Er sah so unverschämt gut aus, wenn er lächelte. Sie hob die Hand und salutierte salopp zum Abschied. Als der charismatische Agent zur Tür hinaus verschwunden war, ließ sich MacGregor auf ihr Kissen fallen, rollte sich zur Seite und es dauerte nicht lange, bis sie in einen tiefen, aber leider etwas kurzen Schlaf fiel.

Viereinhalb Stunden später klingelte das Hoteltelefon. Ein wirklich unangenehm hohes Surren. Es läutete mehrmals. Grace brummte und zog sich die Decke über den Kopf, während Ireene sich dazu erbarmte abzuheben. »Ja?!«, krächzte sie verschlafen in den Hörer.

»Wunderschönen guten Morgen, das ist Ihr Weckruf!«, witzelte Dawn und schien sich sehr über die grummelnde, schlaftrunkene Dr. Green zu amüsieren.

»Ist es nicht etwas früh?« Nach Ireenes motzigem Ton zu urteilen, war sie mit Sicherheit kein Morgenmensch.

»Sie bezeichnen sieben Uhr als früh? Frühstück kommt in ein paar Minuten und in spätestens einer halben Stunde erwarte ich Sie beide in der Lobby!« Nach kurzem Zögern fügte er weniger schroff hinzu: »Während unseres langen Fluges haben Sie ja noch genug Zeit, Ihr Schläfchen fortzusetzen.«

Nun stand Dr. Green vor einer schweren Herausforderung. Sie versuchte alles. Ireene sprach nette Worte und rüttelte ihre Zimmerkollegin, doch diese wollte partout nicht aufstehen. »Grace, der Zimmerservice bringt uns gleich Frühstück. Sie wollen doch so nicht etwa die Türe aufmachen?« Ireene hatte am richtigen Hebel gezogen, sie wusste, wo MacGregors Schwachstelle war: Die eitle Professorin wollte um jeden Preis gut aussehen, immer und überall.

Widerwillig steckte Grace den Kopf unter der Decke hervor und blinzelte. Ihre Augenlider hingen auf halbmast und waren einfach noch zu schwer, um sie vollständig zu öffnen. Sie gähnte und streckte sich, bevor sie sich endlich aus dem Bett erhob und verschlafen in Richtung Badezimmer taumelte. Als sie rund fünfzehn Minuten später wieder herauskam, strömte ein exotischer Duft aus dem Badezimmer. »Huch, ich glaube, das war eine neue Rekordzeit, so schnell war ich noch nie!«, grinste die frisch gestylte Archäologin und nahm auf dem bequemen Sessel gegenüber von Dr. Green Platz, die schon ihr Frühstück einnahm.

»Für Sie Earl Grey Tee, stimmt's?« Ireene nahm gerade den Teebeutel aus dem heißen Wasser.

»Oh, das ist aber sehr aufmerksam, vielen herzlichen Dank!«

Grace konnte sich gar nicht entscheiden, was sie sich zuerst nehmen sollte. Das Frühstückstableau bot alles, was man sich wünschen konnte. Croissants, Marmelade, Pancakes, Waffeln, Rührei, frische Früchte und Orangensaft.

Jetzt erst merkte sie, wie hungrig sie eigentlich war. Wann hatte Grace das letzte Mal etwas Richtiges gegessen? Das musste gestern Vormittag gewesen sein. Bei diesem erschreckenden Gedanken knurrte ihr Magen gleich lauthals los.

Sie nahm sich zwei Pancakes und ein warmes Croissant mit Erdbeermarmelade. Es schmeckte köstlich. Danach kam die Früchteplatte an die Reihe. Grace war begeistert, wie herrlich die süße Ananas und die Papaya schmeckten. Ein wahrhaft königliches Frühstück.

»Danke übrigens, dass ich Ihr Shampoo und Duschgel ausborgen durfte. Ich muss zugeben, so begeistert war ich selten von einem Produkt. Das Granatapfelduschgel besticht durch ausgezeichnete Qualität. Und dann noch dieser Duft.«

MacGregor lächelte. »Beides Naturprodukte, wie Sie sicherlich bemerkt haben, mit ausgesuchten biologischen Inhaltsstoffen. Und natürlich frei von Tierversuchen, aber das Thema hatten wir ja schon …«

»Das ehrt Sie wirklich. Ich wünschte, mehr Menschen würden so denken. Wir müssen wirklich besser auf unsere Umwelt aufpassen!« Sie hielt kurz inne. »Grace, darf ich Sie was fragen?«

MacGregor nickte tonlos, hatte sie doch noch immer den Mund voll.

»Wieso in aller Welt hatten Sie keine Angst vor den Jaguaren? Woher wussten Sie ...«

Grace schluckte ihr fluffiges Stückchen Croissant eilig hinunter und schmunzelte dann verschwörerisch.

»Sie verraten es aber nicht Dawn! ... Ich hatte eine Heidenangst. Aber genau im richtigen Zeitpunkt sind mir die Worte des alten Indianerhäuptlings ›Friedlicher Bär‹ eingefallen. Als Sie gerade alle mit dem Medizinmann sprachen, nahm mich der Häuptling beiseite und flüsterte mir zu, ich solle keine Angst vor dem schwarzen Hüter haben. Zuerst wusste ich natürlich auch nichts damit anzufangen. Aber während ich da so auf dem Dschungelboden lag und der Panther diesen einen Typen zerfleischte, machten die geheimnisvollen Worte plötzlich irgendwie Sinn.« Grace zuckte lässig mit den Schultern und nahm einen herzhaften Bissen von ihrem Croissant.

Kapitel Sechzehn

Im Privatjet kramte Grace in ihrem großen, grünen Koffer. Sie zog graue, hautenge Röhrenjeans, ein schwarzes Top und einen schwarzen, kurzen Kaschmir-Cardigan heraus und tauschte das dann gegen ihr derzeitiges Outfit. Mit kurzen Hotpants im kühlen Flieger zu sitzen wäre ja schließlich keine allzu gute Idee. Umhüllt von der kuschligen Wolle ihres anschmiegsamen Cardigans fühlte sie sich gleich viel besser gekleidet. Sie stolzierte an Jason vorbei, dem im Gespräch mit Sean gleich das Wort stockte, als er sie in ihrer neuen Kleidung sah. MacGregors Wahl war ganz absichtlich auf dieses Stück Jeans gefallen, machte es doch die beste Figur, ihr wohlgeformter Allerwertester kam in der hautengen, formenden Shaping-Jeans besonders gut zur Geltung. Sie schmunzelte versonnen vor sich hin, wagte es aber nicht, sich umzudrehen und ihm einen Blick zuzuwerfen. Irgendwie waren sie sich schon seit der Begrüßung in der Lobby heute Morgen aus dem Weg gegangen. Keiner wusste, wie er mit dem anderen nach diesem einen Moment in Guatemala umgehen sollte. Also wichen sie einander aus.

MacGregor setzte sich in ihre schon so heimisch gewordene weiße, superbequeme Sitzkoje hinten am linken Fenster. Was war man eigentlich für ein Gewohnheitstier. Seit sie den Jet das erste Mal betreten hatte, war das ihr persönlicher Platz. Sie nickte Dr. Green zu, die auf der gegenüberliegenden Seite Karten mit Dr. Hu spielte. Grace wickelte sich in ihre warme Decke ein, steckte sich die Kopfhörer ihres iPods in die Ohren und suchte ihre Lieblingsplaylist. Zufrieden klappte sie die Lehne zurück und ließ die Fußablage ausfahren. Leider war ihre Jeans doch nicht unbedingt die schlauste Wahl für einen komfortablen Langstreckenflug gewesen. Sie war schon ganz schön eng und zwickte. Aber was tat man nicht alles. Für den Blick, den Jason ihr zugeworfen hatte, war es ihr das allemal wert. Grace gähnte, irgendwie wurde sie schon wieder von einer großen Müdigkeit übermannt, sodass sie schon bald ins Land der Träume fiel und Morpheus einen Besuch abstattete.

Irgendwo über dem Mittelmeer schlug MacGregor die Augen wieder auf. Das Flugzeug wurde von heftigen Turbulenzen durchgeschüttelt. Beunruhigt schaute sie sich um, aber die anderen sahen weniger bekümmert aus. Ireene biss gerade voller Vorfreude in ein Sandwich, Dr. Hu schlief einige Plätze vor ihr tief und fest und Jason, wo war der? Grace stellte die Rückenlehne mit einem Knopfdruck am Display in eine aufrechte Position und nahm die Ohrstöpsel heraus. Sie war gerade mitten in einem Rolling Stones Song. Sie gähnte, war aber endlich richtig gut ausgeschlafen. Die Turbulenzen schienen auch schon wieder nachzulassen. Als Ireene sah, das Grace endlich munter war, winkte sie sie zu sich. Grace löste ihren Gurt und wankte vorsichtig zur gegenüberliegenden Seite des Jets. Dort ließ sie sich in dem Sitz vis-à-vis von Dr. Green nieder und schnallte sich wieder fest. Sicher war sicher.

»Na, gut geschlafen?«

Grace nickte. »Mein Schlafdefizit ist endlich einigermaßen wieder aufgeholt.«

»Hunger? Im Kühlschrank sind frische Sandwiches und Obst«, sagte Dr. Green in einem wohlwollenden Ton, doch Grace hörte nur mit einem Ohr hin und ließ ihren Blick verstohlen durch die Flugzeugkabine schweifen.

Ganz die Hellseherin, schien Ireene Grace' Gedanken aufzufangen. »Dawn ist im Cockpit.«

Die blonde Archäologin reckte erst das Kinn nach vorne und legte dann verlegen den Kopf zur Seite. War sie denn so durchschaubar? »Ach so«, murmelte sie betont gleichgültig und versuchte sich an einem Lächeln.

»Sagen Sie, was ist da los bei Ihnen beiden? Zwischen Ihnen knistert es doch schon seit der ersten Begegnung. Dann geraten Sie in Streit, kommen sich näher und weichen einander wieder aus ... und schon geht das Ganze wieder von vorne los!« Ireene schüttelte belustigt den Kopf. »Bitte verstehen Sie mich nicht falsch, ich will ja nicht sagen, dass das nicht spannend mit anzuschauen ist, aber ...« Sie lächelte Grace offen und freundlich an, was der Peinlichkeit der Lage jedoch keinen Abbruch tat.

Grace MacGregor kratzte sich beschämt hinter dem Ohr, presste die Lippen aneinander, kräuselte kurz die Stirn und zuckte schlussendlich ratlos mit den Schultern. Sie fühlte sich ertappt. Und das Schlimmste an der Sache: Sie konnte sich das Ganze selbst nicht wirklich erklären.

»Ich weiß auch nicht ... Wissen Sie, i-ich bin sonst nicht so chaotisch und zaghaft. Ich flirte irrsinnig gerne, verliebe mich jedoch entweder schnell oder gar nicht. Eigentlich bin ich immer auf der Suche. Wonach – ich weiß es nicht.«

»Vielleicht nach dem perfekten Mann?«, resümierte Ireene jovial und grinste.

»Ich glaube, ich bin nicht mal kompatibel mit Beziehungen. Ich kann von Haus aus keine Kompromisse schließen, denn ich mache immer nur das, was ich will. Und sobald es irgendwie ernst wird mit jemandem, bin ich schon wieder weg.« Grace legte eine kurze Denkpause ein. Sie zuckte abermals verzagt mit den Schultern. »Und dann traf ich Dawn. Der erste Blick auf ihn und es hätte mich beinahe umgehauen. Ich fühle mich derart von ihm angezogen, dass ich es selbst nicht verstehe. Solche Gefühle hatte ich … noch nie. Und das macht mir Angst … Und als wäre das nicht komisch genug, habe ich seitdem so ein eigenartiges Gefühl der Unsicherheit. Ich weiß nicht, wie ich mich verhalten soll, wenn er in der Nähe ist … Ich bin nicht ganz ich selbst«, plauderte Grace in einem Schwall dahin und hatte, ohne es eigentlich zu wollen, der mitfühlenden Ärztin ihr Herz ausgeschüttet.

Diese war aber auch eine außergewöhnlich gute Empathin, nickte immer an den richtigen Stellen und tätschelte ihr verständnisvoll die Hand, während sie mit Bedacht abwägte, was sie ihrer Kollegin raten sollte. Doch bevor sie auch nur etwas dazu sagen konnte, fügte Grace trotzig und aufbrausend hinzu: »Und dass er andauernd das Kommando hat, geht mir mächtig gegen den Strich!« Ireene schnaubte belustigt über den aufschlussreichen Monolog ihrer Kollegin und konnte sich in letzter Sekunde gerade noch ein überschäumendes Lachen verkneifen. Sie hatte die junge, etwas kapriziöse Archäologin nun in den letzten Tagen ein bisschen besser kennengelernt und sie schon ins Herz geschlossen. MacGregor war ein überaus starrköpfiger, liebenswürdiger Dickschädel, der in Jason Dawn einen ebenbürtigen Kontrahenten gefunden hatte. Zwischen den beiden brannte die Luft und der nächste Knall war schon vorprogrammiert. Ireene stand schmunzelnd auf, holte sich ein belegtes Brötchen aus dem geräumigen Kühlschrank und legte es zusammen mit einer Serviette auf einen kleinen Teller, den sie ihrer liebeskummergeplagten Kollegin servierte. Ein bisschen Nervennahrung konnte in ihrem verzwickten Fall sicher nicht schaden.

»Einmal Käse-Gurken-Sandwich für Sie.« Lächelnd streckte sie Grace das Sandwich entgegen, die es dankend annahm. MacGregor war froh, dass Ireene die pikante Jason-Dawn-Causa nicht näher kommentierte und es auf sich beruhen ließ. Das mochte sie an der Ärztin, sie war eine gute Zuhörerin, die aber nicht überall ihren Senf dazugeben musste.

»Wofür steht eigentlich das L. in Ihrem Namen?«, erkundigte sich Dr. Green stattdessen neugierig.

Grace verdrehte die Augen und schmunzelte. »Love. Habe ich meiner Mutter zu verdanken. Sie wollte irgendetwas Extravagantes als zweiten Vornamen. Obwohl es nicht ihre Zeit war, ist sie tief in ihrem Herzen ein Hippie. Meinen Bruder hat es tatsächlich noch schlimmer erwischt: Sein zweiter Vorname lautet Rainbow«, kicherte die Archäologin mit spöttischem Unterton.

»Wunderschön!«, betonte Dr. Green in ihrer gewohnten New-Age-Sing-Sang-Stimme und lächelte versonnen. Grace zuckte bloß gleichmütig mit den Schultern, konnte aber ein belustigtes Schnauben nicht unterdrücken.

»Sie sind nicht so der Hippie, stimmt's?«, stellte die rothaarige Frau nüchtern fest, woraufhin die Archäologin fragend die Stirn runzelte. »Sie sind eher pragmatisch und rational denkend veranlagt. Und manchmal ein klein wenig ... stocksteif.«

Grace' Kinnlade klappte empört nach unten. Wie unerhört! Was erlaubte sich diese Frau? Sie kannte sie ja nicht einmal richtig. Sie wollte der Ärztin gerade gehörig Kontra geben, als diese beschwichtigend die Hände hob. »Bitte verstehen Sie mich nicht falsch, so war es nicht gemeint. Sie wirken nur wie jemand, dem etwas Lockerheit guttun könnte. Der Eiertanz, den Sie sich mit Commander Dawn liefern, ist zwar bei Gott unterhaltsam, aber völlig unnötig. Sie beide wären das perfekte Paar und in gar nicht mal so ferner Zukunft, landen Sie im B...!«

»Dr. Green!«, entfuhr es Grace aufgebracht in schrillem, ungläubigem Tonfall. Sie schüttelte konsterniert den

Kopf und schnalzte missbilligend mit der Zunge. Nicht, weil es nicht eine äußerst reizvolle Vorstellung wäre, denn das wäre es allemal. Jason und sie in trauter Zweisamkeit – hach, sie musste nicht über sonderlich viel Fantasie verfügen, um sich dieses zweifelsohne feurige Szenario in schillerndsten Farben auszumalen. Aber sie wollte keinen Chimären nachjagen. Momentan standen die Zeichen alles andere als gut, dass das etwas mit ihnen werden könnte. Er war zu selbstverliebt. Zu befehlshaberisch. Zumal sie sich auf ihre Arbeit konzentrieren musste und keine Ablenkung gebrauchen konnte. Und Berufliches mit Privatem zu vermischen – never. Ever. Hmm, wobei es schon übertrieben verlockend wäre ... Die Gedanken der zierlichen Blondine schweiften unweigerlich zu Jasons und ihren gemeinsamen Momenten. Den wenigen Momenten, in denen sie sich nicht gerade zofften oder miteinander debattierten. Er brachte sie in Nullkommanichts zur Weißglut. Er vermochte es jedoch auch, ihre Pheromone verrückt spielen zu lassen. Ihre Mundwinkel wanderten unwillkürlich nach oben, während ihr Herz ein paar Takte höherschlug. Sie merkte nicht einmal, dass Ireene nach ihrem pinkfarbenen iPod mini griff, den sie auf dem kleinen Klapptischchen abgelegt hatte, und sich durch die Playlists scrollte.

»Ich wusste gar nicht, dass diese Dinger überhaupt noch existieren. Hat heutzutage nicht jeder seine Musik auf dem Handy?«

»Hmm?«, nuschelte Grace geistesabwesend und sah ihre Luftschlösser in weite Fernen davonziehen. Schade. »Entschuldigung, ich war in Gedanken. Was sagten Sie, bitte?«, erkundigte sie sich mit wehmütigem Seufzen.

»Gibt es diese Teile überhaupt noch zu kaufen?« Ireene Green wackelte mit dem iPod in der Luft herum.

»Äh. Denke nicht. Ich hab ihn schon ewig.«

»Sieht aus wie neu ...«, merkte Ireene bewundernd an,

als sie das Gerät genauer inspizierte und hin und her wendete.

»Ich bin ein bisschen ... *oldschool*«, murmelte Grace mürrisch. »Und passe eben gut auf meine Sachen auf«, fügte sie einen Tick zu schnippisch hinzu, wodurch sie ihrem Gegenüber ein Grinsen entlockte.

»Soso. Ein edler Charakterzug. Die heutige Wegwerfgesellschaft ist mir ohnehin ein Dorn im Auge.«

»Da sind wir ganz einer Meinung, liebe Dr. Green«, pflichtete ihr die Archäologin bei und war heilfroh, dass sie nicht von ihrer Kollegin als altmodisch verspottet wurde, wie sie es von so vielen anderen Mitmenschen zu hören bekam.

»Ihr Musikgeschmack ist wirklich ... hmm, wie soll ich es ausdrücken?« Ireene machte auf der Suche nach den richtigen Worten eine vage, dennoch ausladende Handbewegung und starrte Löcher in die Luft, als würde sie warten, dass ihr jeden Moment ein treffender Begriff zuflog.

»Speziell und ziemlich querfeldein?«, half ihr Grace auf die Sprünge und erzielte damit prompt einen Volltreffer.

»Ganz genau!«, stimmte ihr die medial veranlagte Ärztin lachend zu. »Von Mozart über AC/DC, Zwanziger-Jahre-Jazz bis Elektroswing ...« Ireene schüttelte schmunzelnd den Kopf.

»Tja, es ist eben für alle Gefühlslagen etwas dabei. Wobei an meine Lieblingsband niemand rankommt. Kennen Sie Jamiroquai?«

»Natürlich, den quirligen Frontmann fand ich immer ziemlich schnuckelig«, lächelte die Mittvierzigerin versonnen.

»Wieso reden Sie im Präteritum? JK ist doch noch immer äußerst schnuckelig und attraktiv – ich glaube, das wird er auch immer bleiben!« In Grace' träumerisch verklärtem Gesicht war abzulesen, wie sehr sie den Musiker vergötterte.

»Aber Heavy Metal gehört ganz offensichtlich auch zu Ihren Top-Favoriten – zumindest in den letzten Tagen. Sagt wohl auch viel über Ihre derzeitige Stimmungslage aus.«

Grace riss die Augenbrauen nach oben, biss die Zähne zusammen, verzog den Mund und versuchte sich an einem verlegenen, etwas ertappten Grinsen. »Woher wissen Sie das?«

»Nun ja, das war zeitweise nicht zu überhören.«

Whoops.

»Entschuldigen Sie, ich höre leider immer sehr laut. Nicht gut für die Ohren, ich weiß, aber in der Hinsicht bin ich leider unverbesserlich. Hoffentlich hat es Sie nicht allzu sehr gestört?«, meinte Grace leicht verlegen und hoffte, die Ärztin würde ihr jetzt nicht mit Psychologie kommen. Zu ihrer großen Erleichterung entgegnete ihr Dr. Green prompt: »Nein, überhaupt nicht. Ich liebe Rock'n'Roll.«

Das verblüffte Grace nun ein wenig, hätte sie die zarte, elfengleiche Frau eher als Klassikliebhaberin eingeschätzt.

»Na, wenn das so ist, habe ich einen Geheimtipp für Sie: Casino, die Rockband rund um Adam Zindani. Fetzige Lieder, wahnsinnig gute Gitarren, super zum Mitsingen. Einfach purer Rock'n'Roll«, seufzte MacGregor bewundernd und wollte am liebsten gleich wieder zu ihrem iPod greifen. »Heavy Metal Machine, Fallen ... ich kann gar nicht sagen, welches mein Lieblingslied ist. Hören Sie unbedingt mal rein, das zahlt sich aus!«

Die beiden verloren sich in ihrem wilden Getratsche über Musiker und Filmstars und schienen einen richtigen Draht zueinander gefunden zu haben. Minuten später kam Dawn aus dem Cockpit geschlendert und lehnte sich mit verschränkten Armen lässig an MacGregors komfortablen Sitz. »Sorry, dass ich Ihren unterhaltsamen Mädelsklatsch unterbreche ...«, grinste er und nahm Grace mit seinen verspielten Augen ins Visier. Je länger sein durchdringender Blick auf ihr lag, desto nervöser wurde sie. Ob sie es nun wollte oder nicht, sie konnte nicht leugnen, dass dieser Kerl etwas in ihr entfachte.

Etwas Gewaltiges.

Etwas Kolossales.

Etwas noch nie zuvor Dagewesenes. Einer seiner intensiven, koketten Blicke genügte, und in ihr perlte es, als würde eine gerade geköpfte und geschüttelte Flasche Champagner überschäumen, wie es bei euphorischen Formel-1-Siegerehrungen stets zu sehen war. Ein sprudelndes, kribbelndes Prickeln, das recht heftige Ausmaße annahm. Sie hatte etwas Ähnliches noch nie in der Art erlebt, erfreute sich jedoch zunehmend an dieser kitzelnden, erregenden Empfindung. Wenn er es vermochte, sie allein durch seine leidenschaftlichen Augen in derart ekstatische Gefühlsregungen zu versetzen, was erzielte dann eine Berührung? Oder ein Kuss? Oder ... Grace ertappte sich dabei, wie ihre Gedanken in eine nicht ganz jugendfreie Richtung abdrifteten.

»Darf ich den Ladys etwas zu trinken anbieten? Kaffee, Wasser, Saft, Bier, Sekt? Die Flugzeit beträgt noch etwa fünf Stunden«, fragte Dawn mit seiner sonoren, samtigen Stimme. Seine Mundwinkel kräuselten sich auf sexy Weise nach oben, während er Grace' verträumte Miene erforschte.

»Ein Gläschen Sekt wäre jetzt tatsächlich fein«, sagte Ireene begeistert und nickte Grace zu, die sich nur schwer von ihren verlockenden Tagträumereien loseisen konnte.

»Und wie steht's mit Ihnen? Könnte ein Guinness Ihrer Laune zuträglich sein?« Grace schaute Jason anerkennend an. Dieser Kerl steckte voller Überraschungen. Wann hatte er bloß die Zeit gehabt, ihr Lieblingsgetränk zu besorgen? »Kommt sofort!«, deutete Dawn ihre Miene richtig, machte sich mit strammen Schritten auf den Weg zum gut bestückten Getränkekühlschrank und kam Sekunden später mit den alkoholischen Erfrischungen wieder.

Nachdem er neben Dr. Green Platz genommen hatte,

stießen die drei an. Dawn mit einer Flasche Lagerbier, Ireene war glücklich, ein Gläschen Sekt in der Hand halten zu können und Grace prostete ihnen mit ihrer Dose Guinness zu. Sie legte den Kopf in den Nacken, nahm einen Schluck und kam nicht umhin einen wohligen Seufzer auszustoßen. »Mhhh«, schnurrte sie kaum hörbar, was Jason ein Lächeln ins Gesicht zauberte. Nach kurzer Plauderei wurde Dawns Miene ernster. »Eigentlich hätte ich schon längst etwas von meinen Leuten wegen Baby Luv hören sollen.« Er klang ziemlich besorgt. »Ich habe bereits mehrmals versucht, die beiden zu erreichen, komme aber einfach nicht zu ihnen durch.«

Weder Ireene noch Grace wussten, was sie darauf sagen sollten, es herrschte kurz ein betroffenes Schweigen.

Bald wandte sich Jason jedoch wieder Ireene zu und befragte sie über ihre Zeit in Tibet. Grace war von den bildhaften Schilderungen der rothaarigen Ärztin ziemlich beeindruckt. Mount Kailash, der heilige Berg, hatte es dem spirituellen Medium besonders angetan. Während Ireene aus dem Nähkästchen erzählte, hatte sie verträumte Augen und schien gedanklich bereits dort zu sein. Sie schwärmte geradezu von der friedvollsten und erleuchtendsten Zeit ihres Lebens. Dr. Green konnte es wohl kaum erwarten, ihr so lieb gewonnenes Fleckchen Erde wiederzusehen. Am Ende ihrer ergreifenden Storys ließ sie die anderen wissen: »Mein lieber Freund Baktu erwartet uns bereits am Flughafen, wir werden die Nacht in einem Kloster verbringen, bevor wir dann morgen Früh zu den Koordinaten auf der Karte aufbrechen. Schon alles arrangiert.«

Beim Wort ›Nacht‹ erschrak Grace kurz. Waren sie doch eben erst am Morgen in Mexiko gestartet, würden sie erst abends in Tibet ankommen. Logisch, durch die Zeitverschiebung und Flugdauer. Als MacGregor so nachdachte, war sie erstaunt darüber, dass sie eigentlich gar nicht so schlimm an Jetlag litt, wie sie befürchtet hatte. Die ganze

Reise lang war davon kaum etwas zu spüren gewesen. Wenn man bedachte, dass die Expedition sie in ein paar Tagen einmal rund um die Welt führte, war das sehr beachtlich. Wahrscheinlich lag es zum Teil auch daran, dass Grace immer schlief, wenn sie müde war, beziehungsweise es die Zeit zuließ.

Grace schaute aus dem Fenster und merkte, dass Jasons Blick in ihre Richtung gerichtet war. Sie legte den Kopf schief und sah verstohlen zu ihm hinüber. Seine ausdrucksvollen Augen funkelten sie strahlend an. Er zog kurz, so wie er es gerne tat, die Augenbrauen in die Höhe. Ein sexy Lächeln spiegelte sich auf seinen wohlgeformten Lippen wider. Ireene neben ihm verdrehte die Augen. Schmunzelnd klopfte sie Jason mit der flachen Hand auf den Oberarm. »Ich sehe mal nach Dr. Hu, wenn der noch länger schläft, kommt er in der Nacht nicht zur Ruhe«, ließ sie ihn wissen und machte sich eilig aus dem Staub, um den beiden traute Zweisamkeit zu ermöglichen.

Grace und Jason saßen eine ganze Weile wortlos da. Doch die Stille war keineswegs beklemmend oder peinlich. Sie war gefüllt von feurigen Blicken beiderseits. Dawn griff schließlich nach MacGregors Hand und spielte mit ihren Fingern. Bei der Berührung machte Grace' Herz Sprünge und fing an zu rasen. Beide sahen sich vielsagend an.

»Coole Jeans!«, bemerkte der Agent anerkennend.

Diesmal war es Grace, die mit einem kecken Zucken der Augenbrauen und einem geheimnisvollen Lächeln antwortete.

Zwischen den beiden herrschte eine aufgeladene Stimmung. Es flogen förmlich die Funken.

»Wie wird man nur Archäologie-Professorin? Ist das nicht ziemlich langweilig?«

»Zugegeben, so viel Action wie in den letzten Tagen gibt's sonst nicht. Das einzig Nervenaufreibende ist, sich mit den ganzen Bürokraten herumzuschlagen, wegen Grabungslizenzen und so weiter. Aber die Archäologie selbst hat mich schon als Kind fasziniert.« Sie legte eine bedeutungsschwere Pause ein, die ihren Blickkontakt intensivierte. »Und wie wird man Geheimagent, Commander Dawn?«, fragte Grace schließlich mit aufreizendem Augenaufschlag.

»Für mich war schnell klar, was ich werden würde. Mein Vater sowie sein Vater sowie dessen Vater … Tja, es ist eine Art Familientradition, bei der Royal Marine zu sein. Ich habe mich dann ziemlich schnell zum Commander hinaufgearbeitet und schon bald klopfte der Geheimdienst an meine Tür …«

»Dawn, wir haben Probleme!« Sean kam mit großen Schritten auf die beiden Turteltauben zu. Jason ließ Grace' Hand abrupt los und erhob sich dynamisch. Er stemmte die Hände in die Hüfte und atmete tief ein. »Was ist los?«

»Agent Fowler ist tot. Bennet liegt mit einer Schusswunde im Krankenhaus. Sie hatten gerade Baby Luv in Besitz genommen und wurden irgendwo auf dem Weg zum Flughafen in einen Hinterhalt gelockt und überfallen.«

Blankes Entsetzten spiegelte sich auf Dawns Gesicht wider. Er fuhr sich mit der rechten Hand über den Mund und dachte angestrengt nach. »Wie steht's um Bennet? Wird er durchkommen?«

»Bennet wird zur Stunde operiert. Er wurde unter der rechten Schulter getroffen, die Kugel steckt fest, an der Seite hat er einen Streifschuss abbekommen. Die Ärzte sind aber optimistisch. Bennet lag anscheinend stundenlang in einem Straßengraben, bis er entdeckt wurde.«

Dawns Blick verfinsterte sich im Wimpernschlag eines Augenblicks. Kopfschüttelnd fasste er sich an die Nasenwurzel, senkte seine Lider und fuhr sich anschließend erneut mit der Hand über seine stoppelige Mund- und Kinnpartie. »Wie konnte das passieren? Wer wusste außer uns sonst noch von Baby Luv? Wir müssen einen Maulwurf haben!«, presste er grimmig hervor.

Grace, die die erschütternde Unterhaltung mit angehört hatte, schauderte es. Jasons messerscharfer Verstand konnte ihn unmissverständlich trügen, er hatte recht, da war sie sich sicher. Aber wer würde sie verraten?

Seans ratlose Miene sprach Bände. Nach einem Achselzucken wandte er sich wortlos um und ging wieder zurück zu Will ins Cockpit, während Jason wie angewurzelt im Gang stand. So erschüttert und aus der Bahn geworfen hatte Grace den Geheimagenten noch nicht gesehen. Ein eiskalter Schauer lief über ihren Rücken und sie bekam Gänsehaut. Sie stand auf und streichelte Jason den Rücken, bevor sie ihn umarmte.

»Es war sein erster Auftrag. Bennet hat gerade seine Ausbildung hinter sich, er ist noch so jung. Ich dachte, es wäre harmlos, ihn Baby Luv abholen zu lassen. Noch dazu mit dem hartgesottenen Agent Frank Fowler als Partner«, stammelte Jason. Er schien völlig am Boden zerstört.

MacGregor kraulte zärtlich Jasons Hinterkopf. »Er wird das schon schaffen! Ihr Geheimagenten seid zäh, er kommt durch!«

Nach einem kurzen Moment der Schwäche riss sich Dawn wieder zusammen. Er klopfte Grace abfertigend auf die Schulter und wand sich unvermittelt aus der Umarmung. Er trat einen Schritt zurück, nahm eine stramme Haltung an und verschränkte die Arme abweisend vor der Brust. Und plötzlich war die Kluft zwischen ihnen größer denn je. Dawn hatte wieder eine gefasste, ernste Miene aufgesetzt und wirkte mit einem Schlag distanziert. »Wer wusste alles von Baby Luv? Sie, Ireene, Sean und Will. Ich selbst habe Fowler und Bennet beauftragt. Also muss die undichte Stelle hier sein.«

Grace blickte Jason erschrocken an. Wer würde freiwillig als Maulwurf für die Gegenseite fungieren?

»Was ist mit Will? Er war gestern so ungewohnt still und verschwiegen und schien sich abzugrenzen«, äußerte

Grace ihren plumpen Verdacht, ärgerte sich jedoch im selben Moment, überhaupt den Mund aufgemacht zu haben. Sie konnte doch niemanden beargwöhnen, nur weil er sich ein kleines bisschen anders verhielt. Vielleicht litt er bloß unter Jetlag.

Dawn verneinte ohne weitere Ausführungen. »Sean und Will genießen mein vollstes Vertrauen!«

Jason schaute MacGregor mit stählernem Blick in die Augen. »Na, ich bin es auf jeden Fall nicht! Ich habe ja nicht mal meiner Mutter erzählt, wo ich bin!«, schnaubte sie mit aufbrausender Stimme und war schlicht und weg fassungslos. Grace war allein durch seinen taxierenden Blick tief gekränkt. Sie empfand ihn als wortlose Anschuldigung, die sich in ihre zartbesaitete Seele brannte. Wie konnte er nur? Wütend hielt sie Jasons prüfendem Blick stand, reckte ihr Kinn nach vorne und funkelte ihn ihrerseits aufrührerisch an.

»Green!«, brüllte der Agent vollkommen emotionslos, seine Augen immer noch auf Grace gerichtet.

Ireene, die gerade aus der Toilette kam und von dem ganzen Aufruhr nichts mitbekommen hatte, erschrak, als Jason ihren Namen mit bedrohlichem Unterton rief.

»Ja?«, fragte sie vorsichtig und schritt unsicher auf Dawn, der sie nun regelrecht fixierte, zu.

Oje, in ihrer Haut wollte Grace jetzt nicht stecken.

»Wem haben Sie noch von Baby Luv berichtet?«

»Was? Niemandem! Was soll das?«, entgegnete Ireene entrüstet und runzelte die Stirn.

»W. E. M. haben Sie noch davon erzählt?«, fragte Jason noch einmal so scharf wie die Klinge eines Damastmessers.

Dr. Greens smaragdgrüne Augen verengten sich. Die Zornesfalte zwischen ihren dünnen Brauen wurde tiefer. »Niemandem, nur Ihnen und Grace auf dem Zimmer!«

»Wie viel bekommen Sie? Wie hoch ist Ihr Preis?«

»Was ist Ihr Problem? Warum sollte ich jemandem

etwas erzählen? Ich will doch auch nicht, dass die Kristallschädel in die falschen Hände geraten. Das wäre schlichtweg fatal!«

Jason starrte sie noch immer völlig wutentbrannt an. Er glaubte ihr ganz offensichtlich kein Wort. Auch die sonst so friedvolle Ärztin schien nun ihren Zorn nicht mehr im Zaum halten zu können. Ihr Porzellanteint wurde von roten Stressflecken in Beschlag genommen. Gerade als sie zu einer Schimpftirade ansetzen wollte, hielt sie jedoch inne. Sie hatte den Mund bereits geöffnet, klappte ihn wieder zu und schaute drein, als wäre ihr gerade ein Licht aufgegangen.

»Was?«, fragte Jason mit bohrendem Blick.

Ireene dämmerte es, einer Person hatte sie noch von Baby Luv erzählt.

»Auf der Lichtung, als wir auf den Helikopter warteten, habe ich mir den Rosenquarzschädel kurz angesehen, da empfing ich die ersten Hinweise auf Baby Luv ...« Dr. Green drehte sich zögerlich um und schaute bekümmert in die Richtung von Xiang Hu. Jason folgte ihrem Blick und kombinierte eins und eins. Zornig stapfte er zu dem so liebenswerten Physikgenie, der immer kleiner und kleiner in seinem Sitz wurde. Schuldbewusst blickte er nach oben, schaffte es jedoch nicht, Jason direkt in die Augen zu sehen. Er hatte eindeutig Angst von ihm und seiner Reaktion.

»Warum?«, fauchte Dawn den Astrophysiker an.

Der dickliche Wissenschaftler schien in Panik zu geraten und schüttelte heftig den Kopf. Dawn packte ihn ruppig am Revers seines blitzblauen Designer-Anzuges und zog ihn nach oben. »Einer meiner Männer ist jetzt tot. Beten Sie dafür, dass der zweite überlebt!«

Bittere, aufrichtige Tränen kullerten über die Wangen des sonst so lustigen Gesellen. Er zitterte am ganzen Körper und wurde von einer Panikattacke gebeutelt. Als Jason zu härteren Methoden greifen wollte, um ihn zum Reden zu bringen, schritten Grace und Ireene ein und gingen dazwischen.

Xiang schien am Rande eines Zusammenbruchs. Er sackte zusammen, fiel in seinem Sitz zurück und weinte kläglich und herzzerreißend. Dawn wollte ihn wieder hochziehen, aber Grace hielt ihn im letzten Moment beherzt am Arm zurück und versuchte, den aufgewühlten Agenten zu besänftigen. Sie legte ihre Handflächen an seine Brust, schob ihn sachte, aber entschlossen zurück und signalisierte ihm, dass sie die Sache in die Hand nehmen würde. Die nonverbale Kommunikation schien zu klappen, denn nach einem kurzen erbitterten Blickduell deutete er ihr mit einem flüchtigen Wink, dass sie versuchen durfte, zu dem multilingualen Astrophysiker durchzudringen und ein Verhör zum Laufen zu bringen.

Grace MacGregor atmete erleichtert durch, setzte sich neben Xiang und reichte ihm ein Taschentuch. Der arme Kerl nahm es dankend an, schnäuzte sich heftig, konnte sich aber einfach nicht beruhigen. Immer wieder rannen Tränen über sein rundliches, sympathisches Gesicht. Er nahm seine rahmenlose Brille ab und trocknete wiederholt seine Augen.

Die sensible Archäologin legte mitfühlend ihren Arm um die Schultern des mitleidserweckenden Wissenschaftlers. Grace hatte immer schon eine ausgesprochen gute Menschenkenntnis. Auch wenn das Physikgenie etwas an die Gegner weitergeleitet hatte, dann bestimmt nicht aus purem Eigennutz.

»Sie haben also Sofija und Co auf die Spur von Baby Luv geführt?« Grace redete in einem sehr einfühlsamen Ton auf ihren Kollegen ein. Dieser nickte verschämt.

»Wie viel haben Sie ihnen denn erzählt? Und wieso haben Sie das getan?«

»Sie ... sie haben meine kleine Schwester!«, schluchzte der gebrochene Mann nach einer Weile.

MacGregor sah Hilfe suchend zu Jason auf, dieser fuhr sich verärgert durch die Haare.

»Wann sind sie zum ersten Mal mit Ihnen in Kontakt getreten?« Grace' Hand ruhte noch immer auf seiner Schulter und gab ihm den nötigen Halt.

»In der Nacht in South Dakota, als wir die Indianerlegenden hörten. Nach dem Lagerfeuer, als wir die Karte überreicht bekamen, riefen sie mich an. In meiner Verzweiflung habe ich ihnen die Koordinaten von der Höhle in Guatemala gegeben. Gestern Nacht, als Dawn bei Ihnen im Zimmer war, meldeten sie sich erneut. Da habe ich ihnen von Baby Luv erzählt.«

»Erwähnten Sie auch Tibet?«

»Ja, ich habe ihnen alle Standpunkte auf der Karte durchgesagt«, gab er schmallippig zu. »Aber sie wissen weder von Dr. Greens medialer Veranlagung, noch wie viele Schädel wir besitzen. Ich sagte, dass ich das nicht weiß und noch keinen zu Gesicht bekommen habe. Ich habe ihnen vorgelogen, dass sich die vorhandenen Kristallschädel vermutlich in einem Geheimversteck in England befinden.« Mit großen, braunen Augen blickte er verängstigt zu Jason Dawn auf.

Der Geheimagent seufzte, ging in die Hocke und sprach nun in einem etwas weicheren Ton: »Das war sehr gut, danke!« Er klopfte dem Chinesen auf die Schulter und sagte beschwichtigend: »Wir finden Ihre Schwester, das verspreche ich Ihnen!«

Ireene setzte sich an Grace' Stelle zu Dr. Hu und versuchte tröstende und aufbauende Worte zu finden.

»Gute Verhörtaktik!«, lobte Jason indes MacGregor. »Bin richtig beeindruckt von Ihren Talenten. Sie wären die geborene Agentin: Schlagkräftig, diplomatisch, Verhörtechnik einwandfrei, wenn Sie auch noch schießen können, nehme ich Sie sofort in mein Standardteam auf!«

»Also, Commander, wie haben Sie denn Ihre Recherchen gemacht? Ich bin Hobbyschützin und gehe gelegentlich mit meinem Vater auf den Schießplatz. Er ist ein Profischütze, seine Lieblingswaffe ist übrigens auch eine Glock!«

»Oha, na da muss ich mich also in Acht nehmen!« Sein breites Grinsen brachte seine wunderschönen Augen zum Strahlen.

Immer wenn er sie mit seinen lachenden Augen ansah, bekam Grace Herzrasen. Doch im Moment konnte sie nicht darauf eingehen, war sie von seiner unausgesprochenen Beschuldigung noch immer zu sehr verletzt.

Jason Dawn wiederum steckte schon die ganze Zeit in einer Zwickmühle. Einerseits war er sehr von der attraktiven Archäologie-Professorin angetan, andererseits konnte er seinen Gefühlen nicht einfach freien Lauf lassen. Schließlich war der Geheimagent und ehemalige Elitesoldat Leiter dieser Mission und musste professionellen Abstand halten.

Grace versuchte, sich von ihren Schmetterlingen im Bauch abzulenken. Die hatten jetzt keine Berechtigung, wilde Flugmanöver zu veranstalten. Sie war gekränkt und ließ das Jason auch wissen, indem sie einen reichlich kühlen, distanzierten Tonfall auflegte. »Glauben Sie, dass wir Probleme mit den Chinesen bekommen? Es handelt sich ja immerhin um ihr Gebiet – Tibet.«

»Da wir Dr. Hu mit im Boot haben, beziehen wir sozusagen auch das Land der Mitte mit ein. Er ist befugt, nach Abschluss unserer Expedition seinem Land Bericht zu erstatten, doch wir haben vertraglich festgehalten, was er erzählen darf und was nicht. Der Aufenthaltsort der Schädel bleibt auf jeden Fall geheim! Ferner habe ich einige Freunde beim chinesischen Geheimdienst. Dennoch, außer Acht lassen, darf man die Gefahr nie.«

»Ich beginne mit dem Landeanflug, bitte begeben Sie sich an Ihre Plätze und legen den Sicherheitsgurt an!« Will hörte sich im Vergleich zu Sean wie ein Linienpilot an.

Vom Fenster aus konnte Grace eine sehr lange Landebahn erkennen. Wenn sie sich recht erinnerte, war dies eine der längsten Startbahnen weltweit. Der Bangda Flughafen war ebenfalls einer der am höchsten gelegenen Airports. Er dürfte mehr als viertausend Meter über dem Meeresspiegel liegen. MacGregor zog ihren Gurt fester. Will war zwar ein fantastischer Pilot, dennoch verlief die Landung manchmal etwas holprig, wenn er am Steuer saß. Doch zu Grace' außerordentlicher Überraschung gelang es ihm diesmal, die Maschine äußerst sanft auf dem Boden aufzusetzen. Der Jet raste über die lange Landebahn. Der Spruch stimmte wohl, Übung machte den Meister. So oft, wie Will in den letzten Tagen gestartet und gelandet war, hatte er offensichtlich viel dazugelernt und seinen Flug- und Landestil perfektioniert.

Tibet

»Verrate niemals deine Kindheit! Sie ist wie eine Goldmine unter dem Schutt deiner Probleme, deiner Ängste – eine Sonne, die niemals erlischt.«
Tibetanische Weisheit

Kapitel Siebzehn

Grace stopfte sich ein paar Jeans und Pullover in ihre Umhängetasche, während Jason jeden daran erinnerte, welche Ausrüstung man in Tibet benötigte und was sie alles einpacken sollten. Beladen mit Rucksack und Umhängetasche stieg Grace nach Ireene und Jason aus der Privatmaschine. Ein ganz schön kühler Wind wehte ihr entgegen. Obwohl sie in eine warme, dicke Allwetterjacke samt Schal gehüllt war, fröstelte es sie augenblicklich. Sie zog sich ihre Kapuze über und steckte die Hände in die Jackentaschen. Irgendwie war ihr plötzlich ziemlich schwindlig. Das musste wohl an der dünnen Bergluft liegen, die Grace ganz und gar nicht gut vertrug. Die zierliche Dr. MacGregor versuchte, langsam ein- und auszuatmen, doch ihr wurde kurz schwarz vor Augen. Sie konnte sich gerade noch am Handlauf der Gangway des Jets festhalten, bevor ihre Knie einsackten. Xiang Hu fing Grace auf, alarmiert durch seine besorgten Worte, drehten sich Ireene und Jason um.

»Oje, das habe ich völlig vergessen zu sagen, die Luft hier ist ziemlich dünn, darum sollte man sich möglichst langsam bewegen, wenn man dafür empfindlich ist«, erklärte Ireene und verabreichte der jungen Britin ein paar homöopathische Tropfen.

Gestützt von Dawn und Xiang gelangte Grace schließlich heil nach unten, genehmigte sich selbst eine kurze Verschnaufpause und setzte sich spontan auf die letzte Treppenstufe des Jets.

»Geht's?«, fragte Jason einfühlsam, setzte sich neben Grace und wartete, bis sie sich einigermaßen erholt hatte. Langsam aber doch verzogen sich die tanzenden Sternchen aus ihrem Blickfeld, doch sie hatte noch immer ein eigenartig leichtes Gefühl im Kopf. Ireene ging gefolgt von Dr. Hu auf das kleine Gebäude des Militärflughafens zu, vor dem sie schon von einem kleinen, zarten Tibetaner erwartet wurden. Seine Augen blitzten auf, als er Ireene sah.

»Baktu!« Dr. Green eilte zu dem schmächtigen Mann und fiel ihm kurzerhand um den Hals. Grace beobachtete die herzerwärmende Wiedersehensfreude der beiden, begann jedoch bitterlich zu zittern, da es im Sitzen noch kälter war.

Sie startete einen überhasteten Versuch aufzustehen, hatte aber noch immer wacklige Knie. Jason musterte sie besorgt von der Seite, schlang ihren Arm um seine Schultern, legte seinen um ihre Taille und stützte sie so auf dem Weg zu den anderen.

Der zerbrechlich wirkende Baktu begrüßte jeden der vier herzlich und zugleich achtungsvoll. Der etwa dreißigjährige Mann geleitete die Truppe zu einem alten Jeep, der etwas fernab des Flughafengeländes geparkt war. MacGregor ging nun Arm in Arm eingehängt mit Dawn und musste kurz innehalten. Mit großen Augen betrachtete sie den riesigen Vollmond, der besonders tief stand und in einem satten, dunklen Gelbgold leuchtete. Wie ein riesiger, festlicher Lampion. Es war ein wunderschöner und märchenhafter Anblick. Der sternenklare Himmel und das sanft goldene, diffuse Licht des Mondes machten den mystischen

Moment besonders romantisch. Auch Jason schien fasziniert. Selbst er hatte den Mond noch niemals so zum Greifen nahe gesehen.

Die Fahrt auf der schmalen Bergstraße ging langsam voran und es dauerte Stunden, bis sie das abgelegene, direkt in die Felsen gebaute Kloster erreicht hatten. Es war in einen schräg angelegten, terrassenartigen Garten gebettet, das Gemäuer selbst erschien jedoch ziemlich karg und schmucklos. Im krassen Gegensatz zu den spitzkuppelartigen, weißen Bauwerken, die eine eindrucksvolle Reihe im Vorhof des Klosters bildeten und buddhistische Mandalas verkörperten. Ireene erklärte Jason die Bedeutung der sogenannten Stupas, als sie die Skulpturen passierten und auf den Eingang des Klosters zuschritten. Drinnen wurde die Truppe vom obersten Geistlichen in einer weitläufigen, in Rot und Gold gehaltenen Säulenhalle in Empfang genommen. Während der Fahrt waren Grace, Jason und Xiang bereits von Ireene und Baktu belehrt worden, wie man sich bei der Audienz in Anwesenheit des Lamas und der Mönche zu verhalten hatte.

Dieser Etikette kamen sie selbstverständlich nach und standen alsbald aufgereiht vor einer Traube kahl geschorener Mönche in bordeauxroten Kutten. Die Schatzsucher hielten die Hände in Gebetsform zum Gruß und neigten in aller Ehrfurcht ihr Haupt. Der oberste Geistliche, ein hagerer Kerl mittleren Alters mit gigantischer Ausstrahlung, trat würdevoll hervor und bereitete seinen Segen über die Gruppe. Er hieß sie willkommen, redete in leisen, wohlüberlegten Worten und hinterließ einen mächtigen Eindruck. Jason überließ es Ireene, die die Gepflogenheiten eines tibetanischen Klosters kannte und sich dementsprechend verhielt, vorzusprechen.

Nachdem sie dem Lama die indigene Schatzkarte überreicht hatte, inspizierte er sie kontemplativ und nickte geheimnisvoll. Er bat alle, ihm zu folgen, und führte das Team durch das unprätentiös eingerichtete Kloster in einen kleineren Raum, der ausschließlich mit Kerzen und Fackeln erhellt war. Er setzte sich im Schneidersitz auf einen länglichen, edel aussehenden Teppich und nahm seine Meditationshaltung ein. Nach kurzem Zögern taten es ihm Dawn, MacGregor, Dr. Hu und allen voran Ireene gleich.

Keiner wagte es, die Stille zu durchbrechen, denn der Lama schien seine Gedanken zu ordnen, um sie in die richtigen Worte fassen zu können. So mutete es zumindest an. Als er nach einer gefühlten Ewigkeit anfing von hiesigen Legenden zu erzählen, hielten alle den Atem an, denn was dem Team jetzt zu Ohren kam, klang unglaubwürdig, utopisch, an den Haaren herbeigezogen und angsteinflößend. Er erzählte von mysteriösen Wesenheiten, Überlebenden längst vergangener Zivilisationen, die tief in Höhlen des Himalayagebirges existierten und seit Jahrtausenden in einem meditativen Schlaf verharrten. Sie würden über telepathische Fähigkeiten verfügen und allein durch Gedankenübertragung miteinander kommunizieren. Ferner wären sie die Hüter eines uralten, geheimen Wissens. Die Höhlen würden von einem Zauberschutzschild umhüllt und blockiert, das sie vor jedem unbefugten Eindringling schütze. Nur manchmal kam es vor, dass einem besonderen, ausgewählten Menschen der Eintritt gewährt wurde. MacGregor schaute kritisch und ungläubig zu Jason, der ihren Blick ebenso skeptisch erwiderte.

Das konnte doch nicht möglich sein! Solche Kreaturen konnten doch nicht all die Jahre unentdeckt geblieben sein, in einer Welt, in der beinahe jeder Fleck der Erde erforscht war und es kaum mehr große Geheimnisse zu entschlüsseln gab. Jedenfalls doch sicher nicht so großartige, wie die Existenz uralter Zivilisationen, die unter uns, verborgen in den Bergen, lebten.

Der Mönch gab zu, dass er an der Stelle, die auf der Karte eingezeichnet war, keine solche Höhle vermutet hätte, doch vielleicht wäre es ja genau deshalb das richtige Versteck. Er wies Dawn an, schon in der Morgendämmerung aufzubrechen, und versprach ihnen, seinen medial begabtesten Zögling mit auf die Wanderung zu schicken.

Vor dem Zubettgehen wurde Grace, Jason, Ireene und Xiang eine Tasse Tee gereicht, der zuerst abartig bitter und ungenießbar schmeckte, doch hinterließ er im Abgang einen süßlichen Beigeschmack. Der Lama persönlich befahl, man solle den Tee bis auf den letzten Tropfen zu sich nehmen, er verleihe Stärke und Klarheit. Als Grace ihre Tasse mit Widerwillen geleert hatte, bemerkte sie, dass sich ein komisches Gefühl in ihrem ganzen Körper ausbreitete. So, als würde sie von Wärme und Energie durchflutet. Sie sah in einen Spiegel und konnte förmlich zusehen, wie ihr blaues Veilchen unter dem Auge verschwand, ebenso wie ihre restlichen Verletzungen. Alle Blessuren waren wie von Zauberhand ausradiert. Zuerst traute Grace ihren Augen nicht, doch wurde sie das Gefühl nicht los, dass das erst der Anfang von all den mysteriösen und unbegreiflichen Dinge war, die noch vor ihnen lagen. Und davor schauderte ihr gewaltig.

Es war schon einige Minuten nach Sonnenaufgang, als sie früh am Morgen aufbrachen. Am zartrosafarbenen Himmel zogen vereinzelt ziemlich plastische Wolkengebilde vorüber, die MacGregor staunen ließen. Die Luft war klar und frisch. Der teils ziemlich steile, schmale Weg vom Kloster hinab war beschwerlich, doch schon bald fanden sie sich auf einem besser begehbaren Pfad wieder. Grace' abstruser Unmut bezüglich des Wanderns war schnell vergessen. Die malerische, überwältigende Schönheit der Landschaft war alle Mühen und Anstrengungen wert. Der groß gewachsene, aber ebenfalls zaundürre junge Mönchsanwärter ging an der Spitze voran und kannte die Umgebung wie seine Westentasche. Leider sprach er kein Wort

Englisch, weswegen Dr. Green und Dr. Hu des öfteren in Streit gerieten, was Ling wohl gerade sagte. Xiang Hu war schließlich das Sprachgenie und verstand viele Dialekte, während Ireene längere Zeit in dieser Gegend verbracht hatte und deshalb davon überzeugt war, mehr von dem Gesagten des Jünglings zu verstehen als Dr. Hu. Die Wortgefechte der beiden irritierten den armen, zurückhaltenden Ling, weshalb er es schließlich vorzog, die meiste Zeit des Weges zu schweigen, und nur wenn wirklich nötig, den Mund aufzumachen.

Grace hatte diesmal überhaupt kein Problem, das Tempo der Gruppe mitzuhalten. Die Eindrücke, die sie erlebte, waren von solch einer Einzigartigkeit, dass sie aus dem Staunen gar nicht hinaus kam. Über den Tälern, die sie durchquerten, lag ein unnachahmlicher Friede. Jedes einzelne Tal strahlte seine eigene Anmut aus. Es schien, als wäre dieser einsame, von jeglicher Zivilisation weit entfernte Ort besonders begünstigt worden. Man fühlte sich wie in anderen Sphären. Auch das Licht war irgendwie anders. MacGregor konnte Ireene Green nun sehr gut verstehen. Selbst sie, die über keine medialen oder außergewöhnlichen Fähigkeiten verfügte, fühlte sich der Erleuchtung nahe wie nie. Als sie am Ufer eines kristallklaren Sees angekommen waren, blieb Ling abrupt stehen. Das ruhige Wasser schillerte türkisblau und spiegelte die umgebenden, schneebedeckten Bergzüge. Grace war überwältigt von dem zauberhaften Anblick. Sie schoss, wie auch schon in den Stunden zuvor, unzählige Fotos aus den verschiedensten Winkeln. Doch keine Aufnahme konnte die Magie des Ortes richtig einfangen.

Ling sprach für seine Verhältnisse aufgeregt, aber dies führte wieder nur zu einer Kontroverse zwischen den beiden zankenden Akademikern. Dr. Green übersetzte die Worte des jungen Führers als: »Keinen Lärm machen und stillstehen.« Woraufhin Xiang Hu den Kopf schüttelte und korrigierend meinte: »Ruhe sammeln und meditieren!« Das Wortgeplänkel ging hin und her, was dem unterwürfigen Ling anscheinend sehr nahe ging. Er verstand es nicht und versuchte die beiden mit abwiegelnden Gesten zu besänftigen. Schließlich gab er auf und stellte sich etwas abseits hin, schloss die Augen und atmete tief und langsam ein und aus. Dr. Hu nickte rechthaberisch, beschloss aber, es dem jungen Mönch gleich zu tun. Wie auch die anderen. Jeder genoss die energiegebende Stille des Augenblicks.

Einige Minuten später drehte sich Ling wieder um und sagte, wie Dr. Hu die anderen wissen ließ: »Wir sind gleich da!« Ireene hatte diesmal keine Einwände.

Nach wenigen Metern Aufstieg stand die Truppe schließlich vor einer mit Pflanzen bewachsenen Felswand. Komisch, von unten am See aus, war der Höhleneingang nicht zu erkennen gewesen. Obwohl Jason die Felswand mit einem Feldstecher abgesucht hatte, hatte er den großen Eingang zur Grotte vorhin nicht ausmachen können. Das erschien ihm äußerst merkwürdig. Genau diese Baumformation hatte er gerade eben im Blick gehabt, doch dahinter war nur eine bloße Mauer aus Stein gewesen. Er verstand es nicht.

Als Ling etwas sagte und merkte, dass er wieder einmal auf Unverständnis stieß, streckte er den Zeigefinger belehrend in die Höhe und wiederholte seine Worte mehrmals.

»Nur einer Person ist der Eintritt gewährt!« Ireene sprach plötzlich wieder mit einer komisch veränderten Stimme. Entweder stand sie in Kontakt mit jemandem oder sie hatte eine ihrer Visionen.

Sie öffnete ihre Augen und erklärte nochmals: »Nur einer von uns darf eintreten!« Green legte eine kurze Pause ein und schaute Grace bedeutungsvoll in die Augen. »Und das sind Sie!«

»Was?« Grace wurde bleich. Damit hatte wohl niemand gerechnet, sie schon gar nicht. »Warum ich? Sie sind das spirituelle Medium hier, Sie sollten gehen!« In MacGregors Stimme schwang ein deutliches Spektrum an Angst mit. »Ich gehe da sicher nicht allein hinein!« Sie schüttelte vehement den Kopf.

»Ich wünschte, ich könnte Ihnen das abnehmen. Wirklich! Aber aus irgendeinem Grund wird es nur Ihnen gestattet, die Höhle zu betreten!«

MacGregor schaute verzweifelt und Hilfe suchend zu Jason. Auch in seinen Augen spiegelte sich Besorgnis.

»Grace, Sie wurden auserwählt, freuen Sie sich! Ich würde zu gerne mit Ihnen tauschen«, sang Dr. Green mit ihrer charakteristischen New-Age-Stimme und versuchte Grace die Angst zu nehmen.

Die Archäologin funkelte Ireene jedoch böse an. »Nichts für ungut, aber woher wollen Sie wissen, dass nur ich hinein darf? Vielleicht trauen Sie sich nicht und schicken mich stattdessen. Ihre Visionen oder was auch immer, sind ja nicht zu überprüfen«, wetterte Grace gegen die Ärztin. Sobald die verärgerten Worte ihre Lippen verlassen hatten, taten sie Grace auch schon leid. Sie war selbst über ihre Biestigkeit erschrocken, doch das machte Furcht mit Menschen, sie verleitete sie zu überzogenen Reaktionen.

»Was ist mit den Schlangen und den vielen Wegen, die nirgendwohin führen? Oder den Höllenhunden, die der Lama in seinen Legenden erwähnt hat? Sie wollen mich allen Ernstes da hineinschicken. Komplett schutzlos?!«

»An den Höllenhunden wird schon nichts dran sein. Ich kann jedenfalls keine Anwesenheit eines solchen fühlen.«

»Na, das beruhigt mich ungemein!« MacGregors ironische Stimme überschlug sich.

Jason Dawn, der sich bisher aus der Konversation herausgehalten hatte, nahm Grace' zitternde Hand. Er zog sie ein paar Schritte weg, hinter Bäume und Felsgebilde und somit aus dem Blickfeld der anderen.

»Ich weiß, es ist schwer. Ich würde dich auch nicht alleine gehen lassen, würden es nicht die Umstände erfordern. Bisher konnten wir doch Dr. Green vertrauen ...«

Grace nickte und wich Jasons forschendem Blick aus. Der Geheimagent haderte mit sich selbst, hob dann aber mit jäh aufwallender Entschlossenheit MacGregors Kinn mit seinem Zeigefinger, bis sich beide tief in die Augen schauten. Grace biss die Zähne zusammen und drückte die Zunge an den Gaumen. Sie konnte doch nicht zulassen, dass ihr jetzt Tränen der Hilflosigkeit aus den bereits glasigen Augen strömten. Nicht jetzt, verflixt noch mal. Sie wollte keine Schwäche zeigen, schon gar nicht vor dem viel zu attraktiven Spion seiner Majestät. Seit sie ihm begegnet war, hatte sie das innere Bedürfnis, es ihm nicht zu leicht zu machen. Sie war seiner ebenbürtig, eine Kämpferin, die sich nicht so schnell kleinkriegen ließ. Doch in diesem Moment schmolz sie nur so dahin. War es sein durchdringender, gefühlvoller Blick? Die Art, wie er sie berührte? Die unausgesprochenen Worte zwischen ihnen? Diese ungeheuerliche, beinahe unerträgliche Anziehung, die sich seit ihrem allerersten Zusammentreffen stetig aufgebaut hatte und bald explodieren würde?

Grace konnte keinen klaren Gedanken fassen, sie war gefangen in einem Gefühlswirrwarr. Zusätzlich dazu schlug das Herz der Archäologin äußerst seltsam. Irgendwie arhythmisch, während Jasons raue Hand ausgesprochen zärtlich über ihre Wange glitt.

»Ich wusste gleich, dass du etwas ganz Besonderes bist!«, raunte er ihr in bebendem Timbre zu, umfasste ihren Nacken in einer dominanten, etwas besitzergreifenden Weise, legte den anderen Arm um ihre Taille und zog sie ruckartig zu sich heran. Ein Blitz jagte durch ihren Körper direkt in den Unterleib und ließ ihre Beine erzittern. Sie war wie Wachs in seinen Händen. Grace schmiegte sich an seine Brust und genoss die liebevolle Umarmung. In Dawns starken Armen fühlte sie sich so beschützt und sicher. Sie klammerte sich fest und wollte ihn am liebsten gar nicht mehr loslassen. Als sich Ireene Green ein paar Meter weiter räusperte, löste sich Jason von Grace. »Du schaffst das, hörst du!«

Grace machte schon einen Schritt in Richtung der anderen, als Jason sie an der Hand zurückzog. Sie standen wieder ganz nahe aneinander. Dr. MacGregor sah den Geheimagenten fragend an. Doch dieser fackelte diesmal nicht lang herum. Was nun folgte, ließ Grace' Schmetterlinge im Bauch Pirouetten schlagen. Ihre Lippen trafen sich. Jason küsste Grace zuerst sanft, dann voller Leidenschaft. Ihr war so, als setzte ihr Herz für einen Moment komplett aus, bevor es wieder heftig zu rasen begann. Er war ein hervorragender Küsser. Noch besser, als sie es sich bereits vorgestellt hatte. Seit ihrer ersten Begegnung hatte sich Grace ausgemalt, wie es wäre, die wunderschönen Lippen des geheimnisvollen Typen zu küssen, wie sie wohl schmecken würden.

Doch der Kuss übertraf alles. Jede verdammte Fantasie.

Sie vergaß alles um sich herum. Es war, als hörte die Welt auf sich zu drehen. Als existierten nur Jason und sie. Alles andere war ihr egal. Die Sorgen, die sie hatte, nichts schien mehr wichtig. Seine Lippen katapultierten sie in andere Sphären, Grace war, als würde sie auf Wolken schweben. Dieses Kribbeln im Bauch. Es gab nichts Schöneres als das Gefühl des unbändigen Glücks, das sie gerade durchflutete. Auf einmal wusste sie, dass ihr nichts geschehen würde. Sie wusste, dass alles gut werden würde. Das musste es einfach.

So gut und zungenfertig der Kuss auch war, sie hatte eine Mission, der sie sich nun stellen musste. Widerwillig und schweren Herzens löste sie sich von Jason, sog seinen maskulinen, holzigen Duft ein und verlor sich kurz in seinen tiefgründigen Augen, die sie verwegen anlächelten. *Smizing* hatte er also auch noch drauf.

»Merk dir, wo wir waren«, raunte er ihr in rauem Ton

zu, »das setzen wir beizeiten fort!« Der Geheimagent schenkte ihr ein mehr als zweideutiges Grinsen und zauberte ihr flugs wieder eine ganze Armada an umtriebigen, flatterfreudigen Schmetterlingen in den Bauch. Man hätte es zwar irgendwie romantischer ausdrücken können, und subtil war der Kerl auch nicht, aber das störte Grace nicht im Geringsten. Ganz im Gegenteil. In den letzten Tagen hatte sich die Archäologin sehnlichst einen Code gewünscht, der ihr helfen würde, seine Signale zu dechiffrieren. Nun hatte sie ihn endlich geknackt. Er stand genauso auf sie wie sie auf ihn. Endlich wusste sie, woran sie war, und das ließ sie guter Dinge sein.

Als sie gemeinsam zum Höhleneingang schlenderten, fühlte Grace sich stark. Voller Energie. Voller Lebensfreude, voller Glück. Voller innerer Kraft. Sie schwebte noch immer auf Wolke sieben und würde gern noch höher fliegen, wurde aber jäh wieder heruntergeholt, als sie schlussendlich vor der Grotte stand. Heiliger Bimbam. Sie seufzte schwermütig und beäugte den Höhleneingang kritisch.

»MacGregor, pass auf dich auf!«, rief ihr Jason mit bebendem Timbre zu, woraufhin Grace belustigt schnaubte. Sie legte ihre zarte Hand an die Felswand, wandte sich ein letztes Mal um und versuchte, sich ein zuversichtliches gekünsteltes Lächeln abzuringen, was ihr nicht so ganz gelingen wollte.

Grace MacGregor band sich die langen Haare zusammen, duckte sich und betrat die finstere Höhle mit äußerst mulmigem Gefühl. Sie musste eine ganze Weile gebeugt gehen, bis sie in die erste Kammer vorgedrungen war. Hier erreichte die Decke der Höhle knapp drei Meter. Das Gewölbe sah irgendwie naturbelassen aus, aber auf der anderen Seite wirkte es auch irgendwie, wie von Menschenhand angelegt. Die Rundungen schienen perfekt herausgearbeitet zu sein.

Es dauerte nicht lange, bis sie an die erste Gabelung gelangte. Grace leuchtete in beide Gänge, einer dunkler und weniger einladend als der andere. MacGregor seufzte und entschied sich schließlich für den linken Tunnel. Nach ein paar Metern zweifelte sie an ihrer Entscheidung, der Gang wurde enger und enger. Bald war der Weg so schmal, dass sich Grace seitwärts fortbewegen musste. Sie wollte schon umkehren, aber andererseits hatte sie das Gefühl, hier auf dem richtigen Weg zu sein. Auf die Intuition verlassen, das hatte ihr doch Dr. Green geraten. Grace beleuchtete mit der Taschenlampe immer zuerst den Boden, dann nach oben. Sie hatte ungeheure Angst, dass Schlangen oder irgendwelche Arten von kleinen Krabbeltieren ihren Weg kreuzen würden. Ihr ekelte es allein beim Gedanken daran. Unweigerlich musste sie an eine Szene ihres Lieblingsfilmes denken – Indiana Jones im Tempel des Todes. Die Szene, als die Darstellerin über Spinnen und Käfer laufen musste. In einem Tempel, in dem es nur von solchen Viechern wimmelte. Zauberhafte Vorstellung.

Oh oh! Grace blieb abrupt stehen. Ihr lief ein gespenstischer Schauer über den Rücken. Ihr Hals schnürte sich zu. So war es immer, wenn sie in Panik geriet. Fabelhaft. Ganz, ganz fabelhaft. Wie überaus schlau, sich gerade jetzt diese Filmszene ins Gedächtnis zu rufen. Die Archäologin schüttelte sich wie ein nasser Hund. Sie musste sich zwingen weiterzugehen und versuchte, die beängstigenden Gedanken beiseitezuschieben. Das gelang ihr immer am besten, wenn sie sang. Schon bei den ersten Tönen fühlte sie sich lockerer und gelöster. Sie liebte es, zu singen. Obwohl ihre Stimme zwar nicht wirklich schön klang, bereitete es ihr immer die größte Freude, Lieder vor sich hin zu trällern. Natürlich nur, wenn sie allein war. Jetzt erst merkte sie, wie sehr ihr das in den letzten Tagen gefehlt hatte. Sie hatte ja nie auch nur eine freie Minute für sich gehabt. So summte sie, was ihr gerade in den Sinn kam, leise vor sich hin. Gerade war es ›Rudolph, the Red Nosed Reindeer‹, was ihr jedoch ziemlich dumm erschien, da Weihnachten noch Monate entfernt war. Aber zumindest hatte sie das bleierne Angstgefühl erfolgreich verdrängt. Für den Moment jedenfalls.

Endlich mündete der schmale Gang in die nächste große Kammer. Die Luft hier war noch kühler. Komisch. Und schon stand sie wieder vor der Qual der Wahl. Diesmal waren es drei Tunnel. Grace ging in sich und überlegte, und nahm schließlich den mittleren. Als sie schon tief in das weit verstrickte Tunnelwerk vorgedrungen war, traf es sie plötzlich wie ein Blitzschlag. In der ganzen Hektik und dem Gefühlschaos, das Jasons Kuss hinterlassen hatte, hatte sie vergessen, ihren Weg zu kennzeichnen. Wie sollte sie nur jemals wieder hier herausfinden? Ein Ding der Unmöglichkeit! Das Labyrinthsystem war noch verworrener als das im Untersberg. Himmelherrgott, was sollte sie bloß tun?

Dr. MacGregor bekam eine Heidenangst. Ihr Herz begann zu rasen und sie geriet wieder in Panik. Aber sie schaffte es unerklärlicherweise, sich erneut unter Kontrolle zu bringen. Denn es half sowieso nichts. Sie musste jetzt einen klaren Kopf bewahren. Es würde wohl wenig Sinn machen, umzukehren und den richtigen Weg zum Ausgang zu suchen. Nein, sie musste jetzt weitergehen. Irgendwie fühlte sie sich dem Ziel schon nahe.

Der Gang war viel kürzer als der zuvor und sie stand schon im nächsten großen Raum. Es war ziemlich kühl und roch eigenartig. Und da war doch etwas. Grace vernahm ein komisches Geräusch. Es hörte sich an wie ein Kratzen. Spielten Grace' Gedanken ihr jetzt bloß einen Streich? Die Professorin hoffte innigst, dass sie sich das nur einbildete. Sie ging weiter, nur um nach ein paar Schritten wieder wie eingefroren stehen zu bleiben. Ihr war so, als hätte sie das Heulen eines Hundes gehört. Weit in der Ferne. Oder war es doch recht nahe und hallte durch die hohen Räume?

Die Höllenhunde, ogottogott! Grace' Angstpegel stieg ins Unermessliche. Panik. *Panik*! MacGregor stand still und hielt die Luft an. Sie wagte es nicht zu atmen und lauschte in die Stille der Höhle. Sekunden vergingen. Nichts. Sie konnte keine verdächtigen Geräusche mehr hören. War es also doch bloß eine Sinnestäuschung gewesen? Grace verharrte noch ein paar Minuten in der Position und atmete möglichst flach und leise.

Nur um sicherzugehen.

Als sie sich dann schließlich einigermaßen beruhigt hatte, holte sie tief Luft und ermahnte sich zu mehr Mut. Grace widmete sich wieder der Musik. Bald hatte sie die fröhliche Reggae-Melodie eines ihrer Lieblingssongs im Ohr und fing an, lauthals dazu zu singen. Jamiroquais ›Hey Floyd‹ war so ein beschwingtes Lied, dass sich Grace' Gefühl der unbehaglichen Angst sofort vollständig aufgelöste. Sie ging in der weitläufigen Halle einfach den Weg entlang und sang vor sich hin. Das war leider keine so gute Idee. Hätte sie sich etwas mehr auf ihre Umgebung konzentriert, hätte sie das lauernde Wesen vielleicht noch kommen sehen ...

Kapitel Achtzehn

Draußen vor der Höhle saß Jason Dawn wie auf Nadeln. Er hätte sie niemals allein da hineingehen lassen dürfen. Der Geheimagent machte sich schwere Vorwürfe. Wer konnte wissen, welche Gefahren da drinnen auf MacGregor lauerten? Wenn ihr etwas passieren würde, würde er sich das niemals verzeihen. Dawn hockte auf einem Felsvorsprung und suchte die abgelegene Landschaft mit einem High-Tech-Fernglas ab. Und da, als hätte er es geahnt: Auf dem Pfad hinter dem kleinen Hügel tauchten Köpfe auf. Bekannte Köpfe. Sofija und der rotblonde Typ waren unter ihnen. Insgesamt acht Personen. Er konnte sie nun inzwischen vollständig sehen. Was ihn am meisten alarmierte: alle waren schwer bewaffnet. Mit Sturmgewehren, Pistolen und anderem Equipment. Dawn war ausrüstungsmäßig eindeutig unterlegen. Die Truppe war nun am See angelangt und blickte genau in seine Richtung. Klar, denn sie hatten ebenfalls die Koordinaten der Höhle. Jason ging in Deckung und suchte Schutz hinter den Bäumen.

»Wir bekommen Besuch!«, ließ er die anderen wissen. Er versuchte, Pläne zu schmieden, und berechnete, wie viele er würde ausschalten können, bevor sie das Feuer erwiderten. Wie er es auch drehen oder wenden mochte, es sah nicht gut aus.

»Wir verstecken uns ein Stück weiter, hinter dem Felsvorsprung dort!« Ireene zeigte auf die Felsnische ein paar Meter weiter.

»Und lassen sie in die Höhle gehen? Nur über meine Leiche. MacGregor ist absolut schutzlos, wir können nicht zulassen, dass Grace ihnen in die Arme läuft!« Dawn drückte Dr. Hu die kleine Waffe, die er an seinem Fußgelenk trug, in die Hand. »Sie gehen in Deckung, ich halte sie auf!«, instruierte er die beiden Wissenschaftler und den jungen Mönch.

»Jason, das schaffen Sie nicht!«, sagte Ireene nachdrücklich.

»Wir haben keine andere Wahl. Ich lasse MacGregor bestimmt nicht ins Messer laufen!«

»Doch die haben wir.« Dr. Green legte beruhigend ihre Hand auf Jasons Arm und sah ihn eindringlich an. »Vertrauen Sie mir! Können Sie sich denn nicht erinnern, was uns der Lama erzählt hat? Die Höhle ist mit einem Zauber belegt. Man kann sie nur mit Erlaubnis betreten. Und ich glaube kaum, dass mordlustigen, unwürdigen Gestalten wie denen der Eintritt gewährt wird. Sie werden nicht weit kommen!«

Dawn blickte sie skeptisch an. Doch er gab ihr letztendlich recht. Während Dr. Hu und Dr. Green bergab hinter der Nische ihr Versteck bezogen, kletterte Jason auf die Felswand und fand seinen Platz an einem Vorsprung über dem Eingang. Von hier aus konnte er unentdeckt die Lage überblicken.

Fünf der bis auf die Zähne bewaffneten Gruppe gingen, ohne zu zögern, zielstrebig in die Höhle. Darunter Sofija, ein weißhaariger Mann, der Jason sehr bekannt vorkam, sowie Thomas und zwei andere stämmige Männer. Zuvor befahl der weißhaarige, schmächtige Kerl, den anderen drei, vor dem Eingang Stellung zu beziehen. Er war, wie es schien, der Befehlshaber. Er könnte auch der eigentliche Auftraggeber sein. Da dämmerte es Dawn. Ihm fiel ein, woher er den Typen kannte. Es handelte sich um den mächtigen, millionenschweren amerikanischen Medienmogul Peter Findell. Dieser war schon vor Jahren beschuldigt worden, durch zwielichtige Geschäfte in kurzer Zeit an seinen unermesslich großen Reichtum gekommen zu sein. Findell stand schon länger im Visier des britischen Geheimdienstes. Er hatte gute Verbindungen zur Mafia und Zugang zu den höchsten Kreisen der Weltpolitik. Und natürlich gehörte er den Bilderbergern an, sie hatten also tatsächlich recht gehabt. Doch auf Jason machte es den Eindruck, als würde er hier als alleiniger Strippenzieher agieren, ganz ohne den einflussreichen Geheimbund im Rücken. Wollte er die Kristallschädel dazu nutzen, um seine ohnehin schon ansehnliche Macht auszubauen und an die oberste Spitze des Geheimbundes und somit der Elite der Welt zu gelangen?

Jason Dawn tippte eine Nachricht an seinen Vorgesetzten, dieser würde ebenso brennend daran interessiert sein, wer hinter den Machenschaften der Söldnergruppe steckte. So konnten sie ihm vielleicht endlich das Handwerk legen, hatte es doch zuvor niemals haltbare Beweise gegen den Tycoon gegeben.

~

»Huch!« Grace, die noch immer dasselbe Lied vor sich hin trällerte, war gerade über ihren eigenen Schnürsenkel gestolpert. Verärgert über ihre Unachtsamkeit ging MacGregor in die Hocke und legte die Taschenlampe auf den Boden zu ihrer rechten Seite.

Sie band das Schuhband ihrer schwarzen Wanderstiefel und stimmte den Song erneut an. Als plötzlich wie aus dem Nichts heraus etwas aus dem finsteren Dunkel auf sie zu schoss, sie ansprang und aus der Balance brachte. Grace fiel nach links zu Boden. Es ging alles in Sekundenschnelle, doch irgendwie hatte sie eine Ewigkeit Zeit zu denken. Die zierliche Frau rollte sich zusammen und überlegte, wie sie ihren Angreifer abwehren und in die Flucht schlagen konnte. Wo war denn nur die verfluchte Taschenlampe? Sie tastete am Boden herum, bekam sie endlich zu fassen, als gerade etwas ihre Wange abschleckte. Grace richtete die Taschenlampe in die Richtung des Schleckermauls und blickte direkt in das Gesicht eines süßen Hundes. Mit dreckigem, verklebtem Fell, aber das tat seinem Liebreiz keinen Abbruch. Er hechelte und wedelte freudig mit dem Schwanz und stupste die am Boden liegende Archäologin immer wieder mit seiner nassen Schnauze an. Als wolle er sie zum Spielen auffordern. Grace fiel ein Stein vom Herzen. Hatte sie doch schon mit allem gerechnet.

»Kleiner, was machst denn du hier?« Sie streichelte das kuschlige Köpfchen des weiß- und karamellfarbenen Hundes. Er sah richtig herzig aus. Das Hündchen hatte ein etwas längeres Fell, war nicht einmal kniehoch und blickte sie freundlich und erwartungsvoll an. Mit einem stehenden und einem Klappohr sah er besonders keck aus. Noch dazu diese treuherzigen, kugelrunden braunen Augen. Grace knuddelte das kleine, dreckige Kerlchen. »Du hast mir aber einen ganz schönen Schrecken eingejagt!« Sie musste schmunzeln – so viel zu Höllenhunden.

Grace stand auf und klopfte sich den Staub von der schwarzen Jeans, während das entzückende Hündchen vergnügt und aufgeregt neben ihr auf und ab sprang. Grace war sich fast sicher, dass es sich um einen Tibetspaniel-Mischling handelte. »Na, begleitest du mich? In so netter Gesellschaft macht die Höhle gar keinen so tristen und erdrückenden Eindruck mehr, hmm?«

Grace Love MacGregor grinste, als das Hündchen fröhlich neben ihr her lief und stets aufmerksam zu ihr aufsah, wenn sie mit ihm sprach. Sie freute sich über ihren bezaubernden Begleiter und fühlte, wie ihre Angst wich.

Je tiefer sie in den Tunnel vordrangen, desto kühler wurde es. Da es sie richtig fröstelte, wickelte sie sich ihren weiß-schwarzen Schal fester um den Hals. Plötzlich standen sie vor einer Mauer aus Felsen. Der lange Gang endete in einer Sackgasse. Na bravo. Was jetzt?

MacGregor fluchte leise vor sich hin. Sie sah sich schon Stunden, wenn nicht Tage, verlassen und auf sich selbst gestellt im Labyrinth herumirren. Ohne etwas zu essen. Ohne Wasser. Vollkommen allein. Na ja fast, sie war froh, dass sie einen kleinen Weggefährten gefunden hatte. Oder besser gesagt, er sie.

»Kleiner, was machen wir nur? Wo sollen wir hin?«, jammerte sie und ging in die Hocke, um das süße Fellknäuel zu streicheln.

Halb am Rande einer Verzweiflung setzte sie sich mit dem Rücken zur Wand auf den kalten Boden. Sie wusste einfach nicht mehr weiter und sank mit dem Kopf auf ihre angewinkelten Knie. Das kleine Hündchen japste. Es stupste sie immer wieder aufmunternd mit seiner feuchten Schnauze an und lief zwischendurch zum rechten Wandeck. Als Grace nicht darauf reagierte, bellte er mehrmals lautstark, stellte sich auf seine Hinterpfötchen und kratzte an der Wand. Es war eher ein heiseres Kläffen, doch es war klar, dass er die beinahe entmutigte Abenteuerin auf etwas aufmerksam machen wollte. Sie stand auf.

»Was ist los? Willst du mir etwas zeigen?«, fragte sie ihren pelzigen Kumpel und kraulte lobend sein Köpfchen.

Da war etwas. Da musste etwas sein. Grace inspizierte die Wand penibel genau, wobei ihr der Hund zufrieden zusah. Und wirklich, da war etwas, das mit der Mauer nicht stimmte. Grace drückte dagegen und die Steine schienen sich etwas zu bewegen. Schließlich stemmte sich Grace mit enormem Kraftaufwand und vollem Körpereinsatz dagegen, und die Mauer öffnete sich einen Spalt.

»Kleiner, gut gemacht! Tüchtig«, lobte Grace ihren vierbeinigen Gefährten, der vor Stolz zu wachsen schien und voller Genugtuung zu ihr aufsah.

Grace zwängte sich durch den Spalt und hatte wieder einen schmalen Gang vor sich. Während das Hündchen vorantapste, ging Grace langsam und vorsichtig. Sie musste auf der Hut sein, irgendetwas hier war anders als in den Gängen zuvor. Sie konnte es spüren. Ein sehr komisches Gefühl durchfuhr sie. Nicht komisch auf eine schlechte Art. Einfach seltsam. Ein Gefühl, das sie bisher nicht gekannt hatte.

Sie leuchtete in die Dunkelheit, richtete den Lichtkegel von unten nach oben, von Seite zu Seite.

Da war etwas. Einige Meter vor ihr. Sowohl links als auch rechts. Etwas Großes. Als sie sich näherte, erkannte sie, dass der Weg von Statuen gesäumt war. Auf beiden Seiten standen sie einander gegenüber. Sie sahen sich ähnlich, aber irgendwie auch nicht. Die Figuren saßen alle im Lotussitz auf einem Sockel. Manche waren ein bisschen schmaler, andere größer, auch die Gesichter waren unterschiedlich. Sie wirkten so echt. Im Schein der Taschenlampe erschienen sie Grace MacGregor gespenstisch. Sie beleuchtete nicht mehr jede Figur, sondern richtete das Licht nur noch auf den vor ihr liegenden Weg. Irgendwie fühlte sie sich unbehaglich und beobachtet. Auch das Hündchen trippelte ganz dicht bei ihren Füßen und wich Grace nicht mehr von der Seite. Er blieb stehen und japste laut.

»Oh, du hast auch Angst, nicht? Na, komm her!« Die tierliebe Grace nahm das Hündchen hoch und kuschelte mit ihm. »Huch, du brauchst unbedingt ein Bad, wenn wir hier raus sind!« Als würde es der Kleine bejahen, antwortete er ihr mit einen kleinlauten ›Wuff‹. Die Archäologin lachte und drückte das kernige Hündchen fest an sich. Schon stand sie wieder vor einer Mauer. Sie setzte den kleinen Kläffer vorsichtig zu Boden und versuchte erneut gegen die Wand zu drücken. Diesmal funktionierte der Zauber jedoch nicht. Die Mauer bewegte sich nicht mal einen Millimeter. Grace seufzte. Sie beleuchtete die Wand Stück für Stück und fand schließlich doch eine schmale Unebenheit. MacGregor steckte sich die Taschenlampe in den Mund und staubte die Einkerbung ab. Es schien, als lägen Staubschichten der letzten Jahrhunderte darüber. Als sie es allmählich von sämtlichen Spinnweben und Staub befreit hatte, kam ein dekorierter Schlitz zum Vorschein. Grace überlegte. Der Schlitz war so groß, dass eine flache Hand hindurch passen würde. Aber sollte sie sich das wirklich trauen? Wer wusste, was sich hinter der Mauer befand? Sollte sie es wagen? Grace war sich wirklich sehr unschlüssig. Einerseits war sie schon so weit gekommen. Andererseits war ihr ihre Hand sehr lieb. Während sie ein Für und Wider abwägte, verlagerte sie die Balance von einem Bein zum anderen. Als könnte der Hund ihren inneren Zwist fühlen, stieß er sie von hinten auffordernd und ermutigend an. Grace seufzte und ließ zaghaft ihre Fingerspitzen in den Spalt gleiten. Sie tastete sich vorsichtig vor, nichts geschah. Schließlich steckte sie ihre Hand vollständig hinein und erwischte tatsächlich einen Hebel. Sie zog daran und das Felsentor öffnete sich unter lautem Grollen. Wohlbekannte Mechanismen aus längst vergangenen Tagen, damit kannte sie sich aus.

Die tapfere Grace nickte erleichtert und lobte sich selbst. Etwas unsicher, aber erhobenen Hauptes betrat sie die weitläufige Halle. Als MacGregor die Mitte des kreisförmigen Raumes erreichte, wurde es plötzlich hell um sie herum. Eine Fackel nach der anderen entzündete sich von selbst und sie ließen die Halle in Kerzenschein erstrahlen. Bei all den seltsamen Dingen, die sie in den letzten Tagen erlebt hatte, hätte sie eigentlich schon auf die nächste Überraschung vorbereitet sein sollen. Dennoch fuhr ihr der Schrecken bis in die Knochen. Sie schaute sich um, bis ihr Blick auf der gegenüberliegenden Seite haften blieb. Grace' Augen wurden größer. An der hinteren Felswand thronte ein großes Wesen. Auf den ersten Blick erinnerte es sie an eine riesige Buddha-Statue. Doch dieses Wesen war lebendig. Es saß wie die anderen Statuen im Lotussitz, seine lachsfarbene Haut schimmerte golden und reflektierte das Licht. Die großen, schwarzumrandeten Augen waren zwar geschlossen, dennoch wusste Grace, dass es sie begutachtete. Sie fühlte sich regelrecht durchleuchtet. Sie konnte nicht erkennen, ob es auf einem Sockel saß oder ob es tatsächlich in der Luft schwebte. Es machte fast den Eindruck. Das lange, royalblaue Tuch, das es um seinen voluminösen Bauch gewickelt hatte, reichte bis zum Boden und schien sich in der Luft zu bewegen. MacGregor stand wie angewurzelt da, ihre Gedanken überschlugen sich. Womit hatte sie es hier zu tun? Sollte sie versuchen, mit dem Wesen zu reden? Durfte sie es überhaupt ansprechen? Es sah so erhaben und allwissend aus. Was, wenn sie etwas Falsches sagte? Grace zögerte. Sie hatte Angst. War aber auch eine der neugierigsten Personen, die es gab. Sie richtete ihren Blick auf den Hund neben ihr. Dieser schaute gebannt abwechselnd zu dem Ehrfurcht einflösenden Wesen hinüber und dann wieder zu Grace hinauf. Gepackt von der Gier, der Sache auf den Grund zu gehen, entschloss sie sich, die Flucht nach vorne anzutreten.

In diesem Moment erklang eine mysteriöse Stimme in ihren Kopf.

»Trete näher!«

Ireene und der Lama hatten schon erwähnt, dass die Wesen im Samadhi-Schlaf per Telepathie miteinander kommunizierten. Doch das sich das so abgedreht anfühlte, darauf war Grace nicht vorbereitet gewesen. Ein Schauer durchlief sie, aber es war kein ungutes Gefühl – im Gegenteil, sie fühlte sich irgendwie in Sicherheit. MacGregor verbeugte sich vor der Kreatur und ging einige Schritte auf die Wesenheit zu. Sie hatte einen großen, runden Kopf und ebenso große, lange Ohren, in denen, so schien es zumindest, Ohrringe hingen.

»Hüterin der Dreizehn. Die Zeit ist gekommen! Erfülle deine Aufgabe und führe sie zusammen. Ob die Macht der Dreizehn gnädig sein wird, wird sich weisen. Möglicherweise ist es schon zu spät, die Erde zu retten. Zuviel Chaos herrscht auf diesem Planeten. Zerstörung, Wut und Habgier dominieren. Doch ein Funke Hoffnung bleibt.«

Grace lauschte andächtig den Worten des übermächtigen Wesens. Sie wagte es nicht, auch nur ein Wort zu sagen. Gänsehaut überzog ihren gesamten Körper, ihre feinen Nackenhärchen stellten sich auf. Plötzlich ertönte ein lautes, ohrenbetäubendes Grollen und ließ MacGregor erschrocken zusammenzucken. Sie schnappte nach Luft und legte beruhigend ihre Hände übereinander auf die Brust, um ihr Herz daran zu hindern, hinauszuspringen. Der Schock saß ihr in den Gliedern und ließ sich nicht so schnell abschütteln. Sie atmete scharf aus und versuchte, sich zu beruhigen, während sie gebannt zuschaute, wie sich hinter ihr ein kleiner Tunnel auftat.

»Dahinter findest du, was du suchst. Sei jedoch gewarnt – die Brücke kann nur einmal betreten werden.«

»Okay ... danke!« Grace nickte gedankenversunken, fasste Mut und verabschiedete sich winkend von dem mysteriösen Wesen. Sie inspizierte die kleine Öffnung von allen Blickwinkeln aus, ging seufzend zu Boden und hielt argwöhnisch inne. Für diesen Teil ihres Jobs empfand sie eine gewisse Hassliebe. Ihr unbändiger Entdeckergeist sowie ihr leidenschaftlicher Forscherdrang standen in krassem Kontrast zu ihrer ängstlichen, bedachten Seite. Hatte sie alle möglichen Gefahrenquellen erfasst und ausgeschlossen?

Normalerweise war sie für ihr akribisches Vorgehen bekannt – Umsicht lautete ihr zweiter Vorname –, aber was war an dieser Schatzsuche schon normal? Der Fauxpas von Guatemala lag ihr immer noch schwer im Magen. Sie wusste, für jede Eventualität gewappnet zu sein. In seltenen Fällen wie diesem, ließ sie anderen gerne den Vortritt.

Donner und Doria, reiß dich zusammen, altes Mädchen! Grace schüttelte ihr mulmiges Gefühl ab und schlüpfte in den schmalen Tunnel. Sie konnte sich nur robbend in dem mit Staub, Spinnweben und Erde bedeckten Loch fortbewegen. Endlich erreichte sie den Ausgang und stand auf einem Vorsprung, an dem eine Holzbrücke befestigt war. Grace verzagte. Die Brücke war in keinem guten Zustand. Das Holz schien alt und marode.

Das Hündchen war ihr gefolgt und setzte sich neben sie hin. Grace stieß Luft aus und seufzte laut. Sie kam sich vor wie in einem Film. Alles wirkte so irreal. Sie schüttelte den Staub aus ihren Haaren und band sie wieder zu einem strengen Zopf zurück. Was sie am anderen Ende der Brücke erblickte, ließ ihr fast die Augen aus dem Kopf fallen. Auf dem Felsplateau stand eine mindestens eineinhalb Meter große Pyramide. Sie erstrahlte in purem Gold. Der Boden der Pyramide war mit Smaragden und Rubinen besetzt. An der Spitze prangte ein riesiger Diamant. Er hatte einen Durchmesser von zwanzig Zentimetern und war so atemberaubend schön, dass Grace ihre Augen nicht davon loseisen konnte. Die Pyramide war von unschätzbarem Wert. Ihr Fund brächte Reichtum und Ruhm. MacGregor war fasziniert von der Vorstellung. Als sie ein leises ›Wuff‹ hinter ihr vernahm, wurde sie wieder zurück in die Realität geholt. »Mein Süßer, du bleibst besser hier!« Grace begutachtete die Brücke und das Felsplateau und erkannte, dass von dort ein steinerner Übergang wieder zurück auf diese Seite führte. Der wesentlich sicherer aussehende Weg war jedoch von ihrem Standpunkt aus leider unerreichbar. Das war also dann der Rückweg. Grace setzte einen Fuß auf die knarrende Holzbrücke.

Wenn das nur gut geht!

Sie atmete nochmals tief durch und betete, dass die Holzlatten ihrem Gewicht standhielten. Zur Sicherheit hielt sie sich an den Seilen fest und betrat die Brücke mit mulmigem Gefühl. Als sie ein paar kleine Schritte gegangen war, gab das erste Holzstück nach und fiel zu Boden. Grace hatte es gerade noch geschafft, auf dem nächsten zu stehen. Puh, das war knapp gewesen. Doch als sie so lange auf der Stelle verweilte, gab auch diese Latte nach. Es existierte kein anderer Ausweg, sie musste laufen. Die meisten Bretter, auf die sie ihren Fuß setzte, stürzten knarrend in die Tiefe. Grace schaute nicht zurück. Sie lief einfach die lange Brücke entlang. Gerade als sie nur noch ein kleines Stück vom Felsplateau entfernt war, hörte sie ein herzzerreißendes Wimmern hinter sich. Grace drehte ihren Kopf, während sie sich nach vorne bewegte, und entdeckte, dass ihr das Hündchen gefolgt war. Die Latte, auf der es stand, drohte jeden Moment abzustürzen und der Kleine hielt sich nur mit den Vorderpfoten am Bretterboden fest. Er jaulte und winselte verzweifelt. MacGregor blieben nur Millisekunden, um sich zu entscheiden. Sie war der Pyramide schon so nahe, aber sie konnte das kleine Kerlchen doch nicht seinem Schicksal überlassen. Ohne zu zögern und weiter nachzudenken, machte sie kehrt und lief dem Hündchen entgegen. Doch das erwies sich schwerer als gedacht. Die Brücke war inzwischen übersät von klaffenden Löchern, kaum die Hälfte der Latten waren noch übrig. Grace musste von Brett zu Brett springen. Mit Schrecken musste sie zusehen, wie der Hund immer mehr abrutschte. Hoffentlich konnte er sich so lange halten, bis sie ihn erreichen würde. Grace setzte zum nächsten Sprung an, doch das Brett, auf dem sie gelandet war, brach in der Mitte und MacGregor hatte plötzlich nur Luft unter den Füßen. Sie fiel und erwischte in letzter Sekunde das rettende Seil. Unter Einsatz ihrer letzten Kräfte zog sie sich hoch, immer mit den Augen bei ihrem kleinen Kumpel. Das Hündchen war nur einen knappen Meter entfernt. Grace krabbelte vorsichtig zu ihm hin, und gerade als der kleine Kerl zu fallen drohte, konnte sie ihn noch rechtzeitig zu fassen bekommen. Erleichtert schloss sie ihn in die Arme. Doch sie hatte keine Zeit zum Ausruhen, da die Latten unter ihr bedrohlich knacksten. Nach ein paar letzten und gefährlichen Sprüngen erklomm sie schließlich wieder den Felsvorsprung. Endlich hatte sie sicheren Grund unter ihren Füßen. Erschöpft sank Grace zu Boden und herzte das süße Fellknäuel. Mit einem traurigen Auge sah sie zum anderen Ende der Brücke. Der Weg war ihr nun abgeschnitten. Keine Chance, die Pyramide mit dem Schädel darin zu erreichen. Sie legte den Kopf auf die Knie und ließ ihren Tränen freien Lauf. Durch sie war die Mission nun ein für alle Mal gescheitert. Welche weitreichenden Folgen das wohl haben würde, konnte sie nicht abschätzen. Als verstünde der kleine Hund ihren Kummer, schob er sein Köpfchen unter Grace' Arm durch, kletterte schnurstracks auf ihren Bauch und schleckte ihre Wangen ab. »Ach, mein Kleiner«, lächelte Grace über die süße Geste. »Ich konnte doch unmöglich zulassen, dass dir was passiert!« Das Hündchen kuschelte sich an sie und Grace hielt es fest und streichelte es. Die beiden saßen noch ein paar Minuten so da, ehe sich die Archäologin die Tränen von der Wange wischte und aufstand. Sie schickte den Vierbeiner voran und passierte abermals den erdigen, engen Tunnel und stand dann betrübt und mit hängendem Kopf in der Halle. Wie sollte sie nur erklären, dass sie es nicht geschafft hatte, den Schädel zu holen? Sie trat näher, blieb aber abrupt stehen, als eine kleine Säule, oder ein Sockel, direkt vor dem mysteriösen Wesen in die Höhe fuhr. Grace wusste nicht, was jetzt geschah. Musste sie etwa mit einer Strafe rechnen? Die unsichere Frau verbeugte sich und wollte zu erklärenden Worten ansetzen.

»Durch dein reines Herz hast du die Prüfung bestanden! Du respektierst und liebst die Lebewesen dieser Erde, darum wird dir die Ehre zuteil, die wahre Hüterin der Schädel zu werden.«

Aus dem Sockel kam ein gelbgoldener Kristallschädel zum Vorschein. »Die Reise führt dich und deine Gefolgschaft nach Ägypten, in die große Pyramide von Gizeh. Die Halle der Aufzeichnungen wird sich euch erschließen. Nimm das Medaillon, es ist der Schlüssel. Bewahre es auf, denn nur du bist seine Wächterin, es wird dich auf deinem Weg beschützen. Und nun geh!«

Doch Grace konnte nicht gehen, noch nicht. Sie hatte noch so viele ungeklärte Fragen. Wollte noch so viel wissen über das Wesen, dessen Herkunft und so weiter.

»Stell keine Fragen, deren Antwort du nicht begreifen würdest. Finde die Halle der Aufzeichnungen! Lass dich von dem Amulett leiten. Nur dort wirst du die Wahrheit finden. Eile hinaus, die Tore schließen sich.«

Als MacGregor bemerkte, dass sich das Felsentor in Bewegung gesetzt hatte, steckte sie schnell den Kristallschädel in ihren Rucksack, legte sich das Amulett um den Hals und packte den kleinen Hund. Sie bedankte und verabschiedete sich gedanklich von dem Wesen, während sie zum Tor hinausrannte. Grace lief mit der Taschenlampe in der Hand den langen, dunklen Korridor entlang. Zwischen den unheimlichen Statuen vorbei, ohne auch nur einen winzigen Seitenblick zu riskieren. Vor ihr setzte sich schon der Mechanismus der zweiten Tür in Bewegung. Sie musste ordentlich an Tempo zulegen und sprinten, um noch rechtzeitig den Torbogen zu passieren. Keuchend und ausgepowert schlüpfte sie durch den engen Spalt, gerade bevor sich das Felsentor wieder mit der Mauer vereinigte.

»Puhhh!«, schnaubte sie nach Luft ringend, setzte das

Hündchen behutsam zu Boden und stemmte die Hände gegen die Oberschenkel. Gerade noch geschafft. Nach einer kleinen Verschnaufpause richtete sie sich wieder auf und fächelte mit den Händen vor dem Gesicht.

»Alles klar, Kleiner?« Sie ging nochmals in die Hocke und kraulte den Winzling. »Findest du den Weg aus der Höhle?« Grace' Stimme klang beinahe flehend. Sie hatte keine Ahnung, welcher der Gänge der richtige war. Wie aufs Wort kläffte das Hündchen zweimal und lief fröhlich voran. Grace folgte zuversichtlich. Es blieb ihr schließlich nichts anderes übrig.

Sie musste in großen Schritten durch die Tunnel hasten, so schnell flitzte das kleine Wollknäuel durch die Gänge. Inzwischen hatte Grace vollkommen die Orientierung verloren. Sie konnte nur beten, dass der Hund wusste, wohin er sie führte. Aber Grace hatte Vertrauen in ihren herzallerliebsten Wegbegleiter. Sie konnte es schon kaum mehr erwarten, endlich wieder ans Tageslicht zu kommen. Und Jason wiederzusehen. Sich endlich wieder in seinen strahlenden, verschmitzten Augen verlieren zu können – Grace konnte sich im Moment nichts Schöneres vorstellen. Allein bei dem Gedanken beschloss ihr Herz, Purzelbäume zu schlagen. Auch die Schmetterlinge in ihrem Bauch meldeten sich wieder pflichtbewusst zu Dienst und flatterten engagiert in ihrem Inneren herum. Echt schräg. Dieser Kerl hatte ihr gehörig den Kopf verdreht.

Gedankenverloren durchquerte sie die teils sehr engen Gänge und folgte dem flinken Kerlchen mit Gottvertrauen. Plötzlich blieb der Hund einige Meter vor ihr stehen und knurrte. Er schien auf einmal wie ausgewechselt und wirkte nervös und angespannt. Was konnte ihn so erschreckt haben? Grace ging neben ihm in die Knie und lauschte in die Finsternis hinein. Sie konnte absolut nichts wahrnehmen. Aber der Kleine knurrte immer bedrohlicher. MacGregor nahm ihren Mut zusammen und ging auf Zehenspitzen in die Richtung, in die der Hund so fixiert starrte. Zögerlich folgte er ihr. Grace schlotterten die Knie, aber sie zwang sich zum Weitergehen. Schließlich war das anscheinend der einzige Weg hinaus aus der Düsternis der Höhle. Komischerweise war ihr, als würde sie diesen Tunnel das erste Mal durchqueren. Er hatte viele Kurven und versteckte Nischen. Grace war sich sicher, dass sie hier beim Hereinkommen nicht entlanggegangen war. Als sie wieder vor einer langgezogenen Kurve stand, zog der kleine Hund heftig an ihrem zur Schleife gebundenen Schuhband, weshalb Grace stehen blieb und ihn verwundert ansah. Knurrend und zitternd drückte er sich an sie und guckte mit angsterfülltem Blick zu ihr nach oben.

»Süßer, was ist denn? Na, komm her ...« Grace nahm ihn wieder hoch und schritt vorsichtig und langsam den Gang entlang. Sie wusste, dass der Hund etwas witterte, vor dem sie sich in Acht nehmen musste. Als sie um die nächste Ecke bog, sah sie etwas in der Ferne. Der Schein ihrer Taschenlampe reichte nicht so weit, um die Erhebungen im Boden genauer zu erkennen. Doch was auch immer das war, es bewegte sich nicht. Grace schlich auf leisen Sohlen näher. Auch das Hündchen machte keinen Mucks, doch seine Nackenhaare stellten sich auf.

Was war das bloß? Es sah aus wie große Sandsäcke. Oder ...? Nein! Oh, doch ... Es waren menschliche Körper! ›*Hoffentlich keine Toten*‹, betete Grace. Nach Verwesung roch es zumindest noch nicht. Die Archäologin traute sich nicht, weiterzugehen, und rang mit sich selbst. Sie blieb in sicherer Entfernung stehen und beleuchtete die am Boden liegenden Menschen. Es waren fünf an der Zahl. Grace' Atem stockte, als sie eine Person erkannte: Sofija.

MacGregor zögerte, was sollte sie tun? Irgendwie musste sie an ihnen vorbei. Aber wie? Gab es hier unsichtbare Fallen? Andere Gefahrenquellen? Das Hündchen in ihren Armen fing plötzlich wie wild an zu zappeln, also setzte sie es ab, woraufhin das Fellknäuel vorsichtig zu den Körpern tapste und jeden Einzelnen neugierig beschnupperte. Seine Anspannung schien gelöst. War die Gefahr also gebannt? Waren sie alle bewusstlos oder tot? Nach kurzem Zaudern folgte sie ihrem Gefährten schließlich in Zeitlupe und auf Zehenspitzen. Grace behielt alle Körper im Auge und beleuchtete die Gesichter. Sie hockte sich neben Sofija und fühlte ihren Puls. Schwach, aber wahrnehmbar. Also waren sie nur bewusstlos. Irgendwie hatten alle ein schmerzverzerrtes Gesicht. War das der Zauber, vor dem der Lama sie gewarnt hatte? Konnte sie einfach weitergehen und die fünf Personen womöglich ihrem Tod überlassen? Es waren zwar sicher keine guten Zeitgenossen, aber dennoch waren es Menschen. Grace haderte mit sich selbst. Sie betrachtete die Gesichter und erkannte schließlich noch jemanden. Peter Findell, den millionenschweren Medienmogul. Grace dämmerte es: Das war also der geheimnisvolle Auftraggeber.

Ihr kleiner Wegbegleiter stand ebenfalls vor dem Körper von Findell. Er war ganz fixiert auf die Tasche, die neben ihm lag und stupste sie immer wieder an. Grace ging neugierig näher und stand unentschlossen über ihm. Sie kaute nervös auf ihrer Unterlippe herum und erwägte ihre nächsten Schritte. Durfte sie die Tasche öffnen? Ungeduldig und hechelnd tapste das kleine, freche Fellknäuel mit den Vorderpfoten auf die Tasche und nieste schnaubend.

»Du meinst also, ich soll einen Blick hineinwerfen, hmm?«, fragte Grace und wie zur Bestätigung schnaubte er ein zweites Mal keck. »Okay, wenn du es sagst …«, plauderte Grace in derselben süßlichen Tonalität wie bei ihrer Katze. Sie kam nicht umhin, in mütterlicher, liebevoller Babysprache mit Tieren zu reden. Sie seufzte und erlaubte es sich, nach kurzem Zögern einfach in die Tasche zu schauen. Mit vorsichtigen und langen Fingern öffnete sie deren Reißverschluss und war baff. Zum Vorschein kam Baby Luv!

Überglücklich, den Rosenquarzkristallschädel zu sehen, nahm ihn Grace heraus und drückte ihn innig an sich, bis es ihr sickerte und die Freude jäh verging. Dieser Typ hatte also das Leben von Jasons Freund und Kollegen auf dem Gewissen. Voller Abscheu blickte Grace auf die Bewusstlosen. Aber könnte sie es mit ihrem Gewissen vereinbaren, am möglichen Tod von fünf Personen Mitschuld zu haben? Nein, sicher nicht!

Plötzlich und völlig unerwartet ertönte erneut die greisenhafte Stimme der mysteriösen Wesenheit in ihrem Kopf: »Sie werden wieder aufwachen und dann vor die Wahl gestellt. Wenn sie sich entscheiden, wieder hinauszugehen, so sei ihnen das Leben geschenkt. Falls sie aber versuchen, weiter in die Höhle vorzudringen, so ist das ihr Ende. Nun geh!«

»Aber sie haben eine wichtige Information. Die Schwester meines Freundes wurde gekidnappt und nur ...«

Wie von Zauberhand hob Peter Findell vor Grace' Füßen auf einmal benommen den Kopf. Die junge Frau wich erschrocken zurück. Er blickte ihr kurz mit müden Augen ins Gesicht und fiel abermals zurück in die Bewusstlosigkeit. Dabei schlug sein Kopf hart auf den Steinboden auf. MacGregor verzog mitfühlend den Mund. »Autsch«, murmelte sie betreten. In diesem Moment meldete sich die buddhaähnliche Kreatur wieder und teilte Grace gedanklich den Aufenthaltsort des Entführungsopfers mit. Grace bedankte sich von ganzem Herzen und ließ die Ohnmächtigen erleichtert und ohne schlechtes Gewissen hinter sich. Bald sah sie schon die ersten Sonnenstrahlen am Ende des Tunnels. Grace lief dem Licht entgegen. Am Ausgang blendete sie das gleißende Sonnenlicht so sehr, dass es in den Augen schmerzte. Sie war wie blind von der Dunkelheit. Grace blinzelte und musste sich erst wieder an das Licht gewöhnen. Schützend hielt sie die flache Hand über die Augen, um sie von dem gleißenden

Sonnenlicht abzuschirmen und sich orientieren zu können. Wo waren alle?

»MacGregor!«

Grace schaute in die Richtung, aus der der raue, äußerst sonore Jubelruf gekommen war. Allein der Klang seiner tiefen Stimme ließ ihr Herz entzückt springen wie ein glitzernder Kinderflummi auf Marmorboden.

Jason! Die Archäologin hielt siegreich Baby Luv in die Höhe und lächelte triumphierend. Aus dem Augenwinkel nahm sie auch Ireene und Dr. Hu wahr, aber Grace hatte nur Augen für Dawn. Ohne hinzusehen, drückte sie Dr. Green abrupt den Rosenquarz-Kristallschädel in die Hand und lief in federnden Schritten auf Jason zu. Sie fühlte sich leicht und beschwingt, als wäre eine zentnerschwere Last von ihren Schultern genommen worden, und fiel dem Geheimagenten ihres Herzens um den Hals. Er wirbelte sie herum und küsste sie stürmisch. Seine begnadeten Lippen katapultierten sie wie eine Weltraumrakete in einen schwerelosen Zustand allerhöchster Euphorie. Grace war einfach nur glücklich. Glücklich, aus der Höhle zu sein. Glücklich, in Jasons beschützenden Armen zu liegen. Glücklich, die beiden Kristallschädel zu haben. Ja, oh da fehlte noch etwas. Oder besser gesagt noch jemand. MacGregor löste sich von Jason und lehnte sich mit dem Rücken an ihn. Sie blickte gespannt auf den Ausgang der Höhle. Und da war er. Unsicher wegen der vielen Personen lugte der kleine Hund aus der Finsternis und blickte sich schüchtern um. Grace klatschte fröhlich lächelnd in die Hände, rief ihn in lockenden Tönen und ging in die Hocke. Schon stürmte das Hündchen auf sie zu und sprang in ihre Arme.

»Wie's aussieht, hast du einen neuen Freund gefunden!«, raunte Jason und bückte sich ebenfalls nach unten, um sich von dem Kleinen beschnuppern zu lassen. Der Tibet-Spaniel beschnüffelte ihn gründlich und schien auch

Jason sympathisch zu finden. Er hechelte und ließ die Zunge heraushängen, es sah fast so aus, als würde er lachen.

»Ohne den kleinen Süßen hier, würde ich wahrscheinlich immer noch planlos in diesem endlos scheinenden Labyrinth herumirren!«

»Na, dann bin ich ihm ja zu großem Dank verpflichtet!« Jason kraulte den Hund zwischen den Ohren, was der Kleine sichtlich genoss.

»Aber Grace, das ist Baby Luv! Wie sind Sie an ihn gekommen?«, fragte Ireene irritiert, als sie den Kristallschädel näher begutachtete.

»Ja, genau. Ich hab ihn diesem Medienmogul abgenommen. Wenn wir schon dabei sind, wir sollten rasch aufbrechen, um möglichst viel Distanz zwischen uns und diese Söldner zu bringen. Wer weiß, wie lange ihre Ohnmacht anhält.« Die Nonchalance in Grace' Stimme imponierte Jason umso mehr. Diese Frau war aus hartem Holz geschnitzt.

Auf Ireenes fragenden Blick fügte Grace hinzu: »Den anderen Schädel habe ich natürlich auch. Hier in meinem Rucksack.« MacGregors Lässigkeit wirkte beinahe etwas hochnäsig. Aber so war sie nun einmal. Wenn es anderen nicht passte, ihr Problem. Grace schloss die Augen, legte ihren Kopf in den Nacken und genoss die warmen Sonnenstrahlen auf ihrer Haut. Was für ein herrliches Gefühl. Sie atmete tief ein. Für Grace fühlte es sich an, als wäre sie Tage, nicht Stunden in der Düsterheit der Höhle gefangen gewesen. Und nun endlich wieder das Tageslicht genießen zu können, war für sie ein wahrer Segen.

Jetzt erst fiel MacGregors Blick auf die drei gefesselten Personen unter den Bäumen. Sie nahm Notiz, zog eine Augenbraue in die Höhe, fragte aber nicht weiter, da sie die Antwort eh schon erahnen konnte.

Während sie den Hang hinunter zum See wanderten, nannte Grace Dawn den Aufenthaltsort von Dr. Hus

Schwester. Dieser sah sie verblüfft an, aber Grace zuckte nur verschwörerisch mit den Schultern und zwinkerte ihm zu. Dawn kontaktierte sogleich ein Backup-Team in China. Er klopfte Dr. Hu auf die Schulter und versicherte ihm, dass sich seine Schwester bald in Sicherheit befinden würde.

Dr. Ireene Green löcherte Grace mit Fragen, aber diese war zu erschöpft, um zu antworten. MacGregor seufzte schwermütig, wo sollte sie anfangen? Schließlich schüttelte sie müde den Kopf. »Eigentlich eine kurze Geschichte, aber zu lang zum Erzählen«, setzte sie an, doch als sie den enttäuschten Blick der Ärztin sah, seufzte Grace erneut. »Geben Sie mir ein bisschen Zeit, mich zu erholen und das Ganze zu verarbeiten, dann hören Sie die abgefahrenste Geschichte Ihres Lebens ...«, versprach sie geheimnisvoll und klopfte dem spirituellen Medium salopp auf das Schulterblatt.

Grace ging eine ganze Weile schweigend neben Jason her. Das schätzte sie so an ihm. Er war bestimmt brennend daran interessiert, zu erfahren, was Grace alles erlebt hatte und auf welche Informationen sie gestoßen war. Doch er war klug und sensibel genug, sie zur Ruhe kommen zu lassen und zu warten, bis sie sich bereit fühlte, ihm alles zu erzählen. MacGregor nahm ihn verstohlen von der Seite ins Visier und lächelte. Er fing ihren Blick auf und grinste ebenfalls. Sein verwegenstes Lächeln. Grace biss sich auf die Lippe. Sie konnte einfach nicht verstehen, wieso sie allein bei seinem Anblick Herzrasen bekam. Was hatte der Kerl nur an sich, dass er sie so mit seinem Charme verzaubert hatte? Na gut, was er an sich hatte, war ziemlich offensichtlich, aber trotzdem, da war noch mehr. So viel mehr. Er ging ihr einfach unter die Haut.

»Ägypten! Es geht nach Ägypten«, gab sie hintergründig preis und Jason nickte nachdenklich. Er nahm ihre Hand und drückt sie fest. Selbst bei dieser Berührung konnte Grace die Funken sprühen spüren. Und so durchwanderten sie die Täler Tibets. Auch ohne viele Worte waren sie einander ganz nahe.

Grace L. MacGregor sog alle Impressionen der herrlichen Landschaft in sich auf. Dieser Trip war etwas ganz Besonderes. Es handelte sich wahrlich um den Weg der Erleuchtung. Dem war sich die Archäologin bewusst. Sie konnte fühlen, dass sie ausgesprochen knapp davor war, die Erkenntnis zu gewinnen, nach der andere ein ganzes Leben strebten.

Schon in den Tiefen der Höhle, in der Halle des mysteriösen, mächtigen Wesens hatte sie es gefühlt. Als würde sich ihr der Sinn des Lebens offenbaren. Als wäre die Erleuchtung zum Greifen nahe. Als würde eine tiefgreifende Erkenntnis über ihr schweben und nur darauf warten, dass Grace ihre Sinne öffnete und sie begriff. Beinahe grenzte es an eine Art Epiphanie. Doch anscheinend war sie noch nicht so weit. Sie war noch nicht bereit, die Allwissenheit zu erlangen. Würden sich in der sagenumwobenen Halle der Aufzeichnungen alle Geheimnisse lüften? Würden sie in alle Mysterien eingeweiht werden und würden sich die letzten Rätsel der Menschheit lösen? Es fehlte ihnen nur noch ein einziger Kristallschädel. Ein Schädel, um jene geheimnisvolle Macht zu entfesseln, um die sich so viele Geschichten und Legenden rankten.

Kapitel Neunzehn

Als Grace früh am nächsten Morgen aufwachte, fühlte sie sich wie im Traum. Eigentlich noch besser. Da sie gestern wegen eines heftigen Sturmes keine Starterlaubnis bekommen hatten, waren sie dazu gezwungen gewesen, in einer Taverne nahe des Flughafens zu übernachten.

Und nun lag sie in Dawns Armen. Eng umschlungen konnte sie auf seiner Brust liegend seinen Herzschlag hören. Grace streichelte hauchzart über Jasons sexy Waschbrettbauch. Seine stahlharten Muskeln faszinierten sie. Er war ein einziges Kraftpaket, dessen Leistungsvermögen sie letzte Nacht ordentlich auf die Probe gestellt hatte. Mannomann, bei dem Gedanken daran durchglühte sie eine Art inneres Leuchten.

Sie hob ihren Blick und beobachtete den friedlich schlafenden Schönling. Sein Kopf ruhte auf zwei Kissen und seine verwuschelten, welligen, dunklen Haare umrandeten ihn wie ein Heiligenschein, was Grace lustig fand, da er alles andere als ein Engel war. Wenn er etwas war, dann teuflisch heiß. Seine Hand ruhte fest und besitzergreifend auf ihrer Taille. Sie wünschte, der Moment würde ewig dauern, sie könnte ihn noch Stunden heimlich betrachten. Die letzte Nacht war eine der schönsten gewesen, die sie jemals erlebt hatte. Blödsinn, es war die schönste Nacht überhaupt gewesen. Grace konnte sich nicht erinnern, jemals von solch einer hochexplosiven Leidenschaft ergriffen gewesen zu sein. Sie und Dawn, diese magische Anziehungskraft, sie passten zusammen, und das in jeglicher Hinsicht.

Als finge er ihre Gedanken auf, hoben sich seine schläfrigen Lider. Seine anbetungswürdig langen Wimpern öffneten sich wie ein prestigeträchtiger Bühnenvorhang und zum Vorschein kam das freche Funkeln seiner blaugrünen Augen. Seine sinnlichen Lippen küssten ihre blonde Mähne. Ein rauer und wonniger Seufzer erklang aus den Tiefen seines Halses und ließ sie sogleich erbeben. Seine elektrisierenden Fingerspitzen glitten an Grace' feingliedrigem Körper entlang und hinterließen ein aufregendes Prickeln. All ihre Sinne schienen geschärft. Sie fühlte jede Faser ihres Körpers, jedes noch so kleine Molekül, das sich nach mehr Zuwendung sehnte.

Jason küsste ihre Stirn, sanft und hingebungsvoll. Dann fuhren seine heißen Lippen ihre Konturen entlang, reizvoll und verführerisch. Sie hinterließen eine entflammte Spur Kinn abwärts. Er liebkoste ihren Hals und traf auf die erogene Zone an ihrem Nacken, während seine Finger über die Innenseite ihres Oberschenkel nach oben strichen. Grace entwich ein lustvolles Stöhnen, das ihn nur noch mehr anspornte. Zart wie ein Hauch fuhr seine Zunge über ihren sensiblen Mundwinkel, er reizte sie und war der absolute Meister des Vorspiels.

Er liebte ihre unwahrscheinlich weichen, voluminösen Lippen. Sie zu spüren und zu kosten, war für ihn wie Ambrosia, die Nahrung der Götter. Grace war eine absolut außergewöhnliche Frau, in jeglicher Hinsicht. Sie war so facettenreich, so rein und unschuldig und gleichzeitig so überaus verführerisch. Schließlich trafen sich ihre Münder. Der Kuss war feurig. Voller Leidenschaft. Heiß und intensiv. Beide hätten absolut keine Einwände, für längere Zeit in diesem schäbigen Zimmer zu bleiben.

In dem kleinen Bett zusammen mit Jason. Alles andere war ihr egal. Nur der Moment zählte. Grace sog den betörenden Duft des Geheimagenten ein. Sie streichelte mit den Fingerkuppen seinen athletischen Rücken entlang. Der Mann war ein wahres Muskelpaket. Als er sie ansah, fiel ihm eine Strähne seiner dunkelbraunen, leicht gewellten Haare ins Gesicht. Grace strich sie ihm zur Seite und ließ ihre Hand auf seiner Wange ruhen. Er sah einfach so unverschämt gut aus. Fasziniert sah sie in seine verträumten blauen Augen, in denen ein Hauch von Smaragdgrün schillerte.

In diesem Moment klingelte Jasons Telefon und holte sie jäh von ihrer kuscheligen Wolke sieben. »Fuck!« Dawn rollte verächtlich mit den Augen und seufzte grimmig. Grace wusste, dass auch er am liebsten alles andere vergessen würde, doch letztendlich waren sie auf einer ziemlich heiklen Mission. Als sich Jason widerwillig aufsetzte und in das Handy brummte, nutzte der kleine Hund seine Chance und sprang in einem Satz auf das Bett. Grace hatte ihn gestern Abend, als sie sich noch das Zimmer mit Ireene geteilt hatte, gründlichst gewaschen und gebadet. Jetzt sah er noch knuddeliger aus. Sein zuvor eher karamellfarbenes, erdbedecktes Fell glänzte nun fuchsrot. Auch die vorher kaum sichtbare, weiße Blesse auf seinem Köpfchen kam viel deutlicher zum Vorschein. Grace herzte das Hündchen und streichelte sein Bäuchlein. Sie selbst hatte sich an Jason gekuschelt, der sie mit einem Arm festhielt, während er kurz angebunden telefonierte.

»Sorry, Babe. Wir sind startklar!« Dawn gab Grace einen flüchtigen Kuss auf die Wange, bevor er sich raunend, doch zackig vom Bett erhob. Jede seiner Bewegungen war so energisch wie dynamisch und doch von einer sonderbaren Eleganz durchzogen. Jede. Absolut jede.

Während er im Badezimmer war, packte Dr. MacGregor flink ihre Sachen zusammen. Das Hündchen tollte neben ihr am Boden herum.

»Kleiner, wir haben ja noch gar keinen Namen für dich ... wie willst du heißen?« Grace hob die Flauschkugel hoch und blickte ihm in die braunen Kulleraugen. »Wie wär's mit Floyd? Das wäre doch passend, hmm? Was sagst du?« Der rotbraune Hund japste und wedelte vergnügt mit dem Schwanz.

»Haha, alles klar! Hey, Floyd!«, lachte Grace. Sie hatte nicht bemerkt, dass Jason im Türrahmen lehnte und die beiden beobachtete.

»Du nennst den Hund Floyd?« Jasons Tonfall war mehr als ungläubig.

Grace kicherte. »Na ja, das ist sozusagen unser Lied.«

Der fesche Geheimagent zog fragend eine Augenbraue hoch. Grace verdrehte die Augen und machte eine wegwerfende Handbewegung. »Ach, du musst ja nicht alles wissen ...«

Doch Jason blieb hartnäckig. Grace wollte an ihm vorbei ins Badezimmer, aber er hielt sie fest und kitzelte sie.

»Das ist also deine Verhörtaktik!«, gluckste Grace, die sich vor Lachen gar nicht mehr halten konnte.

»Funktioniert sie?«, fragte er herausfordernd und setzte seine aufreizende Attacke erbarmungslos fort.

»Na gut, ich gebe auf, du hast gewonnen! ... ›Hey Floyd‹ war das Lied, das ich gesungen habe, als der Kleine mich wie aus dem Nichts angesprungen hat!«

»Du hast gesungen?« Dawns Ton war noch irritierter und erstaunter als zuvor.

»Ähh ... ja, ich konnte diese furchtbare Stille nicht ertragen, also habe ich angefangen zu singen – das entspannt ungemein! Solltest du vielleicht auch mal probieren!« Grace boxte Jason spielerisch in den Oberarm.

»Schätzchen, da kenne ich schon bessere Methoden, um

mich zu entspannen!« Der dunkelhaarige Schönling zog sie ruckartig an sich und küsste sie.

Dieses Funkeln, dieses Feuer in seinen Augen. Der Geschmack seiner Lippen. Grace überlegte, wie viele Frauen wohl schon seinem Charme erlegen waren ... es müssen Hunderte gewesen sein. Hatte er eine ganze Armada an ›Dawn Girls‹? Sie konnte sich beim besten Willen nicht vorstellen, dass ihm auch nur eine Frau widerstehen konnte. Grace würde es im Herzen wehtun, wenn sie ihn mit einer anderen Frau sehen würde. Als sie weiter nachdachte, flippte ihr Herz abermals. Und da wusste sie es. Sie hatte sich in ihn verliebt. So verliebt, wie sie noch in keinen anderen Mann gewesen war. Ob das nun gut oder schlecht war, bliebe abzuwarten. Sie hatte eher den Eindruck, dass ihr Special Agent ein ganz schöner Casanova und mit Sicherheit kein Kostverächter war. Wahrscheinlich ergriff er jede Chance, die sich ihm bot. Grace trat einen Schritt zurück und blickte ihn an.

Wenn er wüsste, was ihr gerade durch den Kopf ging. Aber Grace wollte nicht weiter nachdenken. Sie war verliebt, und das Hals über Kopf. Sie beschloss, im Moment zu leben und nicht an morgen zu denken. Heute war *sie* mit ihm zusammen und sie würde jede Sekunde davon genießen. Er schaute ihr tief in die Augen, mit einem Blick, der Grace innerlich schmunzeln ließ. Sein sanfter, durchdringender Blick war erfüllt von Sehnsucht und Begehren. Vielleicht hatte sie ihn ja doch falsch eingeschätzt, vielleicht ...

Ägypten

»Alles fürchtet sich vor der Zeit.
Aber die Zeit fürchtet sich vor den Pyramiden.«
Aus Ägypten

Kapitel Zwanzig

Grace studierte das Medaillon, das sie an einer langen Kette um den Hals trug. Es war rund, erinnerte sie aber irgendwie an ein Schlauchboot. Der Rand war etwa so breit wie ihr Zeigefinger und mit spiralförmigen Einkerbungen verziert. Die Mitte hatte einen Durchmesser von rund vier Zentimetern und war nur wenige Millimeter dick. Es war aus purem Gold angefertigt und sah wunderschön aus. Die Archäologin drehte und wendete es gedankenverloren. An der Rückseite waren Zeichen eingraviert, die Grace noch nie zuvor gesehen hatte. Sie ähnelten zwar ein wenig den ägyptischen Hieroglyphen, waren aber doch wieder ganz anders. Irgendwie aufwendiger und moderner. Welche Sprache das wohl war? Die Professorin hatte den Eindruck, dass das Medaillon das Werk einer hochentwickelten Zivilisation sein musste. Wer hatte es wohl angefertigt? Und für welchen Zweck? Unweigerlich musste Grace an die Worte des geheimnisvollen Wesens aus Tibet denken: ›Das Medaillon leitet dir den Weg‹. Hmm, war das ernst gemeint gewesen? Handelte es sich um ein magisches Amulett? Oder war es nur ein kostbares Schmuckstück? Vielleicht ein Schlüssel? Konnte man es öffnen? Als Grace seufzte, blickte der kleine Floyd, der sich vor ihren Füßen zusammengerollt hatte, treuherzig zu ihr auf. Die Archäologin hob das Hündchen hoch, was dem flauschigen Kerlchen gefiel. Er freute sich über jede spontane Streicheleinheit und kuschelte sich an sein neues Frauchen. Schon bald schlief er leise schnarchend auf ihrem Schoß ein.

»Mein Team kümmert sich schon um alle nötigen Einreisepapiere für deinen kleinen Racker. Sein Haustierreisepass ist in Arbeit. Du musst allerdings zu Hause einen Tierarzt aufsuchen, der ihn durchcheckt. Aber mit unseren Dokumenten kann er die Quarantäne umgehen, wenn er so gesund ist, wie er aussieht ...«, ließ Jason Grace wissen und streichelte sanft über das flauschige Köpfchen des kleinen Spaniels.

»Danke dir!«, hauchte Grace ergriffen und schenkte ihm ein verbundenes Lächeln. Sie saßen nun schon eine ganze Weile im Flugzeug, Grace wusste schon nicht mehr, wie sie sitzen sollte. In circa zwei Stunden würden sie endlich Kairo erreichen. Was erwartete sie in Ägypten? Dort, wo ihre Reise ein Ende haben sollte.

Dr. MacGregor war schon richtig nervös vor Spannung. Sie spürte, dass sie ihrem Ziel schon bahnbrechend nahe waren.

Würden sie die legendäre Halle der Aufzeichnungen tatsächlich finden? So viele Forscher vor ihnen waren schon daran gescheitert. Manche hatten bis an ihr Lebensende vergebens danach gesucht. Bis gestern war die Archäologie-Professorin nicht einmal sicher gewesen, ob es diese besagte Halle überhaupt gab oder sie nur in das Reich der Mythen und Sagen gehörte. Die Vorstellung, dass es sie gäbe, klang irgendwie utopisch. Laut Überlieferungen befand sich darin das gesamte verlorene Wissen der Menschheit und des Universums. Geheimnisse der Vergangenheit, Geheimnisse der

Zukunft. Würden all diese Geheimnisse mit einem Schlag gelüftet werden? Wie sollte das nur möglich sein? Grace musste schmunzeln, als sie an die Unterhaltung mit Ireene vor ein paar Stunden dachte. Sie war richtig beeindruckt gewesen, wie viel die rothaarige Ärztin doch von den ganzen Sagen um die Halle der Aufzeichnungen wusste. Wie sich vorhin herausgestellt hatte, war Dr. Ireene Green eine große Bewunderin von Edgar Cayce. Gut, da sie ebenfalls ein Medium war, eigentlich nicht weiter verwunderlich. Dennoch wirklich beachtlich, dass sie all seine Schilderungen und Aussagen ganz detailliert und auswendig wiedergeben konnte. Sie hatte sogar eine der frappantesten Passagen zitiert: ›Der versiegelte Raum der Aufzeichnungen liegt in jener Position, da die Sonne sich von den Wassern erhebt und die Linie von Schatten oder Licht zwischen die Pranken des Sphinx fällt, der später als Beschützer oder Wächter errichtet wurde. Er darf über die Verbindungskammern von der rechten Pranke des Sphinx nicht betreten werden, bis die Zeit vollendet ist …‹. Das gab MacGregor schon sehr zu denken. Was hatte ›bis die Zeit vollendet ist‹ zu bedeuten? Während sie darüber gegrübelt hatte, war es schon weiter aus Ireene Green herausgeblubbert. ›Ohne Einvernehmen darf man dieses nicht betreten, da jene, die als Wächter zurückgelassen wurden, nicht passiert werden dürfen …‹

Bei diesen Worten lief Grace ein Schauer über den Rücken, wollte sie nicht unbedingt wieder mit übernatürlichen Wesen konfrontiert werden. Die Erfahrung in Tibet war schon beängstigend genug gewesen. Zwar hatte sie keine Furcht vor der weisen Wesenheit empfunden, aber für einen eher rational denkenden Menschen geriet die Welt bei so etwas schon ein bisschen aus den Fugen. Und nun sollten sie es mit ›Wächtern, die nicht passiert werden dürfen‹ zu tun haben? Das klang dann doch wieder etwas zu utopisch und realitätsfern für Grace' Geschmack. Alles durfte man ja auch nicht für bare Münze nehmen. Dennoch musste die Archäologin über sich selbst schmunzeln. Als das Medium von den Wächtern geredet hatte, war MacGregors erster Gedanke gewesen: auferstandene Mumien. Dass die Archäologin eine begeisterte Cineastin war und vor allem Abenteuerfilme liebte, konnte sie schlecht abstreiten. Die hellsichtige Ärztin hatte Grace weiter aufgeklärt, warum Edgar Cayce seinerzeit als ›der schlafende Prophet‹ in die Geschichte eingegangen war – nämlich da er seine Visionen in Trance auf der Couch liegend empfangen hatte. Weit über tausend mediale Readings waren dokumentiert, am bekanntesten waren wohl seine Aussagen über den Untergang von Atlantis vor zwölftausend Jahren und über Ägypten. Er hatte berichtet, dass die überlebenden Atlanter die Schöpfer der Pyramiden gewesen waren, und dass der Eingang zu den heiligen Hallen der Aufzeichnungen, die alles Wissen enthielten, zwischen den Pranken des Sphinx zu finden war. Genau dort wollte auch Ireene Green mit der Suche ansetzen. Im letzten Jahrhundert war das Gizeh-Plateau ohnehin schon Schauplatz etlicher Grabungen gewesen. Wie konnte es also sein, dass ein Tor, wenn auch verborgen, noch nicht zum Vorschein gekommen war? Zum Teil war nicht zimperlich mit den Monumenten aus den längst vergangenen Zeiten umgegangen worden. Die Methoden, die angewandt worden waren, waren grob und zerstörerisch gewesen. Es brach Grace fast das Herz, wenn sie nur daran dachte, wie achtlos damalige Archäologen, Abenteurer und vor allem Grabräuber mit den Bauwerken umgegangen waren. In den Anfängen der Archäologie hatte man viel mit Dynamit und Brecheisen gearbeitet, alle Mittel waren recht gewesen, um verborgene Schätze zu finden und somit Ruhm zu erlangen und in den Geschichtsbüchern namentlich erwähnt zu werden.

»Und, was wird uns in Ägypten erwarten?« Jason

blickte die gedankenverlorene Grace mit seinem so reizvollen Lächeln an.

Aus ihren Gedanken gerissen zog Grace eine Augenbraue hoch und seufzte, während sie Floyd wieder zurück auf den Boden setzte.

Sie schüttelte den Kopf. »Keine Ahnung, wirklich. Alles oder nichts, so habe ich jedenfalls das Gefühl.« Grace spielte wieder mit dem Medaillon. Es fühlte sich so gut an, es zu berühren.

»Kara, meine Studienkollegin, bereitet in der Zwischenzeit alles für unsere Ankunft vor, ganz wie besprochen! Sollte eigentlich klargehen. Hoffentlich.«

»Es ist ein guter Plan!«, bekräftigte sie Jason. »Ferner kommt uns zugute, dass es bereits dunkel ist, wenn wir ankommen, das macht es leichter.«

»Ja, aber ob die unsere Finte schlucken?«, Grace sah fragend zu Dawn auf. Er legte den Kopf schief und sah ihr tief in die Augen.

»So, wie wir es inszenieren, wird die CIA alle Leute brauchen und somit jeden vom Plateau abziehen. Bis sie merken, dass es nicht wir sind, die bei Sakkara graben, sollten wir schon in der Halle der Aufzeichnungen sein.«

»Sofern wir überhaupt in ihre Nähe kommen!«, merkte Grace zweifelnd an und blickte nachdenklich aus dem Fenster.

»Nicht so pessimistisch, Dr. MacGregor! Bis jetzt sind wir doch schon so weit gekommen und von ein paar CIA-Agenten lassen wir uns jetzt auch nicht aufhalten. Die werden schon früh genug informiert werden.« Dawn, der sich lässig an einen Sitz gelehnt hatte, fügte mit einem zutiefst abfälligen und spöttischen Ton, den er für den ausländischen Geheimdienst übrig hatte ›Nach erfolgreichem Abschluss unserer Mission, versteht sich‹ hinzu.

Grace richtete den Blick wieder auf Jason, sah aber weder aufgemuntert noch siegessicher aus. »Ihr Geheimagenten mit euren geheimen Geheimnissen ...« Sie schüttelte den Kopf, rang sich dann aber doch ein kleines Lächeln ab. Jason beugte sich hinunter und küsste ihre Wange, bevor er wieder zurück ins Cockpit ging.

Diese Chance nutzte Dr. Hu und gesellte sich zu der blonden Britin, die in den Augen des quirligen Wissenschaftlers leicht bedrückt wirkte.

»Hallo!«, stimmte er fröhlich an und Grace erwiderte sein warmherziges Lächeln. »Dr. Hu, freuen Sie sich schon auf Ägypten?«

»Und wie, die Pyramiden haben schon seit jeher eine große Faszination auf mich ausgeübt. Ich wollte sie schon so lange einmal besichtigen, endlich ist es so weit! Sagen Sie, was halten Sie von der Theorie, dass die drei Pyramiden das Sternbild des Orion darstellen? Ich wollte Sie schon die ganze Zeit darauf ansprechen, jedoch habe ich immer die richtige Gelegenheit verpasst.«

Die Frage aus dem Munde eines Astrophysikers verblüffte die Archäologin doch ein wenig. Sie atmete tief ein, bevor sie zu einer Antwort ansetzte. »Natürlich kenne ich diese Theorien, als auch die These, dass ganz Ägypten womöglich eine gigantisch große Sternkarte ist.« MacGregor grinste mokant. »Wobei der Nil die Milchstraße darstelle.«

»Sie zählen also zu den Kritikern dieser Theorie?«, stellte Xiang Hu mit einem enttäuschten Gesichtsausdruck fest. Sein Tonfall war wie der eines Kindes, dem gerade gesagt worden war, dass es den Weihnachtsmann gar nicht gab.

Grace' Mundwinkel zuckten. »Keineswegs, ganz im Gegenteil. Sie kennen mich und meine Herangehensweise an die Archäologie nun doch schon ein wenig. Wer weiß, wie viele Pyramiden und Bauten noch unter dem Sand verborgen auf uns warten. Insofern könnte das mit der überdimensional großen Sternkarte durchaus stimmen.« Die

Archäologie-Professorin gestattete sich eine kleine Pause, bevor sie weiterredete.

»Okay, laut Prä-Astronautik-Theorie sind die Chephren, Cheops, und Mykerinos Pyramide ein Abbild der Orion Gürtelsterne.«

»Alnitak, Alnilam und Mintaka«, unterbrach sie der schnell redende Xiang.

Grace nickte beeindruckt. »Das liebe ich an den Gesprächen mit Ihnen, ich lerne immer etwas dazu! ... Sie wissen, diese Theorien wurden von den Skeptikern in der Luft zerrissen und gelten eigentlich schon als widerlegt.«

Der Astrophysiker nickte schweigend und leicht betrübt. »Ja, weil die Winkel nicht ganz stimmen und es einige leichte Abweichungen gibt. Aber wenn man alles berücksichtigt, vor allem die Veränderung der Leuchtkraft und der Winkel, die Dynamik ... dann würde die Anordnung äußerst präzise zutreffen.«

»Somit halten Sie die Sphinx-These also auch für wahr?«

»Sphinx-These?«

»Nun, dass der Sphinx zehntausendfünfhundert vor Christus zur Tages- und Nachtgleiche in das Sternbild des Löwen geblickt hat. Genauso wie angeblich Angkor Watt nach den Sternen ausgerichtet war, jedoch auf das Sternbild des Drachen. Und das alles im Zeitalter des Löwen. Was sagt ein namhafter Astro-Wissenschaftler dazu? Könnte da etwas dransein?«

Mehr hatte Grace nicht gebraucht, Dr. Xiang Hu, der Astrophysiker mit Leib und Seele, hatte Feuer gefangen und redete in einem Wortschwall, ohne auch nur Luft zu holen. Sie freute sich, dass das quirlige Wissenschaftsgenie nach geglückter Befreiung seiner Schwester wieder der Alte war. Seine Erklärungsversuche klangen ja recht plausibel, doch alles jenseits von Sternkonstellationen und Winkelabweichungen, war für die junge Archäologin nicht unbedingt einfach zu verstehen. Sie bemühte sich wirklich, ihm zu folgen, aber nach kurzer Zeit verstand sie nur noch Bahnhof. Sie empfand es als unhöflich, ihn zu unterbrechen, doch suchte sie verzweifelt nach einer Möglichkeit, sich aus der Affäre zu ziehen. Hilfe suchend blickte sie sich um, doch Ireene schlief tief und fest und von Dawn gab es wieder einmal keine Spur. Die blonde, hübsche junge Frau blickte stirnrunzelnd und mit großen Augen zu Xiang auf und lächelte mit zusammengepressten Lippen. Der lustige und gern redende Chinese verstand ihren um Nachsehen bittenden Gesichtsausdruck und kicherte leise vor sich hin.

»Verzeihen Sie mir, ich vergesse schnell, dass ich nicht unter meinesgleichen bin. Astrophysik ist nun mal mein Leben«, meinte er entschuldigend.

»Aber was sagen Sie denn nun dazu? Könnten die Bauwerke wirklich schon so alt sein?«, fragte er nach einer kurzen Denkpause.

»Nun ja, offen gestanden ist es durchaus möglich, dass die Pyramiden und vor allem der Sphinx wesentlich älter sind als ursprünglich angenommen. Stein kann man ja nicht mit der C14-Methode datieren, wie Sie bestimmt wissen. Und eindeutige Spuren deuten darauf hin, dass sowohl der Sphinx als auch der Gizeh-Komplex irgendwann unter Wasser gestanden haben. Vielleicht sind sie tatsächlich vorsintflutliche Bauwerke einer untergegangenen Zivilisation, wer weiß«, lächelte Grace versonnen, als sie in Dr. Hus grenzenlos begeistertes Gesicht blickte.

»Wenn man zum Beispiel Manethos Königs-, beziehungsweise Götterlisten, zur Hand nimmt und sie richtig liest, könnte man sie sogar als Beweis dafür anführen. Doch die Götterlisten lassen sich nicht mit dem gängigen Geschichtsbild vereinbaren und werden von sämtlichen Altertumswissenschaftlern als Unsinn und Fantastereien abgetan.«

»Wer war dieser Manetho noch schnell? Der Name

kommt mir irgendwie geläufig vor ...« Dr. Hu kratzte sich gedankenverloren am Ohrläppchen und starrte Löcher in die Luft.

»Er war ein ägyptischer Priester im dritten Jahrhundert vor Christus und somit Eingeweihter in die altägyptische Religion. Sein Werk Aegyptiaca ist quasi ein Verzeichnis über alle Herrscher des Landes am Nil und laut ihm regierten lange vor den uns bekannten Pharaonen erst die Götter, wie Re, auch Helios genannt, dann Ptah, der mit dem griechischen Hephaistos gleichzusetzen ist, später Geb, der mit dem Titanen Kronos ident ist, dann Osiris, Seth, Horus und – jetzt halten Sie sich fest – nach ihnen setzte sich die Regentschaft 139.000 Jahre fort. Nach den Göttern regierten die Nachkommen der Götter, die sogenannten Halbgötter und Heronen und sehr viel später erst begann die Herrschaft der uns bekannten Pharaonen. Eine ähnliche Chronologie finden wir im Turiner Königspapyrus, auf das die archäologische Fachwelt allzu gerne zurückgreift, jedoch nur, wenn es um namhafte Regenten wie zum Beispiel Ramses den Großen geht. Die darin aufgeführten Götter und Halbgötter werden gekonnt unter den Tisch gekehrt. Oh, und die sumerische Königsliste ist diesbezüglich auch sehr aufschlussreich. Sie dokumentiert die Herrscher von der Erschaffung der Welt bis zur großen Sintflut.«

»Wow!« Dr. Hu war sichtlich sprachlos, so wortkarg kannte Grace ihn gar nicht.

»Ja, laut der gut erhaltenen Steintafel, die heute im Britischen Museum ausgestellt ist, sollen zehn Urkönige regiert haben, sage und schreibe 456.000 Jahre lang, bis die große Sintflut kam. Danach herrschten dreiundzwanzig Könige – 24.510 Jahre.« Die Archäologin zuckte mit den Schultern. »Tja, die Zeitspannen sind irre und umstritten. Manche meinen, vor allem bei Manethos Angaben müsse es sich um Mondjahre handeln, andere ...« Sie machte eine wegwerfende Handbewegung. »Wie man es dreht und wendet, es bleibt wohl ein Mysterium!«

Man konnte direkt sehen, wie es in Xiang Hus Kopf ratterte. Er schnappte sich sein iPad und begann mit fliegenden Fingern Zahlen einzugeben, berechnete Zeitspannen, fertigte Skizzen mit Sternkonstellationen an und jonglierte wild mit Jahreszahlen. Grace rauchte schon nach Kurzem der Kopf, was der wissbegierige Astrophysiker bemerkte. »Entschuldigung, manchmal schieße ich übers Ziel hinaus. Danke für die vielen Informationen, Sie erweitern meinen Horizont mit jedem Gespräch!«, beteuerte er und machte sich vom Acker.

Grace war irgendwie erleichtert, als er sich wieder zu seinem Sitz begab. Von so vielen physikalischen Ausdrücken und mathematischen Rechnungen war ihr leicht wirr im Kopf. Dennoch hatte sie die Unterhaltung als eine nette Ablenkung von ihren Sorgen empfunden. Die leider gleich wiederkehrten, als sie allein vor sich hin grübelte. Obwohl die junge Archäologie-Professorin versuchte, alles so optimistisch wie möglich zu sehen, konnte sie ihre tiefe Besorgnis nicht abschütteln. Bisher hatten sie einfach eine Menge Glück gehabt. Mehr Glück als Verstand. Ihre Mission schien unter einem guten Stern zu stehen, das schon. Aber was, wenn ihre Glückssträhne nun ausgereizt war? Grace war überzeugt, dass Ägypten der schwerste Teil der Schatzsuche sein würde. War es immer schon. Es war ein derart geheimnisumwobenes Land, mit einer so unvorstellbar alten Vergangenheit, die keiner kannte. Was hatten sie hier nur zu erwarten? Jason stellte sich das alles eindeutig zu leicht vor. Gut, die CIA-Agenten, die seit geraumer Zeit geheime Grabungen am Plateau durchführen, würden sie auf eine falsche Fährte führen. Was aber, wenn nicht alle vom Plateau abgezogen werden würden? Wie sollten sie es überhaupt unbemerkt dorthin schaffen? Wie konnten sie, ohne Aufsehen zu erregen, den geheimen Eingang finden, der trotz unzähliger Bohrungen, Vermessungen und Ausgrabungen bislang verborgen geblieben war? Falls sie ihn fanden, wie lange würde es dauern, den Schacht oder was auch immer abzusichern? Und wie würden sie die zwölf Kristallschädel unbeschadet dorthin transportieren? Grace war sich sicher, dass Jason all diese Dinge nicht ganz durchdacht hatte. Ihre Unruhe wurde von Minute zu Minute größer. Gerade als sie aufstehen wollte, um den Geheimagenten mit den, ihrer Meinung nach nicht durchdachten und fraglichen Aspekten zu konfrontieren, stand die kreidebleiche Dr. Green vor ihr. Grace fuhr erschrocken zusammen, hatte sie die Ärztin schließlich nicht kommen gesehen.

»Haben Sie Vertrauen!« Die rothaarige Frau legte ihre Hand auf Grace' und lächelte versonnen. Durch die ruhige Ausstrahlung des Mediums fühlte sich MacGregor sofort entspannter.

»Wissen Sie etwas? Hatten Sie eine Vision?«, hakte Grace neugierig nach. Die sensible Professorin hatte schon festgestellt, dass Dr. Greens Stimme immer einige Nuancen tiefer klang, nachdem sie übernatürliche Wahrnehmungen gehabt hatte. Noch dazu war ihr Teint um einiges heller. So wie gerade eben.

Ireene schmunzelte milde. »Haben Sie einfach Vertrauen. Zweifel wirken nur störend und können in die Irre führen. Lassen Sie sich von der Ungewissheit nicht verunsichern. Glauben Sie. Vertrauen Sie. Hören Sie auf ihr Bauchgefühl. Lassen Sie die Magie zu, auch wenn Sie noch so skeptisch sind. Das Medaillon ist der Schlüssel, es wird Sie leiten, jedoch nur, wenn Sie darauf vertrauen.«

Ohne ein weiteres Wort machte die elfengleiche Frau auf dem Absatz kehrt und ließ sich ein paar Sitze weiter vorne neben Dr. Hu nieder.

Grace blieb seufzend zurück. Genial. Positiver Glaube ist wohl alles. Scheinbar unüberwindbare Hindernisse lassen sich also einfach durch positive Energie überbrücken?! Und wie in aller Welt konnte man ihre über alle Maße berechtigten Zweifel so einfach abschütteln? Hmm. Leicht irritiert und skeptisch seufzte sie abermals und schloss die Augen. Eine kleine Meditation konnte nie eine schlechte Idee sein, schon gar nicht jetzt.

Kapitel Einundzwanzig

Wie hatte die Sache nur so aus dem Ruder laufen können? Grace duckte sich und versuchte verzweifelt, irgendwie Deckung zu finden. Sie kauerte dicht neben Dawn im Sand und drückte sich an die steinerne Schulter des Sphinx. Zum zweiten Mal binnen weniger Tage musste sie dem Tod in die Augen sehen. Kugeln flogen ihr nur so um die Ohren. Die Situation schien ausweglos, sie waren eindeutig in der Unterzahl und saßen am Gizeh-Plateau fest. Hier zu sterben, im Wüstensand, am Fuße des jahrtausendealten Bauwerks, unter den wachsamen Augen des Sphinx, war eindeutig kein reizvoller Gedanke. Doch im Moment das Einzige, woran Grace denken konnte. Sie fühlte sich wie gelähmt vor Angst und sah alles schon vor ihrem geistigen Auge ablaufen.

Wie um alles in der Welt hatte die Sache so furchtbar schiefgehen können? MacGregor rekapitulierte die letzten Stunden. Es hatte doch so gut begonnen, als sie in Ägypten gelandet waren. Wider Grace' Erwartung war es tatsächlich wie am Schnürchen gelaufen; das CIA-Ausgrabungsteam war wie erwartet neugierig genug gewesen und befand sich auf dem Weg nach Sakkara, somit hatten sie sich problemlos mit den Kristallschädeln im Gepäck zum Gizeh-Plateau aufmachen können. Ganz ohne Aufsehen zu erregen, hatten sie binnen kurzer Zeit ihr Ziel erreicht.

Auch wenn die Archäologin schon unzählige Male hier gewesen war, es raubte ihr jedes verdammte Mal den Atem, wenn sich die Pyramiden in der Ferne aus dem Sand erhoben. Sie übten einfach eine magische, unerklärliche Anziehungskraft auf sie aus. Grace war sich sicher, dass es jedem so gehen musste. Es konnte sich doch niemand dieser Aura, die das Weltwunder umgab, entziehen?! Ein Ding der Unmöglichkeit. Schon die Ruhe, die das Plateau ausstrahlte, war immer eine Genugtuung. MacGregor nannte es nicht ohne Grund ihren Ort der Erholung. Vom hektischen Treiben in Kairo, vor dem Grace immer graute, wenn sie eine Reise nach Ägypten plante – hier konnte sie dem Chaos entkommen und ihre Ruhe finden. Natürlich nur jenseits der Touristenzeiten. Von Vormittag bis in die frühen Abendstunden beherrschte ein Bild die Szenerie: Menschenmassen, die sich über den jahrtausendealten Platz wälzten und ihre Spuren hinterließen. Ein Wirrwarr aus Touristengruppen, selbsternannte Fremdenführer, über alle Maßen aufdringliche Händler, vor denen es absolut kein Entrinnen gab. Schwer zu ertragen und äußerst nervenzehrend. Glücklicherweise zählte Grace schon seit ihrer Studienzeit zu dem erlesenen Kreis der Archäologen, die die Erlaubnis hatten, bei Nacht zu arbeiten.

Unter sternenklarem Himmel und im schwachen Licht des Mondes war der Anblick der drei Pyramiden beinahe noch faszinierender. Noch mystischer. Auch wenn sich die blonde Archäologie-Professorin diesmal mehr auf den Sphinx konzentrierte. Den mächtigen Löwen mit Menschenkopf, der erhaben vor den Pyramiden thronte und über sie wachte. Grace konnte einfach nicht anders, jedes Mal, wenn sie vor den Pranken des Sphinx stand und in sein Antlitz blickte, empfand sie tiefe Ehrfurcht und Respekt. Das mystische, aus Kalkstein erbaute Wesen hatte einfach einen so starken Ausdruck. Die wissenden Augen, das geheimnisvolle, kaum wahrnehmbare Schmunzeln. Kulturen kamen und vergingen, der Sphinx wachte weiterhin. Die vielen Jahrtausende konnten dem Monument nichts anhaben. Fast jedenfalls. Der Makel an der Nase konnte seiner Schönheit und Anmut keinen Abbruch tun. Wenn er könnte, was würde er erzählen? Der steinerne Zeitzeuge, der so viele Herrscher kommen und gehen gesehen hatte. Die Abgeklärtheit in seinem Blick erinnerte Grace, auch wenn es noch so dumm klang, etwas an Leonardo da Vincis mystisches Portrait der Mona Lisa. Irgendwie jedenfalls.

Stunden hatten sie hier nun damit zugebracht, einen Zugang zu suchen. Bislang vergeblich. Hier war mit absoluter Sicherheit kein Eingang. Doch Dr. Green hatte wieder eine von ihren Visionen gehabt und war felsenfest überzeugt, dass sich der Eingang zu der Halle der Aufzeichnungen bei dem Wächter der Pyramiden befand. Genauso wie es schon Edgar Cayce vor ihr vermutet hatte.

Grace liebte den majestätischen Sphinx ebenso sehr wie die Pyramiden. Sie kannte ihn in- und auswendig. Nun hatten sie und das Team auch noch jeden Zentimeter, wo man einen Eingang vermuten könnte, mit penibler Genauigkeit abgesucht. Ohne Erfolg. Das Amulett war ebenfalls keine Hilfe. Es leitete Grace MacGregor nicht im Geringsten. Sie konzentrierte sich, versuchte, mit aller Kraft darauf zu vertrauen. Nichts. Auch als das rothaarige Medium es an sich nahm und es auf Herz und Nieren prüfte, sie wurde daraus nicht schlau. Es tat sich einfach gar nichts.

Fantastischer Wegweiser.

Als sich die Sonne langsam in den frühen Morgenstunden über den Pyramiden erhob, tauchte sie alles in ein angenehm rot-orangefarbenes Licht und schuf eine sagenhafte Atmosphäre. Es war einfach überwältigend schön.

Grace hatte zwar schon öfter die Gelegenheit gehabt, zu dieser Tageszeit auf dem Plateau zu sein und das Schauspiel mitzuerleben, doch ihre Faszination war immer die gleiche. Die Bauwerke als auch der Sand der Wüste schienen, als wären sie mit Gold bestäubt worden. Alles leuchtete golden, ein wahrlich malerischer Anblick.

Leider war das so in etwa der Zeitpunkt, an dem für Jason Dawns Team alles schiefzulaufen begonnen hatte. Der Anfang vom Ende sozusagen.

Von einer Minute zur anderen war der Ort der Ruhe zum Kriegsschauplatz geworden. Die Stille war von ohrenbetäubenden Gewehrsalven durchbrochen worden. Sean, der gerade dabei gewesen war, den Kopf des Sphinx zu erklimmen, hatte gerade noch ›In Deckung, Feind auf neun Uhr!‹ schreien können, bevor der erste Schuss gefallen war. Sekunden zuvor war der kleine Floyd aus MacGregors Armen gesprungen und davongelaufen. Grace hoffte, dass wenigstens das flauschige Kerlchen, das ihr Herz so rasant schnell erobert hatte, sich irgendwo in Sicherheit hatte bringen können. Er war schon die ganze Zeit ungewöhnlich unruhig gewesen und hatte nervös herumgekläfft. Grace ärgerte sich über sich selbst. Sie hätte wissen müssen, dass etwas nicht stimmte. Das drollige Hündchen hatte die Gefahr schon viel früher gewittert, doch keiner hatte davon Notiz genommen.

Alles war so blitzschnell gegangen, sie hatten kaum Zeit gehabt, zu reagieren und sich in Sicherheit zu bringen.

Wer waren ihre Feinde, die sie ohne Vorwarnung in Beschuss nahmen? Und wie viele von ihnen gab es? Dawns Truppe schien allmählich umzingelt zu werden, Schüsse fielen aus allen Richtungen.

Grace befand sich gerade an der östlichen Seite des Gizeh-Plateaus und fand Schutz in einer kleinen Nische an der rechten Schulter des Sphinx. Dawn war bei ihr und drückte ihr seine Glock 17 in die Hand.

»Du kannst doch damit umgehen?! Nur nicht lange nachdenken, schieß einfach!« Der Geheimagent warf ihr einen flüchtigen, dennoch eindringlichen Blick zu.

Die junge Frau, die zwar viel Erfahrung am Schießplatz gesammelt hatte, jedoch nie im Leben damit gerechnet hätte, auf ein lebendes Ziel schießen zu müssen, nickte tonlos und angespannt. Der Schock saß ihr tief in den Knochen, dennoch war jetzt ein äußerst schlechter Zeitpunkt, um in Panik zu geraten. Das wusste sie selbst. Zum Glück war sie ein Mensch, der, wenn es darauf ankam, über sich hinaus wachsen konnte. Leicht chaotisch im alltäglichen Leben, aber wenn es die Situation erforderte, war sie imstande, den Schalter umzulegen und alles zu geben. Sie hatte es augenblicklich geschafft, dic Angst und Beklommenheit herunterzuschlucken und wieder ganz klar zu sein im Kopf. Grace nickte Dawn noch einmal zu, diesmal energischer und gefasster, und umklammerte mit beiden Händen ihre Waffe. Den Finger am Abzug.

»Wir müssen es irgendwie zwischen die Pranken des Sphinx schaffen, dort sind wir wenigstens von drei Seiten abgesichert. Egal, was passiert, dreh dich nicht um und schieß auf alles, was sich bewegt! Ich gebe dir Rückendeckung!«, schrie Dawn mit rauer Stimme der zierlichen Dr. MacGregor zu, um die lauten Gewehrsalven, die unentwegt abgefeuert wurden, zu übertönen.

Der kampferprobte Geheimagent selbst hatte sich mit einem Sturmgewehr bewaffnet und wartete auf die richtige Gelegenheit, um Grace das Zeichen für ›Los‹ zu geben.

Grace Love MacGregor versuchte, ihre Gefühle komplett abzuschalten und sich darauf vorzubereiten, was jetzt auf sie zukam. Dies war keineswegs einfach, bangte sie doch nicht nur um ihr eigenes Leben, sondern auch um das ihrer neugewonnenen Freunde sowie der möglichen Liebe ihres Lebens. Noch dazu wurde der einzigartige Sphinx hart unter Beschuss genommen. Diese Leute, wer auch immer sie waren, hatten vor gar nichts Respekt. Die Archäologin sah rot bei dem Gedanken an die drohende Zerstörung des stolzen, vor Anmut und Kraft strotzenden Monuments. Ihre vormals verängstigte Miene hatte sich in einen kaltschnäuzigen, zu allem entschlossenen Gesichtsausdruck verwandelt. Sie würde tun, was sie tun musste. Und sie wusste, sie konnte es.

Dawn hielt seine rechte Hand zur Faust geballt, und als es ihm einigermaßen sicher, beziehungsweise möglich erschien, deutete er Grace, dass der Zeitpunkt gekommen war.

Jetzt oder nie.

MacGregor stürmte in geduckter Haltung los. Sie war wendig und schnell, und hatte gute Instinkte, wann sie wieder Deckung suchen musste. Ihre Feinde waren Typen in schwarzer, eng anliegender Bekleidung sowie Einheimische in lokaler Tracht – cremefarbene Sackgewänder samt Kopftuch. Wo waren die Wachleute des Gizeh-Plateaus, die Dawns Truppe Stunden zuvor teils freundlich, teils misstrauisch gemustert, ihnen aber dann auf Jasons Druck hin den Zugang ermöglicht und sie gewähren lassen hatten? Gut, ganz ohne Grace' charmanter Überzeugungsarbeit wäre es nicht so schnell gegangen, wusste sie doch genau, wie man mit dem hiesigen Wachdienst verhandelte. Die beste Strategie war eine respektvolle, freundliche Basis, und wenn nichts anderes mehr half: ein koketter Augenaufschlag und ein paar ägyptische Pfund, so hatte sie schon oft mehr Grabungszeit herausschlagen können.

Aber wie kam eine Gruppe bewaffneter Männer einfach so an den Aufsehern vorbei? Waren sie etwa bestochen worden? Grace war sich nicht sicher, da sich alles so schnell ereignet hatte, aber sie glaubte, mindestens einen der Sicherheitsleute erkannt zu haben. Und getroffen zu haben. Aber hier war kein Platz für Schuldgefühle, sie erwiderte schließlich nur das Feuer. Sie wollte überleben. Die zierliche Archäologin als auch das Muskelpaket von Geheimagent schossen sich den Weg frei und machten dabei beinahe den Eindruck, als wären sie ein eingespieltes Team, das schon viele Einsätze zusammen gemeistert hatte. Grace wäre verblüfft über sich selbst gewesen, hätte sie die Zeit dazu gehabt. Sie handelte einfach aufgrund ihrer Intuition und kam gut vorwärts. Und endlich, sie hatten es geschafft und befanden sich inmitten der beiden Pranken, die gute Deckung boten. Grace war so unheimlich froh, dass Ireene gemeinsam mit Dr. Hu sicher in der Nische links neben der Traumstele kauerte. Die flammenhaarige Ärztin hielt den kleinen, verschreckten Floyd fest an sich gedrückt, alle schienen unversehrt. Genauso wie die Box mit den zwölf Kristallschädeln, die sie zuvor dort abgestellt hatten. Will stand vorne neben der linken Pranke und hielt die Gegner in Schach und somit fern von ihnen. Sean, der andere Geheimagent aus Dawns Truppe, saß direkt hinter Will und krümmte sich vor Schmerzen. Er war getroffen und blutete stark aus einer Wunde am Oberkörper. Jason hängte sich sein Sturmgewehr um und schleifte Sean zu Dr. Green in die Ecke. Diese übergab den kleinen Hund an Dr. Hu und machte sich daran, Sean zu untersuchen und die Blutung so schnell wie möglich zu stillen. Glücklicherweise hatte sie immer ihr Notfallset dabei. Xiang erzählte Grace und Dawn in schnellen Worten, dass Sean getroffen worden war, als er von dem Sphinx hatte hinunterklettern wollen. Er war gefallen und hart auf dem Boden aufgeschlagen. Das couragierte Medium Ireene und der tapfere Wissenschaftler hatten das Ganze mitverfolgt und ihn unter Einsatz ihres Lebens hierher geschleppt, während Will ihnen Feuerdeckung gegeben hatte.

›*Wow, eine heldenhafte Leistung*‹, dachte Grace und

zollte dem beherzten Eingreifen der beiden Akademiker großen Respekt.

»MacGregor, der Eingang, schnell!«, raunte er Grace zu, ehe Dawn wieder an vorderste Front zu Will hastete und an seiner Seite versuchte, die Gegner abzuwehren.

Ireene und Xiang doktorten wild an Sean herum, der wieder das Bewusstsein erlangt hatte, während das süße Hündchen zitternd in der Ecke kauerte und um sein Leben fürchtete.

Den Eingang finden.

Grace war dabei, die Nerven zu verlieren. Durch die ohrenbetäubenden Schüsse um sie herum konnte sie sich nicht mehr konzentrieren. Noch dazu der Adrenalinrausch, in dem sie sich gerade befand. Die Angst. Die Ratlosigkeit. Ein komisches Gefühl durchlief ihren Körper. Sie fühlte sich aufgekratzt und am Ende ihrer Kräfte. Beides zugleich. Wo sollte sich der verdammte Eingang bloß befinden? Die Archäologin tastete den kalten Kalkstein des Sphinx ab. Ihr Verstand lief auf Hochtouren, ihre Gedankengänge überschlugen sich, doch sie hatte einfach keinen konkreten Ansatzpunkt.

»Grace!«, hallte es plötzlich zu ihr hinüber. Es war Dawns raue, beinahe atemlose Stimme. Sie warf einen schnellen Blick über ihre Schulter und sah, dass er zu ihr hinüber hechtete. Alles schien wie in Zeitlupe abzulaufen. Sein Gesichtsausdruck war komisch verzerrt. Irgendwie entschlossen, erschrocken und zermürbt zugleich. Just in dieser Sekunde packte jemand Grace' Handgelenk und riss sie zu Boden. MacGregor fiel auf die Knie und blickte in Dr. Greens hellhäutiges Gesicht. Ihre grünen Augen funkelten wie geschliffene Smaragde im Sonnenlicht. Bevor die Archäologin fragen konnte, was das sollte, schlugen Kugeln in die Traumstele ein. Genau da, wo sie eben noch gestanden war. Hätten wohl genau ihren Kopf erwischt. Grace kochte innerlich vor Wut. Tod durch Kopfschuss um Haaresbreite entkommen. Wer verdammt noch mal, würde wohl einer hübschen, grazilen Blondine gezielt in den Hinterkopf schießen? Einfach so. Einer friedliebenden Archäologin, die kein Wässerchen trüben konnte. Die nur ihrem Job als Schatzsucherin nachging. Einer Wissenschaftlerin, die gerade dabei war, die womöglich größte Entdeckung seit Menschengedenken zu machen.

Ein hinterhältiges, feiges Attentat. Sie hätte es wohl nicht mal gemerkt. So schnell hätte es gehen können, einfach so. Grace schüttelte sich, um wieder zur Besinnung zu kommen. Sie drückte sanft Ireenes Hand. »Danke, Dr. Green. Sie sind mein Schutzengel!« Diese erwiderte Grace' Handdruck und lächelte versonnen, bevor sie sich wieder Sean zuwandte.

Dawn war wieder zu Will zurückgekehrt, als er sah, dass die Gefahr gebannt war. Will hatte den Attentäter, der ihnen gefährlich nahe gekommen war, eliminiert. Sie hatten wieder eine bessere Basis, da sie sich besser positionieren konnten und die Gegner im Kreuzfeuer auf Abstand hielten. So schnell und unbemerkt wie der einzelne Schütze konnte sich ihnen keiner momentan nähern. Doch der Ex-Soldat und Geheimagent war sich im Klaren, dass es nicht so bleiben würde, denn lange würden sie ihre Position nicht mehr halten können. Ihre Munition ging langsam zur Neige, es war nur eine Frage der Zeit.

Grace kniete noch immer vor der Traumstele. Sie war so beeindruckt von der Ärztin. Während sie selbst beinahe an der Grenze zum Nervenwrack war, da ihr langsam aber sicher die Ideen ausgingen, wo sie den Eingang finden könnte, war ihre rothaarige Lebensretterin die Ruhe in Person. Grace hatte das spirituelle Medium zwar auch schon anders erlebt, aber im Moment strahlte sie so eine Gelassenheit und stoische Ruhe aus, die auch auf ihre Umgebung abzufärben schien. Ein bisschen zumindest. Die Archäologin fühlte sich irgendwie beruhigt und wieder klarer. Alles würde gut werden. Auf einmal war sie wieder im Einklang mit sich selbst. Erfüllt von großer, aufrichtiger Dankbarkeit. Und irgendwie – Grace konnte es sich selbst nicht erklären – voller positiver Energie. Regelrecht geladen davon. Hmm, wo kam das auf einmal her? Sie sog den Atem tief ein und fühlte sich entspannt wie schon lange nicht mehr. Plötzlich machte ihr Medaillon einen kleinen Knacks. Leise, aber doch wahrnehmbar. Grace blickte an sich hinab und sah, dass das goldene Amulett am unteren Rand zu leuchten begann. Ein seltsames Licht ging einmal im Kreis, bevor aus der Mitte des Amuletts ein hellgrüner Lichtstrahl schoss. Die Archäologin folgte dem Lichtstrahl und konnte ihren Augen kaum glauben. Direkt vor ihr, genau am Ansatz der rechten Pranke tat sich dasselbe. Ein kleiner blaugrüner Punkt leuchtete und wurde, in Form einer Spirale, immer größer bis es circa einen Meter Durchmesser erreicht hatte. Grace kniete vor dem nun eiförmig und blaugrün schillernden Etwas. Handelte es sich hierbei um ein Portal? Um den Eingang, den sie so verzweifelt gesucht hatte?

Das Objekt glitzerte wie die Wasseroberfläche eines Bergsees. Die blonde Frau streckte die Hand aus und wollte es berühren, hielt dann aber zögernd inne. Argwöhnisch begutachtete sie das Loch noch einmal.

»Äh, Leute!«, rief sie, wollte sie doch zuerst den anderen Bescheid geben, nicht, dass sie hineingezogen wurde und keiner etwas mitbekam. Schauderhafter Gedanke. Dr. Grace L. MacGregor, spurlos verschwunden und ward nie wieder gesehen. Grace schüttelte sich. Man musste immer auf der Hut sein. So ein unverzeihlicher Fehler wie in Guatemala durfte ihr nicht noch einmal unterlaufen. Grace rümpfte die Nase. Hatte sie denn so eine leise Stimme, dass keiner sie wahrnahm? Jetzt fand sie endlich den Eingang und niemand nahm davon Notiz.

»Hallooo, Leute!«, brüllte sie und fuchtelte wild mit den Armen, um auf sich aufmerksam zu machen.

Floyd war der Erste, der sich zu ihr gesellte und schwanzwedelnd vor dem Portal stand. Er hechelte und blickte neugierig drein. Ein kleiner Abenteurer, durch und durch.

»Jason, Ireene!« Allmählich fing Grace an, sich zu ärgern. Wer wusste schon, wie lange das Portal offenblieb? Als Dawn sich endlich umdrehte, wurden seine Augen groß. Grace musste fast grinsen. Es sah ja auch wirklich spektakulär aus, so ein magisches Portal sah man eben nicht alle Tage. Und sie allein hatte es entdeckt und geöffnet. Ja, darauf konnte sie stolz sein. Beinahe hätte sie den Glauben daran und an sich selbst verloren. Das wäre wieder einmal zu voreilig gewesen. Grace ermahnte sich, nie wieder so schnell die Hoffnung aufzugeben. Niemals wieder.

Sie wandte sich schwungvoll dem Portal zu. Die Versuchung war groß, einfach hineinzugreifen. Ihre Neugierde noch größer. Sie streckte abermals ihre Hand aus. Floyd neben ihr kläffte zustimmend. Grace lächelte ihn an.

»Na dann!« Vorsichtig berührte sie die türkis schimmernde Oberfläche, die sogleich weiche Wellen schlug. Es fühlte sich an, als läge ihre Hand auf einer Wasseroberfläche. Eigenartig, aber irgendwie angenehm. MacGregor erhöhte sachte den Druck und tauchte ihre Hand hindurch. Das Wasser, oder was auch immer, war lauwarm, doch mit einem Mal fühlte sie nichts mehr, sie spürte ein komisches Prickeln und dann wurde es kühl. Hmm. Besorgniserregend. Angstvoll zog sie ihre Hand wieder zurück und war überglücklich, sie unversehrt wiederzusehen. Alle Finger waren noch, wo sie sein sollten. Huh, Glück gehabt. Grace ballte ihre Hand zu einer Faust, ließ los und lockerte ihre Finger. Irgendwie war das komische Gefühl noch da. Als Grace aufschaute, standen auch schon Ireene und der ulkig dreinschauend Dr. Hu neben ihr. Beide starrten auf ihre Hand, und dann wieder zu dem grünblauen Loch.

»Ireene, was meinen Sie? Womit haben wir es hierbei zu

tun? Empfangen Sie etwas?« MacGregor runzelte fragend die Stirn.

»Keine Ahnung, ich schätze, das ist das Portal, das wir die ganze Nacht lang gesucht haben. Wie haben Sie es geöffnet?«

Grace zuckte mit den Schultern, wurde aber, gerade als sie antworten wollte, von Dawns harschen, ungeduldigen Worten unterbrochen. »Ganz egal, wohin uns das führt, rein mit euch, verdammt noch mal! Wir können die Position nicht länger halten.« Er hievte den verletzten Sean hoch, der obwohl äußerst notdürftig versorgt, schon ein klein wenig besser aussah. Jason schleppte ihn mit sich zum Portal, während Will ihnen dicht auf den Fersen blieb und Deckung gab.

Grace war nicht ganz wohl bei der Sache, als Erste hindurchzugehen. Aber den Kugelhagel hatte sie auch schon satt. Sie beugte sich hinunter, nahm Floyd auf den einen Arm, griff mit dem anderen in die Transportbox und schnappte sich einen der Rucksäcke mit je zwei Kristallschädeln. Jeder andere tat es ihr gleich. Der arme Will musste sich zwei Rucksäcke umschnallen, da Sean zu schwach war für seinen. Während Grace noch skeptisch dreinblickte, bevor sie den ersten Schritt wagte, zwängte sich der etwas dickliche Dr. Hu an ihr vorbei und schritt, ohne zu zögern, mit einem breiten Grinsen durch das Portal. Weg war er. Grace stand noch immer wie angewurzelt da, so ganz traute sie der Sache nicht, also huschte auch Ireene vor ihr hindurch. MacGregor atmete tief ein. Die beiden hatten mehr Mut als Verstand. Aber bitte, es war ja leider unausweichlich und gab kein Zurück mehr. Grace spürte schon Dawns ärgerlichen Blick hinter sich. Bevor er noch etwas sagen konnte, drückte sie den kleinen Floyd fest an sich, hielt den Atem an und setzte einen Fuß hinein. Schon war sie verschlungen vom smaragdgrünen Nichts. Es fühlte sich abgefahren an, total zeitlos. Zuerst war ihr warm, dann durchströmte sie Kälte. Grace hatte vorsichtshalber die Augen fest geschlossen, obwohl sie den Drang verspürte, sie wieder zu öffnen und zu sehen, was um sie herum geschah. Doch Vernunft und vor allem ihre Ängstlichkeit siegten. Sie hatte absolut das Zeitgefühl verloren, als sie wieder einen Fuß auf festen Boden setzte. Grace war sich ziemlich sicher, dass das Ganze nur einen winzigen Augenblick gedauert haben konnte, aber es kam ihr viel länger vor. Komisch. Wie ein sehr, sehr langgezogener Moment. Zumindest war sie in einem Stück am anderen Ende angekommen, das war alles, was zählte. Aber wo war sie angekommen?

Es war stickig und dunkel. Vollkommen ruhig. Grace drehte sich um und bemerkte, dass das Portal auf dieser Seite in ein kräftiges Lila gefärbt war. Floyd hechelte vergnügt und fing an zu zappeln. Er wollte unbedingt wieder hinuntergesetzt werden. Grace tat ihm den Gefallen und kramte sogleich nach ihrer Taschenlampe. Wo waren Ireene und Dr. Hu? Grace dachte zurück an die Felskammer am Untersberg, wo sie sich ebenfalls plötzlich ganz allein wiedergefunden hatte.

Nicht schon wieder!

Plötzlich packte sie jemand ruckartig von hinten und hielt ihr den Mund zu. Grace' Herz blieb fast stehen, sie fühlte sich wie erstarrt. Aber als ihr eine bekannte raue Stimme ins Ohr flüsterte, entspannte sie sich sogleich. Ein wenig jedenfalls. Ihre Knie zitterten noch. Die Hand ließ sie vorsichtig wieder los und MacGregor wandte ihren Kopf seitwärts nach hinten. Sie blickte in Dawns ausdrucksvolle Augen. Er bedeutete ihr, still zu sein. Seine ernste Miene machte ihr ein wenig Angst. Abgesehen davon, dass es von Ireene und Xiang keine Spur gab, was hatte sie sonst noch übersehen?

Dawn setzte den verwundeten Sean ab und wartete, bis Will durch das Portal kam. Er gab Grace ein Zeichen, hinter ihm in Deckung zu gehen. Schon wieder einmal. Grace sah ihn fragend an, folgte aber seiner Anweisung und ging neben Sean zu Boden. Mit mitleidigem Blick tätschelte sie sanft seine Schulter, um sich zu erkundigen, wie es dem armen Kerl ging. Er presste die Lippen zusammen, wippte mit dem Kopf und rang sich schließlich ein flüchtiges Lächeln ab. Zwar ein überaus gequältes, aber immerhin. Grace musste schlucken. Mit einer Schusswunde in der Seite so tapfer zu sein, diese Kerle vom Geheimdienst waren nicht ohne. Sie nickte ihm verständnisvoll zu und heftete dann wieder ihren Blick auf Jason. Der mit der Waffe am Anschlag und mit dem Rücken an die Wand gedrückt neben dem Portal stand. Er sah angespannt und abgekämpft aus.

Will kam soeben aus dem violett leuchtenden Licht und nahm sofort eine stramme, soldatische Körperhaltung ein, als er Dawn in Kampfstellung sah. Dawns Truppe war wirklich gedrillt darauf, einander wortlos zu verstehen. Wahrscheinlich überlebenswichtig und üblich bei Geheimagenten, Polizisten, Soldaten und dergleichen. Für Grace war das Ganze jedenfalls etwas Neues und so richtig beeindruckend. Klar sah man viel in Filmen und Actionserien, aber alles selbst und hautnah mitzuerleben, war natürlich etwas ganz anderes. Die Archäologin selbst hatte jeden Muskel angespannt, sie atmete, so leise sie konnte, jede Faser ihres Körpers war in Alarmbereitschaft. Langsam färbte das Geheimagentenleben auf sie ab. Musste wohl ansteckend sein. Urplötzlich erlosch das lilafarbene Licht neben ihr. Dort, wo eben noch das wasserartige, violett funkelnde Portal gewesen war, glich die Wand nun jeder anderen hier im Raum. Nichts war mehr davon zu erkennen, nichts wies mehr auf den Eingang hin. Das Portal hatte sich also selbst geschlossen. Und es hatte sich wirklich einen günstigen Zeitpunkt dafür ausgesucht. Alle des Teams hatten es hereingeschafft, ihren Feinden draußen hatte es den Zugang versperrt. Wenigstens das.

Grace lehnte sich zurück und erschauderte sogleich. Die

glatte Wand hinter ihr war eiskalt. Sie drehte sich ein wenig, um die äußerst ebenmäßige Oberfläche zu berühren. Ihr war ja schon zuvor aufgefallen, dass alles, Boden und Wände irgendwie ockerfarben wirkte, wenn nicht sogar golden. Ein äußerst warmer, angenehmer Ton. Sogar im Schein der grellen Taschenlampen. Aber um Gottes Willen, es war tatsächlich Gold. Pures Gold. Fassungslos strich Grace mit den Fingern über die massiv goldene, sich geschmeidig anfühlende Mauer. Sie konnte es nicht glauben. Alles hier bestand aus dem begehrten, kostbaren Edelmetall.

Dumpfes Getuschel riss sie aus ihrer Faszination. Sie verstand nur Wortfetzen dessen, was Dawn und Will in gedrungenen Worten von sich gaben. Fragend schaute sie zu Sean neben sich. Der deutete auf einen Schuh, der allein und verlassen ein Stückchen weiter in einer Ecke lag. Es war Ireenes Schuh. Grace schlug sich besorgt die Hand vor den Mund. Obwohl es von den beiden Akademikern keine Spur gab, hatte Grace dennoch kein schlechtes Gefühl gehabt. Sie hatte gedacht, die beiden würden die verwinkelten Räume erkunden. Doch jetzt? Ireene ging doch niemals ohne ihren Schuh. Grace' Herz schlug schneller, als sie Dawn und Will dabei beobachtete, wie sie sich langsam und vorsichtig vorwärts bewegten und um die Ecke im hinteren Bereich des goldenen Raumes lugten. Dawn hielt ruckartig inne. Voller Entsetzen prallte er zurück. Er und Will blickten sich mit weit aufgerissenen Augen an. Sie sahen ratlos aus. Was hatten die beiden erblickt?

Kapitel Zweiundzwanzig

Grace stand auf, doch Sean bekam sie zu fassen und hielt sie zurück. »Ich muss zu ihnen!«, wisperte sie eindringlich, doch er schüttelte vehement den Kopf. Grace sah ihn flehend an, aber er ließ sie nicht los. Die Archäologin wandte den Kopf und sah, wie Will ganz um die Ecke verschwand. Dawn blieb stehen und schien ihm Deckung zu geben. Was um alles in der Welt ging da vor sich? Jede Faser in Grace' zierlichem Körper war angespannt, sie atmete flach und versuchte, mit geschärften Sinnen zu hören, was sich da vor ihr abspielte. Hoffentlich war Ireene und dem liebenswerten Xiang nichts passiert. Sie mochte die beiden so gerne und nun musste sie um ihr Leben bangen. Plötzlich kam der kleine Floyd um die Ecke getapst. Freudig wedelte er mit dem Schwanz, als er bei Dawns Beinen schnupperte. Jason blickte kurz zu ihm hinunter und sah dabei ziemlich verwundert aus. Hmm, wieso? Danach lief das kleine pelzige Kerlchen schnurstracks zu Grace, die ihn sogleich in die Arme schloss. Dawns fassungsloser Blick folgte ihm kurz, ehe er wieder etwas in dem Gang fixierte. Die Waffe natürlich weiterhin im Anschlag.

Grace herzte ihr Hündchen, das sich fest an sie kuschelte. Er schien überaus glücklich, sich wieder in ihren Armen zu befinden. Irgendetwas musste ihn mächtig erschreckt haben. Sie musterte den Kleinen. Er schien zumindest unverletzt zu sein.

»Nein ... Will!«, gellte es plötzlich durch den Raum.

Grace war so, als hätte sie kurz zuvor einen hellen Lichtschein wahrgenommen, alles ereignete sich in einem Bruchteil von Sekunden. Dawn stand da, ließ die Waffe hinuntersinken. Er sah verzweifelt und ratlos aus. Er fuhr sich mit der linken Hand durch die Haare.

MacGregor sprang abermals auf, diesmal hielt Sean sie nicht zurück. Sie eilte zu Jason, der bereits seine Hand nach ihr ausgestreckt hielt. Sie griff nach ihm und schon hatte er sie in den Arm geschlossen. Irgendwie schaffte er es, sie herumzudrehen, bevor sie einen Blick in den Gang erhaschen konnte. »Okay ... bevor du das siehst, keine Panik. Ich glaube, sie leben noch.« Er sah ihr mit eindringlichem Blick in die Augen und versicherte sich, dass sie nicht durchdrehen würde.

Als Grace sich endlich umdrehen wollte, um zu sehen, wovon er redete, versteifte er seinen Griff um ihren Arm und atmete schwer aus. »Es ist erschreckend, bleib ruhig, alles klar?!«

»Ja, verdammt!«, fauchte sie ihn an. Hatte er denn gar kein Vertrauen zu ihr? Nach allem, was sie bisher zusammen erlebt hatten, hätte sie sich schon einen kleinen Vertrauensbonus verdient. Er hielt sie immer noch eng umschlungen, seinen prüfenden Blick fest auf sie gerichtet.

»Okay!«, beteuerte Grace genervt, sah ihm tief in die Augen und versuchte, die in ihr aufkeimende Angst hinunterzuschlucken. Doch ihr Herz raste. »Okay!«, sagte sie abermals, diesmal aber in einem ruhigeren und gefassteren Ton.

Er ließ sie los.

Bei dem Anblick schlug sich Grace vor lauter Schrecken

beide Hände vor dem Mund. Sie stand vor einem kurzen Gang, der mit einer Mauer endete. Eine Sackgasse. Will lag ein Stückchen weiter vor ihr ausgestreckt und doch gekrümmt auf dem goldenen Boden. Ireene stand nur auf einem Bein, das andere war nach hinten gestreckt, ihr Körper weit nach vorne gelehnt. Ihr rechter Arm war leicht angewinkelt vorwärts ausgestreckt, sie wollte anscheinend nach Dr. Hu greifen, der vor ihr stand. Es sah aus, als würde sie laufen beziehungsweise nach vorne hechten, nur hatte jemand auf die Pausetaste gedrückt. Das ganze Szenario sah aus, als hätte man einen Film angehalten. Ein Standbild sozusagen. Xiang Hu stand entspannt in der Mitte des Ganges. Seine Augen waren weit aufgerissen, sein Mund zu einem ›Oh‹ verzogen. Er hatte den Zeigefinger nach oben gerichtet, so als hätte er eine Entdeckung gemacht, die er soeben erklären wollte. Ganz Dr.-Hu-like.

Alle waren erstarrt. Einfach so. Wie eingefroren. Grace' feine Nackenhaare standen zu Berge. Ein Schauer durchlief sie. Sie starrte ungläubig von einem zum anderen. Wie hatte so etwas passieren können?

Der grelle Lichtschein. Der musste sicher etwas damit zu tun haben. Eine Falle. Um welche Technologie handelte es sich hier bloß? Die konnte doch unmöglich von dieser Welt sein. Grace schüttelte ratlos den Kopf und inspizierte die Gemäuer. Die Wände vor ihr und auch rechts waren ebenmäßig glatt geschliffen. Nur auf der linken Wand verlief eine etwa drei Zentimeter breite, horizontale Rille.

»Will hat versucht, am Boden vorwärts zu robben, da Floyd ja der Einzige war, der nicht erstarrt ist«, schilderte Jason das Szenario, sehr darauf bedacht, möglichst emotionslos zu klingen. »Einen Meter ging es gut, doch dann schoss dieser grelle blaue Lichtstrahl aus der linken Wand. Will war augenblicklich erstarrt«, raunte ihr der Geheimagent ins Ohr. Der kleine Floyd stand verschreckt neben seinem neuen Frauchen und traute sich nicht weiter. Grace blickte zu ihm hinab und dann wieder zu den drei Salzsäulen vor sich. Sie atmete tief durch. Das Portal ließ sie doch nicht hindurch, damit sie dann hier ihr Ende fanden. Wo wäre da die Logik? Grace' Gedanken überschlugen sich.

Das Ganze war eine Sicherheitsvorkehrung. Eine Falle, die alle Unberechtigten abfing. Doch ihnen war doch der Zugang gewährt worden. Genau genommen, war Grace der Zugang gewährt worden.

Das Medaillon!

Die Archäologin griff danach und streichelte sanft darüber. Sie konzentrierte sich und machte sich bereit, einen couragierten Schritt nach vorne zu wagen. Jason packte sie ruckartig an der Taille. »Bist du verrückt, was machst du?«

»Vertrau mir!«, sie zwinkerte ihm zu und hauchte ihm einen flüchtigen, aber zarten Kuss auf den Mund. Sie wusste, was sie tat. Immerhin hatte sie den Schlüssel. Er baumelte um den Hals. Sie drückte ihn fester.

Vertrauen, hab Vertrauen. Voller Anmut schritt sie voran und ihr Medaillon fing an leise, kaum hörbar, zu surren. Grace hatte gerade Will erreicht, als sie zur Einkerbung an der linken Mauer blickte. Oh nein. Sie fing auf einmal eisblau zu leuchten an – das Sicherheitssystem setzte sich in Kraft. Just in dem Moment, als der Lichtstrahl auf Grace zu treffen drohte, wurde die junge Britin von einem warmen, orangeroten Schein umgeben. Das Medaillon zog einen undurchdringlichen Schutzwall um sie. Das blaue Licht wurde blass und erlosch schließlich vollständig. Grace fiel ein Stein vom Herzen. Sie ging in die Hocke und berührte behutsam Wills Schulter. Auch er wurde von dem sanften, roten Licht umhüllt und erwachte. Grace atmete erleichtert aus.

Floyd hinter ihr kläffte einmal kurz. Er klang vergnügt. Grace biss sich leicht auf die Lippe und lächelte, das kleine Kerlchen war anscheinend ihr größter Fan. Nun war Ireene an der Reihe, Grace griff nach Dr. Greens starrer Hand und tauchte sie somit ebenfalls in den roten Lichtschein. Ihr angstverzerrtes Gesicht wurde sogleich wieder elfenhaft zart. Sie sah der grinsenden Grace fragend in die Augen und wurde Zeugin, wie auch Dr. Hu von seiner Versteinerung erlöst wurde und gleich vor sich hin brabbelte, als wäre nichts gewesen.

Aha, er hatte eine Einkerbung in der Wand vor sich entdeckt, die die Form von Grace' Medaillon aufwies. Da er genau davor stand, verdeckte er die rechteckige Fläche mit den vertieften Rundungen. Der Schlüsseldienst war also noch einmal gefragt. Grace nahm ihr Medaillon vorsichtig ab und streichelte sanft, voller Dank und Ehrfurcht darüber. Es hatte wahrlich gute Dienste geleistet.

Sie ging in die Hocke und begutachtete die Wandformation genauer. Die Form des Loches war wirklich identisch mit der ihres Amuletts. Grace drehte sich zu Jason, der ihr bejahend zunickte. Sie führte ihr Amulett wie in Zeitlupe zu der kleinen, aufwendig gestalteten Öffnung in der Wand, als plötzlich eine starke magnetische Anziehung einsetzte. Das Medaillon glitt Grace aus der Hand und platzierte sich selbst in der Einkerbung. Es leuchtete, diesmal goldgelb, und drehte sich zuerst langsam, dann immer schneller, bis es mit freiem Auge kaum noch erkennbar war. Dazu setzte ein sonderbares Surren ein. Es klang eigenartig, solch ein Geräusch hatte Grace noch nie gehört. Kein gewöhnliches Surren, irgendwie klang es unerklärbar weich und utopisch computerartig.

Grace drehte sich zu Jason und den anderen um. Ireene legte sich die Hand an die Wange, in ihren grünen Augen war ein deutliches Staunen zu lesen. MacGregor wandte sich wieder um und die Wand war weg. Einfach so, wie von Zauberhand ausgelöscht. Als hätte es sie nie gegeben. Das Medaillon rotierte noch immer und gab jetzt einen neongrünen Schein ab. Es schien nun in der Luft zu schweben, genau dort, wo sich kurz zuvor das Schlüsselloch befunden hatte. Die Umdrehungen wurden langsamer, das Licht schwächer. Kurz bevor es zum Stillstand kam, hielt Grace in guter Vorahnung ihre Hand darunter und fing es gerade rechtzeitig auf, bevor es zu Boden fiel.

Sie lächelte triumphierend und hängte sich das Medaillon wieder um den Hals, während sie voller Neugier und Erwartung in den Raum vor sich zu spähen versuchte. Er lag völlig im Dunklen. So sehr sie sich bemühte und die Augen zusammenkniff, man konnte rein gar nichts erkennen. Jason trat neben sie und richtete den Strahl seiner Taschenlampe in die Finsternis. Grace ließ ihm etwas widerwillig den Vortritt, folgte ihm dicht und legte ihre Hand auf seine Schulter. In ihr prickelte es schon wieder, eine Mischung aus Spannung, Neugierde und Übermut ließ sie quirlig werden. Ihr Herz pochte wie verrückt, sie konnte es schon nicht mehr abwarten, den Raum zu ergründen.

Standen sie vor der legendären Halle der Aufzeichnungen? MacGregor hatte ein überaus positives Gefühl, sie war sich beinahe sicher, dass sie sie entdeckt hatten. Und nun waren sie im Begriff, einzutreten. Einzutreten in die sagenumwobene Halle der Aufzeichnungen. Würde ihr unbändiger, brennender Wissensdurst, der sie schon ihr ganzes Leben vorantrieb, endlich gestillt werden? Würden sie in die größten Geheimnisse des Lebens eingeweiht werden? Grace glühte vor Aufregung.

Jason leuchtete gerade den Eingang aus. Keine sichtbaren Hindernisse oder etwaige Fallen waren zu vermuten. Er blickte Grace fragend an, sie nickte voller Zuversicht. Gleichzeitig setzten sie ihre Füße in den Raum. Grace hätte am liebsten Dawns Hand genommen, doch dieser hielt in der einen die Taschenlampe, in der anderen seine Waffe schussbereit. Durch und durch Geheimagent. Es war mucksmäuschenstill. Ruhig. Edel. Wo man auch hinsah, alles war golden. Sie standen inmitten einer Pyramide. Eine Pyramide in der Pyramide? Oder befanden sie sich noch im

Bereich des Sphinx? Grace war leicht irritiert, das Portal am Fuße des Sphinx hätte sie ja sonst wohin transportieren können. Doch darüber wollte sie sich momentan nicht den Kopf zerbrechen. Zu groß waren das Staunen und die Bewunderung. Ireene und Dr. Hu schien es nicht anders zu ergehen. Beide blickten sich mit offenem Mund und großen Augen um. Die Pyramide war von solch einer Schönheit und einem Prunk, es glänzte und glitzerte an allen Ecken. Pure Perfektion.

Grace und Jason erkundeten achtsam und sorgfältig den Raum. Sie leuchteten jeden Winkel der Pyramide aus und bewegten sich dabei fast synchron und wie in Zeitlupe. Sie gingen mit Bedacht vor, Schritt für Schritt. Sehr vorsichtig, fast zögerlich und immer auf der Hut. Dr. Hu und Dr. Green blieben ihnen dicht auf den Fersen, während Sean und Will den Eingang sicherten und als Rückendeckung fungierten. Der kleine, aufgeweckte Floyd tapste erkundungsfreudig an Grace' Seite, er wedelte mit dem Schwanz und hechelte aufgeregt, gab aber sonst keinen Laut von sich. Er schien keine Gefahr zu wittern. Grace wusste, sie konnte ihrem knuddeligen Beschützer voll und ganz vertrauen und war somit etwas entspannter bei der Sache.

Als sie sich der Mitte näherten, begann MacGregors Medaillon plötzlich wieder zu leuchten. Als Grace abermals verwundert an sich hinuntersah, war das kleine Licht schon wieder erloschen, es hatte aber anscheinend die Beleuchtung in der Pyramide in Gang gesetzt. Denn auf einmal erhellte ein Licht von der Spitze der Pyramide kommend den ganzen Raum. Es glich fast natürlichem Tageslicht. So, als würde die Sonne von oben hereinscheinen. Grace lehnte sich an Dawn. Erst jetzt wurde ihnen die ganze Schönheit des Innenraumes der Pyramide bewusst. So etwas Einmaliges, Perfektes hatten sie noch nicht gesehen. Die meisterhafte Bauweise und Architektur waren vollkommen. Perfektionismus auf neuem, unübertroffenem Niveau. Sie standen so etwa in der Mitte der Halle, unter dem Lichtstrahl, der durch die berühmte Spiegeltechnik den gesamten Raum illuminierte. Ringsherum zählte Grace zwölf etwa einen Meter hohe Pyramiden mit abgeflachter Spitze, die in einem Abstand von etwa drei Meter zueinander aufgestellt waren. Die präzise Anordnung erinnerte stark an das Zifferblatt einer Uhr. Man musste nicht unbedingt Forscher und Archäologe sein, um zu wissen, welchen Zweck die kleinen Pyramiden erfüllten. Sie waren dazu erbaut, um als Thron für die Kristallschädel zu dienen. Ireene hatte auch schon intuitiv eine Ordnung erarbeitet. Sie positionierte einen Kristallschädel nach dem anderen auf dem für ihn vorgesehenen Platz. Nach einer ganz bestimmten zeremoniellen Reihenfolge, wie sie die anderen ausdrücklich wissen ließ. Darauf angesprochen, woher sie die Abfolge und den Ritus so genau kannte, wisperte sie nur, dass sie den Anweisungen der einzelnen Schädel folge. Ihr Gespür und Gefühl waren untrüglich. So taten sich auch Grace und Xiang Hu ehrfürchtig daran, unter Ireenes Aufsicht die übrigen Kristallschädel auf ihren vorgesehenen Platz zu setzen. Für Jason, Sean und Will wirkte es leicht chaotisch, da die Schädel für ihre Augen durcheinander platziert wurden. So setzte Grace den Mitchell-Hedges-Schädel gerade auf den dritten Sockel, während Xiang den Rosenquarzkristallschädel aus Guatemala auf der Ziffer Sieben platzierte. Der kleine Floyd hatte sich ebenfalls ein Plätzchen ausgesucht. Er lag direkt in der Mitte des Raumes, ausgestreckt wie ein Eisbär, und schien vor sich hin zu dösen. Was um ihn herum geschah, kümmerte ihn wenig. Selbst, als Xiang beinahe über das kleine Fellknäuel gestolpert wäre, bekam er nur einen müden Augenaufschlag und einen Seufzer zu hören, bevor Floyd sein Köpfchen gleich wieder auf seinen Pfoten sinken ließ.

Ireene bewegte sich schnell, aber doch ohne Eile. Ihre Bewegungen waren sanftmütig fließend und katzenartig. Sie wirkte wieder wie in Trance verloren. Sie befreite Smoking Eyes aus dem Rucksack, setzte ihn dann aber doch wieder ab und nahm stattdessen Baby Luv und legte ihn auf den fünften Sockel. Nun nahm sie abermals Smoking Eyes und betrachtete ihn argwöhnisch. War er immer noch nicht bereit, mit ihr zu reden? Er und der tibetanische Schädel waren nun die einzigen, die ihren Platz noch nicht gefunden hatten. Die Nummern Zwölf sowie Neun waren noch frei.

Während Grace die Szene zwischen Dr. Green und Smoking Eyes beobachtete, ließ ihr etwas anderes keine Ruhe. Wo war der dreizehnte Schädel? War etwa die Legende falsch und es existierten nur zwölf Kristallschädel? Es gab schließlich und endlich nur zwölf Pyramidensockel. Nichts in dem Innenraum deutete darauf hin, dass sich hier noch ein Schädel befand. Auf der uralten Indianerkarte waren auch nur zwölf Fundorte eingezeichnet. Grace fühlte sich etwas ratlos. Außer der zwölf kleinen Pyramiden war nämlich rein gar nichts vorzufinden. Die Wände waren absolut glatt poliert, der Boden ebenso. Es wirkte wie aus einem einzigen Guss aus Gold. Mit welcher Technik die Pyramide in der Pyramide samt der zwölf kleinen Pyramiden erbaut worden war? Absolut nichts wies einen noch so kleinen Makel auf. Kratzer oder Bauspuren – Fehlanzeige. Alles war bis ins kleinste Detail ebenmäßig.

Ireene, die Smoke noch immer in den Händen hielt, lächelte inzwischen. Sie schienen ins Gespräch gekommen zu sein. Sie nickte dankbar und trug ihn behutsam zu seiner Pyramide, der Nummer Neun.

Jetzt war der letzte Schädel dran. Ireene nahm ihn unter den wachsamen Augen aller Anwesender aus der Tasche und platzierte ihn zielstrebig auf seinem Thron. Der Golden-Healer-Kristallschädel aus Tibet erhielt seinen Platz auf dem Sockel im Norden des Raumes, auf einer Uhr wäre es Ziffer Zwölf. Als Ireene ihn vorsichtig abgelegt hatte, umrundete sie den Kreis von außen und gesellte sie sich zu den anderen, die sich wieder in die Nähe des Einganges bewegt hatten. Aus irgendeinem Grund wollte keiner mehr in der Mitte der Runde stehen. Sogar Floyd hatte sich erhoben und sich zwischen Grace und Jason gezwängt. Alle warteten gespannt. Was mochte wohl nun passieren, jetzt, da man die Schädel in der Runde vereinigt hatte?

Vor lauter Aufregung bekam Grace Gänsehaut. Floyd fing ebenfalls an, unruhig zu werden, also nahm ihn MacGregor hoch und hielt das Hündchen fest an sich gedrückt.

So fühlte sie sich irgendwie wohler und sicherer, ihr kleiner Freund bestimmt ebenfalls.

Plötzlich nahm Grace einen kalten Luftzug wahr. Kalt war etwas untertrieben. Eiseskälte durchflutete den Raum. Von nun an überschlugen sich die Ereignisse: Ein starker Wind kam auf, dann plötzlich leuchtete es aus der Mitte des Bodens. Zuerst ein schwaches, goldenes Licht, das sich nach und nach zu einem schillernden, grellen Lichtstrahl bündelte. Dort befand sich also Schädel Nummer Dreizehn. Unter dem Boden, im Zentrum der kristallenen Runde. Nur so konnte es sein.

Und auf einmal waren sie hörbar. Die Schädel begannen synchron zu singen, beziehungsweise zu surren. Ein ganz eigenartiger Ton, der mal höher, mal tiefer wahrgenommen wurde. Eigenartig, aber überaus harmonisch.

Grace griff automatisch nach Jasons Hand, der ihre Finger miteinander vereinigte. Seine Wärme und Nähe zu spüren, beruhigte sie etwas und hielt ihre jäh aufkeimende Angst im Zaum. Sie wusste schließlich nicht, was sie da soeben in Bewegung gesetzt hatten. Doch ihre Angst wandelte sich überraschenderweise in ein wonniges Gefühl, woher das so plötzlich kam, konnte sie sich vorerst nicht erklären. Grace fühlte sich gut aufgehoben. Sie spürte, dass sie genau da war, wo sie sein sollte. Genau das tat, was ihr bestimmt war. Sie fühlte sich einfach nur gut.

Der starke Luftzug hatte sich derweil zu einem kleinen

Wirbelwind entwickelt, der in der Mitte der Schädel seine Kreise zog. Die übermächtige Schwingungsenergie der Kristallschädel wurde immer stärker und war nun von jedem im Raum wahrzunehmen, ihre Frequenz musste sich erhöht haben. Langsam wurde es eindeutig zu laut, der Wind zu orkanartig. Jasons Händedruck wurde fester, während Floyd ganz entspannt in Grace' Arm ruhte und das Schauspiel inmitten des Raumes wachsam beobachtete.

Und von jetzt auf gleich war alles wieder anders. Die Kristallschädel verstummten allmählich, Stille kehrte wieder ein, der Wirbelwind legte sich.

Grace und Ireene tauschten irritierte Blicke. Auch das Medium schien nicht zu wissen, was sich nun ereignet hatte. War das alles gewesen? Von einer Erleuchtung konnte Grace nicht viel spüren.

Plötzlich wie aus dem Nichts spürte Grace einen leichten Energiestoß. Eine Vibration in der Luft dehnte sich aus, zeitgleich erdröhnte ein elektronisch klingendes ›Doooоiiiing‹. Und aus heiterem Himmel schwebte im Zentrum der Pyramide ein Wesen. Ein wunderschönes, männliches Wesen. Mit fast bis zu den Kniekehlen reichenden, vanilleblonden aalglatten Haaren, eisblauen Augen und sehr maskulinen, ebenmäßigen Gesichtszügen. Er war etwa zwei Meter groß und umgeben von einem zarten, himmelblauen Licht. Er begutachtete jeden der Anwesenden sorgfältig, seine Augen strahlten voll Güte, Macht und Anmut.

Das erhabene Wesen trug einen tiefblauen Umhang und eine goldene Rüstung. »Gegrüßt seid Ihr, Menschenkinder!«, sprach er mit einer machtvollen, melodischen Stimme.

Ireene neigte voller Achtung und Demut ihren Kopf. Die anderen taten es ihr eilig gleich, doch keiner traute sich, seine Stimme zu erheben.

»Konntet ihr nun endlich den Ruf der Schädel hören? Habt ihr sie endlich erkannt, die Dringlichkeit der Zeit? Die

Dringlichkeit der Veränderung! Ihr steht an einem Scheideweg. Ihr Menschen, euer Planet, eure Erde.«

Die noch immer schwebende Wesenheit breitete ihre Arme aus und sprach in einem melodischen Singsang weiter: »Dies ist die wichtigste Zeit in eurer menschlichen Geschichte. Welchen Weg wollt ihr gehen? Verschiedene Zukunftsmodelle stehen euch zur Wahl ... Lange schon beobachten wir Sternenkinder euch und begreifen nicht, wie ihr es so weit kommen lassen konntet. Ihr, Gottes Kinder, seid auf dem Planeten als Hüter und Beschützer. Doch euer Hochmut führte zur sträflichen Missachtung der Umwelt. Ihr betreibt Raubbau an der Natur, eure Meere sind schon bald nicht mehr zu retten. Ihr habt doch keine Ahnung und Vorstellung, was ihr alles zerstört. Tiere, Pflanzen, Steine, alles Leben hier auf Erden ... Alles ist mit allem verbunden. Alles sind Gottes Geschöpfe. Und ihr nehmt ihnen das Recht zu leben. Respektlos seid ihr gegenüber Mutter Erde. Die Ressourcen eures Planeten sind schon bald völlig erschöpft. Eure Überbevölkerung ist bald nicht mehr zu tragen. Eure Gier auf mehr treibt euch voran ... Nicht zu reden von eurem Hass untereinander. Kriege, Wut, Zerstörung. Ihr seid doch alle eine Einheit. Mit Besorgnis sehen wir den Schleier von negativer Energie, der eure Erde umgibt. Vernebelt. Und nach und nach verdunkelt ... Könnte sich die menschliche Rasse doch endlich ihrer wertvollen Schätze, die in ihrem Inneren schlummern, bewusst werden. Die Kraft der Gedanken ist euer Geschenk. Der Geist führt das Zepter über die Materie ... über die Elemente. Euer Potenzial hat keine Grenzen! Glücklicherweise erkennen es immer mehr von euch. Nun habt ihr die energievollste Ära erreicht, eure Zeit zu erwachen ist gekommen. Langsam lichtet sich der Schleier der Dunkelheit, die Schwingungsebene erhöht sich stetig. Immer mehr Lichtarbeiter erkennen ihr wahres Wesen und tragen dazu bei, Licht und Liebe auf dem Planeten zu verbreiten.« Als er diese Worte sprach, blickte das graziöse Wesen Grace und Ireene mit einem sanftmütigen Lächeln an.

»Zwei Lichtarbeiter sind heute unter uns, euch gilt mein besonderer Dank!«

Während Ireene anscheinend nachvollziehen konnte, wovon die Wesenheit sprach und sich ihrer Sache und Aufgabe bewusst schien, war Grace etwas ratlos und unsicher und starrte die Gestalt mit großen, fragenden Augen an.

»Ihr Lichtarbeiter strahlt so hell, wenn nur mehr von euch erwachen, so durchbrechen eure Lichtstrahlen die verdunkelte Atmosphäre. Glaubt an euch. Wachst. Leuchtet. Heller!« Die Wesenheit erhob die Arme in die Luft und verharrte in dieser Position.

Plötzlich gesellte sich ein kleines Wesen zu dem anmutigen engelsgleichen dazu. Erst flackerte sein Antlitz, ehe es sich vollständig materialisierte. So als ob es sich hergebeamt hätte. Oder waren beide ein Hologramm, eine Projektion?

Das zweite Wesen war wirklich ziemlich klein, knapp einen Meter, wenn es hochkam. Grau und glatt. Sein übergroßes Köpfchen glich dem eines zu prall aufgeblasenen Luftballons, seine riesigen, schwarzen Augen schillerten wie polierter Onyx. Es hatte große Ähnlichkeit mit den kleinen grünen Männchen, die man aus Filmen kannte, und doch auch wieder nicht. Die Statur war kinderhaft und zart, aber es strahlte eine Mächtigkeit aus, die einen unter Umständen in die Knie zwingen könnte. Sein Miniaturmund verzog sich zu einem kaum wahrnehmbaren Lächeln. Dennoch wirkte es freundlich. Irgendwie gütig.

»Hier seid ihr nun endlich, Erdenbürger. Ihr, die schon wieder viel zu nah am Abgrund stehet, erhaltet noch eine Chance. Es möge eure letzte sein. Wir vom Bund der Dreizehn wollen euch wieder aufnehmen, sofern ihr euch unseres Bündnisses als würdig erweist. Vor Tausenden von Jahren brachte eine andere Hochkultur große Schande über sich, sie wurde ausgeschlossen und verbannt – auf alle Ewigkeiten. Doch behielten wir euch im Auge, bereit euch, sofern ihr es verdient, zu verzeihen. Ihr konntet von vorne anfangen, euch neu erschaffen, und doch seid ihr schon wieder dem Dunklen näher als dem Hellen. Werdet wieder die Leuchtenden, die ihr einst wart. Wir sehen, viele von euch können es schaffen. Strahlt so hell wie die Liebe. Bereitet der übermächtigen Dunkelheit ein Ende. Große Gaben warten auf euch. Kommt wieder zu uns, so wird euch unsere Macht erneut zuteil. Beschützt werdet ihr von heute an. Erweist euch als würdig, so mögen wir wieder in Eintracht und Harmonie miteinander umgehen. Voneinander profitieren.«

Grace war nicht bewusst, wie fest sie Jasons Hand drückte, bis sich ihre Finger ganz taub anfühlten. Sie riss den Blick von den beiden Wesen für einen kurzen Augenblick los und sah sich erstaunt im Raum um, der irgendwie vor lauter Energie zu flirren schien. Als wären die gewaltigen Energieausläufer spürbar, greifbar wie auch sichtbar.

»Ja, meine Liebe, du siehst richtig. Das, was ihr über Energie wisst, ist nur ein kleiner Bruchteil von dem, was tatsächlich real ist.«

MacGregors Augen weiteten sich, konnte das winzige Männchen ihre Gedanken lesen?

»So ist es!« Es sah sie direkt an und es wirkte amüsiert.

Grace zog eine Augenbraue hoch und wusste nicht, was sie davon halten sollte. Von alledem hier. Ihr ganzes Weltbild war in den letzten paar Minuten vollkommen auf den Kopf gestellt worden. Die Archäologin krallte ihre Fingernägel in Dawns Hand und fühlte sich irgendwie komisch. Insgeheim hatte sie sich so gewünscht, dadurch, die Halle der Aufzeichnungen zu finden, würde sie von nun an in einem Atemzug mit Howard Carter, Lord Carnarvon, William Flinders Petrie und anderen berühmt gewordenen Archäologen genannt werden. Mit diesem Fund würde sie mit Sicherheit in die Geschichte eingehen. Grace L. MacGregor, beteiligt am größten und bisher bedeutendsten Fund des Jahrhunderts. Doch hatte sie sich das Ganze irgendwie anders vorgestellt. Nicht ganz so abgedreht. Und mit Sicherheit ohne extraterrestrische Kreaturen oder Wesen oder was auch immer sie waren.

»Wenn ihr uns schon so lange aus der Ferne beobachtet, warum zeigt ihr euch dann nicht? Warum lasst ihr die Menschen in dem Glauben, sie wären allein im Universum?« Dr. Hu klang beinahe etwas anklagend.

»Wir beobachten euch schon *so* lange, helfen aus der Ferne. Viele Zivilisationen kamen und gingen. Doch nun ist es bald so weit, wir werden offiziell miteinander in Kontakt treten.«

Das saß tief. Aliens waren auf der Erde. Was planten sie, eine Invasion? Warum kamen sie nicht mit ihren Raumschiffen? Irgendwo über eine große Menschenmenge? Am besten bei einer Großveranstaltung, die live übertragen wird? Grace' Gedanken überschlugen sich, was sie ärgerte, da sie wusste, dass sie belauscht wurde.

»Natürlich wäre es ein Einfaches für uns, über einem großen Stadium zu erscheinen und uns der Weltöffentlichkeit zu präsentieren. Doch was glaubt ihr, würde dann los sein? Wir wollen jegliche Panik vermeiden und euch vorsichtig darauf vorbereiten. Und das schon eine ganz schön lange Zeit.«

»Ihr meint also, an den Ufo-Sichtungen, die von den Behörden immer ins Lächerliche gezogen werden, ist was dran?« Als Grace die Frage formulierte, merkte sie gleichzeitig, wie blöd sie eigentlich klang. Im Angesicht dessen, dass sie sie einem Außerirdischen, oder was auch immer er war, stellte. »Mit Vorbereiten meint ihr, ihr fliegt absichtlich sichtbar über unser Firmament und lasst euch von Zeugen beobachten?«

»Das ist einer der Wege. Aber die Vorbereitungen laufen schon so lange. Filme, Bücher, wir nehmen alle Medien in Anspruch ... Die Angst in euch war immer zu groß. Doch nun läuft eure Zeit allmählich ab und wir können nicht mehr länger zusehen. Der Zeitpunkt ist gekommen, ob ihr es wollt, oder nicht.«

Grace wandte sich unsicher um, um zu sehen, was Ireene darauf wohl antworten würde. Sie war wohl die Einzige im Raum, die die Kompetenz und Umsicht besaß, mit diesen Wesen ordnungsgemäß zu kommunizieren. Doch auch die rothaarige Ärztin schien völlig perplex und ratlos zu sein. Shit. Daraufhin heftete Grace ihre Augen hoffnungsvoll auf Dawn neben sich, und als sich ihre Blicke trafen, erkannte sie, dass selbst der Geheimagent leicht überfordert mit alldem war.

Grace blickte über ihre Schulter zu Sean und Will, doch auch hier erwartete sie kaum, dass einer der beiden sich wortgewandt profilierte und den beiden Wesenheiten mit aller Entschiedenheit Löcher in den Bauch fragte.

Zu ihrer Überraschung sah sie, dass Sean, dem es auf unerklärliche Weise viel besser zu gehen schien, eine kleine Kamera in der Hand hielt und das ganze Szenario dokumentierte. Wow. Daran hatte sie gar nicht gedacht. ›*Sehr weitsichtig*‹, lobte sie den Geheimagenten in Gedanken. Wie sonst hätten sie das alles hier erzählen sollen. Keiner hätte ihnen auch nur ansatzweise etwas davon geglaubt. In diesem Moment räusperte sich Dr. Hu. Völlig unvermittelt ergriff der sonst eher zurückhaltende Wissenschaftler das Wort und trat einen Schritt nach vorne.

»Das ist ja alles schön und gut. Oder auch nicht ... Was heißt, die Zeit läuft ab? Was heißt, wir stehen am Abgrund? Wie können wir das ändern? Was sollen wir tun? Ihr müsst uns schon helfen. Hinweise wären hilfreich!« Der chinesische Physiker sprach so schnell, dass sich seine Worte beinahe überschlugen.

»Alles steht im Wandel. Eine neue Ära bricht an«, säuselte das große Wesen geheimnisvoll und faltete seine

Hände in Gebetshaltung, den Kopf mit einem gütigen Lächeln zu Boden geneigt.

»Aber wie können wir uns retten?« Der tapfere Wissenschaftler setzte all seine Kraft in seine Stimme, sehr um einen seriösen, fordernden Tonfall bemüht.

»Das müsst ihr schon alleine herausfinden. Hier, in der Halle der Aufzeichnungen, findet ihr alles Wissen eurer Vorfahren. Eure Geschichte, eure Zukunft. Die Kristallschädel sind Datenspeicher, die den gesamten kosmischen Wissensschatz in sich tragen. Achtet sie, dann werdet ihr *viel* lernen. Sobald ihr euch als würdig erweist, werdet ihr wieder in unseren intergalaktischen Bund aufgenommen«, gab das winzige Wesen mit den übergroßen Augen ziemlich lapidar zur Antwort.

»Aber keine Sorge, unsere Hilfe ist euch gewiss. Wir sind stets an eurer Seite. Das waren wir immer, und das werden wir immer sein«, flötete der große Blonde mit liebevoller, sanftmütiger Stimme.

»Um zur Energie zurückzukehren ...« Obwohl Dr. Hu innerlich verzweifelte, gab er nicht auf und Grace bewunderte ihn für sein energisches, hartnäckiges Auftreten.

»Ihr werdet viel lernen«, schnitt ihm das zierliche Kerlchen das Wort ab. »Ihr werdet viel lernen müssen. Und das ziemlich schnell«, betonte es mit merkwürdigem Funkeln in den schwarzen, onyxfarbenen Augen.

»Aber ...«, insistierte das Wissenschaftsgenie.

Doch das Wesen, das nicht größer war, als ein fünfjähriges Kind, ließ ihn einfach nicht ausreden. Okay, es kannte höchstwahrscheinlich seine Gedanken, aber trotzdem war das alles andere als höflich.

»Sieh her!« Das graue Miniaturmännchen streckte sein zahnstocherdünnes Ärmchen aus und alle starrten es gebannt an. Was sich vor ihren Augen im Strahl, der von der vierfingrigen Hand des kleinen Wesens ausging, materialisierte, konnte keiner so recht glauben. Die Luft war durchdrungen von kleinen, schwirrenden Teilchen, die sich anzogen und abstießen. Oder so ähnlich. Grace konnte es nicht beschreiben. Man konnte die Schwingung nicht nur fühlen, sondern auch mit freiem Auge sehen. Es sah zauberhaft aus. Nach reiner Magie.

»Alles ist Energie. Alles. Und sie ist der Schlüssel. Könnt ihr damit umgehen, so erhebt ihr euch zu etwas Großem. Ihr müsst lernen, euer Gehirn zu benutzen. Nicht nur den kleinen Teil, sondern seine ganze Kapazität voll auskosten. Dann werdet ihr eine völlig neue Welt erblicken und ihr werdet wachsen. Alle Macht geht von euren Gedanken aus. Die Kristallschädel helfen euch, euch auf eine neue Schwingungsebene zu heben. Und ihr erwacht. Der Schleier des Vergessens lüftet sich. Die Schatten müssen schwinden. Ihr müsst wieder leuchten!« Auch wenn sich das kleine Wesen wiederholte, verstand Grace es immer noch nicht so ganz. Doch irgendwie spürte sie, dass sie sich anders fühlte. Positiver. Machtvoller.

»Erdenwanderer, findet den schwarz-lila Stein, eure Macht wird durch ihn entfacht. Versteckt ist er, tief im Inneren, versunken, doch ewig wartet er, bis die Zeit erwacht. Hierher müsst ihr ihn bringen, zum Lichtreich euch werden die Kristalle singen. Die Sternenkarte leitet euch den Weg. Folgt dem Blick des Stiers, erhabenen Hauptes, voll strotzender Kräfte, führt er euch auf die Spur der verloren gegangenen Mächte«, beendete das blonde Wesen die Audienz mit seinem klangvollen Singsang und verschwand genauso, wie es zuvor erschienen war. Das kleine Männlein senkte zum Abschied kurz, aber irgendwie demütig seinen Kopf, ehe es sich ebenfalls ins Nichts auflöste. Das Hologramm war erloschen.

Verdutzt blieben Grace und der Rest der Truppe zurück. Keiner wagte, auch nur etwas zu sagen, keiner wusste überhaupt, was gerade eben passiert war. Was hatte das zu bedeuten? Grace atmete schwer aus und drehte sich mit fragenden Augen zu Jason um. Als sich ihre Blicke trafen, spürte sie, wie sich ein mächtiger Energieschub zwischen ihnen ausbreitete. Der kleine Abstand zwischen ihnen brodelte und knisterte, fast hörbar flogen Funken. Mussten wohl noch Ausläufer von der Energiedemonstration des kleinen Männchens sein.

»Das war es jetzt? Sind wir schlauer als zuvor? Gerade erst sind wir um die halbe Welt gereist, um die Schädel zu finden, und jetzt sollen wir einen lila Stein suchen?« Die Archäologin war ziemlich perplex und konnte ihre Gedanken noch nicht ganz sortieren. Sie fühlte sich zu aufgekratzt, zeitgleich komplett ausgelaugt.

Jason neigte den Kopf ein klein wenig und ein sanftes Lächeln umspielte seine Mundwinkel. »Was?«, fragte Grace patzig, als er sie nur wortlos anlächelte.

»Was verdammt, erheitert dich so?«, die blonde, junge Frau boxte dem Geheimagenten auf den Arm und starrte ihn verständnislos, aber auch ein wenig belustigt an.

Dieser schüttelte nur den Kopf und grinste noch breiter. »Sieht ganz danach aus, als ob unsere Zusammenarbeit noch nicht beendet ist«, meinte er mit einem verführerischen Unterton und verringerte den Abstand zu ihr mit einem einzigen Schritt. Sie standen einander wieder ganz nahe und Grace blendete alles um sie herum aus. Sie konnte seinen warmen Atem auf ihrer Haut spüren, sein intensiver Blick, in dem so viel Verlangen lag, bohrte sich in ihre Netzhaut.

»Soso. Du kannst also auf meine archäologischen Fähigkeiten weiterhin nicht verzichten?«, fragte sie mit kokettem Augenaufschlag.

»Mmhmm!«, verneinte der dunkelhaarige Beau mit einem kecken Kopfschütteln. »Nicht nur auf diese Fähigkeiten kann und will ich nicht verzichten«, tönte er und umfasste Grace schwungvoll an der Taille. Er zog sie ganz nah an sich und schon berührten ihre sehnsüchtigen Lippen die seinen.

»Dr. Huuu!« Die schrille Stimme von Ireene Green riss Jason und Grace aus ihrer trauten Zweisamkeit, sie fuhren herum und hefteten erstaunt die Augen auf die rothaarige Ärztin. So wurden sie Augenzeugen einer amüsanten Szene, die eigentlich aus einem Film hätte stammen können und einer gewissen Komik nicht entbehrte. Der kleine Dr. Hu wich peinlich berührt zurück und sah Ireene mit seinem Dackelblick entschuldigend an.

»Tut mir leid, ich war gerade so im Überschwang der Gefühle und die Chemie zwischen uns stimmt doch«, die Worte des lustigen Wissenschaftsgenies überschlugen sich beinahe.

Grace schaute von Xiang zu Ireene und wieder zurück. Was hatte sich da wohl gerade abgespielt? War es das, was Grace zu glauben schien? Hatte Dr. Hu versucht, die aparte Ireene Green zu küssen? Den Blicken nach zu urteilen musste es wohl so sein.

Da passierte noch etwas Unvorhergesehenes: Ireene sprang über ihren Schatten und Xiang beinah wortwörtlich in die Arme. Der sichtlich verdatterte Physiker brauchte eine Sekunde, ehe er realisierte, was gerade passierte. Ein zaghaftes Lächeln huschte über sein Gesicht und dann küsste er die um ein ganzes Stückchen größere Ireene leidenschaftlich.

»Diese romantische Wendung hat sie wohl nicht vorhergesehen«, raunte Grace Jason ins Ohr. Er lachte über ihre Anspielung auf die medialen Fähigkeiten der rothaarigen Ärztin und flüsterte zurück: »Geben wir den beiden eine Minute …«

Zärtlich nahm er ihre Hand und zog sie zum Ausgang, durch den Minuten zuvor schon Sean und Will verschwunden waren. Grace warf einen flüchtigen Blick zurück und zollte der Halle der Aufzeichnungen und den nunmehr vereinten dreizehn Kristallschädeln ihren letzten Tribut. Sie wusste, sie würde früher oder später hierher zurückkehren. Mit dem lila Stein, und so das Schicksal es wollte, ihre Mission beenden. Nun aber hatte sie eine Weile genug von abenteuerlichen Schatzsuchen, denn ihren kostbarsten Schatz hatte sie bereits gefunden. Er stand direkt neben ihr und schenkte ihr sein verschmitztestes Lächeln …

Danksagungen

Wie ihr vielleicht festgestellt habt, beruht *Das kristallene Testament* auf zahlreichen Mythen und Legenden. Ich habe viel recherchiert und stelle euch hier einige Autoren vor, die mich sehr inspiriert haben:

Danke an Reinhard Habeck, C. W. Ceram, Andreas von Rétyi, Stefan Erdmann, Luc Bürgin, Edgar Cayce, Jason Mason, Kyle Gray, und den einzigartigen Jan van Helsing.

Ich kann euch ihre Bücher nur ans Herz legen, allen voran die des von mir hochverehrten Erich von Däniken. Wer sagenhafte Abenteuer sucht, ist bei ihm genau richtig.

Lieber Herr von Däniken, Ihnen gebührt wohl mein größter Dank. Ihre wundervollen Bücher haben meine Liebe zur Archäologie geweckt und meine Fantasie beflügelt. Von Kindheitsbeinen an – danke, Papi – verschlinge ich Ihre Veröffentlichungen und freue mich auf viele weitere Bücher. Sie sind eine wahre Legende, verlieren Sie nie Ihren Abenteuergeist!

Ganz herzlichen Dank an meine wundervollen TL-Elfen. Es ist großartig, wie sehr ihr immer mit meinen Geschichten mitfiebert und sie mit euren Ideen & Feedback bereichert.

Meine liebe Anne, Chrissi, Daniela, Janina, Jenny, Jennifer, Sina, Sonja, Tamara und meine fabelhafte Vanessa – fühlt euch ganz fest umarmt!

Neben euch habe ich noch zwei Untercover-Elfen, die sich zwar noch vor unserer lustigen Whats-App-Elfen-

Gruppe zieren, mich jedoch ebenfalls tatkräftig unterstützen: lieber Mag. HG und liebe Liz, danke fürs Testlesen!

Von den Elfen zu meiner zauberhaften Buchbetreuerin: Liebe Eva, ich bin überglücklich, dich als Coach und Korrektorin zu haben. Danke für unsere großartige, amüsante und lehrreiche Zusammenarbeit. Deinem Adlerauge entgeht nichts – du bist meine Heldin!

Wie immer ein riiiiesengroßes Dankeschön an meine liebe Familie. Was wäre ich ohne euch? Danke für eure Liebe, eure Unterstützung und euer Verständnis, wenn ich mich mal wieder in meine Schreibhöhle verzogen habe ... Hab euch super, mega, unendlich lieb!!!

Danke an das ganze Federherz Verlagsteam, ihr seid wahrlich unvergleichlich! Ich feiere euch – Cheeeeers, Ladys!

An dieser Stelle möchte ich mich auch ganz herzlich bei meiner fantastischen Bookstagram-Community bedanken. Ich bin jedes Mal hin und weg, wie lieb ihr den Release meiner Bücher mit mir feiert und mich unterstützt. Ganz besonders hervorheben möchte ich Gina U., Angi Elena, Birgit, Brigitte, Dina, Dorothea, Franzi, Gerda, Jacky, Jacko, Jennifer, Laura, Linde, Liz, Manu, Marina, Nadine, Nicole, Sabrina, Sophie, Stefie, Vivi, Yvonne und natürlich meine lieben Elfen & Federherz Kolleginnen. Ihr seid unbezahlbar, danke für euren Support!

Ein dickes Bussi und Dankeschön an Gerith. Ich freue mich, dass dich meine Bücher begeistern und du dir immer so viel Mühe machst, mir mega schöne Rezensionen zu schreiben. Merci beaucoup!

Liebe Doris, dich muss ich auch unbedingt erwähnen. Du bist nicht nur eine meiner liebsten Nachbarinnen, du bist auch eine enthusiastische Leserin. Danke, dass du meine Romane in deinem Buch Club präsentierst und so meine Leserschaft erweiterst. Das nenne ich Nachbarschaftshilfe der besonderen Art!

Zu guter Letzt, vielen Dank an all meine Leserinnen und Leser. Ich hoffe, ihr hattet viel Spaß auf unserer Abenteuerreise und konntet etwas daraus mitnehmen. Ihr seid stärker als ihr denkt, vergesst das nie!

Lasst uns mehr positive Energie in die Welt tragen – die Macht der Gedanken ist immer mit euch, nutzt sie weise! Good Vibes Only! ;)

Kennst du schon meine anderen Bücher?

ABOVE PINK CLOUDS (Band 1)
BEYOND PINK CLOUDS (Band 2)

MY FAIR CHRISTMAS (Band 1)
MY FAIR VALENTINE (Band 2)

Falls du eine kleine Entscheidungshilfe brauchst, here we go ...

Du hast Fernweh? Stehst auf Rockstars, Glamour, Fashion, Abenteuer & dunkle Geheimnisse?

Dann ist die ›Pink Clouds‹-Dilogie genau das Richtige für dich:

Das Leben im Zeugenschutz ist kein Zuckerschlecken, wenn man sich dann auch noch in ein Love Triangle verstrickt, ist das Chaos perfekt. Begleite Shannen nach Dubai

& Kanada und finde heraus, für wen ihr Herz mehr schlägt. Rockstar Johnny oder Skydiver Raphael?

Wenn du Weihnachten in einer zauberhaften Winterkulisse erleben möchtest, schicke ich dich mit ›My fair Christmas‹ nach Vermont. Heißer Flirt mit einem Ski-Champion nicht ausgeschlossen ...

Oder lieber Sonne, Strand und Surferboys gefällig? ›My fair Valentine‹ entführt dich nach Hawaii und bietet romantische Action und einen Millionär, der alle Herzen im Sturm erobert.

Du siehst schon, Urlaubsfeeling kommt in keinem meiner Romane zu kurz ... schnapp dir ein Buch, mach es dir gemütlich und genieß die Reise!

Deine Caroline

Sammle Herzpunkte und sichere dir

kostenlose Wunschbücher

Du hast Lust, Feedback zu den Verlagstiteln des Federherz Verlages zu geben? Du möchtest dabei Punkte sammeln, von denen du dir in regelmäßigen Abständen Wunschbücher aussuchen kannst?

Dann mach mit beim Herzlesen. Alles, was du dafür brauchst, ist ein Konto auf unserer Federherz-Homepage. Sobald du dieses hast, kannst du direkt damit loslegen, Herzpunkte zu sammeln.

Wir freuen uns, bald mehr von dir zu lesen!

Dein Federherz Verlag